Clemens Murath

Der Bunker

EIN FRANK-BOSMAN-ROMAN

WILHELM HEYNE VERLAG
MÜNCHEN

Sollte diese Publikation Links auf Webseiten Dritter enthalten, so übernehmen wir für deren Inhalte keine Haftung, da wir uns diese nicht zu eigen machen, sondern lediglich auf deren Stand zum Zeitpunkt der Erstveröffentlichung verweisen.

Unter www.heyne-hardcore.de finden Sie das komplette Hardcore-Programm, den monatlichen Newsletter sowie alles rund um das Hardcore-Universum.

Weitere News unter www.heyne.hardcore.de/facebook

@heyne.hardcore

Penguin Random House Verlagsgruppe FSC® N001967

Copyright © 2022 by Clemens Murath
Copyright © 2022 der deutschsprachigen Ausgabe
by Wilhelm Heyne Verlag, München,
in der Penguin Random House Verlagsgruppe GmbH
Redaktion: Lars Zwickies
Lektorat: Markus Naegele
Umschlaggestaltung und -motiv: Johannes Wiebel | punchdesign, München,
unter Verwendung eines Motivs von zef art - stock.adobe.com
Hersteller: Udo Brenner
Satz: Satzwerk Huber, Germering
Druck und Bindung: CPI books GmbH, Leck
Printed in Germany

ISBN: 978-3-453-27282-8

1

Das Treffen mit Lopez in Zürich war gut gelaufen, und dennoch hat Ferris ein mieses Gefühl. Wo hatte er den Kerl bloß schon mal gesehen?

Er kommt nicht drauf, was ihn ärgert.

»Ich könnte schwören, dass ich ihn von irgendwoher kenne«, sagt er zu Remi Ekrem. »Wie er redet und sich bewegt.«

»Na und?«, sagt Ekrem.

Na und?

Ferris schaut seinen Boss an. Der fette Sack hängt im Bademantel auf der Couch vor dem überdimensionierten Flachbildschirm, wo seine türkische Lieblingssoap *Suleiman Empire* läuft. Die Fenster der Villa sind geöffnet, und von draußen schallt der blecherne Ruf eines Muezzins rein. Dann geht es überall in der Stadt los, ein einziges Gejaule.

Willkommen in Prizren, Kosovo. August 2019.

»Ich wette, das endet böse mit Suleiman«, sagt Ekrem und deutet mit der Fernbedienung auf die Glotze, die er etwas lauter stellt. »Sein Schwager will ihn abservieren.«

»Und ich will, dass du mit Goran redest.«

»Die Feinde lauern immer da, wo man sie am wenigsten erwartet«, sagt Ekrem. »Denk an Julius Cäsar. Das müsste Suleiman eigentlich wissen. Tut er auch, aber Fatima lullt ihn ein. Immer diese scheiß Weiber, ich sag's dir.«

Der Typ macht ihn wahnsinnig.

Ferris kratzt über seine Bartstoppeln, in die sich das erste Grau mischt. »Hör zu, ich will morgen ein Back-up haben. Nur zur Sicherheit.«

Ekrem greift nach einem Fruchtshake auf dem Tisch, trinkt einen Schluck davon und sagt: »Ich wette, dass Fatima was mit ihrem Schwager anfängt.«

»Ruf Goran an.«

»Warum soll ich ihn anrufen?«

Es ist sinnlos, mit Ekrem zu reden. Ferris kennt dessen depressive Phasen, aber wie es aussieht, wird es von Mal zu Mal schlimmer. Selbst Mona scheint den Respekt zu verlieren, fängt an, Ferris schöne Augen zu machen. Sie spielt hier mit dem Feuer, und das sollte sie besser nicht tun.

Ferris ist ihr vorhin in der Küche begegnet, wo sie frisches Obst in dem Mixer schredderte. Sie stellte das Gerät aus und sagte: »Du bist ein gut aussehender Mann, Ferris, weißt du das?«

Was soll man darauf antworten?

»Warum hast du keine Frau und keine Kinder?«

»Hat sich noch nicht ergeben.«

»So was ergibt sich nicht, Ferris, da muss man was für tun.«

Sie lächelte ihn an. Ferris räusperte sich und sagte: »Und warum habt ihr noch keine Kinder?«

»Remi kriegt keinen mehr hoch.«

Das wollte Ferris nicht hören, obwohl er es sich schon gedacht hatte, so wie der Mann sich gehen ließ.

»Wo ist er denn?«

»Drüben im Wohnzimmer.«

Mona füllte ein Glas von dem Fruchtshake ab, schlug ein Ei rein, verrührte es und reichte ihm den Drink.

»Danke«, sagte Ferris, »aber ich mag kein rohes Ei.«
»Ist auch nicht für dich.«

Am nächsten Tag geht es los.

Die Kolonne verlässt das Anwesen, das oberhalb der Altstadt von Prizren im ethnisch gesäuberten serbischen Viertel hinter Mauern mit NATO-Draht verborgen liegt. Vorne in dem schwarzen Hummer sitzt Ekrems Leibgarde. Sie haben ihre Kalaschnikows unter den Sitzen liegen und können sicher sein, dass sie an der Grenze zu Albanien niemand kontrollieren wird. Dahinter im Mercedes folgen Ekrem und Ferris mit Luhan und dem Fahrer und dahinter dann noch einmal fünf Leute in einem schwarzen Range Rover. Einer von ihnen trägt einen Anzug und sieht nicht so aus, als hätte er sich schon jemals die Finger schmutzig gemacht. Sie werden sich um die Ware kümmern, die anderen sind für Ekrems Sicherheit zuständig. Mit der Hälfte der Männer hat er schon den Krieg gewonnen, und sie würden nicht zögern, wieder für ihn in den Krieg zu ziehen.

Nach ein paar Kilometern hält die Kolonne das erste Mal an, weil Ekrem pinkeln muss. Die Beifahrertür schwingt auf, und Luhan steigt aus. Er stellt sich ein paar Meter neben den Boss, der umständlich seinen Schwanz unter der Wampe rauspult, und schlägt seinen Blouson beiseite, sodass jeder den Griff seiner schicken Beretta sehen kann, der aus dem Hosenbund rauslugt. Sein Blick hinter der verspiegelten Ray-Ban ist vermutlich betonhart.

Aber wo ist das Publikum?, denkt Ferris.

Er macht aus seiner Verachtung für Luhan keinen Hehl. Ein Typ Mitte zwanzig mit olivfarbener Haut, die muskelbepackten Arme voller Tattoos. Auf dem Kopf trägt er sein glänzend schwarzes Haar zu einem schicken Dutt geflochten, wie eine Schwuchtel. Er scharwenzelt die ganze Zeit um Mona herum, reicht ihr das Handtuch, wenn sie in ihrem knappen Bikini perlend aus dem Pool steigt. Neulich hat Ferris beobachtet, wie er ihr den Nacken mit

Sonnenmilch einrieb. Mona lag auf dem Bauch auf der Liege, ihr BH hinten geöffnet.

Kurz vor Kukës, als sie hinter der albanischen Grenze auf der neuen Autobahn durch die tiefen Bergschluchten fahren, kriegt Ekrem Hunger. Sie sind in vier Stunden mit Lopez in Durrës verabredet und haben noch drei Stunden Fahrtzeit vor sich. Eine Stunde Puffer, das ist nicht viel bei so einer Sache.

»Pass auf«, sagt Ferris zu Ekrem, »wir sind ein bisschen knapp dran, was hältst du davon, wenn wir an der Tankstelle ein paar Snacks holen?«

»Ich will keine Snacks, ich will Köfte.«

Köfte, um zehn Uhr morgens nach einem üppigen Frühstück mit Käse, Oliven, Tomaten, zwei gebratenen Eiern, Hähnchenschenkeln und Quittenkompott.

»Remi, wir sollten nicht zu spät kommen.«

»Wir kommen nicht zu spät«, sagt Ekrem und klopft dem Fahrer auf die Schulter. »Nimm die nächste Ausfahrt.«

Ferris spürt den Triumph in Luhans Augen hinter der Sonnenbrille, die ihn im Rückspiegel beobachten. Es gefällt dem Kerl zu sehen, wie Ekrem ihn hier herumkommandiert und auf seinen Platz verweist. Ferris schluckt es runter wie bittere Galle. Wer kümmert sich denn hier um alles? Wer tritt denn diesem feisten Sack ständig in den Arsch, um den Laden am Laufen zu halten? Und wer hat gestern noch mit Goran telefoniert?

Über eine holprige Straße erreichen sie Kukës, einen heruntergekommenen Ort, wo orientalischer Basar auf stalinistische Erinnerungsarchitektur trifft. Ferris weiß, wo Ekrem hinwill: zu seinem alten Kumpel Bekir Hasani, dem ein Restaurant gehört, wo schon am Vormittag Köfte neben Paprikaschoten auf dem Grill brutzelt. Ekrem wird respektvoll empfangen, so wie es sich für einen ehemaligen Kriegshelden gehört, der hier sein militärisches Rückzugsgebiet hatte, unerreichbar für die Serben. Selfies werden gemacht, tellerweise Gerichte aufgetischt, Raki ausgeschenkt, und Ekrem lässt sich feiern, als gebe es kein Morgen und keine hundert Kilo Kokain, die in Durrës auf sie warten.

Ferris schaut nervös auf die Uhr, als Shatira ihm aus Berlin über Telegram eine verschlüsselte Textnachricht mit der Adresse des Supermarktes schickt, wo die Ladung in Bananenkisten versteckt angeliefert werden soll. Wenigstens auf den ist noch Verlass. Der Junge hat gute Arbeit geleistet, hat die Libanesen weggehauen, ihre Reviere übernommen und einen Taxiservice aufgebaut, der die Endkunden direkt *on demand* beliefert, frei Haus ab einem Bestellwert von hundert Euro. Das Business brummt. Shatira kommt gar nicht mehr hinterher. Er braucht dringend Nachschub, und den wird er kriegen.

»Kommt jetzt«, sagt Ferris und steht auf. »Wir müssen los.«

»Hey ...«, sagt Ekrem, woraufhin sich Luhans Schultern merklich anspannen. Ferris pellt ein paar Euroscheine aus seiner Hosentasche und wirft sie auf den Tisch, während er sich bei Bekir für die Gastfreundschaft bedankt. Doch Bekir nimmt das Geld und gibt es Ferris zurück. Geht aufs Haus. Remi Ekrem ist ein Held, ein wahrer Patriot und jederzeit willkommen. Ekrem nickt gerührt und steht ächzend auf.

Weitere Selfies.

Küsschen werden ausgetauscht, Hände geschüttelt, Schultern geklopft. Es dauert weitere zehn Minuten, bis alle endlich in ihren Karren sitzen und weiterfahren können.

Lopez ist schon da, als sie eine halbe Stunde zu spät in Durrës aufschlagen. Er trägt eine dunkle Sonnenbrille zum hellen Leinenanzug, schwarzes T-Shirt, goldene Halskette. *Sieht aus, als wäre er direkt aus der Glotze ins Leben gestolpert*, denkt Ferris, wie er so mit seinen Leuten an einem schwarzen Mercedes lehnt, dort, vor der Lagerhalle an der lauten Straße mit Geschäften, Kfz-Werkstätten

9

und Baumärkten. Lopez schnipst seine Kippe weg, zertritt sie mit dem Stiefelabsatz und kommt auf Ferris und Ekrem zu, während Luhan sich umblickt, ob die Luft rein ist.

»Ihr seid spät dran«, sagt Lopez.

Ekrem schaut ihn aus trüben Augen an. »Wir hatten noch was zu erledigen.«

»Der Container ist schon unterwegs, er müsste gleich hier sein.«

»Gut so«, sagt Ekrem, legt Lopez den Arm um die Schulter und geht mit ihm in die Lagerhalle.

Ferris hinterher.

Klar ist der Container unterwegs, denkt er. Wer hat sich denn darum gekümmert, dass er im Hafen nicht kontrolliert wird? Und jetzt läuft er hinterher wie ein Angestellter. Was er in gewisser Weise ja auch ist. Er ist kein Ekrem, gehört nicht zur Familie. Dafür hat er seit dem Krieg immer loyal gedient. Ist das der Lohn dafür? Dass Ekrem ihn vor Luhan, dem Trottel, zurechtweist? Dass er ihn hinterhertrotten lässt wie einen Dackel, obwohl Ferris den Deal mit Lopez eingefädelt hat?

In der Halle stapeln sich Baustoffe. Zementsäcke, Folien, Dämmwolle, Dachrinnen, Rohre, Kabel und was man zum Hausbau sonst noch so alles braucht. Einer von Ekrems Männern parkt den Range Rover in der Halle mit der Schnauze zum offenen Tor. Ekrem fragt Lopez: »Wann fliegst du zurück?«

»Sobald wir hier fertig sind.«

»Nach Caracas?«

»Nein, Istanbul. Ich hab da noch was zu erledigen. Ich will ins türkische Filmbusiness investieren. Die produzieren jede Menge Soaps, die sie in den ganzen Nahen Osten bis in den Iran verkaufen, ein riesiger Markt.«

»Kennst du *Suleiman Empire*?«

»Nee«, sagt Lopez, und Ferris wundert sich. Will ins Filmbusiness und kennt nicht mal die Blockbuster?

»Wenn du die Leute triffst, die das machen«, sagt Ekrem, »dann sag ihnen, dass ihre Schreiber keine Ahnung haben. Suleiman müsste viel vorsichtiger sein.«

»Ja, es ist immer dasselbe mit den Drehbuchautoren. Manchmal fragt man sich, wofür sie ihre Kohle kriegen«, klagt Lopez und schaut zu dem Sattelschlepper rüber, der langsam in die Halle rollt und die Sonne verdunkelt. Scheppernd rasselt das Stahltor runter, Licht flammt auf. Der Fahrer des Sattelschleppers bleibt in seiner Kabine sitzen. Zwei von Lopez' Leuten springen hinten auf den Wagen, zerschneiden mit einem Bolzenschneider die Plombe und öffnen den Container. Sie wuchten Obstkartons mit Bananen raus und übergeben sie Ekrems Leuten, die sie neben dem Lkw stapeln.

Keiner sagt ein Wort.

Anschließend schleppen die Jungs vier schwere Kisten raus und setzen sie vor Ekrem ab, der zu dem Mann im Anzug rüberschaut, woraufhin dieser ein Teppichmesser zieht und die Kartons öffnet. Sauber gestapelte Kokainpäckchen leuchten ihm entgegen. Er greift ein Zufallspaket aus jedem Karton heraus, ritzt die Tüten auf und häufelt ein wenig Koks aus jeder Probe auf eine saubere Glasplatte, die er aus seinem Köfferchen geholt und mit einem weichen Tuch abgewischt hat. Er leckt seinen kleinen Finger an, tunkt ihn in eine Probe, reibt sich das Pulver unter den Gaumen und schließt einen Moment lang die Augen wie ein Sommelier in Südfrankreich. Dann holt er ein braunes Fläschchen aus dem Koffer und gibt mit der Pipette ein paar Tropfen RED auf das Koks. Die weißen Kristalle färben sich hellblau und dunkeln dann nach zu einem klaren, reinen Ultramarin.

Es sind keinerlei Verunreinigungen sichtbar.

Der Chemiker schaut Ekrem an und nickt. »Das sind gut 96 Prozent Reinheit. Erstklassige Ware.«

Ein Lächeln auf Lopez' Lippen.

Ekrem gibt ihm die Hand. »Das war der Testlauf. Das nächste Mal reden wir über das richtige Geschäft.«

»*Con mucho gusto.*«

Ekrem schnipst mit den Fingern Richtung Luhan, der ihm ein Smartphone reicht, mit dem er drei Millionen Euro auf das Konto überweist, das Lopez ihm nennt.

»*Gracias, compadre*«, sagt Lopez.

Ferris winkt seine Leute ran, die die Kartons wiegen, wieder zutapen und hinten in den Range Rover schieben. Sie werden die Ladung nach Vlores bringen, wo das Schnellboot mit den beiden 450-HP-Evinrude-Motoren bereitsteht. Von da aus sind es nur siebzig Kilometer über die Adria. Drüben in Italien sind sie auf der sicheren Seite, in der EU, wo sie keine Grenzkontrollen befürchten müssen.

Der Weg bis nach Berlin ist frei.

Ekrem schaut Lopez an und sagt: »Hör zu, was du da vorhin über das türkische Filmbusiness erzählt hast, das könnte mich auch interessieren. Ich kenne ein paar von Erdogans Leuten ganz gut. Wir sollten mal in Ruhe drüber reden.«

»Worüber?«

»Investment opportunities«, sagt Ekrem.

Sie treten hinaus ins helle Sonnenlicht. Links lehnt einer von Lopez' Männern mit überkreuzten Armen am Mercedes. Auf der anderen Seite hat sich Ekrems Security vor dem Hummer positioniert. Sie tragen alle Sonnenbrillen, und auch Ferris zieht seine aus der Hemdtasche, als plötzlich zwei gepanzerte Vans von der Straße vor die Halle rasen, bremsen und sich querstellen. Türen fliegen auf, Sondereinsatzkräfte springen heraus, beziehen hinter den Wagen Position.

Links und rechts tauchen weitere maskierte Männer auf, über ihnen knattert ein Helikopter.

Geschrei, Gerenne, Schüsse.

Ferris sieht, wie einer seiner Leute zu Boden geht. Es ist Luhan.

Ferris reißt die Arme hoch und brüllt: »Aufhören, nicht schießen, nicht schießen, Waffen runter!«

Widerwillig lassen seine Leute die Waffen fallen. Die albanische Polizei stürmt vor, legt den Gefangenen Kabelbinder an. Mit gefesselten Händen hinter dem Rücken knien sie jetzt im Staub.

Kalte Wut steigt in Ferris auf.

Er hat es geahnt, die ganze Zeit. Er sieht, wie ein Mann durch die Gruppe der maskierten Sicherheitskräfte auf sie zukommt. Er ist vielleicht Mitte vierzig, groß und schlank, und er hat helle Augen.

Er erinnert ihn an jemanden, und dann weiß er es.

Fuck.

Frank Bosman bleibt vor Ekrem stehen, schaut auf ihn herab und sagt: »Hey, Remi, lange nicht gesehen.«

2

Berlin. Zwei Monate vorher

Bosman kommt aus dem Görlitzer Park und geht über die Wiener Straße rüber in die Glogauer. Ein paar Dealer hängen herum, einer hat eine Boombox dabei, aus der African Beats wummern. Mit großen Hoffnungen hatten sie sich aus Mali, Guinea und dem Senegal auf den Weg gemacht, um hier in der Hoffnungslosigkeit zu landen, die Polizei im Nacken, die Abschiebung vor Augen. Ein Obdachloser schaut seinem Hund beim Pissen zu, schön an die City Bikes. So weit, so gut, alles wie immer. Doch der Schein trügt, die Zeiten haben sich geändert.

Bosman hat Hamedi getroffen, seinen Informanten. Gestern ist ein türkischer Café-Besitzer von einem Dealer niedergestochen worden, weil er sich geweigert hatte, ihn zu bedienen. Jetzt suchen sie nach Zeugen, doch Hamedi weiß nicht viel mehr als er, die Leute halten dicht. Bosman kommt nicht weiter. Früher wusste er über alles Bescheid. Aber früher hatte hier auch ein libanesischer Clan das Sagen, den sie infiltriert hatten. Jetzt sitzen beide Aziz-Brüder im Knast, der eine wegen Mord und Drogenhandel, der andere wegen diverser Wirtschaftsdelikte. Die Geschichte wirbelte eine

14

Menge Staub auf, als herauskam, dass die Berliner Kreditbank jahrelang Drogengelder für Aziz gewaschen hatte.

So kann's kommen, denkt Bosman, *am Ende fliegen sie alle auf.* Irgendwann wird das Verbrechen so komplex, dass überall Sicherheitslücken entstehen. Und dann ist es nur noch eine Frage der Zeit, bis jemand erwischt wird und das ganze Kartenhaus zum Einsturz bringt, um einen möglichst guten Deal mit der Staatsanwaltschaft für sich rauszuholen.

Und was passiert, wenn ein Machtvakuum entsteht?

Genau, es rückt ein anderer nach. In diesem Fall sind es die Kosovo-Albaner um Shatira Ekrem, die nicht nur den Görlitzer Park, sondern auch die angrenzenden Straßenzüge bis hoch zum Schlesischen Tor und dem RAW-Gelände hinter der Warschauer Brücke zu ihrem Revier gemacht haben. Damit investieren sie in eine Wachstumsbranche, denn der Zustrom hipper Metrotouristen aus aller Welt hält unvermindert an. Sie alle brauchen Stoff, um die Nächte im Kater Holzig oder dem Berghain zu überstehen, wo sonntagmorgens die Jalousien hochgezogen werden und das Partyvolk zu hämmernden Beats die ersten Sonnenstrahlen des anbrechenden Tages begrüßt.

Welcome to Berlin!

Es nervt Bosman. Es nervt ihn, dass er in den Kneipen von jungen Typen mit Bärten auf Englisch angesprochen wird. Es nervt ihn, dass da, wo das alte Café Morena war, jetzt irgendein Asian-Food-Laden eingezogen ist, der hundertste in der Gegend. Und es nervt ihn, dass überall Müll rumsteht. Es scheint Mode geworden zu sein, den Scheiß, den man zu Hause nicht mehr haben will, einfach auf die Straße zu stellen. Vollgesiffte Matratzen, kaputte Drehstühle, Mixer, Klamotten, alles raus, jemand anders wird sich schon drum kümmern. *Aber vielleicht ist es ja gerade diese pittoreske Mischung aus kaputtem Slum, Orient und Hipstertum, welche die Touristen aus aller Welt anlockt,* denkt Bosman. *Wenn unsereins nach*

*Neapel kommt, will er ja auch schön bröckelnden Putz und Wäsche-
leinen über stinkenden Gassen sehen und wäre enttäuscht, wenn da
alles so in Schuss wäre wie in Görlitz oder Rothenburg ob der Tauber.*
In dem ehemaligen Videoladen in der Glogauer Straße ist jetzt
Achims Tafel untergebracht, eine Essensausgabe für die Verlierer
und die Abgehängten, die müde und traurig durch das Leben
schlurfen. Früher sah man hier nur ein paar Penner, dann kamen
Leute aus Osteuropa und Flüchtlinge dazu, und jetzt trifft man
immer mehr junge Mütter und Rentner, die nicht wissen, wie sie über
die Runden kommen sollen. Während ein paar Kilometer nördlich
am Osthafen schicke Lofts entstehen, bei denen der Quadratmeter
zehntausend Euro und mehr kostet. Bosman wundert sich, wer das
bezahlen kann, zumal die Wohnungen bereits verkauft sind, bevor
überhaupt der erste Bagger anrollt. Der Bau von Sozialwohnungen
hingegen stagniert, und Bosman ist klar, dass das nicht lange gut
gehen kann. Irgendwann werden die Leute sich das nicht mehr
gefallen lassen, und dann kracht es.

Als er reinkommt, begrüßt er Achim und die beiden jungen
Studentinnen, die hinter der Theke stehen und Lebensmittel-
rationen ausgeben. Sie gehen durch das Büro in den Hinterhof, wo
Achim seinen Tabak aus der Hosentasche klaubt, die langen grauen
Haare aus dem faltigen Gesicht streicht und sich eine dreht.

Achim stammt aus einer Zeit, die es nicht mehr gibt. Eine Zeit,
in der man noch keinen Cappuccino trank, gegen Atomkraft und
den NATO-Doppelbeschluss demonstrierte und Häuser besetzte.
Eine Zeit, in der Gut und Böse noch klar getrennt waren, jedenfalls,
wenn man zum KBW gehörte. Auch damals war man der festen
Überzeugung, dass die Welt am Abgrund steht. Das ist heute
immer noch so oder schon wieder. Erst war es die Angst vor dem
Dritten Weltkrieg, dann das Ozonloch, dann das Waldsterben,
dann die Finanzkrise, das Versiegen des Golfstroms und jetzt der
Klimawandel. Es kommt Bosman so vor, als bräuchten die Leute

den Kitzel der Katastrophe, um ihrem grauen Leben einen Kick zu geben. Die Lust am Untergang scheint so alt zu sein wie der Mensch selbst. Je schlimmer das Szenario, desto lustvoller der Untergangsschauder. *Aber vielleicht ist das auch nur eine sehr deutsche Sicht auf die Dinge,* denkt Bosman. Die Amis oder die Chinesen scheinen da optimistischer zu sein.

»Uns wurde gekündigt«, sagt Achim und zündet seine Kippe an.

»Was?«

»Sie haben die Miete verdoppelt. Das ist die Kündigung.«

»Ist das legal?«

»Das fragst du mich? Du bist doch hier der Bulle.«

»Wann müsst ihr raus?«

»In drei Monaten.«

»Scheiße. Das tut mir leid. Ich halte die Ohren wegen was anderem auf«, sagt Bosman mit wenig Überzeugung in der Stimme.

»Brauchst du nicht, ich mach Schluss.«

Bosman ist überrascht. Okay, Achim ist Mitte sechzig, hat sich sein Leben lang für die Armen und Unterdrückten abgerackert, in Nicaragua, in Vietnam, in Angola und schließlich hier in Berlin. Er hat sich ein bisschen Ruhe redlich verdient. Aber Achim in Rente? Und was für eine Rente? Mehr als ALG II wird das nicht sein.

»Was hast du vor?«

»Keine Ahnung, aber alles hat sein Ende. Ich hab das hier ein paar Jahre gemacht, jetzt sind die Jungen dran. Ich ziehe weiter.«

Er lächelt wie ein Zen-Meister, der sein Fahrrad repariert, und Bosman denkt: *Ja, er zieht weiter, wie immer.* Seit er Achim kennt, zieht er weiter, von einem sozialen Projekt zum nächsten. Bosman fragt sich, wie es sich anfühlen muss, immer von unten auf das Leben zu blicken. Aber im Grunde tut er ja auch nichts anderes. Er hat es mit dem ganzen Dreck auf der Straße zu tun, wird von morgens bis abends angelogen, muss Wahrheit von Lüge, Meinung von Fakt unterscheiden. Da kann man schon mal die Orientierung verlieren.

»Ich kenne ein paar Leute auf Gomera«, sagt Achim. »Vielleicht gehe ich eine Weile da hin und chille ein bisschen.«

Bosman grinst. »Auch gut. Sag mal, gestern wurde Birol abgestochen, drüben in seinem Café.«

»Ich weiß.«

»Hast du irgendwas gehört?«

Achim hört viel. Seine Klientel rekrutiert sich zu einem nicht unerheblichen Teil aus denen, die im Park verticken oder konsumieren. Er ist nah dran am Geschehen und eine verlässliche Quelle.

»Es ging nicht bloß um einen Kaffee«, sagt Achim. »Seit die Albaner hier das Sagen haben, weht ein kalter Wind. Birol hatte Stress mit ihnen.«

»Warum?«

»Er wollte nicht, dass ihre Dealer vor seinem Laden rumhängen.«

»Weißt du, wer es war?«

»Nein.«

»Sag Bescheid, wenn du was hörst, okay?«

»Mach ich.«

Eine halbe Stunde später hält Bosman auf dem Parkplatz des Präsidiums am Tempelhofer Damm und steigt aus, als Schuster ihm entgegenkommt und zuruft: »Du hast Besuch.«

»Was für ein Besuch?«

Schuster grinst. »Überraschung.«

Er steigt in seinen Wagen. »Ich bin mal kurz weg, ein paar Empanadas holen. Willst du auch was?«

»Nee, danke.«

Bosman schaut Schuster hinterher, der sportlich Gas gibt und sich in den laufenden Verkehr auf dem Tempelhofer Damm einfädelt.

18

Empanadas?

Seit wann fährt Schuster los, um Empanadas zu kaufen? Irgendwas ist seltsam in letzter Zeit. Manchmal verschwindet er einfach, und keiner weiß, wohin. Hat er vielleicht eine neue Braut am Start? Bosman beschließt, später mit ihm zu reden, während er die Treppen nimmt, die Glastür zum Flur aufstößt und seine Bürotür öffnet.

Auf dem Besuchersessel in der Ecke sitzt eine elegante Frau Ende dreißig, hohe Wangenknochen, teures Kostüm. Sie hat die Beine übereinandergeschlagen und das blonde Haar hochgesteckt, so wie Bosman es immer schon mochte. Silberne Kreolen blitzen an ihren Ohrläppchen auf. Sie schaut ihn mit ihren hellgrauen Augen an und lächelt.

»Hallo, Frank.«

Bosman bleibt überrascht stehen und schließt dann die Bürotür hinter sich. »Wo kommst du denn her?«

»Aus Den Haag.«

»Siehst gut aus.«

»Danke, du auch. Ich habe Schuster vorhin noch getroffen. Er hat mir erzählt, dass ihr einen Haufen Ärger mit den Kosovo-Albanern habt.«

»Ich wette, das wusstest du schon vorher. Warum interessiert ihr euch dafür?«

Elaine schaut ihn an und sagt: »Du erinnerst dich an das Gelbe Haus?«

Wie sollte er sich nicht daran erinnern, auch wenn die Geschichte schon zehn Jahre her ist? An die staubige Gebirgsstraße voller Schlaglöcher im Norden Albaniens, die sie in ihrem weiß lackierten Land Rover Defender entlanggefahren sind, vorne auf der Kühlerhaube der Ersatzreifen. Das Emblem der Vereinten Nationen auf den Türen, die ganze Welt umrahmt von zwei Kornähren. Hinter ihnen zwei weitere Fahrzeuge mit dem forensischen Team und den Hunden. Er war damals zusammen mit Schuster als Polizeiausbilder für die EULEX – die Rechtsstaatlichkeitsmission der Europäischen Union im Kosovo – in Prizren stationiert, um die Kollegen da unten auf Vordermann zu bringen. Nur um festzustellen, dass die sich nicht auf Vordermann bringen ließen, schon gar nicht von solchen Luschen wie den Deutschen, die zu Hause schon Ärger kriegten, wenn sie einem Gefangenen mal eine langten.

Das Haus lag etwas außerhalb von Bajram Curr in dem tief eingeschnittenen Valbonatal, wo sich die Schotterstraße an einem ausgewaschenen Flussbett entlangzog. Ein Gehöft am Ende eines steinigen Weges, das man vom Tal aus gar nicht sah, grau und düster wie der Berghang dahinter. Das UCK-Kommando hatte die gefangenen Serben damals über die Grenze nach Albanien geschafft, hierher, in die Berge, wo niemand nach ihnen suchen würde. Der Zeuge konnte das Haus genau beschreiben, doch es war nicht gelb, wie er ausgesagt hatte, sondern weiß. Aber dann stellten sie fest, dass die Fassade übertüncht worden war, auch wenn der Alte, der hier mit seiner Frau wohnte, das wütend abstritt. Er sagte, dass er die Nase voll davon hatte, von den Verleumdungen und den Verdächtigungen. Sie wären schon das zweite Team, das hier rumschnüffelte. Und was hätten die anderen gefunden? Nichts. Jetzt sollten sie wieder umdrehen und sich zum Teufel scheren.

Während der Leiter der Untersuchungskommission, Dick Vanderbeg, sich mit dem Alten herumstritt, ging Bosmans Blick rüber zu den schneebedeckten Gipfeln der schroffen Berge. Er spürte die Kälte, die sich in den Spätherbst mischte, roch den Geruch von faulendem Holz und nassem Laub. Bald würde der Schnee tiefer in das Tal wandern und ein eisiger Wind wütend an den Sträuchern zerren wie ein verschmähter Liebhaber. Das Jahr ging langsam zu Ende, und wieder war es kein gutes für die Leute hier gewesen.

Er schaute zu der jungen Frau rüber, die zu Dick Vanderbegs Team gehörte. Sie arbeitete als Sonderermittlerin am ICTY – dem Internationalen Strafgerichtshof für das ehemalige Jugoslawien – in Den Haag. Eine engagierte und ehrgeizige Mitarbeiterin, von der Dick sagte, sie würde sich wie ein wütender Hund in die Waden derjenigen verbeißen, die glaubten, sie könnten ungeschoren davonkommen. Sie hieß Elaine Szolnay. *Ein Name, der zu ihr passt,* dachte Bosman und blickte hinüber zu dem zeternden alten Mann in Lumpen, der offensichtlich log, und weiter zum aufgebrachten Dick Vanderbeg, dem zusehends der Geduldsfaden riss. Elaine kam zu ihm rüber und sagte, sie würden im Haus anfangen.

»Da finden Sie nichts«, sagte Bosman. »Wenn hier Leichen liegen, dann hinter dem Haus. Warum hätten sie sich die Mühe machen sollen, sie im Keller einzuzementieren?«

Er sollte recht behalten.

Die Hunde schlugen hinter dem Schafstall an. Sie organisierten einen kleinen Bagger aus dem Dorf, mit dem sie den ganzen Hof umpflügten. Sie förderten dreiundzwanzig verweste Leichen zutage. Da die Dekomposition schon sehr weit fortgeschritten war, konnten sie nicht mehr feststellen, ob den Opfern die Organe entnommen worden waren. So brachte es Bajram Curr nur zu einem weiteren Kreuz auf der Karte, wo sie die Massengräber einzeichneten – ein heruntergekommener Ort, der nach einem albanischen Freiheitskämpfer benannt worden war, der sich auf der Flucht in einer Höhle erschossen hatte. Der Mann, der in einem Gehöft weiter oben am Berg wohnte und aussagte, was er gesehen hatte, wurde später zusammen mit seiner ganzen Familie hingerichtet. So ging man mit Verrätern um. Die Spur führte zu Remi Ekrem, einem ehemaligen UCK-Kommandanten, doch der Mann war unantastbar. Als Chef des mächtigen Ekrem-Clans kontrollierte er den Südwesten des Kosovo, und als Abgeordneter im Parlament genoss er diplomatische Immunität.

Auch wenn sie an Ekrem nicht rankamen, ermittelten sie in seinem Umfeld weiter und konnten über eine Zeugin einen Arzt ausmachen, der illegal Organe transplantierte. Doch als sie Dr. Ibramovics festnehmen wollten, kamen sie zu spät. Keiner wusste, wo er sich aufhielt. Der »Schwarze Teufel«, wie die überlebenden Patienten ihn wegen seiner buschigen Augenbrauen nannten, war abgetaucht.

Bis jetzt.

»Er hat als Arzt praktiziert«, sagt Elaine, »bis er vor ein paar Wochen erkannt wurde.«

»Und wo?«

»Hier.«

»Was ...?«

»In der Paracelsus-Klinik in Wannsee.«

Bosman kann es nicht glauben. Er hat nichts davon gehört. Wie kann das sein in Zeiten, in denen jeder Scheiß an die Öffentlichkeit kommt? Wer verzichtet auf eine Schlagzeile wie »Dr. Frankenstein in Privatklinik festgenommen«?

»Wir haben Stillschweigen vereinbart, um die Ermittlungen nicht zu gefährden.«

»Was so viel heißt wie: Ihr habt einen Deal gemacht.«

Elaine lächelt: »Ja, einen Kronzeugendeal.«

Klar, was sonst?

Durch das gekippte Fenster rauscht der Verkehrslärm vom Tempelhofer Damm rein. Bosman schaut Elaine an, sieht das Funkeln in ihren Augen. »Mit Ibramovics kriegen wir Ekrem dran, Frank. Nach all den Jahren.«

Ja, nach all den Jahren.

Bosman rammt die Fäuste in die Taschen seiner Jeans und geht zum Fenster. Bis heute quälen ihn die Albträume, hört er im Morgengrauen das Knattern der Rotorblätter und sieht die Bilder, die er nie hätte sehen sollen. Er schaut raus auf die Straße, auf den dichten Verkehr, dahinter das Tempelhofer Feld, wo bunte Drachen am Himmel fliegen.

»Ich dachte, der Strafgerichtshof für Jugoslawien ist 2017 aufgelöst worden.«

»Ja, aber der MICT kümmert sich um die anhängigen Verfahren. Es sind über hundert, Ekrem ist nur einer davon.«

Elaine sieht Bosmans fragendes Gesicht und fügt hinzu: »Mechanism for International Criminal Tribunals. Wir sind die *Closer*. Wir machen die restlichen Fälle zu.«

»Worauf wartest du dann noch?«

»Ekrem sitzt im Kosovo.«

Und der liefert nicht aus. Soll sie etwa dahinfahren, bei Ekrem anklopfen und sagen:»Hey, die Party ist vorbei, jetzt geht's ab nach Den Haag, wo wir dir den Strick drehen!«? Oder sich auf die örtliche Polizei verlassen, für die der Kerl noch immer ein Kriegsheld ist?

Vergiss es.

So kommt sie nicht an ihn ran, das ist Bosman klar, während ihm allmählich dämmert, warum sie hier ist.

»Ihr wollt ihn doch auch«, sagt Elaine.»Ekrem überschwemmt den Drogenmarkt in Berlin.«

»Sicher«, sagt Bosman.»Aber wie stellst du dir das vor? Wie sollen wir an ihn rankommen? Wir haben im Kosovo keine polizeilichen Befugnisse mehr.«

»Nee«, sagt Elaine.»Aber in Albanien.«

»Das wäre mir neu.«

»Ist es auch.«

Wie sich herausstellt, haben die Verantwortlichen in Brüssel einen Deal mit Tirana eingefädelt. Man wird sich in den EU-Beitrittsgesprächen wohlwollend zeigen, wenn Albanien sich im Gegenzug bereit erklärt, entschlossen gegen die Organisierte Kriminalität vorzugehen und international gesuchte Verbrecher auszuliefern.

So wie Ekrem.

»Okay«, sagt Bosman, »aber wozu brauchst du mich dann? Das ist Sache der albanischen Polizei.«

»Das stimmt«, sagt Elaine. »Aber um ihn festzunehmen, müssen wir ihn erst mal über die Grenze kriegen, oder?«

3

Bosman sitzt bei Harry im Büro und sagt:»Ich brauche einen Schauspieler.«

»Was für einen Schauspieler?«

»Latino. Es geht um die Hauptrolle in einem Kartell-Set-up unten in Albanien.«

»Besteht die Chance, dass er dabei ums Leben kommt?«

»Möglich.«

»Bruce Russo«, sagt Harry sofort. Der Mann, der ihm den letzten Film ruiniert hat.

Russo war der Hauptdarsteller in einer von Harrys letzten Produktionen gewesen. Aber als dann ein Video kursierte, in dem er einer viel zu jungen Frau seinen Schwanz in den Mund schob, war er natürlich erledigt – und Harrys Film auch. Seitdem hat er mit Russo noch eine Rechnung offen.

»Der Ami?«, fragt Bosman.

»Ja.«

Harry streicht seine schütteren Haare wie ein französischer Philosoph nach hinten. Vielleicht ist er jetzt ja gekommen, der süße Moment der Rache. Die Vormittagssonne strahlt durch das große Fenster in sein Büro und wandert über die Trophäen, die seine Leistungen als Filmproduzent belegen: Urkunden, Pokale,

Lolas, das übliche Zeug. An der Wand hängen gerahmte Fotos mit Größen aus dem Filmbusiness. Auf einem Bild legt Harry seinen Arm freundschaftlich um Johnny Depp. Was ein Fake ist. Er hat nächtelang mit Photoshop herumgefrickelt, um sich selber an die Stelle von Depps damaliger Freundin Amber Heard zu platzieren.

»Nein, im Ernst«, sagt Bosman. »Wir planen eine verdeckte Operation, um einen albanischen Kingpin hochzunehmen, der tonnenweise Drogen in den Norden transportiert und vom Tribunal in Den Haag wegen Kriegsverbrechen gesucht wird.«

»Was hat er getan?«

»Serbische Kriegsgefangene exekutiert, ihnen die Organe entnommen und verkauft.«

»Leck mich am Arsch.«

»Damals im Krieg vor der NATO-Bombardierung. Ekrem war als Kommandant bei der KLA, der Kosovo Liberation Army, an ethnischen Säuberungen beteiligt.«

»Und den Burschen schnappt ihr euch jetzt?«

»Das ist der Plan.«

Bosman erzählt, dass die Kosovo-Albaner nicht nur die Heroin- und Marihuana-Routen nach Nordeuropa kontrollieren, sondern dass immer mehr Koks dazukommt. Sie knüpfen direkte Kontakte zu den Kartellen in Südamerika, die ihre Container mit Bananen nach Albanien schippern, wo der Stoff in die Balkanroute eingespeist wird. Harry weiß sofort, woher der Wind weht, und sagt: »Okay, den Film habe ich schon hundertmal gesehen. Ihr stellt Kontakt zu Ekrem her und lockt ihn in einen Koksdeal, um ihn hochzunehmen.«

»Wir haben bereits den Kontakt hergestellt, jetzt brauchen wir einen glaubwürdigen Paten.«

»Bruce Russo«, sagt Harry noch einmal und klopft bekräftigend mit den Fingerknöcheln auf die Tischplatte. »Ich sag's dir, egal, was damals geschehen ist. Seine Mutter ist Mexikanerin, er ist in

Tijuana groß geworden und als Jugendlicher nach L.A. gegangen, wo er die üblichen Scheißjobs machen musste, bevor er irgendwann für *Bigfoot* entdeckt wurde.«

»*Bigfoot*?«, fragt Bosman.

»Ja, eine Mafiaserie. Er hat da den Paten gespielt, Laurenzo ›Bigfoot‹ Borboni, der sich auf eine Affäre mit einer amerikanischen DEA-Agentin einlässt. HBO, sieben Staffeln.«

»Meinst du, der würde das machen?«

»Soweit ich weiß, ist er seit der Sache mit der jungen Frau damals durch, hat nie wieder eine Rolle gekriegt. Wenn du willst, rede ich mit ihm.«

»Okay, ruf ihn an«, sagt Bosman und steht auf.

Harry gibt ihm die Hand. »Wie geht's Britta?«

»Sie macht eine Fortbildung.«

»Siehst du, deine Frau hat Ehrgeiz.«

»Deine nicht?«

»Doch, nur an der falschen Stelle«, sagt Harry. »Aber was soll's, ich habe sie geheiratet, also sollte ich mich auch nicht beschweren. Aber dass sie anfängt, vegan zu kochen und mir in den Ohren zu liegen, weniger zu trinken, das nervt. Mein Gott, wie ich sie hasse, diese ganzen Ökospießer.«

»Kommt doch mal wieder bei uns vorbei. Ich schmeiße den Grill an, und wir packen ein paar ordentliche Rib-Eye-Steaks drauf, wie klingt das?«

»Wie ein Angebot, das man nicht ausschlagen kann«, sagt Harry. »Ich melde mich, sobald ich mit Russo geredet habe.«

4

Bruce Russo sitzt auf dem Sofa und zerteilt ein Häufchen Koks mit einer seiner gesperrten Kreditkarten. Zumindest dafür taugen sie noch. Das Leben hat es in letzter Zeit nicht gut mit ihm gemeint. Die Anwälte der *Bitch*, die ihn in das Hotelzimmer gelockt hatte, waren bereit, die Anklage zurückzuziehen, nachdem er wiederum bereit war, zwei Millionen Dollar lockerzumachen. Damit war er ruiniert, aber immerhin ein freier Mann – wenn frei sein bedeutet, wie ein Paria behandelt und nicht mehr auf Partys eingeladen zu werden.

Er kann es immer noch nicht glauben, dass er ihr damals auf den Leim gegangen ist. Sie schien ihm gleich ein bisschen jung zu sein, aber sich den Ausweis zeigen zu lassen, während sie schon an seinem Hosenstall rumfummelte, kam ihm natürlich auch nicht in den Sinn.

Er zieht den Strohhalm aus seinem Gin Tonic, dem dritten heute Morgen, pustet ihn trocken, steckt sich das eine Ende in die Nase und rüsselt die zwei Linien routiniert rein. Dann schnieft er, wischt mit dem Handrücken den Rotz ab und lässt sich zurück in das Polster fallen, wo er kurz die Augen schließt, während der Druck in seinem Schädel steigt und er an das Telefonat mit Harry denkt. Was hat der ihm noch mal erzählt? Russo kann sich kaum erinnern.

Er war mit kalifornischem Sonnenschein im Gesicht auf seinem Sofa aufgewacht, als sein Handy summend in Richtung Tischkante tanzte. Er brauchte eine Weile, bis er kapierte, dass Harry dran war, aus Berlin.

»Hey, Bruce«, sagte Harry. »*How ya doin'?*«

»*Awesome*«, grunzte Russo.

»*Listen, I have great work for you.*«

Russo kniff die Augen zusammen, die Sonnenstrahlen frästen eine Schmerzbahn durch seinen Schädel. Die letzte Bloody Mary gestern Nacht in Joes Hangout war ein Fehler gewesen. Es war immer der eine Drink zu viel, der einen killte.

»*Well, uhm ... Send the script to my agent.*«

»*There is no script*«, sagte Harry. »*This time it's the real thing.*«

What?

Wenn Russo es richtig verstanden hatte, klang das, was Harry ihm da antrug, wie eine Scripted-Reality-Show mit einem Druglord in der Hauptrolle.

No fucking way!

Er war immer noch Künstler und keine Bullenhure.

»Du bist der Beste«, sagte Harry. »Ich kenne niemanden, der einen Drogenboss so gut gespielt hat wie du in *Bigfoot*. Ohne Scheiß, nicht Al Pacino, nicht Joe Pesci oder Robert De Niro, noch nicht mal James Gandolfini. Das ist die Rolle deines Lebens.«

»Und wie viel wollt ihr dafür bezahlen?«

»Ich kann dir fünfzig Riesen anbieten«, sagte Harry.

»Willst du mich verarschen? Es gab Zeiten, da habe ich fünfzig Riesen am Tag gekriegt.«

»Ja, aber die sind leider vorbei.«

Asshole, dachte Russo.

»Vielleicht kann ich noch zwanzig mehr für dich rausholen, aber dann ist Schluss. Wir sind hier in Germany und nicht in Hollywood.«

»*Fuck you*«, sagte Russo und legte auf.

Jetzt rafft er sich ächzend hoch und schlappt durch das helle Wohnzimmer ins Bad mit den Fliesen aus Carrara-Marmor. Wenigstens das Haus in Santa Monica ist ihm geblieben, bis auf Weiteres. Er pinkelt im Stehen, geht dann zum Waschbecken und betrachtet sich im Spiegel. Er sieht beschissen aus, Augen wie Pisslöcher im Schnee, teigige Wangen, auf denen bläuliche Stoppeln wuchern. Er hat Titten gekriegt, und auf der Hüfte schwabbelt Speck. Zum Kotzen. Wo ist Bruce Russo, der Mann, von dem es mal hieß, er würde aussehen wie der junge Marlon Brando? Im Urlaub? Wie tief ist er gesunken, dass Leute wie Harry ihn ernsthaft als Lockvogel für die Bullen in Erwägung ziehen?

So geht das nicht weiter.

Nach einer eiskalten Dusche und einem Triple-Espresso, der ihn zusammen mit dem Koks nachhaltig vitalisiert, ist er schon besserer Dinge. Ab heute wird er sein Leben wieder in die Hand nehmen. Schluss mit dem ganzen depressiven Scheiß. *Mach einen Strich drunter und schau nach vorne, Bruce, zeig den Arschlöchern, was in dir steckt.* Er wird gleich zu Jeff Delgado fahren, seinem Agenten, um mit ihm über die Zukunft zu reden. Immerhin hat Delgado Millionen mit ihm verdient, jetzt ist es an der Zeit, ihm etwas zurückzuzahlen.

Als er in der Doppelgarage die Tür seines BMW öffnet und sich in das duftende Leder gleiten lässt, fühlt er sich stark und sicher. Er fährt gut gelaunt den Wilshire Boulevard von Santa Monica aus in Richtung Beverly Hills, wo die Delgado Talent Agency in einem modernen Bürogebäude residiert. Russo parkt in der Tiefgarage, fährt mit dem Fahrstuhl in den fünften Stock, stößt die Tür aus gefrostetem Glas auf und geht mit einem breiten Lächeln auf die Rezeption zu, während er seine Sonnenbrille absetzt und oben in die Brusttasche seiner Armani-Jacke steckt. »Hi, Shirley, wie geht's? Ist Jeff da?«

Shirley wiegt zehn Kilo weniger, als sie müsste, und statt vor der Kamera steht sie hinter einem Empfangstresen aus poliertem Nussbaumholz und sagt mit falschem Lächeln:»Hi, Bruce. Ich fürchte, er ist in einem Meeting.«

»Kein Ding, Darling. Bring mir doch bitte einen Kaffee. Ich warte.«

»Könnte aber eine Weile dauern.«

»Ich hab Zeit«, sagt Russo und grinst. Er wird sich nicht abwimmeln lassen, schon gar nicht von so einer dürren Tussi, die glaubt, sie könne auf ihn herabschauen. Eine halbe Stunde später schaut Shirley von ihrem Platz an der Rezeption rüber und sagt: »Jeff erwartet dich jetzt.«

»Danke«, sagt Russo und steht lächelnd auf. Ohne anzuklopfen, öffnet er die Tür zu Delgados Büro und geht hinein. Sein Agent tippt auf der Tastatur herum, Blick auf den Monitor gerichtet, und sagt: »Hey, Bruce, wie geht's?«

»Super«, sagt Russo.»Mir geht's bestens.«

Delgado haut auf die Enter-Taste und dreht sich in seinem Bürostuhl zu ihm um. Schicker Anzug, Polo-Shirt und ein gewinnendes Lächeln.»Das freut mich. Was führt dich zu mir?«

»Business«, sagt Russo.

Delgado zieht die Augenbrauen hoch.»Was für ein Business?«

»Deswegen bin ich ja hier, um mit dir darüber zu sprechen. Ich hatte eine beschissene Zeit, das weißt du, und du weißt auch, wie ich verarscht wurde. Ich denke, ich habe genug geblutet. Es ist Zeit, nach vorne zu schauen.«

Delgado schiebt seine Zungenspitze in die Backe und denkt einen Moment lang nach, wobei es Russo so scheint, als würde er nur so tun, als denke er nach. Russo ist Schauspieler. Er erkennt, wenn es nicht echt ist.

»Es gibt kein *nach vorne* mehr«, sagt Delgado.»Es ist vorbei.«

Russo starrt ihn an.

What?

»Unsere Wege trennen sich hier. Ich habe getan, was ich konnte, aber du bist schlicht und ergreifend nicht mehr vermittelbar. Der Name der Agentur steht allmählich auch auf dem Spiel.«

Es dauert eine Weile, bis die brutale Botschaft in Russos Hirn eingesickert ist wie russisches Plutonium. »Du willst mich feuern?«

»Nein«, sagt Delgado, »das will ich nicht, aber ich fürchte, mir bleibt keine andere Wahl.«

»Du ziehst den Schwanz ein? Obwohl du weißt, dass ich unschuldig bin?«

»Bruce, das Mädchen war minderjährig.«

»Woher sollte ich das wissen?«

»Das ist nicht der Punkt.«

»Sie hat mich reingelegt. Sie hat das heimlich gefilmt, mit ihrem scheiß Handy, und am nächsten Tag ist sie damit heulend zu den Bullen und hat behauptet, das wäre gegen ihren Willen geschehen!«

»Tut mir leid, Bruce, es ist vorbei.«

»Was willst du mir damit sagen? Dass du mich rausschmeißt, nachdem ich dich reich gemacht habe? Was bist du für ein verdammtes Arschloch. *Fuck you!*«

Delgado schaut genervt aus dem Fenster.

»*Fuck you!!!*«

»Du musstest nicht mit ihr in das Hotelzimmer gehen, und wenn du auch nur ein Gramm Grips in der Birne hättest, dann hättest du das auch nicht getan. Oder glaubst du allen Ernstes, dass eine junge Frau dir den Schwanz lutscht, weil es ihr Spaß macht?«

Russo schweigt betroffen. Dann sagt er: »So denkst du?«

»Ja, so denke ich.«

Russo spürt, wie ihm schlecht wird. Er weiß nicht, ob das an den Bloody Marys von gestern Abend oder den Gin Tonics von heute Morgen liegt, oder daran, dass er begreift, einen neuen Tiefpunkt erreicht zu haben. Er ist endgültig raus aus dem Spiel.

Als er benommen die Tiefgarage erreicht, sieht er den roten Porsche 911 Carrera, Baujahr 1989, hinter einer Säule stehen – Delgados ganzer Stolz. Russo geht rüber zu seinem eigenen Wagen, öffnet den Kofferraum und holt einen Baseballschläger raus. Er kehrt zurück, schert sich nicht um die Überwachungskameras, sondern drischt erst die Außenspiegel des Porsche ab, zertrümmert dann die Scheinwerfer vorne und hämmert wie ein Irrer auf die Windschutzscheibe ein, die knisternd zu einem Spinnennetz mutiert. Als er wieder zu Hause ist, mixt er sich erst mal eine Bloody Mary. Zwei Stunden später stehen die Bullen vor der Tür und überreichen ihm eine Vorladung. Schwere Sachbeschädigung. Nächste Woche ist Anhörung bei Judge Thompson.

Ein paar Stunden später küsst die untergehende Sonne die roten Adobe-Dächer der Häuser um Russo herum. Er liegt völlig stoned in einem Lounge Chair an seinem trockenen Pool, in dem das Moos wuchert und die Frösche quaken. Neben ihm steht eine leere Flasche Tequila. Russo angelt nach seinem Handy, das neben ihm auf dem Boden liegt, ruft Harry an und sagt: »*I'm in.*«

5

Elaine kommt aus einem Schuhgeschäft in der Bergmannstraße, wo sie sich sündhaft teure Prada-Stiefeletten gekauft hat, an denen sie einfach nicht vorbeigehen konnte, als Bosman anruft und sagt, dass sie jemanden für die Rolle des Paten gefunden haben.

»Russo? Wo kommt er her?«

»Direkt aus dem kalifornischen Sonnenschein.«

Ach du Scheiße, denkt sie, als sie ihn gleich auf ihrem iPhone googelt, und sagt zu Bosman: »Das ist nicht dein Ernst.«

»Harry sagt, er ist der Beste.«

»Fragt sich nur, in welchem Department. Wir können doch nicht mit einem Sexualstraftäter zusammenarbeiten.«

»Das Gericht hat ihn freigesprochen.«

»Nein, er hat sich freigekauft«, liest sie auf ihrem Display.

»Elaine«, sagt Bosman, »der Typ ist Schauspieler. Die ticken nicht so wie du und ich. Denk an James Gandolfini, der Tony Soprano gespielt hat. Irgendwann hat er sich in New Jersey nur noch Tony nennen lassen.«

Das weiß er von Harry.

»Und was willst du mir damit sagen? Dass sie deswegen tun und lassen können, was sie wollen?«

»Hast du schon zu Mittag gegessen?«

34

»Nein.«

»Jeder verdient eine zweite Chance«, sagt Bosman. »Er hat genug geblutet.«

»Mir kommen die Tränen.«

»Und mir knurrt der Magen. In einer halben Stunde bei Erol?«

»Schaffe ich nicht. Um zwei.«

Sie war ein wenig nervös gewesen, als sie nach Berlin kam. Wie würde es sein, Bosman wieder gegenüberzustehen? Wie würde er aussehen, wie würde er drauf sein? Sie hatten sich seit zehn Jahren nicht mehr gesehen, jeder hatte seine Wunden geleckt. Doch als sie in seinem Büro auf ihn wartete, er durch die Tür hereinkam und sagte: *Wo kommst du denn her?*, als wäre es die normalste Sache der Welt, dass sie hier saß, war die alte Vertrautheit sofort wieder da. Er hat sich gut gehalten, ist etwas schmaler geworden, das Haar an den Schläfen und die Bartstoppeln am Kinn sind grau, die Falten um den Mund und unter den Augen tiefer. Doch auch sie steht jeden Morgen vor dem Spiegel und massiert ihre Hydrocreme mit den Fingerspitzen ein.

Als sie den Adana Grill betritt, ist er schon da. Er steht auf und rückt ihr den Stuhl zurecht. Sie küsst ihn zur Begrüßung auf die Wange, und sie setzen sich einander gegenüber. Sie meiden zu viel Nähe, alle beide, und das ist gut so.

»Ich habe mir mal die Karte von Nordalbanien angeschaut«, sagt Bosman. »Ich glaube, wir sollten in Durrës zuschlagen, das ist die größte Hafenstadt. Wir fädeln einen Hundert-Kilo-Testlauf ein, Übergabe am Hafen, da schlagen wir zu.«

»Wie kriegen wir den Stoff dahin?«

»Welchen Stoff?«

Elaine lehnt sich zurück und schaut ihn etwas spöttisch an. »Du meinst, der Schauspieler tut nur so, als hätte er ihn?«

»Das ist es, was Schauspieler tun.«

»Und was hast du dann in der Hand, wenn wir Ekrem festnehmen? Zwei Typen, die sich treffen und über das Wetter reden? Wie willst du beweisen, dass das Ganze ein Drogendeal ist?«

»Die Beweislage dürfte klar sein.«

»Ich bin enttäuscht, Frank. Wo ist dein Ehrgeiz?«

Bosman grinst.

Emrah Tahin, als Leiter der Abteilung OK 4 zuständig für die Bekämpfung der Organisierten Kriminalität in der Stadt, sitzt in der Kantine alleine an einem Tisch und futtert Menü drei: Pangasius-Filet mit Bratkartoffeln und Salat. Es ist nicht mehr viel los, die meisten Kollegen haben bereits gegessen, als Bosman und Schuster reinkommen. Emrah ist nicht erfreut, sie zu sehen. Er hasst es, beim Essen gestört zu werden. Warum sonst geht er wohl immer später als alle anderen? Und warum zieht er es vor, alleine zu sitzen?

Eben.

Um seine Ruhe zu haben.

Und jetzt erklären die beiden ihm hier, dass sie hundert Kilo Kokain aus der Asservatenkammer brauchen, um Ekrem eine Falle zu stellen.

»Wie bitte? Spinnt ihr?«

»Er ist einer der größten Drogenlieferanten, wir haben jeden Tag hier auf der Straße damit zu tun«, sagt Schuster.

»Der Pablo Escobar des Balkans«, sagt Bosman. »Wenn wir ihn hochnehmen, kannst du noch deinen Enkeln davon erzählen.«

Emrah traut den beiden nicht über den Weg, aus guten Gründen. Andererseits ist das Rennen um den Posten des Polizeidirektors noch immer offen. Intimfeind Kromschröder bringt sich in Stellung, da kann es nicht schaden, mit einem spektakulären Schlag gegen die Drogenmafia zu punkten.

»Wenn wir ihn bei einem Drogendeal erwischen, haben wir endlich genug, um ihn hinter Gitter zu bringen«, sagt Bosman.

Von dem Haftbefehl des Internationalen Gerichtshofs sagt er nichts. Die Lage wäre Emrah zu kompliziert, mit den Zuständigkeiten, welches Gericht über ihn urteilt, wann und in welcher Abfolge. Hat er als Erster Zugriff und kann in den Schlagzeilen glänzen, oder will der Gerichtshof den Ruhm? Also hält Bosman lieber den Mund.

»Wie wollt ihr ihn schnappen? Er hockt im Kosovo, wo die Leute ihn als Kriegsheld verehren.«

»Deshalb müssen wir ihn da rausholen.«

»Aha, vergolde meinen Tag.«

Bosman erzählt von dem Auslieferungsabkommen mit Albanien. Emrah ist überrascht. »Woher weißt du denn das?«

»Ich lese Zeitung.«

»Wir bauen einen V-Mann auf«, sagt Schuster, »der sich als Kokainhändler aus Venezuela ausgibt.«

»Wieso Venezuela? Da ist alles im Arsch, da ist Bürgerkrieg, die Leute verhungern.«

»Eben«, sagt Bosman. »Das macht es für Ekrem unmöglich, die Legende unseres Mannes zu überprüfen.«

Emrah schweigt.

»Wir chartern einen Container, verladen ihn in Belém in Brasilien auf ein Schiff, das einen albanischen Hafen anfährt, und verstecken das Koks zwischen den ganzen Bananenkisten.«

»Wieso Brasilien?«

»Weil aus dem beschissenen Venezuela kein Schiff mehr abfährt«, sagt Schuster, »und die Leute ihr Koks sowieso im Dschungel anbauen und von da aus über den Amazonas nach Belém bringen.«

Emrah lehnt sich in seinem Stuhl zurück, vor ihm das Pangasius-Filet, das kalt wird. »Ihr verarscht mich doch. Wenn ihr bei der Übergabe zuschlagt, braucht ihr doch gar keinen Stoff.«

»So läuft das nicht«, sagt Bosman. »Ekrem wird erst überweisen, wenn er die Ware gesehen und getestet hat. Das sind drei Millionen, der Verkaufswert hier auf der Straße locker das Doppelte. Da wollen wir doch wohl nicht drauf verzichten.«

»Und der Staatsanwalt auch nicht«, sagt Schuster. »Damit nageln wir ihn fest.«

Emrah starrt ihn an. »Ekrem wird da sicherlich nicht alleine auftauchen. Wie wollt ihr einen Konvoi mit hundert Kilo Kokain und einer Privatarmee aus Söldnern aufhalten und den Mann verhaften? Das müsst ihr mir mal erklären.«

Und sie erklären es ihm.

Die russischen Kasernen liegen verlassen im hellen Sonnenlicht unter deutschen Fichten, deutsches Moos an den Wänden und deutscher Efeu, der die blinden Fenster umrankt. *Eine Kulisse wie in einem Endzeitthriller*, denkt Bosman, als er von der Landstraße abbiegt und durch das offene Tor an den leeren Wächterhäuschen vorbei auf das Gelände fährt.

»Ich glaube, du musst da vorne links abbiegen«, sagt Schuster und deutet auf die Kreuzung vor ihnen. Unter ihnen tackern die Reifen über die Betonplatten, mit denen die Genossen seinerzeit wahlweise Straßen oder Häuser gebaut haben, als von vorne ein blauer 7er BMW um die Ecke kommt und sie mit hoher Geschwindigkeit passiert. Zwei junge Typen sitzen darin, die komisch rüberglotzen.

»Was sind das denn für Spacken?«, fragt Bosman. »Eds Leute?«

»Keine Ahnung. Bieg ab.«

Bosman biegt ab und sieht im Rückspiegel, wie der BMW hinter ihm driftend und mit rauchenden Reifen wendet.

»Kinder.«

Plötzlich detoniert vor ihm ein Sprengsatz. Rauch vernebelt die Sicht.

»*Fuck!*«

Bosman tritt in die Eisen, als auch schon seine Tür aufgerissen wird. Er hustet, die Augen tränen, zwei schwarz vermummte Kommandokräfte haben ihre Waffen auf seinen Kopf gerichtet, Riesengeschrei:»Runter, los, runter, runter auf den Boden!«

»Hey, ihr Arschlöcher!«

Bosman schlägt um sich, jemand packt seinen Nacken, drückt ihn mit einem Zentnergewicht runter in den Dreck, seine Arme werden nach hinten gerissen. Wie durch eine Nebelwand hört er Schreie.

»*Aufhören, stopp! Abbruch!!!*«

»Oh, scheiße!«

Der Druck in Bosmans Nacken lässt nach, er hebt den Blick und schaut in das Gesicht eines jungen Mannes, der einen Helm in der Hand hält, mit der anderen sein Haarnetz abzieht und seine gepflegte Mähne schüttelt.»Sorry, Mann, tut uns leid.«

Er reicht Bosman die Hand und zieht ihn hoch. Auf der anderen Seite des Wagens steht Schuster mit einem Typen, der Ed Schröder sein muss. Eins neunzig groß, mit blankem Charakterschädel wie John Malkovich. Hinter ihrem Wagen steht der BMW, der sie passiert und dann gewendet hat.

»Mann, Leute«, schimpft Ed.»Ihr könnt doch nicht einfach so losrennen ohne positive Zielidentifikation! Wie oft habe ich euch das eingeschärft. Erst bei *Freigabe* legt ihr los, keine Sekunde früher. Ist das denn so schwer?«

Betretene Blicke.

Tätowierte Oberarme, die Eisen biegen können. Stiernacken, die aus T-Shirts ragen. Sie halten die Helme in den Händen und sehen aus wie Schulbuben beim Anschiss. Ed starrt den Fahrer des BMW an, der hinter ihnen in einem Spin gewendet hat.»Und wie oft habe ich euch gesagt, ihr sollt die Karre nicht so hochziehen. Wir sind hier nicht im Film, verdammt nochmal. Hier wird nicht gespielt, jeder *fucking move* ist *real!* Wenn ihr das nicht in eure Birnen reinkriegt, dann wird das nichts, Männer. Es gibt kein Training, es gibt nur den Ernstfall, habt ihr das verstanden?«

»Jawoll.«

»Und du«, sagt Ed zu dem Mann mit der Mähne, »du schneidest dir erst mal die Haare, vorher brauchst du hier nicht mehr anzutanzen.«

Dann wendet er sich an Schuster und Bosman und sagt: »Sorry, Jungs, das sind die Rekruten. Ich sag euch, es wird immer schlimmer heutzutage. Von Abitur reden wir schon lange nicht mehr. Kommt rein.«

Er lässt ihnen den Vortritt in sein Büro.

Es ist funktional eingerichtet. Hier stehen immer noch die alten Sowjet-Tische und Stühle mit Plastikbezug in Ostfarben. Diverse Flaggen, Auszeichnungen, Fotos und Pokale an den Wänden. Ed deutet auf eine Sitzecke, auf der schon Honecker gesessen haben könnte.

»Was kann ich für euch tun?«

»Wir brauchen drei Leute für ein Kartell-Set-up in Albanien«, sagt Schuster. »Latinos, Bodyguards für einen Koksdealer aus Venezuela.«

»Also spanisch-südamerikanischer Hintergrund.«

»Spezifischer«, sagt Bosman. »Kolumbien, Venezuela, Mittelamerika.«

Ed schaut ihn an. »Meinst du, die Albaner können das auseinanderhalten?«

»Das weiß ich nicht, aber ich muss es auseinanderhalten können.«

»Wir wollen auf Nummer sicher gehen«, sagt Schuster.

»Okay, verstehe.«

Ed geht zum großen amerikanischen Kühlschrank und holt drei Gatorade-Flaschen raus. »Worum geht's genau?«

Die Dosen zischen auf.

»Wir faken einen Koksdeal in Durrës, Albanien«, sagt Schuster, »um die Zielperson aus dem Kosovo zu locken, weil wir da nicht an ihn rankommen. Wir haben schon einen falschen Pablo Escobar, aber wir brauchen noch seine Sekundanten.«

»Und solche Leute habt ihr nicht beim LKA?«

»Leider nicht«, sagt Schuster. »Es mag am Social Profiling liegen oder am allgegenwärtigen Rassismus in der deutschen Polizei, aber Latinos sind bei uns tatsächlich unterrepräsentiert.«

Ed grinst und sagt: »Ich glaube, da kann ich euch helfen.«

6

Bosmans erster Eindruck von Russo: *Der Mann ist stoned.* Ob immer noch oder schon wieder, lässt sich bei Alkoholikern wie ihm nicht genau sagen.

Schlecht.

»Er vergisst dauernd den Text«, sagt er zu Harry und wendet die Steaks auf dem wackeligen Holzkohlegrill, den er im begrünten Hinterhof seines Berliner Mietshauses aufgebaut hat. Harry trinkt einen Schluck Weißwein und zwinkert zu Britta rüber, die mit Helen am Biertisch bei Nudelsalat und diversen veganen Speisen sitzt.

»Nina hat ihn ein Dutzend Mal durch die Routine geprügelt«, sagt Bosman. »Wann wurde er als Hector Lopez geboren, wo wurde er geboren, wie heißt seine Mutter, wie viele Geschwister hat er? Wer ist Pedro Aguila? Und Russo sagt: ›Ähm ... der Typ, den ich in Calexico erschossen habe?‹ Nein, Bruce. Das ist dein Anwalt in Miami. ›Wieso heißt er Pedro Aguila? Ich habe amerikanische Anwälte.‹ Bruce, Aguila ist Amerikaner. ›Und wieso heißt er dann wie ein *fucking spic*?‹«

Es ist zum Verzweifeln.

»Mit dem Kostüm geht es weiter«, sagt Bosman und ahmt Russo nach. »Wie, das soll ich anziehen? Ich laufe doch nicht rum wie bei fucking *Narcos*!«

»Na ja«, sagt Harry. »Jetzt siehst du mal, womit ich mich jeden Tag rumschlagen muss.«

»Aber das Beste war …«, sagt Bosman, während er die zischenden Steaks mit seiner Grillzange wendet, »… als er seinen venezolanischen Reisepass gekriegt hat, fing er an, über das Passfoto zu meckern.«

»Ja, so sind sie, die Schauspieler. Es ist echt zum Kotzen. Aber hör mal, ich habe nachgedacht. Was hältst du davon, wenn ich die ganze Sache begleite?«

Bosman schaut ihn an.

»Mit einem kleinen Kamerateam, minimale Produktionskosten. Wir machen eine Doku draus, mit einer emotionalen Geschichte über einen abgehalfterten Schauspieler, der die Rolle seines Lebens spielt. Wir sind live dabei, wenn ihr Ekrem hochnehmt, Sieg der internationalen Kooperation, ein Coup für den Internationalen Gerichtshof. Mann, Frank, das ist eine Geschichte! Ich bin mir ziemlich sicher, nein, ich *weiß*, dass ich die gut verkaufen kann. Zehn Prozent bleiben bei dir.«

»Vergiss es«, sagt Bosman, »und hol die Teller rüber. Die Steaks sind fertig.«

»Was spricht dagegen?«

»Eine Menge.«

Dann ist es endlich so weit.

Wochen der Vorbereitung liegen hinter ihnen. Wochen, in denen Russo für ein erstes Treffen mit Ferris in Zürich auf Vordermann gebracht werden musste. Wochen, in denen Polizeipräsidentin Bäumler davon überzeugt werden musste, hundert Kilo Kokain aus der Asservatenkammer freizugeben. Wochen, in denen das Kokain in einem Container versteckt einmal über den Atlantik nach Belém und dann wieder zurückgeschippert werden musste, damit die Frachtpapiere sauber sind und Ekrem den Weg des

Containers mit einem GPS-Peilsender nachverfolgen konnte. Elaine war nur sporadisch dabei. Sie hatte in Den Haag zu tun und ließ sich von Bosman über den Stand der Vorbereitung informieren. Die Telefongespräche waren informell. Sie vermieden es, persönlich zu werden.

Zwei Tage bevor die *MS Seastar* einlaufen sollte, war Russo alias Hector Lopez aus Caracas schon mit seinem Team im Hotel Epidamm in Durrës eingetroffen. Dort bekam er einen Anruf von Ferris, der die Sache mit dem Dispatcher im Hafen geregelt hatte: Der Container würde sofort nach dem Anlegen als einer der ersten gelöscht und auf einen Sattelschlepper verladen, der ihn in eine der zahlreichen Lagerhallen bringen würde. Russo bekam die Adresse, die Bosman gleich nach dem Anruf bei Google Maps eingab. Die Halle stand an der Straße von Durrës nach Tirana, etwa zehn Kilometer außerhalb der Stadt. Bosman rief Mihal Agolli an, den Mann, der in Albanien den Einsatz leiten würde. Als sie einen Tag später in Tirana landeten, wurden Bosman, Schuster und Elaine von einem schwarzen Van abgeholt, zusammen mit den beiden Leuten vom BKA, die ihnen zugeteilt wurden, um den Transport von Ekrem nach Berlin zu sichern. Die Chartermaschine war schon gebucht.

Jetzt sitzen alle zusammen in der Bar des Hilton Garden Inn in Tirana, einem modernen Hotelbau direkt am Gjergj Fishta Boulevard, der sich die Lana entlangzieht und nach dem Nationaldichter benannt worden ist, als Mihal Agolli hereinkommt. Bosman hat ein paarmal mit ihm telefoniert und Mails wegen der Einsatzplanung ausgetauscht, jetzt sieht er ihn zum ersten Mal. Er ist etwas kleiner, als er gedacht hat, ein drahtiger Mann Ende fünfzig in einem ausgebeulten blauen Anzug mit einem Relief albanischer Schluchten im Gesicht und einem Händedruck wie eine Notenpresse. »Mihal Agolli.«

»Frank Bosman.«

Er stellt der Reihe nach Elaine, Schuster und die beiden Kollegen vor, dann nehmen sie alle Platz, und Agolli erklärt den Einsatz: Die Lagerhalle wird eingekreist, zwei Scharfschützen sind auf dem Dach einer gegenüberliegenden Bauruine postiert.

»Sehr gut«, sagt Bosman. »Da wäre noch eine Sache.«

Agolli schaut ihn an.

»Wir dürfen erst zuschlagen, nachdem Ekrem das Geld auf unser BKA-Konto überwiesen hat. Wir brauchen das für die Beweisaufnahme.«

»Und woher wisst ihr, dass das Geld eingegangen ist?«

»Das sehen wir online.«

»Gut«, sagt Agolli. »Kein Problem.«

Dann bestellt er Raki für alle.

Auf morgen.

Zur selben Zeit liegt Bruce Russo keine dreißig Kilometer westlich von ihnen im Bademantel auf dem Bett seiner Suite im Hotel Epidamm in Durrës, die aussieht wie die Filmkulisse eines Rokoko-Schlosses, alles in dunklen Rottönen gehalten, und zappt lustlos durch die TV-Kanäle.

Nur Schrott.

Er wirft die Fernbedienung frustriert auf den Boden und leert den dritten Gin Tonic, der neben ihm auf dem Nachttisch steht. Morgen wird er die Rolle seines Lebens spielen. So hat Harry es ihm verkauft.

Für 75.000 Euro, auf die sie sich schließlich geeinigt hatten.

Wenn es gut läuft, ist der ganze Scheiß in vierundzwanzig Stunden vorbei. Und wenn nicht? Russo zieht es vor, nicht weiter darüber nachzudenken. Wie ist er hier gelandet? Wie konnte er es so weit kommen lassen? Hängt in diesem beschissenen Hotel rum, ein Stockwerk tiefer die drei Jungs, die seine Sicherheitsleute spielen sollen. Die Bullen hatten Schwierigkeiten, deutsche Beamte mit Latino-Gangsta-Hintergrund zu finden, die für die Aufgabe hinreichend qualifiziert sind. *Mann, sollen sie mal nach Kalifornien kommen!* Am Ende haben sie drei Leute von einer privaten Sicherheitsfirma genommen, zwei aus El Salvador und einen aus Mexiko, die so aussehen, als hätten sie tatsächlich schon mal in diesem Business gearbeitet. Der Einsatzplan sieht strenge Nachtruhe vor, um für den morgigen Tag gerüstet zu sein.

Doch Russo kann nicht schlafen.

Er steht auf und tritt auf den Balkon, stützt sich auf die Brüstung und schaut durch die im lauen Seewind wogenden Palmenwipfel auf das bunte Treiben unten auf der Straße. Was spricht dagegen, noch mal rauszugehen und einen Feierabenddrink zu nehmen? Scheint ein netter Ort zu sein, auffallend viele junge Menschen. Am Ende wäre es doch schade, so gar nichts von Land und Leuten mitzukriegen, wenn er schon mal hier ist. Er steigt in seine Chinos, legt seine Rolex an, schlüpft in sein Leinensakko, nimmt die Zimmerkarte und geht.

Draußen empfängt ihn warme Sommerluft. Russo schließt einen Moment lang die Augen und genießt den leichten Alkoholschwindel, den Lärm und das Leben um sich herum. Dann geht er runter zur Hafenpromenade, wo sich Restaurant an Restaurant reiht, alles voll mit Touristen aus Deutschland, England, Italien, Russland. Sogar die Chinesen treiben sich hier schon rum. Russo staunt. Er hat gedacht, er würde in ein Land fahren, wo die Leute wie im Mittelalter hausen. Und jetzt das hier, lauter Glitz und Bling, wohin das Auge reicht. Die ganze Stadt scheint zu boomen, zumindest am Wasser. Überall Baustellen, neue Hotels, Hochhäuser, die rasant schnell hochgezogen werden. Kühn erstreckt sich eine geschwungene Seebrücke hinaus ins Meer, die in einem futuristisch anmutenden runden Restaurant mündet. Willkommen im Ventus, eleganter Ostblock-Schick, Stahlbeton-Architektur, gedämpftes Licht, das Aquarium am Eingang mit Fischen und Hummern gefüllt, weiter hinten die Bar mit langem Tresen und eleganten Sesseln und darüber die dunkle Nacht über dem Meer.

Ein Kellner in schwarzem Anzug und Fliege empfängt ihn lächelnd. *Nice guy,* denkt Russo. Englisch spricht er auch noch. Wer hätte das gedacht? Die albanischen Gäste erkennt man sofort daran, dass sie alle schick angezogen sind, im Gegensatz zu den Touristen, die hier mit geschmacklosen Dreiviertelhosen oder bunten Shorts und T-Shirt rumlaufen. Die Einheimischen hingegen tragen teure Ripped Jeans, Markenblousons und einen tadellosen Haarschnitt. Andere haben Business-Anzüge an und sehen aus, als würden sie Benzin verkaufen, ihre Frauen orientalisch aufgebrezelt, dunkelroter Gloss auf vollen Lippen, Augen unter langen Lidern.

Als Russo das gefrostete Glas mit seinem Whiskey Sour an die Lippen führt und das kräftige Aroma des Bourbons schmeckt, in das sich frische Limette mischt, fühlt er sich schon deutlich besser. Er schaut sich um und fängt den Blick einer Frau auf, erst im Spiegel hinter den ganzen Flaschen, dann sieht er direkt hinüber. Sie hat fast schwarze Augen und lange dunkle Haare und trägt, wenn Russo das hinter dem fetten Typen, der neben ihm hockt, richtig erkennen kann, ein hellblaues Kleid.

Donnerwetter.

Russo spürt, wie es in ihm zu arbeiten beginnt, als sie ihn doch tatsächlich anlächelt. Sieht sie etwa den jungen Marlon Brando in ihm?

Why not?

Der Dicke neben ihm verstellt die Sicht, aber so weit, zu ihr rüberzugehen, ist Russo auch noch nicht. Er sieht, wie sie eine Zigarette aus ihrer Schachtel holt, langsam und mit Bedacht. Dann lächelt sie ihn an und geht raus, um zu rauchen. Russo leert seinen Whiskey Sour und folgt ihr hinaus auf die Terrasse, die voll mit Gästen ist. Sie lehnt sich gegen das Geländer und schaut ihn an.

Russo geht auf sie zu und sagt:»Hey.«

»Hey«, sagt sie und ascht ab.

»Du hast wunderschöne Augen.«

»Danke.«

»Bruce«, sagt Russo und hält ihr seine Hand hin. »Bruce Russo.«

Klingelt bei der Lady was?

Nee.

»Donika«, sagt sie und fügt lächelnd hinzu: »Das heißt ›Siegerin‹.«

»Wunderbar«, sagt Russo. »Dann sind wir ja schon mal zwei.«

Donika lacht. »Was machst du hier?«

»Business.«

»Mit wem?«

»Das ist lustig.«

»Was?«

»Dass du fragst, mit wem ich Business mache. Da, wo ich herkomme, fragt man zuerst, in welchem Business man unterwegs ist, bevor man fragt, mit wem man zusammenarbeitet.«

»Dann scheint das bei euch nicht so wichtig zu sein.«

»Na ja«, sagt Russo, »so einfach ist das nun auch wieder nicht. Wenn du dich mit den falschen Leuten einlässt, hast du ein Problem.«

»Hier auch«, entgegnet Donika und deutet auf ein paar Typen. »Mit denen da zum Beispiel willst du nichts zu tun haben.«

»Mafia?«

»Ja. Der eine ist Edi Haradinaj. Sein Cousin wurde vor zwei Tagen erschossen.«

»Du weißt ja gut Bescheid.«

»Jeder hier weiß Bescheid, das ist kein Geheimnis. Was meinst du, wer die ganzen neuen Hotels hier baut? Und jetzt gibt's Ärger wegen der Grundstücke vorne am Meer. Das Problem ist, dass Edi nun jemanden aus der Familie des Mörders erschießen muss. So ist es Sitte bei uns.«

»Kenn ich«, sagt Russo. »Das ist wie mit der Mafia bei uns, der ganze Scheiß mit der Blutrache. Wenn du mich fragst, sind das alles nur vorgeschobene Gründe, um jemanden aus dem Weg zu räumen, der stört.«

»Möglich«, sagt Donika und schnipst ihre Kippe weg. »Sollen wir wieder reingehen?«

Russo folgt ihr zurück in die Bar, wo jetzt Balkan-Hip-Hop aus den Boxen dröhnt. Der Hocker, auf dem der Dicke saß, ist frei. Wenn das kein Zeichen ist! Sie setzen sich und ordern zwei Manhattan.

»Was macht eine so schöne Lady wie du nachts alleine an der Bar?«, sagt Russo.

»Auf dich warten.«

Er schaut sie an. Das klang ernst. Wie eine Prostituierte sieht sie nicht aus, aber wer weiß?

»Ich wusste, dass du zu mir kommen würdest.«

What?

Russo zieht die Augenbrauen hoch. Donika beugt sich zu ihm vor und sagt: »Dass du hier bist, ist kein Zufall. Es gibt einen Grund, warum du gekommen bist.«

Russo fühlt einen leichten Schauer über seinen Rücken laufen. Die Frau kommt ihm jetzt irgendwie *creepy* vor.

»Verrate ihn mir«, sagt er und kippt seinen Drink runter.

»Du bist in Gefahr«, sagt Donika.

»Ach ja?«

»Morgen hast du was vor dir, ein Geschäft, bei dem du aufpassen musst, sonst bist du erledigt.«

Russo starrt sie an. Woher kann sie das wissen?

Donika beugt sich noch ein Stückchen weiter vor und sagt so leise, dass sie ihre Lippen in dem ganzen Balkan-Krach fast an sein Ohr legen muss: »Komm mit mir.«

Russo sieht dunkle Wolken aufziehen und fragt: »Wohin?«

»Ich lege dir die Karten.«

»Und dann?«

»Und dann ... was?«

»Du legst mir die Karten, und dann?«

Donika lächelt ihn an. »Dann sehen wir, was sie sagen.«

In diesem Moment vibriert Russos Handy in seiner Hosentasche. Er holt es raus, schaut auf das Display und sieht Bosmans Namen. Er drückt den Anruf weg und sagt: »Okay. Wo wohnst du?«

Bosman sitzt neben Elaine an der Bar im Hilton und schaut auf sein Handy. Schuster und die BKA-Leute sind schon auf ihre Zimmer gegangen, um fit für morgen zu sein.

»Russo geht nicht ran«, sagt er.

»Vielleicht schläft er schon.«

»Besser wär's. Ich hoffe, er patzt morgen nicht.«

Er leert seinen Martini und denkt daran, wie sie schon mal zusammen an der leeren Bar eines Hotels mit zerschlissenen roten Vorhängen gesessen haben. Damals, als sie das erste Mal Jagd auf Ekrem machten, zusammen mit Vanderbeg. Sie kamen vom Gelben Haus zurück. Sie hatten die Leichen gefunden, die Exhumierung angeordnet. Am nächsten Tag waren sie schweigend nach Prizren zurückgekehrt. Bosman war die ganze Fahrt lang schlecht gewesen, und nach all der Verzweiflung und dem Dreck schaute er dann abends frisch geduscht an der Bar in Elaines Gesicht. Dort sah er pure Schönheit. Und das sagte er ihr auch. Elaine blickte ihn ungläubig an und brach in schallendes Lachen aus. Okay, er hatte einen harten Tag gehabt und bereits drei Bier und zwei Martinis getankt, als sie in die Hotelbar gekommen war, und dort saßen sie auch schon eine ganze Weile zusammen.

Also, wo war das Problem?

Sie schaute auf den Ring an seinem Finger, doch Bosman machte kein Thema daraus. Er befand sich tausenddreihundert Kilometer südlich von einem Leben, das mit dem, was er hier sah, nichts zu tun hatte.

Das ist lange her, und jetzt holt ihn die Vergangenheit wieder ein. Wieder hat er es mit Ekrem zu tun, und wieder sitzt er mit Elaine am Tresen eines Hotels.

»Nehmen wir noch einen?«, fragt er.

»Auf die alten Zeiten?«

»Nein«, sagt Bosman. »Auf die neuen.«

Er dreht sich zu dem Barmann um, der gelangweilt Gläser poliert, und bestellt zwei Martinis.

»Bist du glücklich mit deiner Frau?«

»Ja.«

Dass er noch immer mit Britta zur Paartherapie geht, weil er letztes Jahr überwiegend durch häusliche Abwesenheit glänzte und sich auf eine bescheuerte Affäre mit einer jungen Frau Anfang zwanzig eingelassen hat, lässt er unerwähnt.

»Und du?«

»Und ich ... was?«

»Hast du ... Ich meine, hast du eine Beziehung oder so?«

Elaine trinkt einen Schluck und sagt: »Nein.«

»Kein Mann? Keine Familie? Nichts als dein Gerichtshof?«

»Weißt du, es gibt einen Moment, in dem man den Anschluss verpasst.«

»Du bist noch keine vierzig.«

»Die sind am schwersten zu vermitteln.«

»Ach was.«

»Schau auf die Dating-Portale, schau auf die Statistiken und schau dich um. Es gibt mehr weibliche Singles als männliche, und die meisten haben Hochschulabschluss und sind erfolgreich.«

Sie trinkt einen Schluck. »Wir sind zu anspruchsvoll, klar. Aber die guten Männer sind vergeben.«

Bosman weiß nicht, was er sagen soll.

»Es ist nicht so, dass ich keine Liebhaber hätte«, sagt sie. »Falls du dir darüber gerade Gedanken machen solltest. Es ist nur so, dass ich mir ein Leben mit Mann und Kind nicht so recht vorstellen kann.«

»Weil du es nie hattest«, sagt Bosman und fühlt sich wie ein alter Mann.

»Vielleicht.«

Elaine schaut auf ihre Armbanduhr. »In sechs Stunden reißt uns Agolli aus den Betten.«

Sie gähnt demonstrativ, und Bosman spürt mit einem Mal die Stille. Draußen gibt es keinen Verkehr mehr und hier drin keine Musik. Er hat gar nicht mitgekriegt, wann sie abgestellt wurde. Elaine gleitet von ihrem Stuhl und küsst ihn auf die Wange. »Gute Nacht.«

»Gute Nacht.«

Er schaut ihr nach, während sie durch die geöffneten Flügeltüren verschwindet. Dann ist er alleine mit seinem leeren Martini und seinen Gedanken.

Wohin man auch blickt, überall Müll. Die Straße von Tirana nach Durrës ist gesäumt davon. Hausmüll, Bauschutt, Plastik – alles liegt herum, manches davon brennt und sendet giftigen Rauch in den Himmel. Was Bosman noch auffällt, sind die vielen Bauruinen. Halb fertiggestellte Häuser, Rohbauten, die schon wieder verfallen, überdimensionierte Bürogebäude, in denen Baumaterial gelagert wird. »Wieso investieren sie und machen dann nicht weiter, versenken ihr Geld?«

»Keine Ahnung«, sagt Schuster. »Vielleicht ist ihnen einfach die Kohle ausgegangen?«

Er sitzt hinten im Wagen, Elaine am Steuer. Mihal Agolli fährt mit seinen Leuten und den beiden BKA-Männern direkt zu der Lagerhalle, wo die Übergabe stattfinden soll, während sie dem

Container vom Hafen aus folgen werden. Nicht, dass er am Ende noch ganz woanders hingebracht wird. Doch vorher treffen sie Russo und seine Bodyguards zu einem letzten Briefing.

Je näher sie der Stadt kommen, desto dichter wird der Verkehr. Hunde trotten über die Fahrbahn, Tierkadaver liegen herum. Autowerkstätten und Restaurants befinden sich direkt an der Schnellstraße, der Fahrstil der Leute hier ist unberechenbar. Man fährt erst mal auf die Kreuzung oder in den Kreisel hinein, um dann weiterzuschauen. Ständig wird gehupt, eng an eng schieben sich die Autos in alle Richtungen. Elaine muss höllisch aufpassen, Bosman dirigiert sie mit Google Maps auf seinem Smartphone zum Boulevard Epidamm, wo Russos Hotel liegt. Sie parken im Schatten der Palmen direkt gegenüber vor einem Café und steigen aus.

Durch die offene Straßenfront kommen sie in den Frühstücksraum des Hotels, wo sie allerdings nur die drei falschen Venezolaner treffen, die auf Russo warten. Schuster und Elaine setzen sich dazu und gehen den Einsatz noch einmal mit ihnen durch. Bosman fährt im Fahrstuhl hoch und klopft an die Tür der Suite.

»Russo? Hey, bist du da?«

Als der Manager mit einem Masterkey kommt und die Tür öffnet, stellen sie fest, dass Russo nicht da ist. Keine Einbruchspuren, keine Anzeichen von Gewalt.

»Verdammte Scheiße!«

Ohne Russo können sie einpacken, dann war alles umsonst. Wo zum Teufel steckt das Arschloch?

7

Russo schlägt die Augen auf.

Über ihm hängen zottelige graue Haare und ein zahnloser Mund, aus dem Geifer sprüht, als eine Kaskade abfälliger Worte in einer fremden Sprache auf ihn einstürzt.

Fuck ...!

Was will die Alte von ihm?

Sie zerrt wütend an seinen Schultern. Sehen kann er nicht viel, zu stark ist das tränentreibende Pochen hinter den Augen. Er richtet sich benommen auf dem gammeligen Sofa auf und schlägt mit den Händen um sich.

Die Alte spuckt ihn an.

Wo bin ich ...?!

Die Erinnerungen kehren zurück wie Stroboskopblitze. Er war mit der jungen Albanerin unterwegs. Er kam mit ihr in diese vollgemüllte Küche in einem abartig hässlichen Wohnblock, vollkommen runtergerockt, überall Müll und kaputte Fahrräder auf der Straße. Sie hat ihm Tarot-Karten gelegt und etwas zu trinken angeboten, einen ekelhaft süßen Wein. Und dann war Schicht im Schacht, alle Lichter aus, das Firmament erloschen, nichts als ein riesengroßes schwarzes Loch. Sie muss ihm was in den Wein gemischt haben.

Die Alte keift unvermindert weiter und zerrt an ihm rum. Hat ein halbes Dutzend Röcke an, goldene Armreife, ohne Frage die Mutter der Schlampe, die ihn hier ausgenommen hat. Alles weg, sein Handy, sein Pass, seine Rolex, seine Kohle, seine Karten.

Russo springt auf und taumelt aus der Wohnung die dreckige Treppe runter, verfolgt von übelsten Verwünschungen. Unten im Erdgeschoss zieht er die Eingangstür auf, das Sonnenlicht empfängt ihn wie einen Vampir, der zu spät von der Party kommt. Russo muss die Augen schließen, und dann fährt es ihm kalt durch die Glieder.

Holy shit ... Wie spät ist es?

Bosman steht mit Schuster hinter dem Empfangstresen des Hotels und starrt auf den Überwachungsmonitor, wo sie die Aufzeichnungen des vergangenen Abends ansehen: Wie Russo aus dem Fahrstuhl kommt, durch die Lobby geht und raus auf die Straße tritt.

»Das glaube ich jetzt nicht«, sagt Schuster. »Geht der saufen oder stiften?«

»Der hat die Flatter gekriegt und sich volllaufen lassen, jede Wette. Es war von Anfang an ein Fehler, auf einen Alkoholiker zu setzen.«

Aber jetzt ist es zu spät.

Tatsächlich haben sie eine Weile lang überlegt, Russo zu feuern, aber es war schwer, Ersatz zu bekommen. Die Aktion lief. Und Russo, das musste man ihm lassen, war gut, wenn er in der richtigen Stimmung war. Es gab allerdings auch Momente, in denen Bosman der ganzen Geschichte mit einem mulmigen Gefühl entgegensah, was sich jetzt zu einer üblen Gewissheit verdichtet.

Elaine kommt aus dem Frühstücksraum auf sie zu: »*Unsere* Venezolaner sagen, dass sie ihn gestern Abend gegen neun das letzte Mal gesehen haben, in der Bar auf einen gemeinsamen Absacker. Dann sind sie auf ihre Zimmer gegangen.«

»Na super«, sagt Schuster und sieht aus wie ein Torpedo kurz vorm Einschlag, als draußen ein Taxi hält. Bosman sieht, wie Russo aussteigt, ziemlich wackelig auf den Beinen. Er debattiert durch das offene Seitenfenster mit dem Fahrer, kommt rein in die Lobby und sagt: »*Hi guys*, könnt ihr mal das *fucking* Taxi bezahlen?«

Eine halbe Stunde später sitzt Russo frisch geduscht und mit einer Ladung Speed intus deutlich erholt auf dem Bett in seiner Suite und hört sich die ganze Scheiße an, die die Bullen ihm an den Kopf hauen, bevor sie zur Sache kommen.

»Deine Kohle ist mir egal«, schimpft Schuster. »Dass dein venezolanischer Pass weg ist, das ist allerdings ziemlich übel, und dass dein Handy weg ist, auf dem Ekrem dich anruft, ist eine Katastrophe, du Arschloch!«

»Okay«, sagt Bosman zu Russo. »Du gehst gleich los und kaufst dir ein neues Telefon und eine SIM-Karte, rufst Ekrem an und sagst, du hättest deine Nummer aus Sicherheitsgründen gewechselt, das machst du immer so, verstehst du?«

»Ja«, sagt Russo kleinlaut.

»Das Problem ist, dass wir keine Zeit mehr haben, ein neues Handy zu präparieren. Das heißt, wir können nicht mithören, was da drin in der verdammten Halle läuft, wenn du Ekrem die Drogen übergibst.«

»*Sorry, man, I'm really sorry*«, sagt Russo.

»Kannst du auch sein, bringt aber nichts«, sagt Bosman. »Hauptsache, du reißt dich jetzt zusammen, okay?«

»Okay.«

»Das ist wichtig. Wenn du Scheiße baust, dann verlieren wir drei Millionen und du dein Leben, hast du das verstanden? Hast du verstanden, was hier auf dem Spiel steht?«

»*Yes, sir.*«

»Noch Fragen?«

»*No, sir.*«

Schuster sagt:»Und setz deine Sonnenbrille auf, Mann, damit die deine Zombieaugen nicht gleich sehen.«

Russo grinst etwas schief, klatscht in die Hände, steht auf und sagt:»*Okay, guys, let's get ready to rumble.*«

Bosman wundert sich, wie Russos Körper auf einmal erwacht, als hätte ihm jemand Treibstoff injiziert. Die drei Pillen, die Schuster ihm mitgebracht hatte, um wieder auf die Füße zu kommen, entfalten ihre Wirkung. Hoffentlich hat der Idiot nicht gleich alle auf einmal genommen. Das Zeug *boostet* das Ego, und was Bosman hier sehen kann, ist die Wiederauferstehung von Russos Selbstrespekt. Er wird seine Rolle spielen, wie man es von einem Profi erwarten kann. Und hey, es ist schließlich nicht das erste Mal, dass er angeschlagen zum Set kommt.

Und was hat's ihm gebracht? Einen Emmy für *Bigfoot.*

Also, fuck it!

Der Container schwebt in der Luft und wird auf einen wartenden Sattelschlepper geladen. Die *MS Seastar* hatte noch nicht mal richtig festgemacht, als die Kräne schon heranrollten. Die Ladung muss zügig gelöscht werden, die Liegegebühren sind hoch, die Routen eng getaktet. Der Sattelschlepper fährt los in Richtung Zollbaracke, der nächste nimmt seine Position längsseits des Schiffes ein, bereit für seine Ladung.

Draußen vor dem Hafengelände sitzen Bosman, Schuster und Elaine in ihrem Wagen und starren auf das GPS-Gerät in der Konsole. Der pulsierende Punkt kommt von dem Sender, mit dem der Container markiert wurde. Er wandert jetzt über das Hafengelände auf den Ausgang zu.

»Es geht los«, sagt Bosman und startet den Wagen. Sie folgen dem Sattelschlepper durch den dichten Verkehr raus aus der Innenstadt auf die Schnellstraße nach Tirana. Über Funk stehen sie mit Agolli in Kontakt, der sagt, dass Ekrem und Lopez schon da sind. Sie haben sich in die Halle zurückgezogen, draußen an den Autos stehen bewaffnete Sicherheitsleute von Ekrem mit einem der Venezolaner, die anderen sind drin.

Bosman spürt, wie das Adrenalin einschießt. Ihm wird heiß, die Sinne sind geschärft. Schuster zündet sich eine Zigarette an. Elaine sitzt stumm neben ihm, die Schultern gespannt. Sie folgen dem Sattelschlepper, der jetzt blinkt, rechts abbiegt und auf eine große Halle zurollt, vor der sich Reifen türmen. Daneben ein Marmorgroßhandel und ein Rohbau, vor dem eine Art Markt stattfindet. Bosman fährt ein Stück weiter und hält. Sie steigen aus und gehen auf den Ford Transit zu, der dort parkt. Bosman klopft dreimal kurz an der Seitentür, die geöffnet wird. Er huscht mit Schuster und Elaine rein. Im Rotlicht sitzt Agolli auf einem Drehstuhl vor einer Wand aus Monitoren, auf denen die Halle aus allen Perspektiven zu sehen ist. Neben ihm ein Techniker sowie einer seiner Leute.

Schuster pfeift anerkennend durch die Zähne.

Das ist Hightech hier.

»Wir sind gut vorbereitet«, sagt Agolli. »Sie sitzen in der Falle.«

Bosman hockt sich neben ihn auf einen Stuhl, holt sein Handy raus und loggt sich in das BKA-Konto ein.

Schuster schaut zu ihm rüber.

»Noch nichts«, sagt Bosman.

Sie warten.

Die Minuten vergehen quälend langsam. Keiner sagt ein Wort. Ohne Russos Handy, das mit einem Mikrofon präpariert war, haben sie keine Ahnung, was da drin vor sich geht. Hoffentlich hält Russos Höhenflug noch eine Weile an, und hoffentlich überdreht er nicht.

Bosman starrt auf sein Display.

Nichts passiert.

Scheiße ...

Dann sieht er auf den Monitoren, wie Ekrem mit Russo und Ferris aus der Halle kommt. Agolli schaut zu ihm rüber:»Was ist mit der Überweisung?«

Bosman schüttelt den Kopf.

»Wir können nicht länger warten.«

Bosman zögert, dann sagt er:»Okay.«

Agolli setzt sich sein Headset auf und gibt seinem Team den Einsatzbefehl.

Zwei Vans rasen vor die Halle, stellen sich quer, Einsatzkräfte springen raus. Schüsse. Einer von Ekrems Leuten bricht getroffen zusammen. Bosman sieht, wie Russo die Hände über den Kopf hält und auf die Knie geht. Ekrem bleibt aufrecht stehen, Ferris hebt die Arme und bellt seine Leute an, die widerstrebend die Waffen niederlegen.

Wow, das lief reibungslos!

Er hat mit mehr Gegenwehr gerechnet, hat erwartet, dass sie versuchen würden, sich den Weg rücksichtslos freizuschießen. Haben sie aber nicht.

Warum?

»Glückwunsch«, sagt er zu Agolli.»Saubere Arbeit.«

Er steigt aus und geht auf Ekrem zu, der neben Russo und Ferris im Dreck kniet, während hinter seinem Rücken die Kabelbinder um seine Handgelenke zugezogen werden. Er schaut auf ihn herab und sagt:»Hey, Remi, lange nicht gesehen.«

Ekrem hebt den Kopf.

Doch seine Erinnerung kommt erst zurück, als Elaine zusammen mit Schuster neben Bosman tritt und sagt:»Remi Ekrem, ich verhafte Sie im Namen des Internationalen Strafgerichtshofes wegen Verbrechen gegen die Menschlichkeit.«

Ekrems Augen werden zu Schlitzen, als er sie kalt anlächelt.»Ich wusste doch gleich, dass es ein Fehler war, dich nicht damals schon zu erledigen.«

»Allerdings«, sagt Elaine, »aber das war nicht dein einziger. Mann, was ist aus dir geworden? Du siehst scheiße aus.«

Ja, er sieht scheiße aus, ziemlich sogar, denkt Bosman. Aber das tun sie alle, wenn sie erwischt werden. Er erinnert sich gut an das Foto, das damals um die Welt ging, als man Pablo Escobar erledigt hatte: die US-Eliteeinheit mit ihrer Jagdbeute. Im Hintergrund hocken die Soldaten in Kaki und grinsen in die Kamera, einer reckt den Daumen. Vor ihnen liegt Escobars Leichnam ausgebreitet wie zum großen Halali. Das T-Shirt hochgerutscht, die fette Wampe hängt raus. Blut im Gesicht und auf dem Shirt.

Oder El Chapo, dreimal aus Hochsicherheitsgefängnissen ausgebrochen, wieder verraten und an die USA ausgeliefert, wo ihm der Prozess gemacht wurde, United States of America v. Joaquín Guzmán Loera.

Oder Bernardo Provenzano, den die italienischen Sicherheitskräfte nach über vierzigjähriger Flucht aufgespürt hatten, ausgerechnet in Corleone, von wo aus er die Mafia seit 1993 regierte. Da war er dreiundsiebzig Jahre alt.

Wenn man sich das mal ganz objektiv anschaut, denkt Bosman, *müsste man eigentlich zu dem Schluss kommen, dass Verbrechen sich nicht lohnt. Am Ende landen sie alle im Knast oder werden erschossen, meist von der Konkurrenz, selten von der Polizei.*

Und jetzt hat es Ekrem erwischt.

Sie haben alles richtig gemacht, die Mühe hat sich gelohnt. Nur, wo sind die drei Millionen geblieben, die Ekrem für das Koks überweisen sollte? Sobald sie im Flieger nach Berlin sitzen, werden sie sich Russo mal vorknöpfen und nachhaken, was da in der Halle los war.

Eine leichte Müdigkeit diffundiert hinter Bosmans Augen, als sie unterwegs zum Flughafen sind, die Gefangenen in dem gepanzerten Transporter in der Mitte der Kolonne. Der Druck fällt von ihm ab, und er schaut zu Elaine rüber, die neben ihm sitzt und aus dem Fenster blickt. Auch sie scheint sich zu entspannen. Sie spürt seinen Blick, dreht sich zu ihm um und lächelt.

»Was?«, fragt Bosman.

Elaine beugt sich ein Stück zu ihm rüber und sagt:»Wir sind immer noch ein verdammt gutes Team.«

Und zwinkert.

Dann bremst der Wagen ab.

Bosman schaut über Agollis Schultern durch die Windschutz-scheibe und sieht eine Straßensperre, an der schwer bewaffnete Polizisten stehen.

»Was ist denn hier los?«

»Keine Ahnung«, sagt Agolli.»Gleich wissen wir mehr.«

Die Kolonne kommt zum Stehen, Agolli steigt aus. Bosman sieht, wie er mit dem Kommandanten redet und heftig gestikuliert.

Das sieht nicht gut aus.

»Sieht aus, als hätten die auf uns gewartet«, sagt Elaine.

Schuster ist aus dem Range Rover hinter ihnen ausgestiegen und klopft jetzt an die Scheibe, die Bosman runterfährt.

»Was ist los?«

»Keine Ahnung, Agolli redet mit den Leuten.«

Sie sehen, wie Agolli sein Handy zieht und telefoniert, während er theatralisch auf und ab geht. Agolli, die Rampensau. Nach einer Ewigkeit kommt er zurück und sagt:»Wir haben ein Problem.«

Er deutet zu dem Kommandanten rüber.»Er will, dass wir ihm die Gefangenen übergeben.«

Elaine starrt ihn an.»Wie bitte?«

»Das ist Adnan Goran, der Polizeichef. Wir befinden uns in seinem Verwaltungsbezirk. Er ist für den Weitertransport zuständig.«

»Wollt ihr mich verarschen?«, sagt Schuster.»Wir sind in einer halben Stunde am Flughafen, da wartet ein Learjet nach Berlin auf uns.«

»Ich weiß«, sagt Agolli. »Aber ich kann nichts machen.«

Weil du nichts machen willst, du Arschloch, denkt Bosman. *Weil du mit drinsteckst. Weil du uns verraten hast.* Deswegen verlief die Festnahme so reibungslos, weil sie wussten, sie würden freikommen.

Elaine steigt aus und sagt zu Agolli: »Wir haben eine Vollmacht des Innenministeriums, schriftlich, und es ist mir scheißegal, was so ein Provinzfürst hier erzählt. Ich rede nicht mit der Provinz, ich rede mit der Regierung, und jetzt will ich mit dem Innenminister sprechen, und zwar sofort.«

Kein Problem.

Nur ist der Innenminister leider nicht da. Er befindet sich in einer wichtigen Sitzung. *Klar,* denkt Bosman, *hier hat nicht die Regierung in Tirana das Sagen, sondern Polizeichef Adnan Goran.* Und der macht Druck, winkt einen grünen Armee-Lkw ran, während der Transporter aufgeschlossen wird und die Gefangenen rausklettern.

»Ich muss gleich kotzen«, sagt Schuster, und als Bosman zu Elaine rüberschaut, sieht er die weiße Haut, die sich über ihren Knöcheln spannt, als sie die Fäuste ballt.

Ekrem und Ferris würdigen ihn keines Blickes. Ekrem redet mit Goran und deutet auf Russo, der mit seinen Leuten, den Jungs von Eds Mercur Security GmbH, dasteht und ihn mit großen Augen anglotzt: *What the fuck is going on?*

Bad news, buddy, denkt Bosman. *Jetzt zeig mal, was du draufhast, sonst jagen sie dir gleich eine Kugel in den Kopf.*

Russo nehmen sie mit, Eds Leute lassen sie laufen.

Der Lkw fährt an.

Sie blicken ihm hinterher und können noch immer nicht glauben, was hier gerade eben passiert ist. Schuster spuckt auf den Boden. Dann schaut er Agolli an und sagt: »Weißt du was? Du bist entweder ein Verräter oder eine ganz feige Sau.«

Agolli zuckt ein wenig zusammen, dann sagt er kühl:»Steigen Sie ein. Ich fahre Sie zum Flughafen.«

Und mit einem maliziösen Lächeln fügt er hinzu:»Der Learjet wartet.«

8

Kottke hat eine lange Liste. Er will: vierhundert AK-47, zwanzig MG5-Maschinengewehre, zwölf Remington-Scharfschützengewehre, dreihundert RPGs, einhundert Granaten und ein paar Dutzend Landminen, Sprengstoff und Pistolen plus Munition für den Dritten Weltkrieg, Funktechnik und *full battle gear*. Er hat Monate mit den Planungen verbracht, die verschiedensten operativen Anforderungen identifiziert und in Bedarf umgesetzt. Und da kommt das eben bei raus, auch wenn der Graf es nicht so recht einsehen mag, der in seinem abgewetzten Morgenrock aus schwerem Brokat auf einem Sessel inmitten seiner opulenten Bibliothek sitzt und eine Zigarre raucht. Auf dem arabischen Tischchen neben ihm steht ein bauchiges Glas mit Cognac. Die Nachmittagssonne scheint durch die bodentiefen Fenster rein, und der Graf ist im heideggerschen Weltenmodus, der Blick entrückt, die Gedanken gefiltert durch den blauen Rauch seiner Montecristo. Kottke weiß, dass er sich für einen großen Denker hält. Aus dem Morgenrock des Denkers ragen unten dürre Beine raus, behaart wie die einer Ameise. Die Füße stecken in alten Pantoffeln, und Kottke fragt sich, ob das wirklich der Mann der Zukunft ist. Der Mann, der die schwule Liberaldiktatur hinwegfegen und Deutschland zu altem Glanz führen wird. Alles, was er bislang gehört hat, sind Bedenken.

»Wozu brauchen Sie panzerbrechende RPGs oder Minen? Die sind ohnehin seit der Genfer Konvention geächtet, und Ihr Gegner sitzt nicht in Panzern, er hockt in seiner Schwatzbude und bescheißt das Volk.«

Siehst du? Nichts als Gelaber, denkt Kottke. Keine Ahnung vom Krieg, obwohl der Graf ihn als Junge mitgekriegt haben muss. Die Frage ist nur, wo? Da, wo er herkommt, wogten damals Weizenfelder, und das Einzige, was durch die Luft flog, war der Staub Transdanubiens. Keine Kugeln und Schrapnelle. Kottke hat gehört, dass seine Familie, die Stanskowansky-Czernaus, ein Gut in einem Dorf in Südungarn besaßen, von dem sie 1945 vertrieben wurden, als die Russen das Land besetzten. Es heißt, sein Vater habe sich ihnen entgegengestellt, mit einer Pistole in der Hand und in einem eleganten Abendanzug, aber das kann natürlich auch nur eine Legende sein. Was auch immer sich genau abspielte, der Vater wurde schließlich von den Russen erschossen, die Mutter vergewaltigt, und dann wurden sie auf die Straße gejagt.

Es waren gespenstische Zeiten.

Weil der Führer verraten wurde, denkt Kottke.

Die Ungarn waren auf der Seite des Führers, also mussten sie nach seinem Untergang bluten. Und die Deutschen in Ungarn mussten noch mehr bluten, weil sie nach dem Krieg keinen mehr auf ihrer Seite hatten. Sie wurden vertrieben und der Heimat beraubt. Aus wohlhabenden Bauern wurden Bettler, die nicht mehr wussten, wie sie ihre Frauen und Kinder ernähren sollten. Mehr als zweihunderttausend.

Als der Graf dann 1998 in Bernau auftauchte und das Gutshaus seiner Großmutter, Elise von Czernau-Hohenstein, wieder in Besitz nahm, war es in einem jämmerlichen Zustand. Nach 1945 waren erst die russischen Soldaten dort einquartiert worden, später befand sich unten im großen Salon ein Schafstall, und irgendwann wurde das Haus ein Kinderheim. Seit 1977 stand es leer und bot mit den geborstenen Scheiben und den Sträuchern, die aus den rostigen Dachrinnen wucherten, einen traurigen Anblick.

Kottke weiß von Mauser, dass der Empfang im Dorf zunächst etwas frostig war, als der Graf in Bernau aufschlug, um seinen alten Besitz wieder zu übernehmen. Doch als seine nationale Gesinnung zutage trat, änderte sich das. Heute finden hier Tagungen statt, Bücher werden herausgegeben. Schloss Bernau ist zum Zentrum des nationalen Aufbruchs geworden. Kottke weiß, dass der Graf Kohle aus Russland kriegt, mit der er die Propaganda finanziert und Stimmen kauft. Der Mann ist gut vernetzt, der Aufbau einer Schattenarmee ist beschlossen. Nur mit der Finanzierung hapert es noch.

»Was Sie hier vorschlagen, geht in die Millionen«, sagt der Graf und beugt sich zu seinem arabischen Tischchen rüber, um die Asche seiner Zigarre abzustreifen. »Und diese Mittel haben wir im Augenblick leider nicht.«

Kottke ist enttäuscht. Nichts als Verfall und Lethargie statt Feuer für die Sache. »Die Rettung des Vaterlandes ist Ihnen keine lumpige Million wert?«

»O doch. Liebend gerne würde ich noch ein paar Eurofighter obendrauf legen, nur was tun, wenn die Kassen leer sind?«

»Wieso sind die Kassen leer? Die Russen zahlen doch.«

»Ja, das tun sie. Allerdings einen eher bescheidenen Betrag. Der Einfluss der Russen wird maßlos überschätzt, auch in den liberalen Medien.«

Kottke will keinen Vortrag über den Einfluss der Russen hören, die er ohnehin nicht ausstehen kann.

Er will Kohle.

»Wenn Sie eine Armee aufbauen wollen«, sagt er, »dann müssen Sie das auch bezahlen. Sonst gibt es keine Armee.«

»Mein lieber Kottke«, sagt der Graf und schaut ihn aus seinen müden Augen an. »Der Eifer, mit dem Sie die Ihnen anvertraute

Aufgabe in Angriff nehmen, ehrt Sie. Etwas anderes hatte ich auch gar nicht erwartet. Aber Sie müssen begreifen, dass wir hier eher von Prozessen reden. Rom wurde auch nicht in sieben Tagen erbaut, wenn Sie verstehen, was ich meine.«

Versteht Kottke sehr gut. Hält der Graf ihn für blöde? Windet sich immer wieder raus. Nichts als heiße Luft. Er verbreitet seine markanten Thesen, die in den nationalistisch gesinnten Kreisen großen Anklang finden, aber wenn es mal konkret wird, so wie jetzt, dann kneift der Graf den Arsch zusammen.

»Ich kann Ihnen ein Budget von hunderttausend Euro zur Verfügung stellen«, sagt er schließlich. »Aber mehr ist im Augenblick nicht drin.«

Hunderttausend?

Dafür kann er ein Kommando zusammenstellen, aber keine Schattenarmee, die die Machtübernahme sichern soll.

»Soll das ein Witz sein?«

»Ich finde, das ist für den Anfang ein ganz hübsches Sümmchen.«

»Wenn wir in diesem Tempo weitermachen, sind wir 2050 noch nicht an der Macht.«

»Das wiederum hängt von vielen Faktoren ab.«

Der Graf steht auf und schlägt Kottke als Zeichen, dass die Audienz beendet ist, aufmunternd auf die Schultern. »Ich zähle auf Sie, Kottke. Wir alle zählen auf Sie. Sie sind ein findiger Mann mit den allerbesten Verbindungen, und ich bin mir absolut sicher, dass Sie die notwendigen Drittmittel auftreiben werden.«

Drittmittel?!

Kottke hasst den Klang seiner Stimme, diesen weichen österreichisch-ungarischen Tonfall, der Mozartkugeln zum Schmelzen bringt. Als er das Schloss verlässt und über die knirschende Kieszufahrt auf seinen Toyota Wrangler – in Camouflage mit Scheinwerferbatterie oben auf dem Dach – zugeht, zieht er sein Handy aus der Tasche und ruft Uwe an. Er soll die Leute zusammentrommeln,

Treffen um 19 Uhr in der Alten Eiche. Es ist an der Zeit, Plan B in die Tat umzusetzen. Der Graf hat recht. Kottke ist ein findiger Mann mit den allerbesten Verbindungen.

Uwe Dombrowski hockt auf seinem Sofa und aktiviert den Kameradenchat, als Jeanette reinkommt. Vor ihm auf dem Couchtisch steht ein voller Aschenbecher, daneben ein paar leere Pullen Bier. Uwe tippt:»19 Uhr in der Alten Eiche, Kottke macht 'ne Ansage.«
Jeanette auch:»Gehst du schon wieder saufen?«
»Kameradentreffen.«
»Sag ich doch.«
»Was sagst du?«
»Dass du wieder saufen gehst.«
Seit die beiden Berlin verlassen mussten, ist sie etwas *bitchy*.
Uwe war letztes Jahr bei einer Entführung dabei, die schiefgelaufen ist, und als die Bullen rausfanden, dass die Geisel eine Weile bei Uwe und Jeanette in der Wohnung in Lichtenberg untergebracht war, hing sie auch mit drin. Sie mussten abtauchen. Jeanette hat einen Job beim Grafen gefunden, macht da Verwaltungskram, Konferenzen vorbereiten, Flyer rausschicken, Büfetts organisieren, Bücher verschicken – was halt im Wotan Verlag und an der Wotan-Akademie so alles anfällt. Arbeit hat sie genug, nur die Kohle stimmt nicht. Der Graf hält sich an den ortsüblichen Stundenlohn von 4,10 Euro. Statt in Berlin um die Häuser zu ziehen, hängt sie jetzt hier mit diesen bescheuerten Nazis rum. Und wem hat sie das alles zu verdanken?
Uwe.
»Der Typ geht mir so was von auf die Nerven«, sagte sie neulich zu Mandy. Sie saßen auf dem Bett, Beine untergeschlagen. Mandy trug ein XXL-Snoopy-T-Shirt, das ihr ein Stückchen über die rechte Schulter gerutscht war und ein buntes Tattoo mit einer Schlange freilegte. In der Glotze lief eine RTL-Show, aber sie hatten den Ton

leise gestellt, was das sinnlose Gebrabbel vollends unverständlich machte.

»Steht mittags auf und fängt an zu saufen«, sagte Jeanette. »Übel.«

»Hängt die ganze Zeit vor der Xbox oder mit Kottke und seinen Leuten ab, voll die Dumpfbacken, mir steht's bis hier, ich schwör's dir. Nur wegen ihm sitze ich hier in diesem scheiß Kaff mit den scheiß Nazis!«

Mit denen sie nichts am Hut hatte. Schlimm genug, dass Uwe sich mit ihnen eingelassen hatte, was seiner Persönlichkeitsentwicklung nicht sonderlich zuträglich war. Seine Ignoranz wurde allmählich unerträglich, sein Interesse an ihr beschränkte sich auf das Notwendigste, und sie fragte sich, was sie geritten hatte, sich jemals in diesen Typen zu verknallen. Andererseits war er damals auch noch anders drauf gewesen, hatte einen Job bei Hermes, bis ihm das zu blöd wurde und er sich mit Kottke und einem Dealer namens Bobo einließ, mit dem er Geschäfte machte.

Mandy sagte: »Warum haust du nicht einfach ab und gehst nach Berlin zurück?«

»Weil die Bullen mich da suchen.«

»Meinst du, die finden dich?«

»Keine Ahnung, aber ich würde es ungern drauf ankommen lassen. Ist ein scheiß Gefühl, wenn du anfängst, überall Schatten zu sehen und Verrat zu wittern. Das macht dich echt fertig.«

»Aber mal am Wochenende hinfahren ist doch wohl kein Problem. Hey, dein Foto klebt da nicht in jedem Späti.«

»Mandy, worauf willst du hinaus?«

»Ich will, dass es dir gut geht. Und Uwe ist eine ziemliche Pfeife. Du hast was Besseres verdient. Gönn dir doch mal einen Mann, der dich so richtig schön verwöhnt.«

»Und wo soll ich den hernehmen? Hier laufen doch nur Honks rum.«

»Deswegen musst du deinen Radius erweitern.«

Es stellte sich heraus, dass Mandy seit ein paar Wochen auf einer Dating-Seite unterwegs war, auf der es nicht um eine gemeinsame Zukunft, sondern nur um Sex ging. Klare Verhältnisse, kein Bullshit, Hunderte von Bewerbern.

»Jeden Tag ist mein Postfach voll«, sagte Mandy. »Lauter leckere Typen.«

Nun, das war wohl ein wenig übertrieben. Zumindest das mit den leckeren Typen. Da gab es jede Menge Spinner, die Stellung mit »ä« schrieben oder schon im ersten Schreiben mit originellen Sprüchen wie »Hey, willste ficken?« glänzten.

»Aber die«, sagte Mandy, »klickst du eben weg.«

Blieben immer noch ein paar Dutzend, die Spaß verhießen. Jeanette war unsicher. Sie sollte sich auf einem Dating-Portal fremden Männern präsentieren? Ihr Foto da einstellen, sodass es alle sehen konnten?

»Nicht *ein* Foto«, sagte Mandy, »mehrere. Du brauchst auf jeden Fall noch ein Tittenbild.«

»Ich hänge doch meine Titten nicht ins Netz.«

»Dann kriegst du aber gleich doppelt so viele Anfragen. Glaub mir, so sind die Typen, ohne Scheiß. Jedes Mal, wenn ich ein neues Foto hochlade, brennt mein Postfach. Hier, ich zeig's dir mal.«

Jeanette rutschte auf dem Bett näher an Mandy ran, die über ihr Handy wischte und die Startseite des JOYclub öffnete. Sie scrollte über zahlreiche Fotos von Sixpackmännern.

»Wow«, sagte Jeanette.

»Na ja, die meisten schummeln. Hier, schau mal.«

Mandy öffnete ihr Profil »Willig96«, zeigte Jeanette den Text und ihre heißen Fotos.

»Mann, wenn das einer sieht, der dich kennt?«

»Dann ist er auch hier unterwegs und hält den Mund.«

Sie legten gemeinsam ein Profil an und machten Fotos mit dem Handy – ein Tittenbild war auch dabei –, während Jeanette die ganze Zeit dachte: *Was mache ich hier?* Eine Woche später hatte sie ihr erstes Date in Berlin. Uwe erzählte sie, dass sie ihre alte Freundin Sabine besuchen wollte, die Geburtstag hatte, und dass sie bei ihrem Cousin Jürgen pennen würde. Uwe hatte das für eine ganz schlechte Idee gehalten, aber sie fuhr trotzdem zusammen mit Mandy los. Als sie dann abends in die Kneipe kam, wo sie mit ihrem Date verabredet war, starb sie tausend Tode. Doch als sie am nächsten Tag zurück nach Bernau fuhr, ihre Haustür aufschloss und Uwe sah, der schnarchend in seiner Jeans quer über dem Bett lag, wusste sie, dass sie alles richtig gemacht hatte.

Uwe kommt in die Alte Eiche, wo die Kameraden schon am Stammtisch sitzen: Dennis, Justin, Dieter, Ecki, Mauser und Kottke, der harte Kern der Truppe. Vor ihnen Krüge mit Bier und die in Bronze gegossene Flagge der Bruderschaft, ein gekreuzter Degen unter dem Steinadler.

Kottke hat die Bruderschaft Woloweka vor dreieinhalb Jahren hier in Bernau gegründet, als er aus der Ukraine zurückkehrte. Der Name ist eine Hommage an die Söldnertruppe im Donbass, wo er als Freiwilliger für den Rechten Sektor gegen die russischen Separatisten gekämpft hat. Sein Bataillon hatte ebenjenen Namen Woloweka getragen, und darauf lässt er nichts kommen. Als der blöde Ecki mal einen harmlosen Witz darüber riss, ist Kottke völlig ausgerastet, hat ihn ins Klo der Alten Eiche geschleppt, seinen Kopf in die Schüssel getaucht und die Spülung gedrückt. Vier Kameraden, unter ihnen Uwe, waren nötig, um Kottke von Ecki wegzuzerren, den er sonst glatt ersäuft hätte.

Der Einsatz in der Ukraine war der vorerst letzte im Leben eines Mannes, der nichts als den Krieg kennt. Mit achtzehn ist Kottke zur

Fremdenlegion, hat Mauser Uwe erzählt, als er nach seiner Flucht aus Berlin neu zur Truppe kam. Die Franzosen haben ihn zum Scharfschützen ausgebildet, hammerhart. Wusste Uwe, dass die Legionäre beim Wüstentraining ihre eigene Pisse trinken müssen? Nee, wusste Uwe nicht. Kottke, sagte Mauser, war überall dabei. In Ruanda, als die Hutus eine knappe Million Tutsis abschlachteten, in Mali und in Libyen, wo damals Gaddafi noch das Sagen hatte. Nach seinem ehrenhaften Ausscheiden, sagte Mauser, heuerte Kottke bei einer privaten Sicherheitsfirma in Texas an, die ihn im Auftrag der CIA in den Kosovo schickte, um die UCK im Freiheitskampf gegen die Serben zu unterstützen. Das ist zwanzig Jahre her, sagte Mauser, aber bis heute hält Kottke den Kontakt zu den Kameraden und ist regelmäßig zu irgendwelchen patriotischen Feiern da unten eingeladen.

Kottkes Tattoos erzählen seine Lebensgeschichte. Auf dem rechten Unterarm trägt er eine Eule vor einem Fallschirm, die Insignien der ersten Kompanie des zweiten Fallschirmjäger-regiments der Legion, mit dem Schriftzug *Legio Patria Nostra*. Auf seinem linken Unterarm prangt der albanische UCK-Doppeladler und darüber ein Wolfskopf. Der Rücken ist voll mit Runen und germanischen Göttern, auf der rechten Schulter hat er ein Tattoo von einem Kampfhelm und die beiden Wörter *Molon Labe*, altgrie-chisch für *Kommt und holt sie.*

»Das hat König Leonidas zu seinen Männern gesagt«, erklärt Kottke den Jungs, die ihn voller Bewunderung anschauen, hier in der Alten Eiche mit ihren Bierkrügen in der Hand, »als die Perser vor der Schlacht bei den Thermopylen die Waffen der Spartaner verlangten. Und was haben die Spartaner getan? Gekämpft bis zum letzten Mann, für ihre Familien, für ihr Vaterland, für ihre Ehre.«

Und das hat Kottke in der Ukraine auch getan, Seite an Seite mit den Kameraden im Donbass gegen das putinistische Regime und für das Vaterland.

»Ähm«, sagt Uwe, »aber dein Vaterland ist doch Deutschland.«
Kottke blickt ihn mit einer Mischung aus Ärger und kalter
Verachtung an, sodass Uwe seine vorlaute Frage sofort bereut. Aber
nun ist es zu spät.

»Das hier«, sagt Kottke und klopft mit den Fingerspitzen auf
den Tisch, »das ist ein kastriertes Land, umgeben von einem Bund
liberaler Homo-Diktaturen, der sich EU nennt, mit Ausnahme von
Ungarn und vielleicht noch Polen.«

Beifall, allgemeines Knöchelklopfen auf den Biertisch, jawoll.

»Es ist unsere Pflicht, die Heimat von diesem Dreck zu befreien.
Schaut euch doch um, überall Schwule und Linke in den Regie-
rungen, überall Kanaken auf der Straße, die deutsche Frauen
vergewaltigen. Ich frage euch, Kameraden, wie lange sollen wir uns
das noch gefallen lassen?«

Nicht mehr lange, darin ist die Truppe sich einig. Gut, dass
es noch Männer wie Kottke gibt, die bereit sind, die Führung zu
übernehmen, für die es patriotische Pflicht ist, die herrliche Heimat
vor der drohenden Apokalypse zu retten.

»Die Kameraden in der Ukraine«, sagt Kottke zu Uwe und den
anderen, »kämpfen im Grunde genommen für dieselbe Sache wie
wir, nämlich für ihre nationale Selbstbestimmung. Ihr Blut ist unser
Blut. Deswegen ist mein Vaterland ihr Vaterland, und ihr Vaterland
ist auch meins. Und deswegen kämpft jeder deutsche Patriot an der
russischen Front auch für sein Vaterland.«

»Klar«, sagt Uwe, während er noch überlegt, ob das Ganze Sinn
ergibt. Andererseits, wenn das von Kottke kommt, dann wird das
schon irgendwie passen, keine Frage. Auch wenn Uwe mit seiner
begrenzten Einsicht den großen Bogen nicht so recht im Auge
hat.

»Auf den Führer«, sagt er und hebt seinen Krug.

»Sauf nicht so viel«, sagt Kottke. »Wir haben noch was vor.«

Kurz darauf hocken sie hinten auf der Pritsche eines Pick-ups, der über die nächtliche Landstraße kurvt. Die Plane knattert ihnen um die Ohren, die Rückseite ist offen. Die Scheinwerfer der wenigen Autos, die sie in unregelmäßigen Abständen überholen, blenden für einen kurzen Moment in den müden Augen der Männer auf. Uwe sitzt ganz hinten auf dem Rookie-Platz, wo es zieht wie Sau. Er hat seinen Jackenkragen hochgeschlagen und versucht in den Gesichtern seiner Kameraden zu lesen, was hier abgeht. Keiner redet mit ihm. Keiner hat sich die Mühe gemacht, ihm zu erzählen, wohin sie in dieser scheißkalten Nacht unter sternenklarem Himmel fahren. Was ist los mit denen? Wollen die ihn verarschen oder was? Uwe merkt, wie die Wut in ihm hochkocht, und er weiß, jetzt muss er aufpassen. Uwe ist angesoffen und kaputt und will nur eins, nämlich nach Hause in sein Bett. Stattdessen hockt er hier auf diesem scheiß Pick-up und friert sich den Arsch ab und merkt, wie er immer wütender wird.

»Wieso redet ihr nicht mit mir? Soll das witzig sein oder was?« Ecki grinst.

»Hey, Ecki«, sagt Uwe, »erzähl mir noch mal, warum Kottke deine dämliche Birne in das Klo gesteckt hat.«

»Halt die Fresse«, sagt Ecki.

»Weil du voller Scheiße bist«, sagt Uwe. »Alter, weißt du das? Voller Scheiße.«

»Halt's Maul, Uwe«, sagt Mauser ruhig. Er sitzt Uwe gegenüber, auf dem zweiten Rookie-Platz. Aber Mauser ist nicht der zweite Rookie, er ist Kottkes rechte Hand. Er sitzt da, weil er seinen Männern ein Beispiel geben will. Führung durch Vorbild, das hat er beim KSK der Bundeswehr gelernt, mit dem er in Afghanistan im Einsatz war. Davor hat Uwe großen Respekt. Auch wenn sich das mit der KSK-Geschichte nie so ganz erhärten ließ. Mauser hat keine Einsatzfotos, das kommt einigen seltsam vor. Und Mausers Schwester hat letztes Jahr beim Osterfeuer gesagt, er sei nur Gefreiter bei den Funkern in Lüneburg gewesen, voll im Suff, *nachdem* Mauser ihr eine geballert hatte. Warum, weiß Uwe nicht mehr, nur noch, dass Mauser dann noch mal zugelangt hat, und das sah dann ziemlich böse aus.

»Wo fahren wir hin?«, fragt er.

Mauser sieht ihn an und sagt: »Auf die Jagd.«

9

Ein leichter Nieselregen hat eingesetzt. Sie sind nass und erschöpft. Mit gesenkten Köpfen und wunden Seelen trotten sie hinter dem Führer her, der sie am Parkplatz zwei Kilometer hinter Mikulášovice von einem Typen namens Slobo übernommen hat. Es ist Nacht, der Führer geht schnell, vor allem die alten Frauen und die Kinder kommen nicht mehr mit. Manche weinen still und ohne auf Trost zu hoffen, denn sie wissen, ihre Tränen werden sowieso nichts ändern. Die Hoffnung ist schon längst einer dumpfen Leere gewichen. Sie alle haben Dinge gesehen, die sie sich in dem Leben, das sie verlassen mussten, nicht einmal hätten vorstellen können. Das Ausmaß an Kälte, Niedertracht und stumpfer Brutalität, dem sie auf ihrem langen Weg in das Land ausgeliefert waren, in dem in ihrer Vorstellung Milch und Honig flossen, hat den letzten Funken Würde in ihnen zerstört. Immer wieder war die Verzweiflung aufgeflackert, die letzte der Emotionen, die ihnen blieb und die sich in besinnungsloser Wut entlud, so wie auf der griechischen Insel, wo sie in überfüllten Lagern eingepfercht waren und wie Obdachlose den Müll auf den Straßen nach Essbarem durchwühlten.

Der Führer bleibt stehen, dreht sich um und treibt die Leute zur Eile an. *Wie Vieh*, denkt Ismael, *er behandelt uns wie Vieh*. Er spürt die Wut, die in ihm aufsteigt, aber es bringt nichts, mit dem

Führer zu streiten oder an dessen Mitgefühl zu appellieren. Das hat er spätestens am Parkplatz abgelegt wie einen alten Mantel, nachdem er ein Bündel Geldscheine von Slobo bekommen hatte. *Vielleicht sollte ich ihm eine reinhauen,* denkt Ismael. *Oder ihm einen dieser Steine gegen den Kopf schlagen, über die er in der Dunkelheit ständig stolpert.* Aber dann würden sie dastehen und nicht wissen, wohin in diesem scheiß Wald. Er ist dem Mann komplett ausgeliefert, wie sie alle. Also muss er seine Wut runterschlucken, und mit jedem Schluck wächst sein Hass. *Alles hat seine Zeit,* sagt er sich und atmet ruhig, um seinen Puls zu senken. *Der Tag wird kommen, an dem das Blatt sich wendet und ihr Allahs Gnade verwirkt habt.*

Ismael schiebt seine Hand in die Hosentasche und tastet nach dem kleinen Foto. Es ist alles, was ihm geblieben ist. Er zieht es raus, während er mechanisch weitergeht, und betrachtet seinen älteren Bruder. In der Dunkelheit kann er ihn auf dem kleinen Passfoto nur schemenhaft erkennen. Der Regen hat zugenommen und vermischt sich mit seinen Tränen, die einen Schleier über die Wirklichkeit legen. Er denkt an Hamedi, den er auf der griechischen Insel verloren hat, als die Polizei während der Proteste mit Knüppeln auf sie eindrosch. Er weiß nicht, was aus dem Bruder geworden ist. Er weiß nur, dass er nach Deutschland muss, und dort wird er ihn wiedertreffen. Sie werden zusammen ein Geschäft aufmachen, vielleicht eine Bäckerei, wie die Familie in Homs eine hatte, bevor die Nagelbomben einschlugen. Der Gedanke gibt ihm Kraft. Er konzentriert sich auf diesen einen guten Gedanken und versucht, alles andere auszublenden. Das ist schwer. Es ist schwer, die Bilder nicht zu sehen, die sich in seine Seele eingebrannt haben, die Schreie nicht zu hören, die ihm das Herz zerreißen, und den Schwanz des Griechen nicht zu spüren, der ihm wie ein glühender Schürhaken in die Eingeweide fuhr, nachdem er ihm befohlen hatte, sich auf alle viere wie eine Hündin hinzuhocken.

Es war ein Geschäft.

Der Grieche versprach, ihn an Leute zu vermitteln, die ihn aus dem Lager rausbringen würden. Er hielt Wort, doch die Schmach schmeckte bitterer als der Tod, und die Scham löschte ihn aus. Das war der Zeitpunkt, an dem er seinen Namen Cihan Dahout ablegte und sich fortan nur noch Ismael nannte, nach dem Gesandten Gottes und dem Erbauer der Kaaba im Innenhof der heiligen Moschee zu Mekka.

Vor ihnen öffnet sich jetzt eine Lichtung. Der Regen prasselt aus tief hängenden, dunklen Wolken auf die warme Erde, und Bodennebel steigt hoch wie giftiger Atem. Der Treck schließt auf, gezeichnete Gesichter, die verbleibende Habe in Plastiktüten. Der Anführer deutet mit ausgestrecktem Arm Richtung Westen.

»*Alemania*«, schreit er. »*Border.*«

Als den Flüchtlingen klar wird, dass er seine Aufgabe damit offenbar als beendet ansieht und sie hier stehen lassen will, breitet sich Unruhe aus. Ein alter Mann tritt auf ihn zu und sagt: »Transport?«

»Alemania«, sagt der Führer. »Transport in Alemania.«

In diesem Moment hört Ismael entferntes Motorengeräusch, dann sieht er vereinzelt helle Lichtkegel, die durch die Bäume und in den Nachthimmel zucken.

»*Go*«, schreit der Führer. »*Go ... go!*«

Er dreht sich um und rennt den Weg zurück, den sie gekommen sind. Das Jaulen hochdrehender Motoren kommt näher, und jetzt sieht Ismael die Quads, schwarze Insekten, die mitten durch den Wald auf sie zurasen. Grelle Scheinwerfer blenden ihre Gesichter.

Transport?

Das fühlt sich anders an, und Ismael begreift, dass der Führer sie verraten hat.

Uwe ist immer noch geflasht.

»Das war voll der Hammer, ich sag's dir«, sagt er zu Jeanette. Er ist gerade erst aufgestanden, sitzt mit wirren Haaren in Unterhemd und Unterhose auf dem Sofa und öffnet das erste Nachmittagsbier mit dem Feuerzeug.

»Kurz vor Mitternacht sind wir in diesem scheiß Kaff an der Grenze angekommen.«

»Ach ja?«, sagt Jeanette.

Sie hockt mit untergeschlagenen Beinen im Sessel, scrollt durch die Profilfotos knackiger Typen aus dem JOYclub und chattet. Dabei lässt sie Uwe weiterlabern, der erzählt, wie sie hinter Kottke her auf den Hof gekommen sind, wo der Typ, den Kottke mit Sigi ansprach, sie zu den Quads gebracht hat. Sie standen in der Scheune, nebeneinander geparkt, in einer akkuraten Reihe, vollgetankt und *ready for action*. Sigi hat allen noch mal erklärt, wie die Fahrzeuge zu bedienen waren, wo sich der Reservehahn am Tank befand, und dass sie Sprit für etwa fünfzig Kilometer hatten.

Also, Jungs, die Tachoanzeige im Auge behalten.

Dann zogen sie sich zur Lagebesprechung zurück. Kottke breitete eine Militärkarte auf der Kühlerhaube des Pick-ups aus und zeigte ihnen den Grenzabschnitt, wo sie auf die Flüchtlinge stoßen würden. Er gruppierte die Quads in Zweierteams und wies ihnen jeweils einen Streckenabschnitt zu. Jeder bekam ein Walkie-Talkie, damit sie untereinander in Kontakt bleiben konnten, außerdem einen Baseballschläger, den sie mit Gummistraps hinten am Quad fixierten. Kottke war der Einzige, der eine richtige Waffe dabeihatte – also keinen Baseballschläger, sondern eine Makarow, die er in einem Halfter auf der linken Seite trug, mit dem Griff nach vorne. So kommt man schneller an die Waffe, hatte er seinen Kameraden während der Ausbildung erklärt, ergonomischer, als mit hochgezogener Schulter die Waffe auf der Seite der Schusshand zu ziehen. Er ordnete an, dass Uwe mit Mauser fuhr, damit der ein Auge auf ihn haben konnte. Immerhin war es sein erster Einsatz.

Sie stiegen auf ihre Quads und knatterten los. In Formation, wie Kottke sagte, aber das hieß nichts anderes, als dass er voranfuhr und die anderen hinterher. Es ging zunächst über eine holprige Landstraße nach Südosten. Vor ihnen erhob sich der bewaldete Höhenzug des Nordwestausläufers der Sächsischen Schweiz, auf dem die Grenze zu Tschechien verläuft und wo sie auf die Flüchtlinge stießen, genau wie Kottke es geplant hatte.

»Die sind gerannt wie die Karnickel«, sagt Uwe zu Jeanette. »So geil, ey. Ich schwör' s dir. Wir auf den Quads hinterher, wie die Cowboys, verstehst du?«

Er hatte vor ein paar Tagen in einer Doku auf DMAX gesehen, wie das heutzutage auf den großen Rinderfarmen in Amerika so läuft, wenn sie die Herden auf die Weiden treiben. Nicht mit Pferden, sondern mit Quads und Helis, *voll krass*. Daran dachte Uwe während der Jagd. Mauser lobte ihn – und sagte das später auch Kottke –, weil er Ausreißer aus dem Treck geschickt wieder zur Herde zurückgetrieben hatte. Der Plan war, sie zusammenzuhalten und auf eine Wiese zu jagen, wo schon der Lkw stand und auf sie wartete.

Die Baseballschläger brauchten sie nicht.

»Und was habt ihr dann mit den Leuten gemacht?«, fragt Jeanette.

»Weggebracht.«

»Wohin?«

»In den Bunker«, sagt Uwe.

Jeanette schaut ihn an. »Was für ein Bunker?«

10

Bosman kann nicht schlafen.

Das Fenster ist offen, draußen zieht eine Horde Besoffener vorbei, und dann kommt das Geräusch, auf das er gewartet hat. Ein helles Klirren, blödes Lachen, scheiß Touristen. Er spürt den Ärger, der ihm nervös den Rücken hochkriecht wie die Tentakel eines Kraken. Erst jetzt merkt er, dass er vollkommen nass geschwitzt ist. Das T-Shirt klebt an seinem Körper. Was ist das denn? Kommen Männer neuerdings auch in die Wechseljahre? Er schlägt die Decke zurück, steht auf und geht rüber ins Bad, wo er sich mit einem kalten Waschlappen abreibt.

Es ist eine Menge passiert in den letzten Tagen. Erst der obligatorische Anschiss nach ihrer schmachvollen Rückkehr aus Tirana. Emrah war stocksauer. »Wie konnte das geschehen?«

»Frag die scheiß Albaner«, sagte Bosman.

»Mein Gott, du hast einen Mann verloren!«

Als ob er das nicht selbst wüsste. »Wir müssen Russo da rausholen.«

»Ach ja, und wie?«

»Soweit ich weiß, gibt es dafür die GSG 9 oder das KSK.«

»Ein bewaffneter Zugriff auf fremdem Staatsgebiet? Hast du eine Ahnung, was das für eine Vorlaufzeit braucht? Wir sind hier nicht in Israel. Außerdem ist Russo Amerikaner, die sind dafür zuständig.«

Okay, dachte Bosman, *von dieser Seite ist wohl erst mal keine Hilfe zu erwarten.* Doch das war nicht das einzige Problem.

»Was ist mit dem Koks?«, wollte Emrah wissen.

Tja, die Albaner hatten es beschlagnahmt und wollten es unter dem Deckmantel administrativer Schwierigkeiten nicht rausrücken.

Und dann gab es da noch die Sache mit den drei Millionen. Nachdem das Geld auch Tage nach dem Desaster in Durrës nicht bei der zuständigen Landeskasse auf dem fingierten Konto von *Hector Lopez* eingegangen war, hatten Emrah, Polizeipräsidentin Bäumler und die BKA-Leute natürlich drängende Fragen. Dabei war die Sache ziemlich klar.

»Russo hat uns gelinkt«, sagte Schuster. »Wir waren bei der Übergabe leider nicht dabei, weil er sein Handy verloren hatte und ein neues kaufen musste, direkt vor dem Einsatz. Aber vielleicht war das auch von Anfang an sein Plan, damit wir nicht mithören konnten, was da drinnen in der Halle abging.«

»Sie behaupten, Russo habe das Geld auf sein eigenes Konto überweisen lassen?«, fragte Dr. Bäumler.

»Was anderes fällt mir nicht ein.«

»Und was glaubt er, wie er davongekommen wäre, wenn Ekrem ihn nicht als Geisel mitgenommen hätte?«

»Keine Ahnung«, sagte Schuster. »Ich bin nicht Russo.«

»Vielleicht hatte er gedacht, dass er längst über alle Berge ist, bis der Betrug auffliegt«, sagte Bosman.

Bäumler schaute ihn an, kalt wie Nachtfrost.

Die ganze Geschichte sprach sich natürlich rasend schnell herum. Die beiden Superbullen waren nun die Deppen, die einen V-Mann, hundert Kilo Koks und drei Millionen verloren hatten. Spott und Sprüche wie: *Na, wie ist das Wetter so in Albanien? Haha ...*

Statt sich für einen spektakulären Coup feiern zu lassen, mussten sie die Häme fressen und sich wieder in die Niederungen des Polizeialltags begeben. Akten sortieren, Daten abgleichen, Protokolle aufnehmen und Informationen beschaffen, immer dieselbe Mühle. Jetzt seufzt Bosman und versucht sich mit dem Gedanken zu trösten, dass man nicht immer gewinnen kann. Er holt ein frisches T-Shirt aus dem Badezimmerschrank und streift es sich über. Es fühlt sich gut an, trocken und kühl. Er trinkt noch ein paar Schluck Wasser direkt aus dem Hahn und geht zurück ins Schlafzimmer, wo er sich leise neben Britta ins Bett legt und versucht, endlich einzuschlafen.

Irgendwann gelingt es ihm tatsächlich, und als er aufwacht, scheint die Sonne. Er liegt allein im Bett, Britta und Sophie sind schon weg. Die Kaffeemaschine ist noch warm. Bosman brüht sich einen Espresso und scrollt sich auf seinem Handy durch die News. Dabei sieht er, dass heute schon der 3. August ist.

Zeit, Achim seine Kohle zu bringen.

Nach dem Frühstück fährt er zum Shurgat Self-Storage in der Stralauer Straße, einem kastenförmigen Bau in Container-Optik, wo Leute ihren Kram unterstellen können. Manchmal für ein paar Tage, manchmal für Jahre. Er und Schuster haben ihre Box letztes Jahr angemietet, als sie aus Kowalskis Garage rausmussten, aber das ist eine andere Geschichte. Neben ein paar alten Skiern von Schuster, einer Kommode seiner Oma und Bosmans ausrangiertem Surfboard steht hier nur noch der alte Bishop-Safe, den sie vor Jahren auf dem Flohmarkt in der Arena gekauft haben, um ihre Rücklagen darin aufzubewahren: Cash, Koks, Dope, alles, was auf der Straße so vertickt wird. Bargeld, das sie bei Razzien haben mitgehen lassen. Damit werden Informanten geschmiert, aber auch karitative Vereine unterstützt, so wie etwa Achims Tafel. Jeden ersten Tag im Monat bringt Bosman ihm ein paar Scheine vorbei und plaudert ein wenig mit ihm über den Kiez, denn Achim kennt sie alle, seine Informationen sind unbezahlbar.

Das zeigt sich auch jetzt wieder.

Als Bosman die Räume der Tafel betritt und ihm hinten im Büro das Kuvert reicht, sagt Achim:»Ich hab was für dich. Es gibt einen Augenzeugen, der gesehen hat, wie Birol in seinem Café abgestochen wurde.«

»Ist er bereit auszusagen?«

»Ja.«

»Warum?«

Achim grinst.»Vermute mal, um sich die Konkurrenz vom Hals zu schaffen. Die Araber dealen auf dieser Seite vom Park, aber die Schwarzen, die von den Albanern kaufen, fangen an, sie zu verdrängen.«

Klingt plausibel. Wäre nicht das erste Mal, dass sich Kriminelle einen Vorteil durch die Zusammenarbeit mit der Polizei erhoffen.

»Wie heißt er?«, fragt Bosman.

»Rösti.«

»Was? Wie die Schweizer Bratkartoffeln?«

»Keine Ahnung, so nennen sie ihn, warum auch immer.«

»Wo finde ich ihn?«

»Auf der Parkbank an der Wiener, Ecke Forster Straße, da hängt er mit seiner Crew ab. Er weiß Bescheid, dass wir geredet haben. Sag ihm, du kommst von mir.«

»Danke.«

Bosman schlägt mit Achim ab, ruft Schuster an und geht rüber zur Wiener Straße, wo er schon von Weitem eine Gruppe junger Araber und Türken herumhocken sieht, die rauchen, quatschen und dealen.

Misstrauisch schauen sie zu ihm rüber, als er auf sie zukommt und fragt:»Wer von euch ist Rösti?«

»Und wer bist du?«

»Ich komme von Achim.«

Ein schmächtiger Junge mit Segelohren tritt vor. »Du bist Bulle?«

»Du hast gesehen, wie Birol umgebracht wurde?«

»Ich stand im Laden, voll neben ihm.«

»Warum hast du das nicht gleich der Polizei gesagt?«

»Ich rede nicht mit den Bullen.«

»Tust du aber gerade. Wer ist der Täter?«

»Einer von den Albanern, die mit den Bimbos hier zusammenarbeiten. Er steht im Park mit ein paar Leuten rum.«

Fünf Minuten später kommt Schuster an, und sie gehen zusammen mit Rösti rüber in den Park. Vor ihnen liegt die Senke mit den Resten des ehemaligen Tunnels, der unter dem Bahnhofsgelände hindurch zur Görlitzer Straße führte, bevor die Brache in der Wendezeit zu einem Park wurde. Rechts der Kinderbauernhof mit lauten Blagen und stolzen Eltern.

Rösti deutet auf ein paar schwarze Dealer, die um eine Parkbank herumstehen und mit einem osteuropäischen Mann reden, der offenbar das Sagen hat. »Der Spacko da, der Albaner, das ist er.«

Bosman schaut rüber.

»Okay, hau jetzt ab. Nachher kommst du für deine Aussage zum Revier in Tempelhof.«

»Revier ...? Hey, ich hab nichts getan. Ich hab geholfen.«

»Ja, deinen Kumpels, die in Ruhe ihren Stoff verticken wollen.«

»Ich schwöre ...«

»Lass das lieber sein. Hier geht's um Mord. Da kannst du nicht kneifen. Um vier Uhr bist du da.«

Er schaut zu Schuster rüber, der die taktische Lage checkt und sagt: »Ich komme von der anderen Seite, du von vorne.«

»Wenn die rauskriegen, dass ich ihn verraten habe, bringen die mich um«, sagt Rösti. »Ich schwör's dir, das sind Tiere!«

»Mann, nerv nicht rum«, sagt Bosman. »Und hau endlich ab.«

Er hat jetzt keine Lust auf Diskussionen. Er spürt, wie das Adrenalin in seinen Adern glüht und seinen Körper kampfbereit macht. Er sieht, wie Schuster von der anderen Seite auf die Parkbank zugeht, und setzt sich in Bewegung. Unten in der Senke spielen ein paar Typen Frisbee, andere chillen und rauchen oder machen Yoga. Als er bei der Bank ankommt, sucht er Augenkontakt zu dem Typen, der auf der Rückenlehne hockt und die Umgebung beobachtet.

»*You got weed?*«

Der Dealer schaut ihn an: »*How much?*«

Aus den Augenwinkeln sieht Bosman den Albaner. Hinter ihm Schuster, der näher kommt, als der Dealer Bosmans Blick auffängt und plötzlich schreit: »*Police!*«

Die Gruppe zerstreut sich blitzschnell in alle Richtungen. Der Albaner spurtet los, Bosman hinterher. Schuster kommt von vorne und schreit: »Stehen bleiben, Polizei!«

Doch der Albaner stößt ihn brutal beiseite, Schuster geht zu Boden.

Fuck!

Bosman hetzt hinterher, schmeckt schon Messing in der Lunge, ist keine zwanzig mehr wie der verdammte Kerl vor ihm. Da muss man alles auf den *lucky punch* setzen. Also zündet er seine Reserven, holt auf. Vor ihm wie am Ende eines Tunnels sieht er die rhythmisch wogenden Schulterblätter unter dem T-Shirt. Bosman beschleunigt und sichelt dem Mann von hinten die Beine weg.

»Sorry, Kumpel«, sagt er, als er sich keuchend über ihn beugt, ihm die Arme auf den Rücken dreht und die Handschellen anlegt. »Das war nicht besonders sportlich, aber du hast mir keine Wahl gelassen.«

Eine halbe Stunde später sitzen sie im Vernehmungsraum der GeSa, der Gefangenensammelstelle am Tempelhofer Damm – und Afrim

»Adi« Remza sagt gar nichts. Vor ihm auf dem Tisch steht eine Plastikflasche Wasser, doch sie ist ungeöffnet. Bei der Überprüfung seiner Personalien haben sie festgestellt, dass er kosovarischer Staatsbürger und wegen Drogenhandel vorbestraft ist – ganz große Überraschung. Schuster sitzt auf der Fensterbank, den linken Fuß auf die Rippen der Heizung gestellt, und sagt zu Adi: »Es sieht nicht gut aus für dich, wir haben einen Augenzeugen.«

Adi ignoriert ihn und schaut durch Bosman durch, der vor ihm sitzt. Die Augenlider ein wenig gesenkt, als wäre er gar nicht hier.

»Pass auf«, sagt Bosman. »Es gibt zwei Möglichkeiten, wie wir die Sache spielen können. Entweder du bist ausgerastet und hast Birol erstochen, weil er dir keinen Kaffee verkaufen wollte, weil er die Nase voll von euch Dealern hat. Ein Wort gibt das andere, und du stichst zu. Dafür kriegst du vielleicht sieben, acht Jahre. Ich persönlich aber glaube, dass es so gar nicht gewesen ist. Ich glaube, Ekrem hat dich geschickt, weil er Stress mit Birol hatte. In diesem Fall reden wir von einem Auftragsmord. Wenn du uns Ekrem lieferst, kommst du mit zwei bis drei Jahren davon, die Hälfte auf Bewährung.«

Adi schaut ihn an.

Und schweigt.

»Okay«, sagt Bosman schließlich und steht auf. »Überleg's dir.«

Sie fahren zurück ins Präsidium, um Emrah Bericht zu erstatten, der sie am Kopfende seines Schreibtisches empfängt, die Hände in den Taschen seiner Anzughose. Eine elegante Erscheinung, der einzige Türke der Berliner Polizei in seiner Position. Er will noch höher hinaus, und dafür braucht er Erfolge – vor allem nach der Albanien-Pleite. Ob die Festnahme im »Görli-Mordfall« jedoch ein Erfolg ist, wird sich erst noch zeigen.

»Wenn in den nächsten Stunden ein Top-Anwalt bei Adi aufschlägt, wissen wir, dass er im Auftrag von Ekrem gehandelt hat«, sagt Bosman. »Immerhin haben wir jetzt eine DNA-Probe und einen Fingerabdruck. Mal sehen, ob die Jungs im Labor das mit den Tatortspuren übereinkriegen.«

»Gut«, sagt Emrah, »wir erhöhen den Druck. Wir haben Rückenwind vom Innensenator, der sich neuerdings als Hardliner präsentieren will.«

»Das hab ich auch in der Zeitung gelesen«, sagt Schuster wenig überzeugt. »Vor einem halben Jahr war er noch der Meinung, dass wir bei jeder Festnahme belegen müssen, dass sie nicht aus rassistischen Gründen erfolgt ist. Wenig hilfreich, wenn wir es fast ausschließlich mit Migranten zu tun haben.«

»Das ist vom Tisch«, sagt Emrah. »Es wird eine neue Koordinationsstelle eingerichtet, in der die Daten der Finanzbehörde, der Gewerbeaufsicht und unsere Erkenntnisse zusammengeführt werden. Gemeinsam werden wir den Ermittlungsdruck erhöhen. Wir müssen sie mürbe machen, Razzien, Durchsuchungen, Festnahmen, das ganze Programm. Ich will wissen, was für Geschäfte sie machen, wie sie ihr Geld waschen. Und ich will, dass sie nicht mehr ruhig schlafen können, weil sie jederzeit damit rechnen müssen, dass wir sie im Morgengrauen aus ihren Betten zerren.«

Toll, denkt Bosman. Sicher kommt es gut an, wenn der neue Innensenator entschlossen gegen die Organisierte Kriminalität vorgehen will, die sich wie ein Krebsgeschwür in der Stadt ausgebreitet hat. Was das bringt, ist eine andere Frage. Wahrscheinlich gar nichts. Reiner Aktionismus, um die Wähler zu beruhigen. Die Libanesen sind geschwächt, die Kosovo-Albaner nachgerückt, und die ganze Scheiße geht wieder von vorne los.

Es ist ein hoffnungsloses Unterfangen.

Nach Feierabend geht's noch auf ein Bier in den Anker, wo die Kollegen sich treffen, eine Runde Billard spielen, den neusten Klatsch austauschen und sich volllaufen lassen, wenn der Frust mal wieder die Oberhand gewonnen hat. Sie alle sind es leid, mit angezogener Handbremse gegen die ausufernde Kriminalität ankämpfen zu müssen, weil es immer noch zu viele Spinner gibt, die nicht begriffen haben, dass auf der Straße andere Regeln gelten als im Besprechungszimmer der Gleichstellungsbeauftragten. Auch wenn der Innensenator angekündigt hat, mit eisernem Besen kehren zu wollen. Sie haben das schon zu oft gehört, als dass sie dem noch Glauben schenken würden. Bosman kriegt mit, wie die Stimmung in der Bevölkerung kippt, wie viele Leute den Eindruck haben, dass die Polizei ihren Job nicht mehr vernünftig erledigt. Es wundert ihn nicht, dass die Rechten auf dem Vormarsch sind, all diejenigen, die in den letzten dreißig Jahren als Provinzler und reaktionäre Idioten abgetan wurden und im sozialliberalen Mainstream keine politische Stimme mehr hatten. Und siehe da, jetzt schlägt die Provinz zurück, und die reaktionären Idioten sind auf einmal die neuen Revolutionäre, die die bestehende Ordnung einreißen wollen. Wie es aussieht, gibt es eine ganze Menge Leute da draußen, die das gut finden.

Bosman sieht, wie Nina den Raum betritt und sich suchend umschaut. Sie kommt auf sie zu und sagt:»Adi ist schon wieder draußen, gegen Kaution. Sein Anwalt hat ihn vorhin rausgehauen, auch wenn die Mordermittlungen weiterlaufen.«

»Das ging aber schnell«, sagt Bosman.»Wer vertritt ihn?«

»Laurenz.«

»Prost«, sagt Schuster.»Auf die Gerechtigkeit.«

Er hebt sein Glas und nimmt einen tüchtigen Schluck.»Das ist das Problem, dass sie uns von morgens bis abends verarschen, alle. Anwälte, Täter, unsere Freunde in der rot-rot-grünen Regierung. Das ist doch alles Bullshit mit dem angeblichen Durchgreifen, nichts als Verarsche. So geht das Land doch den Bach runter.«

Bosman kennt die Litanei. Wenn Schuster frustriert ist und säuft, kotzt er sich richtig aus. Dann ist es besser, ihm recht zu geben, zumal er ja tatsächlich auch nicht ganz unrecht hat. Letztes Jahr, als er den Libanesen erschoss, hatte er den Punkt erreicht, an dem er *trigger-happy* war. Es ist schwer, das Außenstehenden zu erklären, die ohnehin in jedem Bullen einen Rassisten sehen. Es ist schwer, es Britta zu erklären. Das macht einen einsam, wenn man sich nur noch in seinem Rudel verstanden fühlt.

Nach einer halben Stunde und einem weiteren Pils haut Nina wieder ab. Schuster schaut ihr hinterher. Bosman nimmt einen Schluck, stellt sein Glas ab und sagt:»Was ich dich die ganze Zeit fragen wollte: Hast du eigentlich eine neue Frau am Start?«

Schuster schaut ihn überrascht an. »Wie kommst du darauf?«

»Du verschwindest in letzter Zeit öfter mal und behauptest dann, du würdest Empanadas kaufen gehen.«

»Dann tue ich das wahrscheinlich auch.«

Okay, denkt Bosman, *er will nicht drüber reden.* Muss er auch nicht. Sie sind ja schließlich keine zwei Mädchen auf der Damentoilette.

Die Wahrheit ist, dass Schuster nicht nur eine neue Frau am Start hat, sondern mehrere. Er setzt auf Dating-Portale im Internet. Er hat sein Tinder, ist bei poppen.de und neuerdings auch Mitglied im JOYclub, wo er eine Weile lang mit Shiny_Pearl gechattet hat. Ihre Fotos waren sexy, der Chatverlauf nichtssagend wie immer. Auf seine schlüpfrigen Einlassungen war sie nicht eingegangen, was aber nicht heißen musste, dass sie nicht darauf stand. Er scrollte noch mal in ihrem Profil die Vorliebenliste durch, wo sie ganz klar *Erotische Chats* angegeben hatte. Nun mag sich darunter jeder etwas anderes vorstellen, wie auch immer. Schuster hatte einen Treffer gelandet, Shiny einem Date zugestimmt. Sie tauschten Telefonnummern aus und verabredeten sich im Club Avarus zur »Nacht der Gelüste«, nur für Paare und Trios. Wenn es nicht funken sollte, hatte Shiny getextet, dann hätte man ja immer noch andere

Optionen und könne den Abend trotzdem genießen. Sie kündigte an, mit ihrer Freundin Willig96 zu kommen, was Schuster sehr recht war, als er ihr Profil aufrief, um mal zu checken, wer da um die Ecke biegen würde.

Nicht schlecht.

Mit Shiny_Pearl und Willig96 schien das ein vielversprechender Abend zu werden, und Schuster war gut gelaunt. Er fand eine Parklücke in der Seestraße, Ecke Müllerstraße. Glück gehabt. Er fingerte eine Viagra aus seiner Jeanstasche, riss die Folie ab und spülte die Pille mit einem Schluck aus seiner Wasserflasche runter. Er schraubte die Flasche zu, steckte sie in das Seitenfach der Tür, angelte nach seinem Tagesrucksack auf dem Rücksitz und stieg aus. Der Verkehr dröhnte ihm in den Ohren. Schuster schaute auf seine Junghans am linken Handgelenk: kurz vor neun.

Er lief auf das schäbige Hochhaus zu, dann rechts über den Parkplatz zu der Stahltür im Seitenflügel. Er klingelte, die Tür ging auf. Er betrat das heruntergekommene Treppenhaus und dann den Fahrstuhl, der aussah, als wäre er zuletzt 1967 gewartet worden. Oben stand er erneut vor einer verschlossenen Tür mit einem Guckloch. Von unten wummerten Bässe. Er hörte das Summen, die Tür sprang auf. Eine attraktive Blondine Ende vierzig empfing ihn an der Garderobe. Schuster sagte ihr, dass er mit zwei Damen aus dem JOYclub verabredet sei, und blätterte seine hundert Euro auf den Tisch.

»Die sind schon da«, sagte die Blondine und lächelte. »Viel Spaß.«

»Danke.«

Schuster schob den dunkelroten Vorhang beiseite und trat in die Umkleide. Während er sein Swinger-Outfit aus dem Rucksack holte, schicke Latexshorts und ein schwarzes hauchdünnes Seidenhemd, drang gedämpfte Unterhaltung aus der Lounge rüber, Gläser klapperten. Schuster verstaute seine Klamotten in dem Spind und ging rüber zur Bar, wo er seinen Schlüssel abgab, einen Gin Tonic bestellte und sich umschaute. Drei Paare standen oder saßen am Tresen. In der Sofaecke rechts weitere Pärchen zwischen zwanzig und sechzig. Weiter hinten entdeckte er zwei junge Frauen, eine ziemlich üppig, die andere Shiny_Pearl, keine Frage. Schuster setzte ein charmantes Lächeln auf und ging rüber.

»Hallo, Ladys.«

»Hallo.«

Küsschen links und rechts. Schuster nahm den warmen Duft von Rosmarin auf Shinys Wange wahr und streifte mit seinem Blick ihre kleinen Brüste unter dem schwarzen Wetlook-Minikleid, als er sich ihrer Freundin zuwandte, um auch sie zu begrüßen.

»Hi, ich bin die Mandy«, sagte sie.

Schuster antwortete, er freue sich, dass es mit dem Treffen an diesem Abend geklappt habe.

»Ja, schön«, sagten die beiden Frauen und saugten an ihren Strohhalmen. Sie erzählten ihm, dass sie nicht in Berlin wohnten, aber öfter mal ein Wochenende hier verbrachten. Sie wollten wissen, ob er oft in den Club kam. Ab und zu, sagte Schuster, aber nicht allzu oft. Und selber? Auch ab und zu.

»Und was machst du sonst so?«, fragte Shiny. »Ich meine, wenn du dich nicht gerade in Swingerclubs rumtreibst?«

»Ich lösche«, sagte Schuster.

»Du löschst.«

»Ja, ich bin immer da, wo es brennt.«

»Mit deinem langen Schlauch.«

Haha ...

»So ist es.«

Mandy schob ihren Zeigefinger in den Bund von Schusters Latexshorts, zog ihn vor und spähte hinein.

»Na ja«, sagte sie und ließ den Bund klatschend zurückschnellen.

»Du bist also bei der Feuerwehr.«

»Manchmal holen wir auch Katzen vom Dach.«

Shiny lachte und schaute ihn prüfend an, während sie ihren Gin Tonic leer sog und Schuster ihr von der Feuerwehr erzählte. Er hatte den Eindruck, dass ihr gefiel, was sie sah. Ihm ging es nicht anders. Er mochte den warmen, weichen Sound ihrer Stimme, den leicht spöttischen Blick in ihren Augen. Nach einer halben Stunde Small Talk musste Mandy zur Toilette, und Schuster sagte zu Shiny: »Wo kommt ihr denn nun her?«

»Bernau.«

»Bernau in Sachsen?«

»Yep.«

Shiny hob ihr Glas, und sie stießen an. »Und jetzt sag nicht, du kennst das.«

»Doch«, sagte Schuster.

Er kannte den Grafen und auch die illustre Runde, die sich dort regelmäßig versammelte. Kollege Weihrauch hatte ihn vor ein paar Wochen zu einem Vortrag zum Asylrecht nach Schloss Bernau mitgenommen. Und tatsächlich war das, was der Graf zur Migration und den laschen Methoden der Verbrechensbekämpfung zu sagen hatte, nicht verkehrt. Es spiegelte nur das wider, was Schuster jeden Tag erlebte, aber offiziell nicht erleben durfte, weil ihm permanent in den Medien erklärt wurde, dass es nicht so war, wie es war. Und *das* waren tatsächlich *fake news*, denn Schuster wusste schließlich, was er sah.

»Das ist jetzt ja wohl witzig«, sagte Shiny. »Ich arbeite da im Schloss.«

»Nee, oder?«

Nachdem sie noch ein wenig geplaudert und weitere mögliche Gemeinsamkeiten ausgelotet hatten, fragte Schuster: »Sollen wir uns mal umschauen?«

»Warum nicht?«

Er legte seine Hand an ihre Hüfte, während er sie küsste. Zuerst ganz vorsichtig, und als ihre Lippen sich öffneten, wusste Schuster, dass er gewonnen hatte. Er nahm sie an der Hand und führte sie zu den Spielwiesen, auf denen bereits einige Paare beschäftigt waren, Klatschen von Haut auf Haut und lautes Stöhnen. Schuster schob den Vorhang zum hinteren Separee zur Seite.

Shiny trat ein.

Sie breiteten ein Tuch über den roten Kunststoffbelag und zogen sich aus, als wären sie an einem heißen Augustnachmittag am Nacktbadestrand in Kühlungsborn. Ihre Bewegungen waren anfangs noch etwas ungelenk, aber das gab sich schnell. Ihre Finger und Zungen ertasteten und schmeckten den fremden Körper, und weil hier nichts über den Moment hinausging, war alles reine Gegenwart und pure Lust.

»Sieh mich an«, flüsterte Schuster.

Shiny sah ihn an, und er spürte eine seltsame Vertrautheit in ihren Augen und eine Hingabe, die ihn vollkommen ausfüllte. Er küsste ihren Hals, dann hauchte er ihr ins Ohr: »Wie heißt du?«

»Jeanette.«

»Du bist wunderschön.«

Jeanette lächelte und schloss die Augen.

11

Die Sonderermittlerin hatte in Durrës gesagt, dass sie Ekrem wegen Verbrechen gegen die Menschlichkeit verhaften wollte. Ferris weiß natürlich, dass Ekrem deswegen gesucht wird, das ist nicht neu. Neu ist hingegen, dass es offenbar neue Beweise gibt. Er vermutet, dass Dr. Ibramovics geplaudert hat und als Kronzeuge aussagen will. Verdammte Ratte. Irgendwo lauert immer eine, womit er beim Thema ist, das ihn umtreibt. Wenn Ekrem wegen seiner Massaker und der Organgeschichte verhaftet werden sollte, dann war der ganze Kokaindeal ein Fake. Dann ist es nie darum gegangen, Ekrem deswegen hochzunehmen, sondern darum, ihn aus dem Kosovo zu locken. Weil die Idioten dachten, sie könnten ihn in Albanien verhaften und dann mitnehmen. Andererseits – wenn Ferris nicht mit Goran geredet hätte, wären sie sehenden Auges in die Falle getappt. Doch der eigentliche Punkt ist: Wenn der ganze Drogendeal ein Fake war, dann ist auch Lopez ein Fake. Ist Hector Lopez aus Venezuela ein V-Mann der Bullen?

Er hat es schon die ganze Zeit geahnt.

Aber Ekrem will davon nichts wissen. Er sitzt mit seinem neuen Buddy vor der Glotze und glotzt *Suleiman Empire*. Er schaut nicht mal auf, als Ferris in das Wohnzimmer kommt. Vor Lopez steht eine Batterie Bierflaschen, ein voller Aschenbecher und eine halb geleerte Flasche Wodka. Vor Ekrem liegt seine Schachtel mit den ganzen bunten Pillen, die er im Laufe des Tages vertilgen muss, um einigermaßen handlungsfähig zu bleiben. Seit Lopez da ist, hat er auch wieder angefangen zu saufen, was seiner Bereitschaft, sich der Wirklichkeit zu stellen, noch weiter abträglich ist.

»Remi, kommst du mal eben mit raus?«, sagt Ferris.

Ekrem schaut ihn verständnislos an. »Raus?«

»Auf ein Wort.«

Er deutet auf die Terrasse und geht vor. Durch die Scheibe sieht er, wie Ekrem sich schwerfällig vom Sofa erhebt, sich die Trainingshose über die Wampe hochzieht und rauswalzt.

»Was ist los?«

»Ich bin sicher, Lopez arbeitet für die Bullen.«

»Das hast du doch die ganze Zeit schon vermutet, aber ich glaube es nicht«, sagt Ekrem. »Er hat hundert Kilo Koks verloren.«

»Falsch, wir haben drei Millionen Euro bezahlt und nichts dafür bekommen.«

Ekrem kratzt sich die Bartstoppeln. »Was schlägst du vor?«

»Was spricht dagegen, dass er uns das Geld zurückgibt?«

»Es war nicht seine Schuld«, sagt Ekrem. »Und ich habe andere Pläne.«

»Was für Pläne?«

»Hector und ich werden ins Filmbusiness einsteigen.«

»Ach ja?«

Hat der Typ jetzt endgültig den Kontakt zum Mutterschiff verloren? *Schau ihn dir an, Hemd über der Tonne, Augen wie ein ausgewrungener Waschlappen.* Und nicht das erste Mal geht Ferris der Gedanke durch den Kopf, was eigentlich wäre, wenn es Ekrem nicht mehr gäbe. Ferris gehört nicht zur Familie, ist aber der Einzige, der über die weitverzweigten Geschäfte des Clans Bescheid weiß. Das ist auch den anderen klar. Sie würden nicht umhinkönnen, ihm den Respekt zu zollen, der ihm zusteht. Vielleicht sollte er mal eine

96

zusätzliche Pille in Ekrems Schachtel schmuggeln. Niemand würde sich über plötzliches Herzversagen wundern.

»Woher wussten sie von dem Deal?«, will Ferris wissen. »Woher wussten sie von der Halle? Von uns?«

Ekrem schweigt.

»Na also. Wenn nicht von uns, dann von Lopez, oder?«

»Hector sagt, dass er selber überrascht wurde.«

»Und das glaubst du ihm?«

»Die Bullen haben sich an ihn rangehängt, Ferris. So ist es gewesen.«

»Die Bullen hängen sich an einen Dealer, um dich wegen Verbrechen gegen die Menschlichkeit zu verhaften? Mensch, Remi, das Ganze war eine Falle. Kapier das endlich!«

»Sieht ganz danach aus, oder?«

Ferris und Ekrem drehen sich überrascht um und sehen Lopez, der hinter ihnen auf die Terrasse getreten ist und sich eine Zigarette ansteckt. »An eurer Stelle wäre ich auch misstrauisch. Ihr lernt einen neuen Kontakt kennen, vereinbart einen Testlauf und *bang!* Schon schlagen die Bullen zu. Das stinkt, *compadres*, aber ganz gewaltig.«

Ferris hatte gedacht, dass Lopez versuchen würde, zu lügen und sich rauszureden. Doch nun lehnt der Kerl hier entspannt am Türrahmen und schaut dem Rauch seiner Kippe nach.

»Ja«, sagt Ferris, »ich finde auch, dass das stinkt.«

Russo zuckt mit den Schultern. »Was soll ich sagen? Es sieht so aus, wie es aussieht. Scheiße. Nur sitze ich leider genauso drin wie ihr. Eigentlich noch viel tiefer, nämlich bis zum Hals. Ihr seid hier zu Hause, habt es behaglich und seid sicher. Ich habe die Bullen am Arsch und hocke hier rum. Nichts gegen deine Gastfreundschaft, Remi, wirklich nicht, aber ich habe zu tun. Ich muss hier raus, ich brauche einen Pass und ein Handy.«

»Ich schlage vor, du überweist uns erst mal unsere Kohle zurück«, sagt Ferris.

»Warum sollte ich das tun? Ich habe geliefert.«

»Aber bei uns ist nichts angekommen.«

»Nicht mein Problem, Ferris. Ihr hattet die Ladung schon in eurem Wagen, das ist eure Verantwortung, so leid es mir tut.«

»Jetzt hört auf, euch zu streiten«, sagt Ekrem. Dann zu Russo: »Komm, wir schauen weiter.«

Die beiden schlappen zurück ins Wohnzimmer und lassen Ferris stehen. Als er sich umdreht, sieht er Luhan, der ihn von der anderen Seite des Pools angrinst, Sonnenbrille auf der Nase, den rechten Arm in einer Schlinge. Er hat sich in Durrës einen glatten Durchschuss zugezogen.

»Was glotzt du so dämlich?«, fragt Ferris.

»Ich mache meinen Job.«

»Ach ja? Mit einer Hand kannst du doch nicht mal pissen, ohne dich nass zu machen. Wie willst du da deinen Job machen?«

»Probier's aus.«

Ferris geht am Rand des Pools entlang zu ihm rüber und sagt: »Weißt du was, Luhan? Da oben ...«

Er deutet mit dem Finger in den Himmel. Und als Luhan nach oben sieht, packt Ferris ihn bei den Schultern, wirft ihn in den Pool und fährt nach Hause.

Unterwegs checkt er seine Mailbox. Shatira hat angerufen. Die Pleite mit Lopez hat ein Hundert-Kilo-Loch in die Versorgungskette in Berlin gerissen, er braucht dringend Nachschub.

Ferris verspricht ihm, sich darum zu kümmern.

Er parkt vor einem heruntergekommenen Plattenbau aus der Zeit von Enver Hoxha, angelt nach dem Sixpack Bier hinter dem Fahrersitz, das er unterwegs gekauft hat, schließt den Wagen ab und geht durch die offene Tür rein ins Haus. Seit fünfzehn Jahren wohnt er hier, im Norden der Stadt, in der Nähe des riesigen Geländes, wo noch bis vor Kurzem das deutsche KFOR-Kontingent stationiert war. Die Deutschen haben hier in den letzten zwanzig Jahren einen guten Job gemacht, die Bevölkerung ist ihnen bis heute dankbar. Nachdem die letzten paar Soldaten in der verwaisten Anlage die deutsche Fahne eingerollt und die Kaserne an die lokale Verwaltung übergeben hatten, sollte hier ein Industriepark entstehen, »ein Inkubator für die ganze Region«, wie der deutsche Gesandte anlässlich der feierlichen Übergabe des Geländes posaunte. Doch bis heute ist nichts daraus geworden, und die ganze Gegend ist hässlich wie eh und je. Natürlich hätte Ferris längst in ein schickes neues Apartment oder in ein Haus umziehen können. Aber wozu? Es ist ihm egal. Seit er seine Frau und seinen Sohn verloren hat, interessiert er sich nicht mehr für Luxus.

Und auch nicht mehr für Frauen.

Er stellt sein Sixpack in den Kühlschrank und geht rüber ins Wohnzimmer, als sein Freund Nathaniel Rosen anruft und ihm sagt, dass ein guter Bekannter, Chaim Finck, dringend eine neue Niere braucht. »Er hat die Nase voll von seiner Dialyse, aber du weißt ja, es gibt bei Weitem nicht genug Spenderorgane.«

Na klar weiß Ferris das, schon sehr lange. Das Geschäft ist krisensicher, weil der Bedarf immer höher sein wird als der Nachschub. Vielleicht sollte er sich vermehrt selbst um den Nachschub kümmern, statt auf Mittelsmänner angewiesen zu sein, die ihm die Organe besorgen. Es ist wie mit dem Koks. Wer die ganze Lieferkette von Anfang bis Ende kontrolliert, macht den größten Gewinn.

»Er wäre bereit, hunderttausend auf den Tisch zu legen.«

»Das reicht nicht.«

»Wie viel willst du haben?«

»Weil du es bist und wir uns schon so lange kennen ... Sag deinem Klienten, für hundertzwanzigtausend kriegt er das gesamte Paket.«

»Okay, ich rede mit ihm.«

»Schick mir seine Krankenakte«, sagt Ferris. »Ich melde mich dann.«

Er legt auf und schaut auf seine Uhr. Fast vier. Er denkt an Ekrem und Lopez und ärgert sich. Zeit, ein wenig zu entspannen. Er haut sich in seinen Fernsehsessel und schaltet die Glotze ein, Netflix, *new releases*. Er scrollt durch die Titel und stutzt.

Bigfoot?

Der HBO-Hit jetzt auf Netflix? Der Typ auf dem Vorschau-Bild kommt Ferris irgendwie bekannt vor, und als er die erste Folge startet, weiß er endlich, wo er Lopez schon mal gesehen hat.

Bruce Russo alias Hector Lopez hat sich ein wenig aufs Ohr gehauen, nachdem er mit Ekrem drei Episoden *Suleiman Empire* geschaut und dazu eine halbe Kiste Bier sowie eine Flasche Wodka geleert hat. Das ist sogar für ihn ein dickes Brett. Und dann noch der Stress mit Ferris, der keinen Zweifel daran lässt, dass er ihm nicht über den Weg traut. Russo ist sich seiner prekären Lage sehr wohl bewusst. Er muss Ekrem bei Laune halten, sonst ist er geliefert. Es macht die Sache nicht einfacher, dass der Mann offenbar den Respekt seiner Leute verliert. Selbst sein Bodyguard Luhan scharwenzelt um Mona herum, ohne dass er es mitkriegt. Das wäre Laurenzo »Bigfoot« Borboni in New Jersey nicht passiert. Aber das war auch nur Fiktion. Dies hier ist real, und es ist ein einziger Albtraum.

Er wird nie vergessen, wie Ferris ihn angeschaut hat, als sie nach der Schießerei vor der Lagerhalle in Durrës hinten in den Gefangenentransporter einstiegen. *Gut, dass es vorbei ist,* dachte Russo zunächst, doch als sie dann hielten, an der Straßensperre wieder ausstiegen und er begriff, dass sie verraten worden waren, sackte ihm das Blut in den Magen, und eine Art kosmische Kälte ließ ihn erstarren. Für einen kurzen Moment hoffte er, dass Ekrem ihn gehen lassen würde, wie die drei falschen Venezolaner, aber das war natürlich eine Illusion. Er musste zu Ekrem und Ferris in den Wagen steigen, und unterwegs redeten die beiden auf Albanisch miteinander. Auch wenn Russo kein Wort verstand, war ihm doch klar, dass es hier um ihn ging. Er malte sich aus, wie sie an einem steilen Bergpass halten würden, um ihn zu erschießen. Er würde auf den Knien hocken, den Kopf gesenkt. Der Schütze würde hinter ihn treten, vermutlich Ferris, und abdrücken. So hatten sie es bei *Bigfoot* in Folge vier mit dem Sizilianer gemacht, der sie verraten hatte.

Aber nichts dergleichen geschah.

Sie passierten die Grenze zum Kosovo, nachdem Ekrem ein paar Worte mit den Zöllnern gesprochen hatte, und fuhren zu seiner Villa in Prizren, wo Russo ein Zimmer im ersten Stock zugewiesen bekam. Er durfte die Bar und den Pool benutzen, das Grundstück aber nicht verlassen. Einfach abhauen war unmöglich, weil er diesen Luhan ständig am Hacken hatte.

»Reden wir über unser Investment in der Türkei«, sagte Ekrem am zweiten Tag nach ihrer Ankunft, als sie zusammen im Wohnzimmer saßen und *Suleiman Empire* glotzten.

»Was für ein Investment?«

»Du hast gesagt, dass du ins türkische Filmbusiness einsteigen willst.«

»Ach so. *Yeah ... that's right.*«

»Wie hast du dir das vorgestellt?«, fragte Ekrem und griff in die Pringles-Packung, die vor ihm auf dem Sofatisch stand. Krachend zermalmte sein Kiefer die Chips. Russo sah, wie sein Kehlkopf zuckte, als er den Brei runterwürgte, und dachte: *Vielleicht ist das ja eine Möglichkeit, hier lebend wieder rauszukommen.*

»Ähm ... es ist ganz einfach«, sagte er. »Du bringst dein Geld cash nach Istanbul und investierst es in eine der schon lange laufenden Shows, wie zum Beispiel *Suleiman Empire.* Am Ende ist es aber fast egal, in welche, denn sie machen alle Gewinn. Du bekommst dein

Investment nach den Dreharbeiten zurücküberwiesen, und dein Geld ist sauber.«

»Das ist alles?«

»Das ist alles.«

Ekrem nickte, Russo setzte nach: »An wie viel hast du denn gedacht?«

Ekrem sah ihn an.

»Dollar«, sagte Russo. »Wie viel würdest du denn anlegen wollen?«

»Frag Ferris.«

»Warum soll ich Ferris fragen?«

»Er weiß über diese Dinge Bescheid.«

Und du nicht?, dachte Russo. »Pass auf, Remi, wir sollten da so schnell wie möglich hin. Mit Achmed Goglu sprechen, das ist mein Mann in Istanbul. Head of TTV, eine der größten Produktionsfirmen im ganzen Land.«

»Okay«, sagte Ekrem. »Lass uns hinfahren.«

»Wann?«

»Frag Ferris.«

»Warum soll ich Ferris fragen?«

»Er kümmert sich um diese Dinge.«

Mehr sagte er nicht.

Am nächsten Tag griff Russo das Thema noch mal auf, als sie nach zwei weiteren Episoden *Suleiman Empire* eine Pause einlegten und ein neues Bier köpften. »Wie sieht's aus? Soll ich mal mit Achmed reden?«

»Achmed?«

»Unser Mann in Istanbul, Head of TTV.«

»Ja, tu das.«

»Gut, dann mache ich einen Termin, und wir fahren hin.«

Ekrem nickte.

»Dafür brauche ich aber einen Pass.«

»Das ist kein Problem.«

Yes!, dachte Russo und sagte:»Ihr habt Leute dafür, oder?«

»Frag Ferris.«

Ekrems Standardantwort auf alle Fragen. Könnte er auch auf seine Mailbox quatschen: *Frag Ferris*. Hatte er tatsächlich überhaupt keine Ahnung mehr, oder spielte er ihm hier was vor? Saß da wie Marlon Brando in *Der Pate*, nur eben voll bis an die Oberkante.

»Remi«, sagte Russo.»Warum soll ich Ferris fragen? Ruf deinen Mann an, er soll mir einen gottverdammten Reisepass machen. Sonst können wir unsere Geschäfte in der Türkei knicken. Wir sehen gerade ein *window of opportunity*, Remi, aber das steht nicht ewig offen.«

Was hingegen offen stand, war Ekrems Mund, aus dem ein langer, dünner Speichelfaden hing. Sein Kopf war gegen die Sofalehne gesunken, die Augen geschlossen, und ein Schnarchen wie die Schnappatmung eines Sterbenden röchelte aus seinem Hals.

Fucking cunt!

Russo hätte ihn erwürgen können. Er spürte eine bleierne Müdigkeit in den Knochen, während die Glotze weiterlief und Mona draußen auf der Terrasse Yoga machte. Er stand auf und wankte hoch in sein Zimmer, wo er sich aufs Bett warf und dachte: *Fuck it, mach die Augen zu und schlaf. Dann hast du wenigstens deine Ruhe.*

Doch die sollte nur von kurzer Dauer sein.

Jetzt steht Ferris an seinem Bett und zieht ihm die Decke weg. Russo schlägt die Augen auf, braucht einen Moment, um sich zu orientieren.»Hey, was ist los?«

»Steh auf«, sagt Ferris.»Wir machen einen Ausflug.«

Als Russo hinten in den SUV steigt und auf den tätowierten Stiernacken des Fahrers schaut, denkt er: *Okay, das war's. Sie fahren dich in den Wald und bringen dich um.* Seltsamerweise verspürt er

103

gar keine Angst, nur eine abgrundtiefe Trauer. Nie mehr wird er aufwachen und den blauen Himmel sehen. Nie mehr die köstliche Frische eines Whiskey Sour genießen. *Es sind die kleinen Dinge,* denkt er, *die zählen. Die das Leben ausmachen.* Was für ein Jammer, was für ein beschissenes Ende. Wer wird um ihn weinen? Wer wird ihn suchen? Es fällt ihm niemand ein, und sein Herz wird noch schwerer.

Nach zehn Minuten haben sie die Stadt verlassen und fahren in einem bewaldeten Bergtal an einem Fluss entlang. Nach weiteren fünfzehn Minuten biegen sie auf eine Schotterpiste ab und halten vor einem Bauernhof. Russo zögert, dann schaut er Ferris an: »Wollt ihr mich jetzt erschießen?«

»Steig aus.«

Sie steigen aus, und Russo folgt Ferris durch den Matsch zu einem Schweinestall, der rechts neben dem Haus liegt. Hinter ihm läuft der Typ mit dem tätowierten Stiernacken. An Flucht ist nicht zu denken. Ferris schiebt den schweren Riegel des Holztors zurück, und sie treten in das Dämmerlicht des Stalls. Der Gestank von Ammoniak steigt Russo in die Nase, irgendwo hinten hört er ein Schuppern und Grunzen. Mehrere Schweinekoben stehen leer, das tief stehende Nachmittagslicht fächert durch die Bretterritzen und wirft helle Streifen auf den gepflasterten Weg, der an den Ställen entlangführt.

Was soll das?, fragt sich Russo. *Wo wollen die mit mir hin?*

Das Herz schlägt ihm bis zum Hals, Schweiß bildet sich auf dem Rücken, sein Arschloch zieht sich zusammen. Er sieht borstige Schweinerücken hinter dem alten Holzgatter, feuchte grunzende Schnauzen, die an den Brettern schaben und aus denen Schnodder trieft.

Ferris sagt: »Sie sind hungrig.«

Russo schluckt. Der Stiernacken grinst wie ein Schwachsinniger. »Erzähl mir von deinem Leben.«

»Was soll ich dir erzählen? Du kennst mich, du hast mich selber gecheckt, schon damals in Zürich.«

»Nein, das meine ich nicht«, sagt Ferris. »Ich meine die *richtige* Geschichte.«

»Ich habe keine Ahnung, wovon du redest.«

»Weißt du, dass ich die ganze Zeit überlegt habe, woher ich dich kenne? Es hat eine Weile gedauert, aber dann hatte ich's. Laurenzo ›Bigfoot‹ Borboni.«

Russo krallt sich am Gatter fest.

»Die gleichen scheiß Klamotten, das gleiche Gehabe, ich fasse es nicht.«

»Okay«, sagt Russo. »Wenn du schon so gut über mich Bescheid weißt, dann weißt du auch, dass ich eine ziemlich harte Zeit hinter mir habe.«

»Ja, weil du einer Minderjährigen deinen Schwanz in den Mund gesteckt hast.«

»Die hat mich reingelegt, das war eine Falle.«

»In die nur Idioten tappen.«

»Wie auch immer, ich musste mich jedenfalls nach einem neuen Job umsehen. Ich war in der Branche erledigt, hab keine Rollen mehr gekriegt, und weißt du, was der Hammer ist? Mein Agent, dieses Arschloch, hat mich fallen gelassen wie einen stinkenden Fisch, nachdem ich ihn reich gemacht habe. Und nicht nur das, jetzt verklagt er mich auch noch.«

»Und deswegen hast du dich von den Bullen kaufen lassen?«

»Spinnst du? Ich bin Amerikaner. Was habe ich mit den deutschen Bullen zu tun? Nichts. Ein alter Kumpel aus Tijuana hatte Kontakte zu den Kolumbianern, so bin ich da reingerutscht. Er hat mir in dieser schweren Zeit ausgeholfen. Weißt du, wie das ist, wenn deine Freunde dich fallen lassen, einer nach dem anderen? Rufen nicht mehr zurück, wechseln die Straßenseite, wenn sie dich sehen, diese feigen *cocksucker*.«

»Woher hattest du das Koks?«

»Aus Kolumbien.«

Ferris und Stiernacken packen Russo am Hosenbund und im Genick und werfen ihn über das Gatter in den Schweinestall. Russo landet klatschend in der Scheiße, die Tiere stürzen auf ihn zu, beschnuppern ihn, blecken die Zähne. Russo versucht aufzustehen, schlägt mit den Händen panisch um sich, was die Tiere noch aggressiver macht. »Raus, holt mich hier raus!«

Ferris filmt mit seinem Handy.

Russo schleppt sich durch den Schlamm zum Gatter. Die Schweine haben sich in die Hosenbeine verbissen und zerren sie ihm vom Hintern. Russo stürzt vorwärts, bricht zusammen, seine Hände umklammern das rissige Holz. Er hat Todesangst in den Augen.

»Lasst mich hier raus!«

Ferris kniet auf der anderen Seite des Gatters nieder, schaut Russo an und sagt: »Wo sind meine drei Millionen?«

12

»Okay«, sagt Ed Schröder. »Ihr wollt also eine Geisel im Ausland befreien, im Kosovo.«

»Ja«, sagt Schuster.

»Wenn's geht«, sagt Bosman. Er hat da seine Zweifel, aber Russo einfach aufgeben kann er natürlich auch nicht. Von offizieller Seite ist keine Hilfe zu erwarten, das hatte Emrah noch einmal klargemacht. Alles, was sie tun können, ist, die amerikanische Botschaft zu informieren.

Oder selber reingehen.

Deswegen sitzen sie jetzt wieder in Eds Büro draußen in den ehemaligen russischen Kasernen, wo seine Leute den Ernstfall trainieren.

»Wann?«

»Sofort«, sagt Schuster. »Russos Leben hängt, wie man so schön sagt, an einem seidenen Faden.«

»Das ist schlecht«, sagt Ed. »Ich gebe hier mal den Spielverderber. Als Erstes müssen meine Männer ins Land kommen, unerkannt und mit voller Ausrüstung inklusive Bewaffnung. Schwierig. Man könnte die Männer und die Ausrüstung vielleicht durch Italien bis runter nach Otranto fahren, das ist EU, da sind keine Kontrollen zu befürchten. Dann übersetzen nach Albanien, das heißt, man muss die Leute finden, die so was machen. Mit dem ganzen Gerödel im Mietwagen quer durchs Land bis in den Kosovo, nachts über die Grenze. Und dann geht's los. Quartier beziehen, wahrscheinlich über Airbnb, das Objekt ausspähen, ihr kennt den ganzen Scheiß. Ich gehe mal davon aus, dass Ekrems Anwesen gesichert ist. Und was passiert, wenn wir auffliegen, brauche ich euch nicht zu erklären.«

»Risiko?«, fragt Bosman.

»Dunkelrot.«

Er hat nichts anderes erwartet, Schuster sicherlich auch nicht, und trotzdem sagt er: »Bullshit. Wir haben es hier nicht mit Pablo Escobar zu tun, sondern mit einem fetten grenzdebilen Säufer, dem allmählich die Zügel entgleiten.«

»Das wissen wir nicht«, sagt Ed.

Auf der Rückfahrt ist Schuster verstimmt. Bosman sagt: »Vergiss es, Ed hat recht, das ist zu riskant.«

»Was glaubst du, wie lange Russo seine Maskerade aufrechterhalten kann?«

»Keine Ahnung.«

»Nicht lange, denke ich. Wenn wir Pech haben, liegt er längst mit einer Kugel im Kopf im Straßengraben. Wir können nur hoffen, dass er noch lebt. Die Uhr tickt, Kumpel, und zwar verdammt schnell.«

Dann fügt Schuster hinzu: »Und wenn wir ihn da nicht lebend rauskriegen, sind auch die drei Millionen futsch.«

An diesem Abend steht Bosman mit Britta im Bad und macht sich zurecht. Harry feiert seinen sechzigsten Geburtstag. Bosman sagt: »Was hältst du davon, wenn wir mal wieder in den Urlaub fahren, nur wir beide?«

Britta schaut ihn überrascht an. »Wie kommst du denn jetzt darauf?«

Sie steht vor dem Badezimmerspiegel und trägt Lidschatten auf. »Geht mir seit ein paar Tagen durch den Kopf. Sophie ist groß genug, die kann ruhig mal zwei Wochen alleine bleiben.«

»*Sie* wird damit sicherlich kein Problem haben«, sagt Britta.

Nee, denkt Bosman, *ganz sicher nicht.* Seine Stieftochter nabelt sich ab, und das ist gut so. Sie hatte keine Lust, mit zu Harry zu kommen. Sophie ist mit Hannah und ein paar anderen verabredet. Britta hat sie bereits ermahnt: keine Drogen. Ein Bier, mehr nicht. Sophie musste mit den Augen rollen, und auch Bosman fand das übertrieben.

»Mensch, sie ist siebzehn Jahre alt!«, sagte er.

»Eben«, antwortete Britta. »Meine Mutter sagt immer, dass die Mädchen in diesem Alter wie läufige Hündinnen sind, und die muss es wissen.«

Weil sie Lehrerin ist.

Nach ein paar letzten Instruktionen für Sophie steigen sie in den Wagen und fahren los. Bosman schaut zu Britta rüber und sagt: »Wie wär's denn im Januar, wenn das Wetter hier so grausam ist? Da könnte ich Urlaub nehmen.«

»Das kann ich leider noch nicht sagen. Sie haben mir die Leitung der Kundenbetreuung angeboten.«

Bosman schaut sie überrascht an. »Wann?«

»Heute.«

»Das ist doch großartig!«

»Ja«, sagt Britta fast ein wenig verlegen und muss dann lachen. »Ja, das ist es.«

Bosman weiß, wie hart sie dafür gearbeitet hat, die Überstunden, die Fortbildungen, um in der Bank voranzukommen.

»Und warum hast du mir das nicht gesagt?«

»Hab ich doch.«

»Ja, gerade eben.«

»Ich habe halt eine Weile gebraucht.«

Bosman hält direkt vor Harrys Villa, die sich hinter einer weiß getünchten Mauer und einer Hecke verbirgt. In dieser Gegend der Stadt gibt es keine Parkplatzprobleme. Er macht den Motor aus, dreht sich zu Britta, nimmt sie in den Arm und sagt: »Herzlichen Glückwunsch. Ich bin stolz auf dich.«

»Danke.«

Britta küsst ihn auf den Mund. »Wir schauen mal wegen Urlaub, okay?«

»Okay«, sagt Bosman, und sie steigen aus.

Die Party ist schon in vollem Gang, als sie reinkommen. Helen empfängt sie an der Tür, Küsschen rechts und links. Sie sieht umwerfend aus in ihrem eleganten Cocktailkleid.

»Britta ist befördert worden«, sagt Bosman.

»Nee, oder? Das müssen wir feiern!«

Helen nimmt ihre Schwester in den Arm, der das ein wenig peinlich zu sein scheint. Warum nur hat sie diese Schwierigkeiten, sich einfach mal feiern zu lassen? Ganz anders als Helen, die jeden Anlass nutzt, um sich ins Rampenlicht zu stellen. Aber sie ist ja auch Schauspielerin.

»Jetzt lass mal gut sein«, sagt Britta. »Wo ist denn Harry?«

»Draußen am Grill.«

Sie gehen durch die Menge der Partygäste im Wohnzimmer raus auf die Terrasse und in den mit Lichtgirlanden geschmückten Garten, wo Harry persönlich an seinem nagelneuen Weber-Grill steht und Steaks und Gemüse zubereitet. Den Grill hat Helen ihm zum Geburtstag geschenkt. Wenn ein Mann sonst alles hat, hatte Britta ihr gesagt, dann kann man ihn immer noch mit einem Weber-Grill erfreuen. Helen musste aber erst mal eine Weile darüber nachdenken. Sie ernährt sich vegan, und da passte ein solches Geschenk nicht in die Strategie, auch Harry zu bekehren. Andererseits ging es hier um Harry und nicht um sie; außerdem hatte Britta darauf hingewiesen, dass auch Tofu und Gemüse gegrillt ausgesprochen lecker schmecken. Also gab Helen sich einen Ruck, und Harry war ganz gerührt.

Er dreht sich zu Bosman um, wischt seine Hände an der karierten Schürze ab und sagt:»Gibt's was Neues von Russo?«

»Happy Birthday«, erwidert Bosman.

»Danke ... danke ...«

Britta umarmt Harry.»Alles Gute, und bleib so, wie du bist, okay?«

»Schön, dass wenigstens einer das sagt.«

Er zieht Bosman ein Stück zur Seite.»Also, wie sieht's aus?«

»Wir haben nichts von Russo gehört.«

»Scheiße. Er ist zwar ein Arschloch, aber das hat er nicht verdient. Wie schätzt du seine Chancen ein?«

»Schlecht. Er hat keine Kreditkarten, keinen Pass, nichts. Der kommt gar nicht aus dem Kosovo raus. An jedem Flughafen fliegt er sofort auf.«

»Wieso hat er keinen Pass? Ihr habt ihm doch einen ausgestellt.«

»Den hat er bei einer Nutte verloren.«

»Und seinen amerikanischen?«

»Den haben wir.«

»Ich sag's dir«, stöhnt Harry kopfschüttelnd,»diese Leute sind unberechenbar.«

Bosman nimmt sich ein Bier und schaut sich um. Britta und Helen stehen mit einem Typen zusammen, der wie Richie Müller aussieht. Vielleicht ist er es ja auch. Hier laufen lauter Leute aus dem Filmbusiness rum, die er alle nicht kennt, höchstens mal einen wie Müller aus dem Fernsehen, und das auch nur wegen seiner riesigen Nase. Bei den jungen Frauen ist er nicht sicher, ob er ihre Gesichter schon mal auf dem Bildschirm oder in der Klatschpresse gesehen hat. Irgendwie schauen sie alle gleich aus, jedenfalls schwer zu unterscheiden.

Drüben am Büfett entdeckt er Dr. Reinhard Laurenz, der nicht nur für Ekrem arbeitet, sondern auch für Harry und andere dubiose Klienten. Neben ihm steht ein Typ, der aussieht wie Franz Liszt, eine große hagere Gestalt, das schulterlange weiße Haar aus der hohen Stirn zurückgestrichen und hinter die Ohren geklemmt. Er trägt einen altmodisch geschnittenen schwarzen Dreiteiler und ein seidenes Halstuch.

»Das ist Graf Ludwig zu Stanskowansky-Czernau«, sagt Harry. »Er ist Verleger, und ich habe ein Buch aus seinem Verlag optioniert. *Phoenix Rising* von J. J. Fish? Ein Hammerding. Es geht da um die Wiederkehr des Germanen im 21. Jahrhundert, ein großer Historienstoff, in Amerika ein Bestseller.«

»Willst du einen Kinofilm daraus machen?«

»Serie. Heutzutage passieren die spannenden Sachen im Streaming. Kino läuft nicht mehr, abgesehen von ein paar Blockbustern, die auf Nummer sicher gehen. Komm, ich stelle ihn dir vor.«

Er bugsiert Bosman an der Schulter auf den Grafen und Laurenz zu, der Bosman anlächelt und sagt: »Hallo, Frank. Wie läuft's?«

»Ah, ihr kennt euch bereits«, sagt Harry.

»Frank sperrt die harten Jungs alle ein, die ich dann wieder raushauen muss«, antwortet Laurenz, und sie lachen. Dann sagt er zu Bosman: »Tut mir übrigens leid, dass die Sache in Albanien so schiefgelaufen ist.«

»Ja, mir auch.«

»Niederlagen schmieden den Charakter«, sagt Harry und macht Bosman mit dem Grafen bekannt, der ihm die Hand reicht und mit weichem Tonfall in der Stimme sagt: »Es freut mich, Sie kennenzulernen.«

Als sie sich gegen Mitternacht verabschieden und nach Hause fahren, sagt Bosman zu Britta: »Hast du den Typen gesehen, der aussah wie Franz Liszt?«

Bosman sitzt am Steuer. Er hat zwar zu viel getrunken, Britta aber auch. Und ein Taxi wollte er nicht nehmen, weil er dann am nächsten Morgen das Auto bei Harry hätte abholen müssen, eine halbe Weltreise.

»Du meinst den Grafen?«

»Ja.«

»Er hat mit mir geflirtet.«

»Und mich hat er auf eine Tagung eingeladen, auf seinem Schloss irgendwo in Sachsen.«

»Helen meint, dass er einen rechtsradikalen Verlag hat und dass sie sauer ist, weil Harry mit ihm zusammenarbeitet.«

»Ja, er hat ein Buch optioniert. Aber was meint Helen mit rechtsradikal?«

»Da musst du die Leute fragen, die ihn betreiben. Helen sagt, dass ihr Stand auf der Frankfurter Buchmesse gestürmt wurde.«

»Von hyperventilierenden Linken?«

»Frank, bitte …«

»Ich meine, hey, wir leben in einem Land, in dem jeder sagen kann, was er will, solange keine Gesetze verletzt werden. Das muss man sich anhören.«

»Ich muss mir nicht jeden Scheiß anhören.«

»Vielleicht solltest du das Buch erst mal lesen, das Harry verfilmen will. Ich kann mir nicht vorstellen, dass das nichts taugt.«

»Harry ist *Mainstream*.«

»Eben, deswegen kann das auch kein Nazi-Zeug sein.«

»Wieso verteidigst du ihn so?«

»Ich? Wieso verteidige ich ihn?«

»Das frage ich dich.«

»Ich verteidige ihn überhaupt nicht. Ich habe nur gesagt, dass man das Buch erst mal lesen soll, bevor man sich ein Urteil darüber erlaubt.«

»Habe ich mir ein Urteil erlaubt?«

Bosman stöhnt auf.

Er fragt sich wieder einmal, warum die Gespräche mit Britta sich wie Girlanden winden, bis keiner mehr durchblickt. Mann, muss das immer sein? Er schüttelt den Kopf und sagt: »Ich schätze ja deinen Widerspruchsgeist, aber ...«

»Wieso Widerspruchsgeist, ich habe doch nur gesagt, dass ...«

»Siehste?«

»Was?«

»Eben.«

Britta schaut zu ihm rüber, und im ersten Moment ist er nicht sicher, ob sie sauer ist. Aber dann fängt sie an zu lachen. Bosman ist froh, dass sie die Situation mit Humor nehmen kann, und sagt: »Ich liebe dich.«

»Ich dich auch, Schatz. Schau mal, da vorn.«

Direkt vor ihrem Gründerzeithaus ist eine Parklücke, was ungefähr dreimal in sechs Jahren vorkommt.

»Na, dann nehme ich die doch mal«, grinst Bosman und parkt ein.

Als sie leise in den dunklen Flur ihrer Wohnung kommen, stößt er mit dem Fuß an die leere Wasserkiste, die er eigentlich heute noch wegbringen wollte.

»Sch, sch ...«, macht Britta. »Sophie schläft.«

Tut sie aber nicht.

Ihr Zimmer ist leer, das Bett kalt. Aber wenn Bosman geglaubt hat, dass Britta nun ausflippt, dann hat er sich getäuscht. Als sie wieder im Flur sind, küsst sie ihn. Sie ziehen sich ins Schlafzimmer zurück und reißen einander die Klamotten vom Leib wie frisch Verliebte, doch keine zehn Minuten später hören sie, wie es im Flur poltert.

Was ist das? Sophie?

Shit ...

Die Luft ist raus.

Bosman sagt: »Ich schau mal nach.«

Er zieht seine Unterhose an und geht in den Flur, wo Sophie sich an die Garderobe klammert und ihn mit glasigen Augen anstarrt.

Sie ist sturzbetrunken.

»Oh, Kind, alles okay?«

»Ja, Daddy.«

»Musst du kotzen?«

»Weiß nicht.«

Also bringt er sie ins Bett. Zieht ihr vorher die Jacke aus und dann die Decke hoch bis zum Kinn. Er streicht ihr übers Haar und sagt: »Ich stell dir noch 'nen Eimer hin, okay?«

»Danke, Daddy.«

Die Augen fallen ihr zu.

Bosman geht zurück ins Schlafzimmer und kriecht zu Britta unter die Decke.

»Wie geht's ihr?«

»Gut, aber morgen früh wird's ihr schlecht gehen.«

»Mein Mitleid hält sich in Grenzen. Es ist immer dasselbe, wenn sie mit dieser Hannah unterwegs ist.«

Am nächsten Morgen wacht er auf, als sein Handy auf dem Nachttisch summt. Das Bett neben ihm ist leer, aber noch warm. Er hört, wie Britta duscht. Bosman richtet sich auf und schaut aufs Display. Eine unbekannte Nummer.

»Hallo?«

»Hallo, Ferris hier. Wir müssen reden.«

13

Bosman biegt von der Puschkinallee ab in die Bulgarische Straße, wo er auf dem Parkplatz vor dem Klipper hält, einem Fischrestaurant an der Spree, gegenüber der Insel der Jugend. Rechts der Wald mit dem Spreewaldpark, der 1969 als der einzige Vergnügungspark dieser Art in der DDR gebaut wurde, mittlerweile leer und verlassen. Gestrüpp zwischen den Wegen und verfallene Buden, umgestürzte Karussellgondeln. Treffpunkt: das alte Riesenrad, das sich auf wackeligen Stelzen fünfundvierzig Meter hoch über den Wald erhebt.

Warum zum Teufel will Ferris ihn ausgerechnet hier treffen?

Vielleicht denkt er, dass er hier gut abhauen kann, sollte Bosman doch mit der Kavallerie anrücken. Er hat ihm am Telefon nicht gesagt, worum es geht, aber Bosman konnte es sich natürlich denken. So wie die Dinge liegen, scheint Russo noch am Leben zu sein, sonst würde Ferris sich nicht auf die Socken machen, um ihn zu treffen.

Bevor er losfuhr, hat Bosman noch mit Schuster telefoniert, der ihn fragte: »Sicher, dass ich dich nicht begleiten soll?«

»Ich glaube nicht, dass er mich umlegen will«, sagte Bosman. »Ich höre mir mal an, was er will.«

»Lösegeld«, sagte Schuster. »Was sonst?«

Bosman geht durch den Wald auf den Eingang des Vergnügungsparks zu. Um diese Tageszeit ist hier unter der Woche kaum einer unterwegs. Bosman klettert über das geschlossene Tor und geht durch die Geisterstadt. Er erreicht das Riesenrad, das sich düster in den hellen Himmel erhebt, und blickt sich um. Noch keiner da. Er schaut auf seine Uhr, als er die beiden Typen sieht, die rechts und links aus den Büschen auf ihn zukommen. Beide sind etwa Mitte zwanzig. Sie tragen Sneakers, Jeans und Bomberjacken mit Stickern drauf. Schicke Frisuren, Undercut, sauber gescheitelt und mit Gel festgeklebt. Vitale Männer aus dem Kosovo.

Schläger.

Bosman blickt sich noch mal um. Keine weiteren Leute zu sehen, von Ferris keine Spur. Mit der Hand greift er unter seine Jacke und entriegelt das Rückenholster, in dem seine Waffe steckt.

»Stopp«, sagt er.

Doch die beiden Jungs bewegen sich weiter auf ihn zu, aus zwei Richtungen. Ihre weißen Zähne blitzen, als sie lachen und sagen: »Hey, chill mal, Alter, alles gut.«

Eine beschissene Situation. Ihr Auftreten ist bedrohlich, aber sie haben keine Waffen in der Hand. Bosman weiß nicht, was sie vorhaben. Er weiß nur, dass es böse ausgehen kann, wenn er jetzt die falschen Entscheidungen trifft.

Bosman fragt: »Wo ist Ferris?«

»Ferris kommt«, sagt einer der beiden. Er hat eine Adlernase und abstehende Ohren.

Bosman macht ein paar Schritte zurück, ohne die beiden aus den Augen zu lassen. Sie kommen weiter auf ihn zu.

Bosman bleibt stehen.

Sie nicht.

Sein Puls nimmt Fahrt auf. Er zieht seine Waffe, feuert einmal in die Luft und sagt: »Ihr sollt stehen bleiben, ihr verdammten Arschlöcher!«

In diesem Moment trifft ihn ein Schlag von hinten, ein harter Gegenstand voll in die Nieren. Ein stechender Schmerz tobt durch seine Nervenbahnen, er japst nach Luft, lässt seine Waffe fallen und geht zu Boden. Er krümmt sich zusammen, dreht sich auf den Rücken und sieht Ferris, der über ihm steht und auf ihn runterschaut. Hinter ihm ein Typ mit einem Baseballschläger.

»Hallo, Frank«, sagt Ferris.

Er hat die Sonne im Rücken, Bosman blinzelt ihn von unten an und ächzt: »Wie geht's Lopez?«

»Du meinst Russo? Er hockt den ganzen Tag vor dem Fernseher und glotzt *Suleiman Empire.*«

Russo ...?

Er ist also aufgeflogen.

Fuck!

»Kriegt er genug zu trinken?«

Ferris lacht. »Ja, aber die Frage ist, wie lange noch.«

Bosman kämpft den stechenden Schmerz nieder, der ihm im ganzen unteren Rücken brennt. Er sieht seine Waffe, die im Dreck liegt.

Außerhalb seiner Reichweite vor Ferris' Stiefelspitze.

Er will sich aufrichten, doch der Typ mit dem Baseballschläger drückt ihn mit dem Fuß wieder runter auf den Boden. Die anderen beiden stehen neben ihm und sehen gelangweilt aus.

»Okay«, sagt Bosman, »ich hab's verstanden. Jetzt sag mir endlich, was du willst.«

»Ihr habt etwas, was mir gehört.«

»Und was soll das sein?«

»Drei Millionen«, sagt Ferris. »Ich erwarte, dass du mir mein Geld zurückgibst.«

Was ...?

»Willst du mich verarschen? Ich habe keine drei Millionen!«

»Da hat Russo mir aber was anderes erzählt.«

»Woher weiß ich, dass er nicht längst tot ist?«, sagt Bosman zu Ferris, der sein Smartphone zückt, ein Video aufruft und es ihm zeigt. Bosman sieht, wie Russo im Schweinestall verzweifelt um sein Leben kämpft. Die Säue zerren ihm schon die Hose vom Hintern.

»Ihr habt ihn da doch rechtzeitig wieder rausgeholt, oder?«

»Ja, aber das nächste Mal ist er dran.«

Bosman schaut Ferris an und weiß, er meint es ernst. Elaine hat ihm die alten Ermittlungsakten dagelassen, als sie ihn vor Wochen das erste Mal in seinem Büro besuchte. Als Bosman die Akten las, kam die ganze Geschichte wieder hoch. Auch Ferris tauchte darin auf. Er gehörte damals schon zu Ekrems engstem Kreis und musste damit klarkommen, seine Familie verloren zu haben, nachdem die Serben sein Dorf unter Artilleriebeschuss genommen hatten.

Jetzt schaut er auf Bosman herab und glaubt, einen Royal Flush in der Hand zu haben – was ja auch stimmt. Bosman zweifelt keinen Augenblick daran, dass er Russo eiskalt den Schweinen zum Fraß vorwerfen wird. Vermutlich wird er es filmen und ihm das Video schicken. Aber was sonst ist von jemandem zu erwarten, der in den Krieg zog, nachdem seine Familie ausgelöscht wurde? Von einem, für den das Töten nichts Außergewöhnliches ist, sondern ein legitimes Mittel zur Durchsetzung der eigenen Interessen?

»Vergiss es«, sagt Bosman. »Wir haben die Kohle nicht.«

Ferris hockt sich neben ihn und schüttelt den Kopf. Dann sagt er: »Wenn du nicht innerhalb von vierundzwanzig Stunden überwiesen hast, fliegt Russo endgültig in den Schweinestall.«

Er lächelt, klopft ihm aufmunternd auf die Schulter und geht. Bosman schaut ihm nach, während er mit seinen Leuten hinter den verfallenen Buden verschwindet. Er rappelt sich hoch und klaubt seine Knarre auf. Nach dem Warnschuss steckt jetzt eine Patrone im Lauf. Er öffnet den Schlitten, holt das Geschoss raus, klinkt das Magazin aus, schiebt die Patrone rein und schnappt es zurück in den Griff. Er steckt seine Waffe hinten in das Holster und stöhnt auf, als der Schmerz ihm bei der Drehung den Rücken hochfährt.

Eine halbe Stunde später sitzt er in seinem Büro Schuster gegenüber, der die Füße auf den Schreibtisch gelegt hat. Er drückt ein Ibuprofen aus der Packung und spült es mit einem Glas Wasser runter. Seine ganze rechte Seite schmerzt, jeder Atemzug tut weh, und er fragt sich, ob seine Rippen noch alle intakt sind.

»Ich fasse es nicht«, sagt Schuster. »Russo sitzt auf drei Millionen und behauptet, wir hätten sie, damit wir ihn rauskaufen? Hallo? Wie viel Wodka hat der denn gesoffen?«

»Und wenn er nicht auf den drei Millionen sitzt?«

»Wer soll sie denn sonst haben? Er hat Ekrem eine Kontonummer gegeben. Und da es nicht unsere war, war es ja wohl seine.«

»Woher weißt du das?«

»Was?«

»Dass er Ekrem eine Kontonummer gegeben hat? Wir haben nicht gehört, was da drin in der scheiß Halle abgegangen ist, weil Russo sein Handy bei der Nutte verloren hat.«

»Nein«, sagt Schuster. »Wir wissen nicht, was da drin abgegangen ist. Aber wir wissen, dass Ferris glaubt, wir hätten die Kohle.«

»Aber was glaubt Russo denn? Dass wir hier drei Millionen von der Bundesregierung klarmachen, um ihn rauszukaufen? Der muss doch wissen, dass wir ihn verdächtigen und so lange grillen werden, bis er den Schotter wieder rausrückt. Wenn er da lebend wieder rauskommt.«

»Du hast recht, das macht keinen Sinn. Aber vieles macht keinen Sinn und passiert trotzdem.«

Der Satz klingt Bosman noch im Ohr, als er nach Hause fährt. *Vieles macht keinen Sinn und passiert trotzdem.* Das ist ihm nicht neu, das kennt er aus seinem Job, und trotzdem geht er jedes Mal logisch an eine neue Situation heran und verwirft unplausible

Motive, die sich dann am Ende doch oft als die richtigen erweisen. Es ist, als wehre sich der Verstand gegen die Zumutung all dessen, was sich außerhalb seiner Reichweite befindet. Das macht ihn auf einem Auge blind.

Vielleicht, denkt Bosman, als er mit Britta und Sophie beim Abendessen sitzt, *sollte ich einfach mal anfangen, mental ein wenig zu entspannen.* In diesem Fall also akzeptieren, dass Russo ein doppeltes Spiel spielt, das er eigentlich nicht gewinnen kann, es sei denn, er arbeitet an seiner Flucht und spielt auf Zeit.

Bosman merkt, wie ihm bei jedem Atemzug der Schmerz in den Rücken fährt. Es kostet ihn Kraft, das Abendessen zu überstehen und sich nichts anmerken zu lassen. Gott sei Dank ist auch Sophie maulfaul. Sie hat schlechte Laune, weigert sich aber, über die Gründe Auskunft zu geben. Später, als er aus dem Bad kommt und sich ächzend auf das Bett fallen lässt, die rechte Seite geschwollen, gelb und blau, fragt Britta: »Wie siehst du denn aus?«

»Ich hatte Ärger heute.«

»Das sieht man. Warst du beim Arzt?«

Natürlich nicht. Als er Blut im Urin entdeckte, war er zwar etwas erschrocken gewesen, aber was sollte der Arzt schon sagen? Hämatome, Niere geprellt. Ruhig halten, warmen Tee trinken. Warten, bis es vorbei ist.

»Ich gehe morgen hin«, sagt er, um Vorhaltungen zu vermeiden, die Britta ihm sonst sicher machen wird.

»Das hättest du längst tun sollen.«

»Ich weiß.«

»Was ist passiert?«

»Ich habe vergessen, nach hinten zu gucken.«

Britta stöhnt auf. »Kann man eigentlich auch normal mit dir reden, oder willst du dich hier weiter hinter deinen Sprüchen verstecken?«

»Es waren Drogendealer.«

Britta schweigt einen Moment, und Bosman rechnet mit weiteren unbequemen Nachfragen, aber dann sagt sie nur:»Soll ich dir ein Kühlpack holen?«

»Ja, das wäre vielleicht gar nicht schlecht.«

»Okay.«

»Danke, das ist lieb von dir.«

Britta holt die Kühlpacks aus dem Eisfach, und Bosman japst nach Luft, als sie ihm die Dinger vorsichtig auf den Rücken legt. Was für ein beschissener Tag.

Ferris ist zufrieden. Er hat dem Bullen mal eben klargemacht, wo der Hammer hängt. Es tat gut, ihn im Dreck zu sehen. Er schaut zu Shatira rüber, der hinter dem Steuer der S-Klasse sitzt und sie durch die Stadt chauffiert, während er Ferris Bericht erstattet. Wie es aussieht, erhöhen die Bullen den Druck. Sie haben Adi festgenommen, weil er den türkischen Café-Besitzer erstochen hat, der ihnen eine Menge Ärger gemacht hatte. Der Idiot sollte ihm einen Denkzettel verpassen, ihn aber nicht umbringen. Shatira wird dafür sorgen, dass das Ganze wie ein privater Streit aussieht, mit dem er nichts zu tun hat. Er hat Laurenz zu Adi in den Knast geschickt, um die Angelegenheit zu regeln. Gestern haben die Bullen dann morgens sein Büro durchsucht und kistenweise Unterlagen rausgeschleppt, und Ferris hofft, dass Shatira seinen Papierkram im Griff hat. Um zu wissen, wie wichtig wasserdichte Bilanzen sind, muss man nur mal einen Blick in die Geschichte von Chicago werfen.

»Wie haben sie Al Capone drangekriegt? Nicht wegen seiner Morde, sondern wegen Steuerhinterziehung und Geldwäsche.«

»Keine Angst, alles korrekt verbucht«, antwortet Shatira.»Mein Steuerberater kümmert sich um den ganzen Scheiß. Aber sag mal, wer ist dieser Kottke?«

»Ein Kamerad aus den alten Zeiten«, sagt Ferris.

»Was will er von dir?«

»Keine Ahnung.«

Sie parken vor dem Savoy Hotel in der Fasanenstraße, wo Ferris abgestiegen ist. Selbstverständlich hatte Shatira ihm ein Zimmer in seiner Wohnung angeboten, aber Ferris zog es vor, ins Hotel zu gehen, weil er dort angeblich besser schlafen kann. Shatira vermutet, dass er sich Nutten kommen lässt, was bei ihm zu Hause mit seiner Frau und den kleinen Kindern natürlich nicht geht. Tatsächlich aber lässt Ferris sich keine Nutten kommen. Er mag das Savoy einfach, den altmodischen Charme und die Raucherbar mit den Clubsesseln und den gepflegten Drinks.

Als sie die Bar betreten, sitzt Kottke schon an einem Tischchen und trinkt ein Bier. Er begrüßt Ferris mit einer Umarmung und Schulterklopfen, und Ferris deutet auf Shatira. »Das ist Shatira. Er leitet die Geschäfte in Berlin.«

»*Miredita si je*«, sagt Kottke.

»*Une jam mire*«, entgegnet Shatira und nimmt ebenfalls Platz.

»Was macht der alte Mann?«, fragt Kottke.

Ferris erwidert: »Du sagst es, er wird alt.«

Die Kellnerin kommt an den Tisch. Ferris bestellt einen Espresso und einen Cognac, Shatira ordert ein Red Bull.

Eine andere Generation.

»Richte ihm meine Grüße aus«, sagt Kottke.

»Mach ich.«

Sie reden ein wenig über die alten Zeiten und die neuen, darüber, wie es im Kosovo so läuft dieser Tage, was die alten Kameraden und die Geschäfte machen.

Schließlich sagt Ferris: »Du hast angerufen. Was gibt es?«

»Ich brauche ein paar Waffen«, sagt Kottke und trägt seine leicht abgespeckte Wunschliste vor.

Ferris schaut ihn an. »Willst du wieder in den Krieg ziehen?«

Kottke grinst. »Du weißt doch, ich kann nicht ohne.«

»Worum geht's?«

»Den Umsturz.«

Ferris wundert sich. »Was für ein Umsturz?«

»Eben, bislang passiert noch nichts. Aber wir bereiten uns für die Machtübernahme vor.«

»Und wer seid *ihr*?«

»Ein Bund aufrechter Patrioten.«

»Bist du in die Politik gegangen?«

»Nein«, sagt Kottke. »In die Tat.«

Ferris schweigt einen Moment lang. Ist es sein Problem, was ein Kunde mit seiner Ware macht? Eigentlich nicht. Andererseits sind Knarren keine normale Ware. Aber was ist mit Drogen und Weibern? Oder Organen? Ist das alles normale Ware?

»Das ist eine Menge Zeug«, sagt er. »Wird eine Weile dauern, bis ich das zusammenhabe.«

»Ich weiß, aber das macht nichts. Als Erstes brauche ich die leichten Waffen und die Ausrüstung, das dürfte ja wohl kein Problem sein.«

»Okay, ich melde mich.«

Kottke zögert einen Moment, dann sagt er: »Ich kann dich aber nur in Raten bezahlen.«

Ferris schaut ihn an.

»Hunderttausend im Voraus, die letzte Rate drei Monate nach Lieferung plus zwei Prozent Zinsen.«

Wie bitte?

»Um der alten Zeiten willen«, sagt Kottke.

Ferris weiß, sie schulden ihm was. Kottke hat im Krieg an ihrer Seite gekämpft, hat seinen Job still und ohne viel Aufhebens erledigt. Er war Scharfschütze in Remis Truppe und hatte dreizehn bestätigte *Kill Shots*. Einer davon über eine Entfernung von tausendzweihundert Metern, als er ein serbisches Maschinengewehrnest oben im Berghang bei Gilan neutralisierte, das sie unter Beschuss genommen hatte. Ferris schätzt Kottke, und er weiß, dass er zu seinem Wort steht.

»Einverstanden«, sagt er. »Wie willst du bezahlen?«

»Mit Blut.«

Ferris schaut ihn fragend an, und Kottke grinst: »Soviel ich höre, seid ihr immer noch gut im Geschäft.«

14

Als Bosman am nächsten Morgen aufwacht, tut der untere Rücken höllisch weh, und seine Nerven sind gespannt wie Violinsaiten. Er schleppt sich ins Bad, pinkelt wieder Blut und schaut sich im Spiegel an. Ihm gefällt nicht, was er da sieht. Als würde der Schmerz seiner geprellten Niere das ganze System infizieren und lahmlegen. Nach einer heißen Dusche, die die Verspannungen etwas lockert, fühlt er sich ein wenig besser.

»Du hast im Schlaf geschrien«, sagt Britta, als er in die Küche kommt und an der Espressomaschine herumhantiert.

»Sorry, ich hab schlecht geschlafen.«

Er ärgert sich, weil der Kaffee nicht aus dem Siebträger rauskommt. Die Pumpe pumpt, und nichts passiert. Bosman hasst es, wenn die Dinge nicht funktionieren. Wenn er nach so einer Nacht nicht gleich seinen doppelten Espresso kriegt, bekommt er ganz schlechte Laune.

Britta sieht ihn an. »Gehst du gleich zum Arzt?«

Die Espressopumpe nölt und eiert, presst aber keinen Kaffee raus. Bosman könnte schreien. »Die scheiß Maschine ist kaputt, die Pumpe läuft durch.«

»Vielleicht hast du die Bohnen zu fein gemahlen?«

»Ich habe sie auf vier gemahlen, wie immer.«

Er dreht den Siebträger raus und pult das Pulver zum x-ten Mal aus dem Einsatz. »Total ölig, der scheiß Kaffee.«

»Mensch, nun hör doch mal auf, hier die ganze Zeit rumzufluchen, das bringt doch auch nichts.«

Das klang maximal genervt.

»Okay, ich hau ab«, sagt Bosman. »Ich frühstücke unten bei REWE.«

»Sag mal, was ist denn los mit dir?«

In dem Moment kommt Sophie rein und kriegt die miesen Vibes sofort mit. »Was geht denn hier ab?«

»Die scheiß Kaffeemaschine ist kaputt«, sagt Bosman.

»O nee«, sagt Sophie. »Dann gehe ich runter zum REWE.«

Britta schaut sie an. »Spinnt ihr jetzt alle beide?«

Bosman balanciert ein Tablett mit Soja-Latte-Macchiato, doppeltem Espresso und zwei Croissants zum Stehtischchen im REWE-Café, wo Sophie wartet und mit Gott weiß wem textet. Scheint wichtig zu sein. Zwei steile Falten zwischen ihren Augenbrauen signalisieren Unmut.

»Alles okay?«

»Ja«, sagt Sophie. »Nein, nicht wirklich.«

»Was ist los?«

Er beißt in sein knuspriges Croissant und denkt, dass es die richtige Entscheidung war, hierherzukommen.

»Hannah ist sauer.«

»Warum ist Hannah sauer?«

»Weil ich mit Benny abgehangen habe.«

»Wer ist Benny?«

»Ein Typ, den wir kennen«, sagt Sophie ausweichend und nippt an ihrem Kaffee.

Es hat einen guten Grund, warum sie sich so bedeckt hält. Sie hat Benny und seine Kumpels letzte Woche in der Flotten Lotte kennengelernt, wo sie bis weit nach Mitternacht abtanzen waren. Am nächsten Morgen hat sie dann einen Anschiss von ihrer Mutter gekriegt, weil sie zu spät und angetrunken nach Hause kam, aber das juckte sie nicht. Sie fand Benny total cool. Sie war hin und weg, als er sie ein paar Tage später in das besetzte Haus in der Kreutzer Straße einlud, wo er momentan wohnt. Da war für Sophie alles neu, die Gemeinschaftsküche, die allgegenwärtige *Fuck-the-system*-Haltung. Benny hat sie ein paar Frauen der anarcha-queer-feministischen Gruppe vorgestellt, die sie auch cool fand. Die hatten Themen, die sie brennend interessieren. Frauen, die ihr Leben selbstbewusst in die Hand nehmen und mit Männern diskutieren, die bereit sind, das Patriarchat zu überwinden. Für Sophie erschloss sich eine völlig neue Welt, die mit den Vorstellungen ihrer Eltern nichts mehr zu tun hatte.

»Ist Hannah in Benny verknallt, oder warum ist sie sauer, wenn du mit ihm abgehangen hast?«, fragt Bosman.

»Nee«, sagt Sophie.

Mehr nicht.

»Hmm ... bist du in ihn verknallt?«

Sophie errötet ein wenig und antwortet: »Nein.«

Bosman lächelt.

»Was ...?«, fragt Sophie ein wenig schärfer, als sie müsste.

»Nichts.«

Bosman schaut auf seine Uhr, leert seinen Espresso und stellt die Tasse ab. »Du, ich muss jetzt los.«

»Bringst du mich noch zur Schule?«, fragt Sophie und klimpert mit den Augen. Bosman lächelt, denn er weiß, dass sie weiß, dass sie ihn immer rumkriegt. Weil er sich gerne von ihr rumkriegen lässt.

»Okay, *hop on.*«

Sie steigen in seinen Wagen, und er fährt los.

Nachdem er sich durch den Berufsverkehr gequält hat, erreicht er endlich sein Büro, aber Schuster ist noch nicht da. Er schaltet die Kaffeemaschine ein und lässt sich vorsichtig auf seinem Stuhl nieder, schaufelt ein paar Akten lustlos von links nach rechts, als Nina an die offene Tür klopft und hereinkommt. Sie wirft ihm eine dünne Mappe auf den Schreibtisch und sagt:»Wir haben die Unterlagen gesichtet, die die Kollegen bei der Razzia aus Shatira Ekrems Büro geschleppt haben.«

Bosman schaut auf die Mappe, dann zu Nina hoch.»Und?«

»Die illegalen Aktivitäten sind wohl deutlich umfassender, als wir dachten. Wir konnten bislang dreiundzwanzig Immobilien, Spielhallen und Clubs identifizieren, die dem Clan über ein kompliziertes Firmengeflecht gehören. Und das ist sicher nicht das Ende der Fahnenstange.«

Nee, denkt Bosman, *sicher nicht*. Nicht bei dem, was die auf der Straße umsetzen und gleich in die deutsche Wirtschaft investieren, die wenig reguliert ist und noch weniger Kontrollen befürchten muss. Politisch gewollt, denn auch dreckiges Geld ist Geld und lässt den Laden rotieren.

»Wenn du die Akte da aufschlägst«, sagt Nina, »findest du unter anderem das Protokoll einer Gesellschafterversammlung der Cairos GmbH, die eine Klinik am Wannsee betreibt. Der Hauptanteilseigner mit einundfünfzig Prozent Sperrminorität ist ein gewisser Achmed Osram, wohnhaft in Prizren, Kosovo. Osram ist ein Cousin von Shatira Ekrem, und ich habe keine Zweifel, dass er als Strohmann fungiert.«

»Du meinst, Ekrem gehört ein Krankenhaus hier in Berlin?«

»Einundfünfzig Prozent davon.«

»Was ist das für ein Laden?«

»Eine Privatklinik, ziemlich exklusiv.«

»Wie heißt sie?«

»Paracelsus-Klinik.«

Bosman lässt das einen Moment lang sacken. Dann sagt er:»Da hat Ibramovics gearbeitet, bevor er verhaftet wurde.«

Nina grinst:»So ist es.«

Eine halbe Stunde später parken sie vor der Paracelsus-Klinik, einem eleganten dreistöckigen Bau aus den Sechzigerjahren mit viel Glas und direktem Anschluss an den parkähnlichen Garten. Sie steigen aus und kommen in die elegante Lobby, alles hell und weiß, der Boden aus gekalkter Eiche. Designerstühle, moderne Kunst an der Wand und hübsche Ladys an der Rezeption. Nachdem sie eine Weile gewartet haben, werden sie von Chefarzt Professor Dr. Khaled empfangen, der mit seinen sechsundfünfzig Jahren glatt noch als Unterwäschemodell durchgehen könnte. Austrainierter Körper, gesunder Teint, klare Augen, die kurzen stahlgrauen Haare sauber nach hinten gestrichen. Mit jedem Atemzug verströmt er das Selbstvertrauen eines Mannes, der ganz oben angelangt ist.

»Die meisten unserer Patienten kommen aus dem Ausland«, sagt er.»Weil die ärztliche Versorgung in ihren Ländern oft nicht ihren Ansprüchen genügt.«

»Das kann ich mir vorstellen«, sagt Nina.»Was machen Sie denn hier?«

»Nun, wir bieten ein weites Spektrum in den Bereichen Beauty, Orthopädie und moderne OP-Technik für die Therapie von Tumoren an.«

»Und Sie transplantieren auch.«

»Ja, das ist korrekt.«

Bosman kann sehen, dass Khaled die Richtung ahnt, aus der gleich der Knüppel kommen wird.

»Wie lange hat Dr. Ibramovics hier gearbeitet?«

»Fünf Jahre.«

»Woher kannten Sie ihn?«

»Ich habe ihn auf einer Fachtagung in Zagreb kennengelernt. Ein Top-Mann, seine klinischen Qualifikationen stehen außer Frage.«

»Seine moralischen wohl eher nicht.«

»Nun ja, das wurde uns allen dann ja auch schmerzlich bewusst.«

»Wie konnte es sein, dass ein mit internationalem Haftbefehl gesuchter Kriegsverbrecher hier unbehelligt bei Ihnen gearbeitet hat und öffentlich bei Tagungen auftrat?«

»Tja, das kann ich Ihnen auch nicht sagen«, antwortet Khaled und seufzt. »Aber um die triste Wahrheit zu sagen: Ich glaube, das ging, weil der Bart ab war.«

»Der Bart.«

»Ja, auf den Fahndungsfotos trug er einen Vollbart. Ich habe ihn rasiert kennengelernt, null Ähnlichkeit, falscher Name, falsche Papiere. Was wollen Sie da machen?«

Bosman beugt sich in seinem Designersessel ein Stückchen vor. »Sie sind doch im Aufsichtsrat der Klinik.«

»Ja.«

»Dann wissen Sie auch, dass einundfünfzig Prozent der Anteile dem Ekrem-Clan gehören, für den Ibramovics während des Kosovo-Krieges Organe aus den Körpern serbischer Kriegsgefangener geschnitten und illegal transplantiert hat, weswegen er übrigens in Den Haag einsitzt.«

Ein Schatten überzieht Khaleds dunkle Augen. »Ich weiß jetzt nicht genau, wovon Sie sprechen.«

»Doch, wissen Sie. Und Sie wissen auch, was Sie zu verlieren haben. Sie können von Glück sagen, dass die Medien nicht über die Festnahme von Ibramovics informiert wurden. Denn wenn die Öffentlichkeit erfährt, dass hier an Ihrer Klinik ein Dr. Frankenstein operiert hat, dann können Sie Ihren Laden dichtmachen.«

Dr. Khaled bleibt ruhig. Nur ein leichtes Zucken der rechten Augenbraue verrät Bosman, dass er einen Treffer gelandet hat.

»Warum drohen Sie mir?«

»Weil Sie mir auf den Sack gehen.«

Nina schaut ihn an und muss grinsen.

»Ich sehe nicht, was so lustig sein soll«, sagt Khaled.

»Sie wissen, dass Ekrem hier in dieser Klinik einen Haufen Geld investiert hat, und wir wissen, dass er das Geld mit Drogen, Prostitution und Schutzgelderpressung verdient. Es sind schmutzige Scheine, und die muss er waschen.«

Dr. Khaled steht auf. »Ich glaube, ich beende dieses Gespräch jetzt.«

»Dann lesen Sie morgen in der *Bild*, dass Sie jahrelang einen Kriegsverbrecher gedeckt und beschäftigt haben und Ihre Klinik mit Drogengeldern finanziert wurde.«

»Das können Sie nicht beweisen.«

»Das spielt keine Rolle.«

Nicht in diesen Zeiten, in denen Menschen mit Lügen zerstört werden. In denen der Beschuldigte alleine durch die Macht des Vorwurfs zum Täter wird.

Khaleds Blick wird eisig.

»Was wollen Sie?«

Bosman schaut ihn an und sagt: »Sie interessieren mich nicht. Ich will Ekrem.«

Shatira sitzt mit Ferris beim Lunch, als Dr. Khaled anruft und sagt, dass die Bullen gerade da waren und ihm Fragen zu Ibramovics gestellt haben. Aber nicht nur das. Wie es aussieht, interessieren sie sich vor allem für das Geld, das Shatira in die Klinik investiert hat. Und dafür, wo es herkommt. Seit dem Beweislastumkehrverfahren muss der Staat einem Verdächtigen nicht mehr nachweisen, dass er legal an sein Geld gekommen ist, sondern der Verdächtige muss beweisen, dass dies *nicht* illegal geschehen ist. Ein scharfes Schwert der Staatsanwaltschaft im Kampf gegen die Geldwäsche. Und

Dr. Khaled hofft, dass Shatira das beweisen kann, denn sonst hätten sie hier alle ein Problem.

Als Shatira wieder auflegt, fragt ihn Ferris:»Was ist los?«

»Die Bullen waren in der Klinik.«

»Wieso?«

»Sie wissen, dass unser Geld drinsteckt.«

»Mehr nicht?«

»Nein, noch nicht.«

Und das soll auch so bleiben. Ferris trinkt einen Schluck Wasser, lehnt sich zurück und sagt:»Weiß Khaled, wo die Organe herkommen?«

»Nein. Das lief alles über Ibramovics, und seit der im Knast sitzt, redet Khaled mit mir. Ich habe ihm gesagt, dass unsere Quelle ein international operierender Broker ist. Mehr muss er nicht wissen.«

»Gut.«

Wieder bimmelt ein Handy.

Diesmal ist es das von Ferris. Er hat über Telegram eine Textnachricht von Bosman bekommen.»Wir müssen reden. Es haben sich neue Dinge ergeben.«

Ferris wird ärgerlich. Will der ihn verarschen? Morgen ist Payday, dann klingeln drei Millionen in seiner Kasse, oder Russo ist ein toter Mann.

Er textet zurück.»Was für neue Dinge?«

»14 Uhr im Adana Grill. Sonnenallee, Ecke Pannierstraße«, lautet die Antwort.

»Was ist los?«, fragt Shatira.

»Der Bulle will mich treffen.«

»Jetzt?«

Shatira schaut auf seine Uhr und sagt:»Ja.«

»Warum?«

»Keine Ahnung«, erwidert Ferris.»Vielleicht will er um das Lösegeld feilschen.«

»Und dann?«

»Fliegt Russo in den Schweinestall.«

Schuster liegt auf dem Rücken und steckt sich eine Zigarette an. Er hat extra ein Raucherzimmer in dem Dayuse Hotel an der Torstraße gebucht. Neben ihm in dem zerwühlten Bett liegt Jeanette. Draußen tobt der Verkehr, hier drinnen kehrt Ruhe ein.

»Nimmst du eigentlich die Pille?«, fragt Jeanette.

»Ich bin doch keine Frau.«

»Nein, ich meine die blaue.«

»Ja«, sagt Schuster und fügt erklärend hinzu: »Wenn du kein Benzin mehr hast, fährst du ja auch zur Tankstelle, oder?«

»Das heißt, ohne Chemie geht's gar nicht mehr?«

»Es ist alles Chemie«, sagt Schuster. »Alles, was in deinem Gehirn passiert, ist Chemie.«

Jeanette grinst. Schuster ist ein ausgesprochen ausdauernder und umsichtiger Liebhaber, und wo ist das Problem, da ein wenig nachzuhelfen? Zumal sie eindeutig davon profitiert.

Dies ist das erste Date, seit sie sich im Avarus getroffen haben. Sie hat sich einen Tag Urlaub beim Grafen genommen und Uwe erzählt, dass er sie mit einem Druckauftrag nach Berlin geschickt hat. Sie wundert sich selbst darüber, wie leicht ihr diese Lüge über die Lippen kam. Weit entfernt davon, sich schlecht zu fühlen, ist sie so glücklich und gelöst wie schon lange nicht mehr. Sie hat den Spieß umgedreht, jetzt ist sie am Drücker, nachdem sie jahrelang Uwe das Ruder überlassen hat. Warum eigentlich? War es die Macht der Gewohnheit oder die Faulheit? Mandy hatte vollkommen recht, als sie sagte, sie hätte was Besseres verdient.

Als sie letzte Woche nach der Nacht im Avarus zurück nach Czernau kam, war sie ziemlich aufgewühlt. Das war nicht nur ein Fick mit irgendeinem Feuerwehrmann gewesen, das ging irgendwie

134

tiefer. Sie ertappte sich dabei, wie sie »Schuster, Feuerwehr Berlin« googelte, aber das war natürlich hoffnungslos. Vorgestern hat der Graf sie zu sich in seine Bibliothek gerufen, um mit ihr die Organisation für die nächste Konferenz auf Schloss Czernau durchzugehen. Als er ihr dann die Rednerliste zum Thema »Innere Sicherheit« gab, traf sie der Hammer.

»Ich habe gesehen, dass du nächste Woche in Czernau bist, auf der Tagung.«

»Ja«, sagt Schuster knapp.

»Hältst ein Referat zum Thema ›Innere Sicherheit‹.«

»Dazu kann ich eine Menge sagen.«

»Als Feuerwehrmann?«

Schuster schweigt.

»Warum hast du mich belogen?«

»Warum bist du trotzdem gekommen?«

»Ich habe dich zuerst gefragt.«

»Weil alle lügen auf dieser Sex-Seite.«

»Ich habe dich nicht belogen.«

Schuster schaut sie an und sagt: »Ich weiß. Entschuldige bitte, es tut mir leid. Ja, ich bin ein Bulle.«

»Kennst du mich?«

Schuster runzelt die Stirn. »Hey, wir hatten gerade Sex.«

»Das meine ich nicht.«

»Sondern?«

»Hast du mich schon mal gesehen? Vorher?«

»Nein.«

Jeanette fragt sich, was Schuster wohl tun würde, wenn er wüsste, wer hier neben ihm im Bett liegt – eine Frau, die wegen der Beteiligung an einer Entführung gesucht wird. Er hätte zwei Möglichkeiten: Er könnte den Mund halten oder ihr gleich Handschellen anlegen. Und dann?

Jeanette lächelt.

Dann wäre sie frei. Dann würde sie vielleicht ein Jahr lang sitzen, wenn überhaupt, und könnte noch einmal von vorne anfangen, ohne Uwe, in Berlin. Vorbestraft zwar, aber was soll's? Sie ist noch keine dreißig. Sie hat noch eine Menge Leben vor sich.

Als Schusters Handy auf dem Nachttisch summt, geht er ran, hört kurz zu und sagt dann:»Okay, ich bin in einer halben Stunde da.«

Jeanette schaut ihn an.»Du musst los?«

»Ja, leider.«

»Verbrecher jagen.«

»Ja, Verbrecher jagen.«

Er macht die Kippe aus und will die Beine aus dem Bett schwingen, als Jeanette ihn festhält.»Küss mich.«

»Und dann?«

»Lass ich dich gehen.«

Schuster lächelt, beugt sich zu ihr rüber, küsst sie und sagt:»Ich will dich wiedersehen.«

»Das wirst du.«

Als er in den Adana Grill kommt, sitzt Bosman schon da und wartet. Ein paar alte türkische Männer hocken an einem Tischchen, Erol werkelt mit seinem Kollegen hinter dem Tresen rum und schabt angebranntes Kebabfleisch von der Platte.

»Wo warst du denn die ganze Zeit?«

»Empanadas kaufen«, sagt Schuster und setzt sich.

»Was passiert, wenn wir Ferris erzählen, dass Russo die Kohle hat?«

»Dann kassiert er und lässt ihn vielleicht laufen.«

»Und wenn er die Kohle nicht hat?«

»Er hat sie.«

Bosman schaut ihn an.»Und wenn nicht?«

»Wird Ferris ihm nicht glauben.«

Was das heißt, ist klar.

»Das können wir nicht machen«, sagt Bosman. »Nicht, wenn wir nicht absolut sicher sind, dass er sich freikaufen kann. Sonst liefern wir ihn ans Messer.«

Sie schweigen einen Moment lang. Erol klappert mit seinem Geschirr. Schuster steht auf, holt sich einen Ayran aus dem Kühlschrank und setzt sich wieder hin. »Was schlägst du vor?«

»Auf Zeit spielen.«

Er schaut zur Tür rüber, wo Ferris auftaucht und sich suchend umsieht. Er ist alleine, und Bosman wundert sich. Er scheint sich ziemlich sicher zu fühlen. Andererseits – was hat er zu befürchten? Wenn sie ihn verhaften, fliegt Russo in den Stall.

Ferris setzt sich. Kühl und ganz Business. »Was gibt es?«

»Wir haben das Geld nicht«, sagt Schuster.

»Das ist alles?«

Bosman sagt: »Wir werden schauen, ob wir die drei Millionen bekommen. Das Problem ist nur, dass die Bundesrepublik Deutschland sich nicht erpressen lässt. Offiziell zahlen wir kein Lösegeld.«

»Wollt ihr mich verarschen?«

»Das sind die Tatsachen«, sagt Schuster.

»Was hat die Bundesrepublik Deutschland damit zu tun?«

»Das Geld liegt beim BKA«, sagt Bosman. »Wir können da nicht hingehen und sagen: ‚Überweist mal in den Kosovo.‘ Verstehst du?«

»Das ist nicht mein Problem.«

»Doch, ist es. Wenn du Russo umbringst, siehst du keinen Cent. Wenn du mitspielst, sieht es anders aus.«

Ferris starrt ihn an.

»Wir wissen, dass ihr Russo entführt habt. Was wir tun werden, ist, offiziell Verhandlungen mit euch aufzunehmen.«

»Vergiss es.«

»Das ist der Weg«, sagt Bosman und hofft, dass Ferris ihm den Bullshit abkauft. Dann hat er wertvolle Zeit gewonnen und muss weitersehen. Er spürt den Druck in seiner Blase und sagt:»Ich muss mal pissen. Wenn ich wiederkomme, reden wir über die Details.«

Schuster und Ferris schauen ihm nach, während er Richtung Toiletten verschwindet. Nach einer Weile sagt Schuster:»Was meinst du dazu?«

»Ich überlege, ob ich Russo sofort töten soll oder euch noch eine letzte Chance gebe.«

»Was für eine Chance?«

»Mir mein Geld zu besorgen, und zwar schnell.«

»Wie stellst du dir das vor? Das geht nicht.«

»Ich glaube doch«, sagt Ferris.

Er nimmt sein Handy, das vor ihm auf dem Tischchen liegt, scrollt durch die Fotos und hält Schuster dann den Bildschirm hin.

»Du wirst dafür sorgen, dass ich meine drei Millionen so schnell wie möglich zurückkriege.«

Schuster starrt auf das kleine Display und wird aschfahl.

»Ja«, sagt er.»Das werde ich.«

Er zieht seine Waffe und schießt Ferris mitten ins Gesicht.

15

Shatira sieht auf seine Armbanduhr, eine schwere Omega Seamaster. Zwanzig nach acht. Er sitzt mit Burim, dem Typen, der Bosman im Spreepark mit einem Baseballschläger gefällt hat, an einem weiß gedeckten Tisch auf dem Trottoir vor dem La Cantina, einem schicken Italiener in der Bleibtreustraße. Burim knabbert an dem Weißbrot rum und tunkt es in Olivenöl, das er auf den kleinen Besteckteller gegossen und mit Salz und Pfeffer gewürzt hat.

»Wo bleibt Ferris? Wir waren vor einer halben Stunde hier zum Essen verabredet.«

»Keine Ahnung«, sagt Burim kauend.

Hauptsache, dir schmeckt's, denkt Shatira. Heute Morgen war Adi bei ihm. Laurenz hat ihn aus der U-Haft rausgehauen, aber die Mordermittlungen gegen ihn laufen weiter, während die Bullen im Görli Druck machen. Das ist schlecht fürs Geschäft.

Shatira war stinksauer und sagte zu Adi:»Mann, du solltest den scheiß Türken einschüchtern, nicht abstechen!«

»Sorry«, murmelte Adi kleinlaut.»Aber er wollte nicht hören. Fing an, Stress zu machen, ich schwör's dir.«

»Hör auf zu schwören, ich habe gerade genug Ärger, da brauche ich so eine Scheiße nicht. Geh zu Beshti, der soll dir ein Ticket nach Priština klarmachen. Nimm den nächsten Flug.«

»Was?«

»Es geht zurück in die Heimat, Bruder, man muss dich vor dir selber schützen. Tauch eine Weile unter, dann sehen wir weiter.«

»Ich hab keinen Bock auf den scheiß Kosovo. Mann, wann warst du das letzte Mal da? Da ist alles im Arsch.«

»Ach was«, sagte Shatira. »Remi braucht immer gute Leute, es gibt nette Cafés in Prizren, also beschwer dich nicht.«

Für Adi musste sich das wie Deportation anfühlen. Aber Shatira blieb hart. Mit den Bullen am Arsch war Adi ein wandelndes Sicherheitsrisiko, also musste er verschwinden.

Jetzt wählt er zum x-ten Mal Ferris' Nummer. *Der Teilnehmer ist vorübergehend nicht erreichbar.*

Shatira schaut zu Burim rüber, der dem Kellner mit beiden Händen eine opulente Vorspeisenplatte abnimmt. Auf seinem feisten Gesicht breitet sich ein Grinsen aus. »Danke, Kollega.«

Shatira sagt: »Da stimmt was nicht. Hast du Ferris gesehen, seit ihr die Bullen getroffen habt?«

»Ich hab die Bullen nicht getroffen.«

Shatira schaut ihn überrascht an. »Wieso das denn?«

»Er wollte alleine gehen.«

Alleine?

»Wieso wollte er alleine gehen?«

»Er hat gesagt, dass er noch was zu erledigen hat.«

»Und was?«

»Keine Ahnung. Hat er nicht verraten.«

Seltsam, denkt Shatira. Zwar hatte Ferris mit Russo in der Hinterhand bei einem Treffen mit den Bullen nichts zu befürchten, und Feinde hat er hier auch nicht, die es auf ihn abgesehen haben könnten. Dennoch geht man nicht alleine zu einem Meeting, schon aus Prinzip.

»Wo hat er die Bullen denn getroffen?«

»In 'nem Türkenladen auf der Sonnenallee.«

Nach dem Essen fahren sie hin. Ein paar ältere Typen mit Gebetsketten und junge hippe Pärchen sitzen an den Tischen. Auf dem Flachbildschirm, der an der Wand gegenüber dem Tresen angebracht ist, läuft türkischer Fußball. Dahinter packt Erol mit einem Kollegen Döner ein, holt Falafeln aus dem heißen Fett, legt Köfte auf den Grill und schaufelt Salat mit Hummus auf die Teller.

Shatira schaut sich um, normaler Betrieb.

Er geht zu Erol und sagt: »Hey, Bruder, was geht?«

Erol schaut ihn misstrauisch an, erkennt sofort, dass der Typ keinen Antalya-Teller will.

»Ein Freund von uns hat sich hier heute Mittag mit zwei Kollegen getroffen«, sagt Shatira. Er zeigt Erol ein Foto von Ferris auf seinem Handy. Erol zieht seine Augenbrauen zusammen, als Zeichen, dass er scharf nachdenkt.

»Ja«, sagt er schließlich.

»Und dann?«

»Ist er gegangen.«

Shatira starrt ihn an, Erol bleibt cool.

»Und die beiden Typen?«

»Sind auch gegangen, vielleicht 'ne halbe Stunde später.«

Shatira und Burim verlassen den Adana Grill wieder und gehen rüber zu ihrem schwarzen Audi Quattro, der in der zweiten Reihe parkt und den ganzen Abendverkehr aufhält.

»Lass uns zum Savoy fahren«, sagt Shatira. »Mal schauen, ob die was über Ferris wissen.«

Wissen sie.

Shatira fällt die Klappe runter.

»Ausgecheckt?«

»Ja«, sagt der Concierge. »Vor zwei Stunden.«

»Hat er gesagt, wo er hinwill?«

»Nein.«

Shatiras Bullshit-Radar springt an. Warum in aller Welt sollte Ferris abhauen und spurlos verschwinden? Geht alleine zum Meeting mit den Bullen, obwohl er ihm extra Burim an die Seite gestellt hat. Checkt aus, ohne jemandem Bescheid zu sagen. Und geht nicht mehr ans Telefon.

»Kann ich sein Zimmer sehen?«, fragt Shatira.

»Bedaure, aber es ist bereits für den nächsten Gast vorbereitet.«

Als sie aus dem Hotel kommen und in ihren Wagen steigen, sagt Burim: »Was machen wir jetzt?«

»Feierabend«, antwortet Shatira. »Morgen sehen wir weiter.«

Er ruft seine Frau an und sagt ihr, dass er in einer halben Stunde zu Hause sein wird. Dann lehnt er sich in seinem Ledersitz zurück, während Burim sie sicher durch den Stadtverkehr chauffiert. Er denkt an Ferris und fragt sich, warum der nach dem Meeting mit den Bullen getürmt ist. Wenn er morgen nicht wieder aufkreuzt, wird er mit Remi reden.

Er hat jetzt keine Lust mehr, an Ferris oder Remi zu denken. Lieber denkt er an seine Frau, die er viel zu lange vernachlässigt hat. Hoffentlich machen die Kinder nicht wieder Terror und wollen im Doppelbett zwischen den Eltern schlafen. Shatira schließt einen Moment lang die müden Augen, als Kottke anruft, der sich darüber wundert, dass er Ferris nicht erreichen kann. Er will wissen, wie es jetzt weitergeht. Shatira braucht einen Moment, um sich zu orientieren, doch dann ist er wieder klar im Kopf und erinnert sich an den Blut-gegen-Waffen-Deal. Es ist kein gutes Timing, mit dem verschwundenen Ferris und den Bullen, die die Klinik im Visier haben. Doch Chaim Finck ist bereits angereist und wartet auf seine OP.

»Wir brauchen die Ware übermorgen früh«, sagt er. »Das heißt, du stehst um sieben Uhr mit deiner Kühlbox am Lieferanteneingang, hast du verstanden?«

»Ähm ... was?«

»Hat Ferris dir nicht Bescheid gesagt?«

»Alter, red Klartext.«

»Du lieferst die Niere in einer Kühlbox an das Krankenhaus, übermorgen um sieben Uhr.«

»Und wie kommt die Niere in die Kühlbox?«

Will der ihn verarschen, oder hat er tatsächlich keine Ahnung? »Das ist deine Sache. Habt ihr die Blutwerte und den ganzen Scheiß gekriegt?«

»Ja, wir haben hier vier Leute, die von den Werten her passen.«

»Wo ist dann das Problem?«

»Hallo?«, sagt Kottke. »Wo ist der Arzt, der die OP macht und die scheiß Niere rausholt?«

Amateure, denkt Shatira. *Verdammte Amateure.* Er ist von Anfang an gegen das Geschäft gewesen, doch Ferris war aus sentimentalen Gründen nicht umzustimmen.

»Pass auf«, sagt er zu Kottke. »Ich habe gerade eine Menge um die Ohren und keinen Nerv, mich um diesen Mist zu kümmern. Du kennst den Deal. Wenn du nicht liefern kannst, bist du raus, und deine Knarren kannst du dann auch vergessen.«

Er legt auf.

Burim dreht sich um und fragt: »Stress?«

»Ferris hat diesen Deal mit den scheiß Nazis gemacht, und jetzt können sie nicht liefern.«

»Warum?«

»Sie haben keinen, der Organe entnehmen kann.«

Burim schüttelt verächtlich den Kopf und biegt rechts in die Weserstraße ein, wo Shatira mit seiner Familie wohnt. Dann sagt er: »Schick doch Khaled.«

Dr. Khaled sitzt zu Hause in seinem behaglichen Eames Chair neben dem Kamin, der an diesem lauen Sommerabend natürlich nicht in Betrieb ist und bereits ein paar Spinnweben angesetzt hat. Aus den Sonos-Boxen strömt eine Mozart-Sinfonie, aber nicht so laut, dass sie Kirsten stören würde, die sich mit einer Kaschmirdecke auf dem Sofa eingekuschelt hat und ein Buch liest. Vermutlich wieder einen dieser skandinavischen Krimis, in denen wahnsinnige Mörder junge Frauen zerstückeln und den Ermittlern durch das symbolhafte Arrangement der Leichenteile Hinweise geben, die natürlich in die falsche Richtung führen. Khaled fragt sich, wie man sich für solches Zeug interessieren kann, und schwenkt sein Rotweinglas, atmet die dunklen Barolo-Aromen ein, doch die erhoffte Beruhigung der Nerven bleibt aus. Der Wein riecht sauer und schmeckt grässlich. Angewidert stellt er das Glas auf dem Parkettboden ab und sagt zu Kirsten:»Kannst du dir vorstellen, noch mal woanders hinzugehen?«

Kirsten schaut überrascht von ihrem Buch auf.»Jetzt?«

»Nein, nicht jetzt. Generell.«

Sie lässt ihr Buch sinken.»Was ist los?«

»Ich denke über eine berufliche Veränderung nach. Wir könnten nach Amerika zurückgehen, nach Denver.«

Dort haben sie sich kennengelernt.

»Honey«, sagt Kirsten.»Du weißt, ich liebe Denver, aber wie kommst du jetzt darauf?«

»Die Kinder sind aus dem Haus, da dachte ich, wir könnten uns vielleicht noch mal verändern.«

»Hast du Stress in der Klinik?«

Khaled zögert.

»Das Übliche«, sagt er.»Das geht schon eine Weile so.«

Kirsten sieht ihn forschend an, was ihm unangenehm ist. Er fühlt sich nackt.

»Was ist passiert?«

»Nichts, was soll passiert sein?«

Tatsächlich hatte der Tag gut begonnen, bevor er eine üble Wendung nahm. Chaim Finck war heute Morgen pünktlich in Tegel gelandet, und ein Fahrer hatte ihn zur Klinik gebracht, wo er mit einem Glas Champagner und einem Chefarztgespräch empfangen wurde. Voraussichtlicher OP-Termin: Mittwochmorgen. Dr. Khaled ging dann die Patientenakte noch einmal durch und klärte Finck über die Risiken auf. Chaim Finck nickte nur und lächelte die ganze Zeit, froh darüber, in naher Zukunft endlich wieder ein kompletter Mensch zu sein. Er habe schon mit seiner Frau und den Kindern eine Safari in Namibia geplant, sagte er, im nächsten Sommer. Khaled beglückwünschte ihn zu dem Entschluss und übergab ihn dann Schwester Sarah, die ihm sein Zimmer zeigen und dann durch den Check-up vor der Operation führen würde.

Kaum hatten die beiden das Chefarztzimmer verlassen, als sein Telefon summte. Nadine vom Empfang sagte ihm, dass zwei Polizeibeamte ihn zu sprechen wünschten. Nachdem die Bullen wieder weg waren, verspürte er einen starken Fluchtimpuls. Es dämmerte Khaled, dass seine Tage hier gezählt sein könnten. Wenn sie hinter Ekrem her waren, so viel wusste er, war es nur eine Frage der Zeit, bis sie auch ihm auf die Schliche kommen würden. Khaled fragte sich, wie es so weit hatte kommen können. Klar, er war in eine Falle getappt, aus der er nicht mehr rauskam. Es war mitnichten so, dass er Ibramovics auf einer Konferenz in Zagreb das erste Mal begegnet war. Vielmehr hatte der Aufsichtsrat der Klinik dessen Einstellung beschlossen, nachdem ein Investor aus dem Kosovo einundfünfzig Prozent der Anteile übernommen hatte.

Zufall? Wohl eher nicht.

Erst allmählich wurde Khaled klar, in was er da reingeraten war. Als sein alter Schulfreund Kretschmann, der das undurchsichtige Leben eines Beraters führte, dringend eine neue Niere brauchte, aber keine bekam, hatte Ibramovics angedeutet, etwas machen zu können. Über die Herkunft des Organs hüllte er sich in Schweigen, und Dr. Khaled zog es vor, nicht nachzufragen. Als Ibramovics beim nächsten Mal den Patienten gleich mitbrachte, machte Khaled ihm unmissverständlich klar, dass die Sache mit Kretschmann

145

eine Ausnahme bleiben würde. Am nächsten Tag stand Shatira auf der Matte und sagte:»Passen Sie auf. Wir können Sie feuern und wegen illegaler Operationen an unserem Haus hochgehen lassen, von denen wir natürlich nichts wussten. Wir stellen Strafanzeige gegen Sie, und dann sind Sie erledigt. Sie werden nie wieder irgendwo einen Job bekommen und können nicht einmal beweisen, dass Sie die Niere von uns gekriegt haben. Und damit haben Sie ein Problem. Verstehen Sie?«

Khaled verstand.

»Auf der anderen Seite«, sagte Shatira,»wäre für Sie in Zukunft ein Bonus von zehn Prozent pro Operation drin.«

Einen Moment lang hatte Khaled das Gefühl, dass ihm der handgeknüpfte Perserteppich in seinem Büro unter den Füßen weggezogen wurde, als er begriff, dass die Albaner offensichtlich langfristige Pläne hatten. Und dafür brauchten sie ihn. Nach den ersten Operationen rationalisierte er seine Bedenken mehr und mehr weg. Immerhin rettete man damit anderen Menschen das Leben, und man konnte auch mit einer Niere gut leben. Also organisierte er die ganze Sache so, dass die Transplantationen keine Spuren in der Verwaltung hinterließen, und beschloss, die Herkunft der Organe nicht weiter zu hinterfragen.

Bis jetzt.

»Ist nur so eine Idee mit Denver«, sagt er zu Kirsten.»Ich habe gemerkt, dass ich Lust habe, noch mal was Neues zu machen. Und vielleicht zieht es dich ja auch wieder in deine Heimat zurück.«

Kirsten arbeitet als Producer in einer Werbeagentur und würde in Denver problemlos einen neuen Job finden. Und die Kinder machen eh ihr eigenes Ding.

»Momentan fühle ich mich in Berlin wohl«, sagt Kirsten. »Eigentlich habe ich gar keinen Bock auf Amerika, die sind *crazy*.«

Das findet Dr. Khaled zwar auch, aber das sind sie hier genauso, auf ihre deutsche Art.

»Lass es mal sacken«, sagt er. »Nur so als Idee.«

Dabei ist er gar nicht sicher, ob Shatira ihn überhaupt ziehen lassen würde.

Vermutlich nicht.

Er steht auf und geht zur Bar rüber, die ins Wohnzimmerregal integriert ist. Wenn der Sechzig-Euro-Barolo sauer schmeckt und die nackte Angst hinter den Augen pocht, ist ein Single Malt das Mittel der Wahl. Er schenkt sich zwei Fingerbreit ein, schwenkt den Tumbler und genießt die scharfen Aromen, die ihm Tränen in die Augen treiben, bevor er einen Obristenschluck nimmt und die Feuerwalze spürt, die sich reinigend bis in den Magen brennt.

Khaled schließt die Augen und hat keine Ahnung, wie er aus dieser Nummer wieder rauskommen soll.

16

Bosman stand am Pissoir, als er den Schuss hörte.

Was war das denn?

Er stürzte aus der Toilette und sah, wie Erol auf die beiden alten Türken einredete, während er sie aus dem Laden scheuchte, und dann die Tür verriegelte. Ferris hockte zusammengesunken auf seinem Stuhl, die offenen Augen blickten stumpf in seine Richtung, Blut lief aus einem dunklen Loch in seiner Stirn. Schuster saß vor ihm. Er hatte seine Waffe noch in der Hand, die er langsam wieder in sein Rückenholster schob, während er Ferris' Handy einsteckte, das vor ihm auf dem Tisch lag. Die Rollos rasselten scheppernd runter. Zwielicht, Schweiß auf Erols Stirn, und der kam nicht vom Dönergrill.

Doch Erol war cool.

Er war mit Bosman zusammen zur Schule gegangen, hier im Reuterkiez. Er hatte mit Bosman gedealt und war dafür im Knast gelandet. Bosman kam mit einem blauen Auge davon und wurde Polizist.

Nach dem Knast wandelte Erol sich vom Gangster zum Streetworker, hielt die Kids davon ab, den gleichen Scheiß zu machen wie er. Mit Bosmans Hilfe wurde er dann Restaurantbesitzer. Zwischen die beiden passte kein Blatt.

Sie rollten Ferris' Leiche in eine dicke Polyesterplane, die Erol aus dem Keller holte, banden die Enden zusammen und schleppten das Paket raus zum Hinterhof. Dort warfen sie es in Erols alten Van, während sein Kollege im Restaurant die Spuren in der Gaststube mit einem Reinigungsmittel vernichtete, das selbst in Nordkorea verboten war.

Erol gab Bosman den Schlüssel und die Fahrzeugpapiere, Bosman klemmte sich hinters Lenkrad. Schuster stieg auf der anderen Seite ein, und sie fuhren los.

Nach einer gefühlten Ewigkeit sagte Bosman: »Bist du vollkommen verrückt geworden?«

Schuster erwiderte: »Er hat's nicht anders verdient.«

»Und deswegen knallst du ihn ab? Am helllichten Tag in Erols Laden vor lauter Zeugen? Willst du mich verarschen?«

Schuster schaute zu ihm rüber, und Bosman bemerkte eine Kälte in seinem Blick, die er nie zuvor gesehen hatte. »Du solltest den Ball mal lieber schön flach halten.«

Bosman schwieg und starrte auf die Straße. Ja, er hatte auch schon einen Menschen getötet, und es war keine Notwehr gewesen. Er hatte damals seine Gründe gehabt – so wie Schuster heute, auch wenn er diese nicht kannte. Er hielt auf dem Parkplatz vor dem Baumarkt am Adlergestell und schickte Schuster rein, um zwei Schaufeln, Handschuhe und einen Plastikkanister zu kaufen. Dann fuhren sie zur Tanke und füllten den Kanister mit Benzin.

Es ist kurz vor vier.

Der Berufsverkehr setzt ein, raus aus der Stadt. Je weiter sie in den Osten kommen, desto dünner wird der Verkehr, und im Oderbruch muss man dann lange suchen, bevor man überhaupt mal ein Auto sieht. Deswegen fahren sie ja auch dahin. Bosman biegt von der Landstraße in einen Feldweg ab, der in einen Fichtenwald führt. Die Erde ist hier vergleichsweise locker, dennoch brauchen sie länger als eine Stunde, bis die Grube tief genug ist. Überall sind Wurzeln im Weg, und sie ärgern sich, nicht auch noch eine Axt gekauft zu haben. Schweißnass, mit dreckigen Händen und Klamotten schleppen sie den toten Ferris in seiner Plane zu der Grube und schmeißen ihn rein. Bosman geht zurück zum Wagen und holt den Benzinkanister.

»Warte«, sagt Schuster und springt in das Loch. Mit seinem Klappmesser schneidet er die Knoten an der Plane oben und unten auf und zieht den Polyesterstoff auseinander. Gott sei Dank liegt Ferris auf dem Bauch, sodass Bosman sein Gesicht nicht sehen muss. Schuster holt ein Handy aus der Jeanstasche. Es muss Ferris gehören, denn Schuster nimmt die rechte Hand des Toten und hält den Daumen auf den Sensor, um damit den Bildschirm zu entsperren.

»Sollen wir den Finger mitnehmen?«, fragt er.

»Du kannst dir auch ein neues Passwort ausdenken«, sagt Bosman. »Das ist vielleicht ein bisschen einfacher.«

»Stimmt.«

Schuster grinst und gibt ein neues Passwort ein, bevor er wieder aus der Grube klettert. Bosman schraubt den Kanister auf und schüttet das Benzin über die Leiche. »Hast du Feuer?«

Schuster zündet sich eine Kippe an, nimmt zwei, drei tiefe Züge und wirft sie in die Grube. Eine riesige Stichflamme zischt hoch und verbrennt ihm fast die Augenbrauen.

»Fuck!«

Er springt zurück.

Bosman glotzt auf den schwarzen Rauch, der in den hellblauen Himmel aufsteigt. Er muss husten. »Verdammte Scheiße, das sieht man meilenweit!«

Hastig schaufeln sie Sand auf die qualmende Plastikplane und den glimmenden Ferris. Bosman hofft, dass nicht irgendein Spaziergänger die Feuerwehr gerufen hat. Allerdings haben sie weit und breit nicht einen einzigen gesehen. Das lässt hoffen. Sie ebnen die Grube so gut es geht wieder ein und zerren abgebrochene Äste über die Stelle. Selbst wenn Ferris irgendwann gefunden werden sollte, wird es für die Kollegen kaum möglich sein, festzustellen, wer der Tote ist. Und noch schwieriger wird es sein, eine Verbindung zu dem Geschehen herzustellen.

Wenn die beiden Alten aus dem Grill die Klappe halten, die gesehen haben, was gelaufen ist, sind wir sicher, denkt Bosman und hofft auf Erol, der sich darum kümmern wollte. Er fragt sich, was Schuster zu diesem Wahnsinn bewogen hat. Eine Geschichte aus der Vergangenheit? Doch so sehr er auch nachdenkt, er findet nichts in seiner Erinnerung. Nun ist das Gedächtnis allerdings auch ein höchst unzuverlässiger Zeitgenosse, wie Dr. Lenau ihm letzte Woche in der Paartherapie dargelegt hat, als es um die Aufarbeitung seiner Seitensprünge ging.

»Unser Gehirn ist weniger darauf angelegt, Situationen zu speichern und abzurufen«, sagte sie, »sondern eher darauf, Konsistenz herzustellen. Oder mit anderen Worten: eine in sich stimmige Geschichte zu konstruieren, die für uns vorteilhaft ist.«

»Siehste?«, sagte Britta. Bosman ärgerte sich, weil sie dabei vergaß, dass auch sie nur zusammengebastelte Geschichten anzubieten hatte, so wie alle anderen.

Und was ist Schusters Geschichte?

»Ich habe Russo das Leben gerettet«, sagt er. »Wir hätten niemals drei Millionen zusammenkriegen können.«

Bosman blickt ihn an. »Es hätte dezentere Wege gegeben, ihm das klarzumachen.«

»Ja«, sagt Schuster, »das stimmt. Aber irgendwie hatte ich die Nase einfach mal so richtig voll.«

Und deswegen ballerst du einen Mann über den Haufen, denkt Bosman. *Kein Wort glaube ich dir.*

Das Digital Dexter 3-D-Animation Studio ist in einem schicken Backsteinbau aus der Gründerzeit untergebracht. Ein Hightech-Start-up, gegründet von Kalle Rogatzki, ehemaliger Superhacker des hiesigen Chaos Computer Clubs und Kumpel von Schuster, seit dieser ihn mit zehn Gramm Koks in der Tasche beim Urinieren auf der Straße erwischt und mit einem Tritt in den Hintern laufen gelassen hat. Schuster sitzt mit Bosman in der Chill-Ecke des Open Workspace und reicht Kalle Ferris' Handy: »Wir brauchen Zugang zu seinem Bankkonto.«

Sie kommen direkt aus dem Savoy, wo Schuster seine Dienstmarke gezogen und den Concierge angewiesen hatte, jedem, der nach Ferris fragt, mitzuteilen, dass er ausgecheckt hat. Dann gingen sie in Ferris' Zimmer, um alle seine Sachen in einen Koffer zu packen und mitzunehmen. Zwischendurch telefonierte Schuster mit Kalle. Das Zeitfenster war klein, also fuhren sie unmittelbar zu ihm.

»Das sieht schon mal ganz gut aus«, sagt Kalle mit Blick auf das Handy, auf dem er rumtippt. »Er hat eine photoTAN-App. Damit kennen wir seine Bank. Wenn ihr mit einem anderen Endgerät in seinem Konto seid, könnt ihr überweisen. Bestätigt wird mit der App hier.«

»Das ist alles?«, sagt Schuster. »Wenn ich mein scheiß Handy verliere, kann jeder mein Konto leer räumen?«

»Nur wenn er die Zugangsdaten hat.«

»Und wie kommen wir da ran?«

Das ist die Frage.

»Die meisten Leute speichern sie irgendwo, weil sie Angst haben, sie zu vergessen. Da müsste ich ein bisschen suchen.«

»Tu das«, sagt Schuster und kratzt sich sein stoppeliges Kinn. »Es geht im Wesentlichen darum, es so aussehen zu lassen, als hätten wir drei Millionen auf sein Konto überwiesen.«

»Ich frage jetzt mal nicht, warum ihr das hättet tun sollen.«

»Nein«, sagt Schuster. »Das fragst du nicht.«

Kalle grinst. »Reicht ein gefälschter Kontoauszug?«

Schuster schaut Bosman an, der nickt. »Ich denke, ja.«

»Okay«, sagt Kalle. »Das dürfte kein Problem sein.«

17

Am nächsten Tag brennt die Sonne heiß vom Himmel über Prizren, als Ekrem mit Luhan in der Küche am Kühlschrank steht. Luhan sagt:»Sieht so aus, als hätte Ferris dich verarscht.«

Er hat seinen Arm nicht mehr in der Schlinge und ist ganz obenauf.»Ich habe dir immer gesagt, dass du ihm nicht trauen kannst.«

»Ja«, sagt Ekrem.»So sieht's wohl aus.«

Shatira hat vorhin angerufen und ihm von Ferris' mysteriösem Verschwinden berichtet.

»Aber das ist nicht alles«, sagte er am Telefon zu Remi Ekrem. »Wie es aussieht, haben die Bullen die drei Millionen bezahlt. Sie haben mir einen Kontoauszug gemailt. Jetzt wollen sie, dass du Russo laufen lässt.«

»Finde ihn«, erwiderte Ekrem und legte auf.

»Er ist getürmt, mit der Kohle, so sehe ich das«, sagt Luhan. »Er wird nicht weit kommen.«

Ekrem holt einen Beutel Eis aus dem Tiefkühlfach, schneidet ihn mit einem langen Fleischmesser auf und bröckelt die Eiswürfel in eine Schale.

»Er hatte keinen Respekt mehr vor dir«, sagt Luhan.»Und was ich dir bislang noch gar nicht erzählt habe, weil ich wusste, dass du ihm vertraust: Er hat Mona angebaggert, ohne Scheiß, ich hab's selber gesehen. Aber sie hat ihn abblitzen lassen.«

»Ach ja?«

Ekrem dreht sich zu ihm um, lächelt und legt ihm seine rechte Hand auf die Schulter. »Es ist gut, dass du es mir sagst, Luhan. Auf dich kann ich zählen, oder?«

»Hundertprozentig.«

»Bist ein guter Junge.«

Russo sitzt nebenan im Wohnzimmer auf dem Sofa, wo sie sich die tägliche Ration *Suleiman Empire* geben, mit englischen Untertiteln. Er tunkt seinen Zeigefinger in den lauwarmen Moscow Mule, der vor ihm auf dem Tischchen steht, und ruft in die Küche rüber: »Hey, Remi, wo bleibt das Eis?«

Ekrem kommt mit der Schale rein und setzt sich neben Russo, der mit der silbernen Zange drei Eiswürfel in seinen Drink plumpsen lässt. »Hast nichts verpasst, es geht immer noch um den Eunuchen, der im Harem einen Ständer gekriegt hat.«

Ekrem lehnt sich auf dem Sofa zurück und fragt: »Weißt du, warum sie mich im Krieg den Luchs genannt haben?«

»Du wirst es mir gleich erzählen.«

»Weil ich Verräter gewittert habe, noch bevor sie wussten, dass sie Verräter werden würden.«

»Ja«, sagt Russo. »Das ist cool. Das ist genau das, was ich in die Figur Borboni reingelegt habe, damals bei *Bigfoot*. Diesen Killer-instinkt.«

Ekrem nickt. »Luhan ist eine kleine Ratte. Er hält sich für schlau und denkt, ich bin blöd und würde nichts mehr mitkriegen. Er versucht mich zu manipulieren und sieht nicht, wie die Falle zuschnappt.«

»*Keep a low profile*«, sagt Russo, »und sorg dafür, dass die Leute dich unterschätzen, dann hast du immer das Überraschungs-moment auf deiner Seite.«

»Ferris ist mit drei Millionen verschwunden. Wie es aussieht, hat er mich hintergangen.«

»*Fuck that bugger!*«, sagt Russo.

»Ich wusste die ganze Zeit, dass er nur auf eine Möglichkeit gewartet hat, um mich aus dem Weg zu räumen. Weißt du, wenn man Leute hier nicht an der kurzen Leine hält, fangen sie an, sich zu überschätzen.«

»O ja, das kenne ich gut. In meiner Branche ist das nicht anders«, sagt Russo und klimpert mit den Eiswürfeln in seinem Glas.

»Ich habe mit vielem gerechnet«, sagt Ekrem. »Zähle jeden Tag meine Pillen, damit er keine druntermogeln kann. Aber dass er abhaut, das passt irgendwie nicht zu ihm. Er wollte hoch, nicht weg.«

»Ja«, sagt Russo, »das ist *out of character*. Ferris ist ein Mann, der sich beweisen muss, dass er was taugt. Er braucht die Anerkennung. Die kriegt er aber nicht, wenn er in Waikiki am Strand liegt und jungen Weibern hinterherschaut. Was ist das für ein Leben? Klingt immer erst mal groß, Kohle, Weiber, Koks, Dauerurlaub. Aber soll ich dir mal was sagen? Das ist scheiße. Ich war ein Jahr lang im Dauerurlaub, und es ist mir nicht gut bekommen.«

Er trinkt einen Schluck, als im Echoraum seines schwer alkoholisierten Hirns ein Satz wie eine verspätete Erinnerung nachhallt.

»Ähm ... du meintest, Ferris ist mit drei Millionen verschwunden?«

»Ja.«

»Welche drei Millionen?«

»Die aus dem Drogendeal.«

What?!

»Das heißt, die Bullen haben bezahlt?«

»Ja«, sagt Ekrem. »Jetzt mach mal lauter.«

Wie kann das sein? Wie können sie bezahlt haben? Russo versteht es nicht. »Hey, das heißt, ich kann gehen?«

»Wie kommst du darauf?«

»Das war der Deal. Hat Ferris mir selber gesagt, als er mich da in seinen scheiß Schweinestall geschmissen hat.«

»Aber Ferris ist nicht da.«

»Na und?«

»Wir reden später darüber«, sagt Ekrem. »Mach jetzt endlich lauter.«

18

Kottke hat ein Treffen in der Alten Eiche einberufen. Außer Uwe sind aber nur noch Dennis und Mauser da. Die drei hocken am Stammtisch bei ihrem Bier und haben die Köpfe zusammengesteckt, als Uwe reinkommt.

Eigentlich kam der Ruf zur Unzeit. Jeanette war nicht da, und Uwe hatte gerade den Feierabend eingeläutet, seine Bong angefeuert und einen tiefen Zug genommen, als die Chatnachricht ihn erreichte. Seit er aus Berlin abhauen musste, hat er das Kiffen eigentlich mehr oder weniger aufgegeben. Kottke verachtet Drogen und alle, die sie nehmen. Rauschgift ist in seinen Augen Ausdruck einer jüdisch-liberalen Dekadenz, die um sich gegriffen hat und der dringend Einhalt geboten werden muss. Drogen sind etwas für Schwächlinge und Schwule. Kottke findet es unmännlich, sie zu konsumieren. Mit Alk ist das natürlich was anderes. Also hat Uwe zuerst heimlich gekifft, wie damals auf dem Schulklo, und es dann ganz sein gelassen. Aber gestern Abend hatte er ein bisschen Dope von seinem Kumpel Holgi gekriegt, und man gönnt sich sonst ja nichts.

Kottke schaut ihn an, als er durch die Tür in die Alte Eiche kommt, und sagt: »Junge, was ist mit deinen Augen los?«

»Heuschnupfen«, sagt Uwe und setzt sich.

158

Kottke erläutert seinen Plan, und Uwe dämmert, warum er dabei ist. Er hat so etwas schon mal gemacht, und es ist eine Auszeichnung, an einer geheimen Kommandoaktion teilzunehmen. Ein Zeichen großen Vertrauens.

»Prost«, sagt er und hebt sein Glas. »Woloweka.«

»Woloweka«, sagen die Jungs und stoßen an.

Dann steigen sie in das Wohnmobil von Mauser, ein umgebauter Fiat Ducato, und fahren los.

Kottke verteilt die Basecaps und die Skimasken, und Uwe denkt: *Wow, bin ich hier im Film?* Er ist immer noch stoned, das Bier in der Eiche hat den chilligen Rausch gut geölt, und er fühlt sich groß.

Geile Aktion!

Als sie an der Uniklinik in Dresden ankommen, geht die Sonne gerade unter und taucht die Stadt in ein warmes, orangefarbenes Licht. Sie sticht Mauser in die Augen, als er auf den Personalparkplatz fährt und die Blende runterklappt.

»Wohin?«

Kottke dreht sich zu Uwe um, der mit Dennis im hinteren Teil des Campers sitzt und ein wenig döst. Nach dem Rausch hat jetzt die lethargische Phase eingesetzt, keine Spur mehr vom Kommando-Hype.

»Hey, Uwe«, sagt Kottke. »Steig aus und schau nach, wo die Karre von Dr. Rommel steht.«

Uwe stemmt sich etwas benommen hoch, schiebt die Tür des Vans auf und klettert raus. Er geht die Parkplatzreihe mit den Namensschildern der reservierten Stellplätze ab, bis er vor einem weißen Mercedes Coupé, Baujahr 1974, das passende entdeckt. Er hält sich die Hand über die Augen und blinzelt in den Wagen. Edles Lederinterieur, Walnuss-Armaturenbrett, sehr geil. Er geht zurück zum Van, klettert rein und sagt: »Da drüben, das weiße Coupé.«

Wenig später kommt ein fitter Best Ager aus dem Hintereingang der Klinik, brauner Teint, Dandy-Klamotten. Er unterhält sich mit einer Frau, vermutlich einer Kollegin, während die beiden gemeinsam auf seinen Parkplatz zuschlendern.

»Ist er das?«, fragt Mauser.

Kottke vergleicht ihn mit dem Foto von der Website der Klinik auf seinem Handy: *Dr. Jens Rommel, leitender Oberarzt der Chirurgie.*

»Ja.«

Dennis hat sich zwischen die Sitze gedrängt und schaut durch die Windschutzscheibe raus, rüber zu Rommel und der Frau. »Er hat eine Braut dabei, da können wir nicht zuschlagen.«

»Das hatte ich schon mal«, sagt Uwe und spielt damit auf die Entführung an, wegen der er am Ende in Czernau gelandet ist.

»Schnauze«, sagt Kottke.

Sie sehen, wie Rommel sich von der Frau verabschiedet und in seinen Wagen steigt.

»Ruhig«, sagt Kottke. »Wir haben Zeit. Fahr hinterher. Aber so, dass immer ein Wagen dazwischen liegt.«

»Okay«, sagt Mauser und startet seinen Diesel.

Sie folgen Rommel durch den dichten Stadtverkehr. Zweimal verlieren sie ihn aus den Augen, doch schließlich finden sie ihn in einer Seitenstraße wieder, wo er parkt. Sie sehen, wie Rommel aussteigt und in ein Restaurant geht, offenbar ein schicker Asiate.

»Halt zweite Reihe«, sagt Kottke. »Und wenn hinter dir Stress ist oder die Bullen kommen, fahr einmal um den Block.«

Sie müssen fünfmal um den Block fahren, bis Rommel wieder rauskommt, in Begleitung eines jungen Mannes, den er vor der Tür küsst.

Mauser sagt: »Ist der etwa schwul oder was?«

»Der kann nichts«, sagt Dennis.

»Wir haben keine andere Wahl«, sagt Kottke.

»Hoffentlich gehen die jetzt nicht ficken.«

Doch danach sieht es nicht aus. Rommel verabschiedet sich und geht zu seinem Wagen, während der Typ in die andere Richtung verschwindet.

»Los«, sagt Kottke.

Er trägt seine Skimaske wie einen Schal um den Hals, die Basecap tief in die Stirn gezogen. Er zieht die Tür auf und springt raus, Dennis hinterher. Uwe bleibt an der Tür des Vans stehen, so ist es abgemacht. Klingt nicht nach viel, aber auch hier muss das Timing stimmen. Er zieht sich seine Maske über das Gesicht und sieht, wie Kottke und Dennis von hinten auf Rommel zugehen, der jetzt an der Fahrertür seines schicken Coupés angekommen ist und seinen Schlüssel in das Türschloss steckt. Klar, als die Karre gebaut wurde, gab es noch keine Fernbedienung. Kottke und Dennis nehmen ihn von hinten in die Zange, und Uwe weiß, dass Rommel jetzt den Lauf einer Pistole im Rücken hat. Die drei kommen unauffällig auf Uwe zu, der die Schiebetür öffnet. Kottke und Dennis stoßen Dr. Rommel in den Wagen und springen hinterher. Uwe knallt die Tür zu, schaut sich um, klettert auf den Beifahrersitz, und Mauser gibt Gas. Die ganze Aktion hat nur wenige Sekunden gedauert, keiner scheint sie gesehen zu haben. Für alle Fälle haben sie vorher die Nummernschilder ausgetauscht, sodass die Spur nicht zu Mauser führt, sollte es doch einen Augenzeugen oder irgendeine Videoaufnahme geben.

Unterwegs erklärt Kottke dem Doktor die Regeln, während draußen das schöne Sachsen vorbeizieht, wovon Rommel aber nicht viel mitkriegt. Er trägt eine schwarze Binde über den Augen. Kottke schiebt ein Glas Doppelkorn über den Tisch in Rommels Hände, die gefaltet vor ihm liegen. »Hier, das beruhigt die Nerven.«

»Was wollen Sie von mir?«

»Ich brauche Ihre Hilfe und Ihr Wort, dass nichts von dem, was heute Nacht passiert, nach außen dringt. Wenn Sie die Bullen einschalten, sind Sie tot. Wir wissen, wo wir Sie finden. Sie wissen nicht, wer wir sind oder wo Sie uns finden. Ist das klar?«

Eine Dreiviertelstunde später sind sie zurück in Czernau. Mauser fährt auf das Grundstück des Grafen, das sich hinter dem Haus weit in den düsteren Wald erstreckt. Uwe steigt aus, öffnet die rot-weiße Schranke und schließt sie wieder, nachdem der Wagen sie passiert hat. Er steigt ein, und nach etwa eineinhalb Kilometern Fahrt über einen holprigen Waldweg erreichen sie den Bunker, der auf einer Lichtung steht. Wie ein grauer Monolith aus einer anderen Zeit ragt er in den klaren Himmel, in den der Mond sein bleiches Nachtlicht gießt, während der Wind mit den knarrenden Zweigen der dunklen Fichten am Rand der Lichtung spielt.

Mauser hält an. Dennis öffnet die Tür des Vans, und sie steigen mit Dr. Rommel aus, dessen Augen noch immer verbunden sind. Kottke sperrt den Bunker auf. Muffige Luft und ein süßlicher Fäulnisgestank wehen aus dem feuchten Gemäuer.

Sie treten ein.

Es ist das erste Mal, dass Uwe in den Bunker gelassen wird. Bislang war für ihn draußen Schluss, und was genau da drin vor sich geht, weiß er nicht. Genauso wenig weiß er, warum sie Dr. Rommel entführt und hierhergebracht haben. Das hat Kottke ihm nicht verraten. Kann es sein, dass ein paar der Flüchtlinge krank geworden sind? Er fragt sich sowieso schon die ganze Zeit, was Kottke überhaupt mit ihnen vorhat.

Doch Flüchtlinge bekommt Uwe jetzt nicht zu sehen. Er folgt Kottke, Dennis und Rommel durch einen schmalen Gang. Rechts und links Versorgungsrohre an den rohen Betonwänden. Gelbe Warnschilder, schwarze Bakelit-Verteilerdosen, poröse Stromkabel. Kottke dreht das Rad einer schweren Feuerschutztür auf, und sie schlüpfen in einen rechteckigen Aufenthaltsraum, in dem ein uraltes Krankenbett steht. Uwe sieht einen Tisch mit Stühlen, zwei Blechspinde. Medizinische Testsets liegen auf einem Arznei-schrank, weißes Neonlicht. Aber keine Menschenseele.

Seltsam, denkt Uwe. *Was geht hier ab?*

Kottke öffnet eine weitere Feuertür, die in den Raum A.12 führt, wie Uwe auf einem vergilbten Schild mit roten Buchstaben liest.

In der Mitte dieses Raums steht ein alter OP-Tisch unter einer kreisrunden Lampe, die an einem beweglichen Arm unter der Decke hängt. Auf einem Rollwagen liegt Operationsbesteck auf grünem Tuch.

Kottke nimmt dem Doktor die Augenbinde ab. Rommel blinzelt in das grelle Licht der eingeschalteten OP-Lampe, und dann begreift er, wo er ist.

»Was soll das denn?«, fragt er Kottke.

»Sie werden hier heute Nacht einem Patienten eine Niere entnehmen.«

Uwe traut seinen Ohren nicht. Dr. Rommel geht es offenbar genauso.

»Wie bitte?«

»Wir sind hier zwar nicht die Uniklinik«, sagt Kottke, »aber es sollte reichen. Ich habe schon ganz andere Feldlazarette gesehen.«

»Hören Sie«, sagt Rommel. »Ich weiß nicht, was für einen Wahnsinn Sie hier vorhaben, und ich will es auch gar nicht wissen. Ich kann Ihnen nur verraten, dass Sie hier wohl ein Schwein schlachten, aber keinen Menschen operieren können. Ich sehe weder qualifiziertes Personal noch die erforderliche Ausstattung zur Überwachung der Vitalparameter während der Narkose. Ein so schwerwiegender und komplizierter Eingriff wird unter diesen Umständen mit ziemlicher Sicherheit tödlich für den Patienten enden. Ich beschwöre Sie: Was immer Sie auch vorhaben, lassen Sie es sein.«

Auch Uwe ist nicht wohl bei der Sache. Klar, die Flüchtlinge sind ein Problem für die Volksgesundheit und die Sozialkassen. Aber ihnen die Nieren rausschneiden?

Fuck, das sind immer noch Menschen!

Kottke sagt:»Ich verstehe Ihre Bedenken, aber das nützt leider nichts.«

Rommel schaut ihn fassungslos an:»Wie soll ich ohne Anästhesisten operieren?«

»Die Narkose übernehmen Sie selbst.«

»Wie bitte?«

»Sie knocken den Kerl verdammt nochmal aus, und dann holen Sie die scheiß Niere da raus. Wir haben alles da, was Sie brauchen.«

»Sie sind ja vollkommen verrückt.«

»Wo ist das Problem?«

»Ich kann das nicht alleine.«

Kottke macht einen Schritt auf Rommel zu, der ein wenig zurückweicht.»Ich habe Männer neben mir sterben sehen. Ich habe Kameraden gesehen, die im Feld Arme und Beine amputiert haben, und Sie erzählen mir, Sie können das nicht?«

»Ich weiß nicht, wie Sie sich das vorstellen. Es ist nicht damit getan, den Patienten *auszuknocken*, wie Sie sagen. Was glauben Sie, warum der Anästhesist ein Facharzt ist? Weil jeder das kann?«

»Sie können das.«

»Nein, das kann ich nicht.«

»Sie wollen mir weismachen, dass Sie nicht wissen, wie das geht?«

»Selbstverständlich weiß ich, wie das geht. Aber das heißt nicht, dass ich das auch kann. Wenn ein Klavier in Ihrer Wohnung steht, heißt das auch nicht, dass Sie Chopin drauf spielen können.«

Als Uwe gegen Mitternacht nach Hause kommt, ist er fix und fertig. Er kramt seine Bong hinter dem Sofa vor und bröselt den Rest von Holgis Dope in den Tabak.

Alter Falter, das war der Trip seines Lebens, darauf muss er erst mal einen rauchen. Nebenan liegt Jeanette im Bett und masturbiert.

Sie glaubt, dass er sie nicht hört, aber da täuscht sie sich. Sie macht das ziemlich oft in letzter Zeit, und meistens macht es Uwe geil. Auf ihn scheint sie allerdings keinen rechten Bock mehr zu haben, macht es sich lieber selber, die alte Schlampe. Er feuert seine Bong an und atmet das Versprechen auf ein bisschen Entspannung ein.

Im Bunker hatte Kottke ihm, Dennis und dem Doktor OP-Klamotten gegeben, dann war er mit Rommel verschwunden. Als sie wiederkamen, rollten sie einen bewusstlosen Mann rein, vermutlich einen Syrer. In seinem Unterarm steckte eine Kanüle, die mit einer Fixe verbunden war. Dr. Rommel stellte Uwe an die Spritze und schärfte ihm ein, vorsichtig fünfzehn Milligramm von dem Ketanest nachzudrücken, wenn er ihm das Zeichen dazu gab. Andernfalls würde der Patient aufwachen.

»Fünfzehn Milligramm«, sagte er. »Das sind fünfzehn Striche auf dem Kolben.«

Uwe starrte auf den Kolben der Fixe und sah die Striche auf dem durchsichtigen Kunststoff. Okay, das klang nicht so schwer. Dennis sollte dem Doktor während der Operation assistieren und ihm die Instrumente reichen.

Und dann ging's los.

Rommel pinselte den Rücken des Syrers mit braunem Desinfektionsmittel ein, jedenfalls das Stück, das unter den grünen Tüchern zu sehen war. Seine Hände zitterten. Er legte den Pinsel beiseite.

»Ich kann das nicht«, flüsterte er.

Kottke zog seine Waffe und hielt sie ihm an den Kopf. »Sie werden sich wundern, was Sie alles können.«

Tränen stiegen in Rommels Augen, Uwe konnte sie im hellen Schein der OP-Leuchte glitzern sehen. Der Doktor atmete durch, um sein Zittern in den Griff zu kriegen.

Dann sagte er: »Skalpell.«

Dennis reichte ihm eins, ließ es vor lauter Aufregung aber fallen und wischte es instinktiv am Hosenbein ab. Rommel verlangte ein neues. Als er es ansetzte und mit der Klinge einen roten Streifen in die Haut des Flüchtlings schnitt, sagte Uwe:»Seine Augen flattern.«

»Was?«

Uwe war in die Hocke gegangen, um dem Syrer ins Gesicht zu schauen. Er konnte das Weiß hinter den schlagenden Wimpern sehen.

»Seine Augen flattern.«

»Injizieren Sie.«

»Was?«

»Sie sollen das Narkotikum injizieren!«

Uwe drückte den Kolben kräftig runter, doch dabei riss er die Fixe aus der Kanüle, und das Ketanest spritzte auf den Boden. Der Syrer röchelte und fing an, um sich zu schlagen, während ihm Speichel aus dem Mund tropfte.

Scheiße ...!

Dr. Rommel kotzte auf den Fußboden und brach zusammen. Kottke war außer sich, aber was sollte er tun? Rommel war durch, da ging gar nichts mehr. Er verarztete noch den Schnitt über der Niere des Syrers, dann mussten Mauser und Uwe ihn zurück nach Dresden fahren. Auf einem Rastplatz kurz vor der Stadt hielt Mauser an. Er zwängte sich durch die Sitze in den Salon, wo Rommel benommen am Tisch hockte. Er öffnete die Tür, packte den Doktor, schickte ihn mit einem Arschtritt raus und sagte:»Ein Wort, und du bist erledigt, du Pimmellutscher.«

Dann zog er die Tür wieder zu, setzte sich hinter das Steuer, und sie fuhren schweigend nach Hause.

19

Bosman sitzt im Büro, alleine mit sich und seinen Gedanken. Er hat seit der Rückkehr aus dem Oderbruch nicht mehr mit Schuster über die Sache mit Ferris gesprochen, die damit allerdings nicht aus der Welt ist. Auch wenn Schuster so tut, als ob das so wäre. Mann, sie haben eine Leiche verschwinden lassen wie in einem beschissenen Gangsterfilm! Als sie Erol seinen Lieferwagen zurückbrachten und Schuster sich verabschiedet hatte, nahm Bosman Erol beiseite und fragte ihn, was passiert war, während er auf der Toilette war. Erol zog seine dunklen Augenbrauen bedauernd zusammen, eine Geste, die Bosman seit ihrer gemeinsamen Jugend kannte, und sagte: »Er hat Schuster irgendwas auf dem Handy gezeigt.«

Nur was?

Bosman steht auf und geht zu Schusters Schreibtisch rüber. Er zögert kurz, öffnet die obere Schublade, holt Ferris' Handy raus und fährt damit zum Digital Dexter 3-D-Animation Studio. Kalle empfängt ihn im Open Workspace, wo nur die Hälfte der Arbeitsplätze belegt sind. Sonnenlicht bricht durch die bodentiefen Loftfenster. Kalle trägt heute ein geblümtes Hemd, Jeans und Turnschuhe, bunte Freundschaftsbändchen am Handgelenk, an den Enden ausgefranst.

»Was führt dich her?«

»Ich muss noch mal auf deine speziellen Fähigkeiten zurückgreifen«, sagt Bosman und zieht Ferris' Handy aus der Tasche. »Kannst du das für mich auslesen?«

Kalle schaut es prüfend an. »Das kenne ich doch.«

»Ich will da reinschauen. Adressbuch, Textnachrichten, Fotos, Mails.«

»Das ist alles in einer verschlüsselten Cloud gespeichert, habe ich letztes Mal schon gesehen.«

»Kannst du sie knacken?«

»Ich kann's versuchen.«

Als er zurück ins Büro kommt, ist Schuster da. Er sitzt hinter seinem Schreibtisch, futtert ein Sandwich und fragt: »Wo kommst du denn her?«

»Ich habe Ferris' Handy zu Kalle gebracht.«

»Gut«, sagt Schuster, knüllt seine Serviette zusammen und feuert die Kugel zielsicher in den Mülleimer.

Gut?, denkt Bosman. Das ist alles, was Schuster dazu zu sagen hat? Irgendwo auf diesem Handy ist die Erklärung für seine Wahnsinnstat verborgen, doch scheint er keine Sorge vor der Aufdeckung seines Motivs zu haben. Schuster steht auf und sagt: »Ich glaube, wir sollten mal zu Shatira fahren und nachfragen, warum wir nichts von Russo hören.«

»Ich glaube auch«, sagt Bosman.

Sie treffen Shatira Ekrem in seinem Büro an, wo er auf seinem riesigen Schreibtisch sitzt. Er redet gerade mit Burim, der stoisch wird, als er Bosman sieht. Der würdigt ihn nur eines kurzen Blickes und sagt zu Shatira: »Ich will mit Remi sprechen.«

»Er meldet sich, wenn er was zu sagen hat.«

»Hör zu. Hier geht es um ein Menschenleben und drei Millionen Euro, und da habe ich überhaupt keine Lust auf arrogante Klugscheißer. Ich will ihn im Videocall, jetzt.«

Shatira zuckt gelangweilt mit den Schultern, holt sein Handy raus und startet einen WhatsApp-Videocall. Nach ein paar Worten auf Albanisch reicht er Bosman das Smartphone. Remis aufgedunsenes Gesicht erscheint im Display.

»Hallo, Remi«, sagt Bosman. »Wir haben einen Deal. Du hast deine drei Millionen bekommen, aber wo bleibt Russo?«

Statt einer Antwort hält Ekrem die Kamera ein Stückchen weg, sodass Russo mit ins Bild kommt. Die beiden scheinen schon gut einen getankt zu haben. Russo trägt eine Sonnenbrille und hat einen Drink in der Hand, mit dem er Bosman zuprostet: »*Hey, Frank, how ya doin'?*«

»Bruce, geht's dir gut?«

»*Awesome, bro.* Remi ist ein netter Kerl und ein großartiger Gastgeber.«

»Du bist betrunken.«

»*Well, maybe a tad tipsy, as the Englishman says.*«

Bosman ist nicht sicher, ob es sich hier um Stockholmsyndrom oder Delirium tremens handelt.

»Wir haben dein Lösegeld bezahlt«, lügt er.

»Ich weiß.«

Als ginge es ihn nichts an.

»Warum bist du dann noch da?«

»Ich, ähm ... bleibe noch ein paar Tage in Prizren, glaube ich. Ist 'n netter Ort.«

Bosman fragt sich, ob der Mann eine Rolle spielt, um seinen Arsch zu retten, oder ob er tatsächlich freiwillig bleibt. Die beiden machen jedenfalls den Eindruck von zwei Buddys, die sich jeden Morgen um zehn am Kiosk zum ersten Morgenbier treffen. Als er den Call beendet, hat er kein Wort mit Remi geredet, und doch hat der gesagt, was er zu sagen hat: Russo bleibt hier.

»Und, zufrieden?«, sagt Shatira spöttisch, als Bosman ihm sein Handy zurückgibt.

»Ich bin erst zufrieden, wenn ich eure Visagen hinter Gittern sehe.«

»Hallo, Papa. Bist du zu Hause?«, fragt Sophie und wedelt mit der Hand vor Bosmans Augen herum. Sie sitzen am Küchentisch und essen zu Abend. Britta hat Lasagne gekocht, auf Wunsch von Sophie mit Gemüse statt Hackfleisch, wie das heute halt so üblich ist.

»Ich habe mal wegen Urlaub geschaut«, sagt Britta. »Ein langes Wochenende ist drin.«

»Na, immerhin«, erwidert Bosman.

»Nächste Woche, Freitag bis Montag?«

»Hmm, ja, warum nicht?«

Britta schaut ihn ein wenig enttäuscht an. »Das klingt ja super-begeistert.«

»Nee, ich muss nur eben nachdenken.«

»Komm, Papa«, sagt Sophie. »Jetzt sei doch mal ein bisschen spontan.«

Das hat ihm auch Dr. Lenau geraten. Mal ausbrechen aus dem Trott, sich Zeit füreinander nehmen. Beziehung ist Arbeit, hat sie gesagt. Die meisten Paare glauben, das liefe von alleine, und wundern sich, dass sie erst keinen Sex mehr haben und dann generell das Interesse aneinander verlieren.

Britta hat ihre Hausaufgaben gemacht. Er nicht.

»Okay«, sagt er. »Nächstes Wochenende. Wohin?«

»Ich dachte an Barcelona.«

»Kriegen wir da noch was?«

»Ich hab schon mal nach Flügen geschaut. Ist noch was frei bei easyJet, neununddreißig Euro.«

Bosman schaut sie an und lächelt.

»Was?«, fragt Britta.

»Danke.«

»Kümmerst du dich um die Buchung?«

»Klar«, antwortet Bosman und denkt: *Bloß nicht vergessen, gleich morgen früh als Erstes erledigen, Flug plus Hotel.* Es nervt ihn, stundenlang mit so einer Suche zu verbringen, vor allem so kurzfristig. Aber das ist jetzt sein Job. Britta hat vorgelegt, da kann er nicht schwächeln. Als sie später vor der Glotze sitzen und die *Tagesschau* gucken, summt Bosmans Handy.

Kalle textet.

Er hat den Zugang zu Ferris' Cloud gehackt und schickt ihm die Zugangsdaten sowie das Passwort.

Viel Spaß!

Bosman steckt das Handy wieder ein, kann sich aber nicht mehr so recht auf die Nachrichten im Fernsehen konzentrieren. Nach dem Wetterbericht steht er auf und sagt: »Ich muss noch mal an den Computer.«

Britta schaut ihn an. »Jetzt?«

Klar, das kann auch warten, aber es juckt ihn in den Fingern.

»War das Schuster?«

»Ja«, lügt er.

»So wichtig?«

Bosman hört leichte Enttäuschung in ihrer Stimme. Vermutlich hat sie sich den Abend anders vorgestellt, und jetzt fühlt er sich schlecht. Er hasst dieses Gefühl, zwischen den Stühlen zu sitzen.

»Na, geh schon«, sagt Britta. »Bringt ja nichts, wenn du nicht wirklich anwesend bist.«

»Dauert nicht lange.«

Er hockt sich mit dem Laptop ins Gästezimmer und loggt sich in Ferris' Cloud ein. Er scrollt durch Hunderte von Fotos. Autos, Feiern, Ausflüge in die Berge, Familien beim Picknick. Nichts, was ihm ins Auge stechen würde. Als Britta zwei Stunden später ins Bett geht, klebt er immer noch mit roten Augen vor dem Bildschirm, wo er nun Ferris' E-Mails durchsucht. Natürlich kann er keine davon lesen, ist alles auf Albanisch. Dann kommt er auf die Idee, nach

Anhängen zu sortieren, und findet den Check-in für einen Flug nach Zürich. Das muss der Tag gewesen sein, an dem er Russo traf, um den Koksdeal einzutüten. Viel scheint Ferris aber nicht unterwegs zu sein. Der vorletzte Trip ging am 17. Juli von Priština nach Den Haag. Der letzte nach Berlin.

Den Haag? Was wollte er denn da?

Bosman steht auf und holt sich ein Bier aus dem Kühlschrank. Aus Sophies Zimmer hört er leise Musik, und ein Lichtstreifen scheint unter der Tür durch. Kann es sein, dass Ferris bei Ibramovics war, um ihm wegen seines Verrats die Hölle heißzumachen? Er setzt sich wieder und scrollt weiter. Er öffnet verschiedene Anhänge. Fotos, Rechnungen und Dokumente auf Albanisch. Doch dann ploppt eine Krankenakte in englischer Sprache auf.

Bosman stutzt.

Soweit er kapiert, was da steht, geht es um eine bevorstehende Operation. In Spalte neun wird auf eine Gewebeverträglichkeits-probe hingewiesen.

Fuck, denkt Bosman. *So was braucht man bei Transplantationen.*

Wessen Akte ist das? Auf dem Briefkopf steht kein Name, nur eine Nummer: PK/14.

Atemlos sucht er weiter. Nach einer knappen Stunde hat er insgesamt dreiundzwanzig Anhänge gefunden, in denen anonymi-sierte Patientenakten auftauchen. Die erste am 28. Februar 2017.

Bosman braucht einen großen Schluck Bier, als ihm dämmert, was er da entdeckt hat. Wie es aussieht, ist er auf einen Organhänd-lerring gestoßen, betrieben von denselben Leuten, hinter denen er vor zehn Jahren schon einmal her war. Ferris hat als Broker fungiert. Er hat die Kunden und die Organe zusammengebracht und von Ibramovics in einer Klinik transplantieren lassen, die Ekrem zu einundfünfzig Prozent gehört. Das ganze Geschäft in einer Hand, fette Gewinne.

Doch das sind Hypothesen.

Alles, was er hat, sind anonymisierte Patientenakten, die an ein anonymes Gmail-Konto weitergeleitet wurden. Er vermutet, dass dieses Mail-Konto in die Paracelsus-Klinik führt, aber er hat keine Ahnung, wer die Patienten sind und woher die Organe kommen. Derjenige, der Klarheit in die Geschichte bringen könnte, ist tot. Von Schuster erschossen.

Andererseits, denkt Bosman, wenn Schuster ihn nicht erschossen hätte, wären sie auch nicht in den Besitz des Handys gekommen. Sie hätten keinen Schimmer gehabt, dass Ekrem noch immer im Organgeschäft unterwegs ist.

Er ruft Elaine an.

20

Das UN-Gefängnis in Scheveningen sieht aus wie eine mittelalterliche Trutzburg. Zwei wuchtige Türme aus roten Klinkern flankieren das schwere Holztor, hinter dem die Leute sitzen, denen der Prozess vor dem Tribunal gemacht wird. Hier sitzt auch Dr. Zoran Ibramovics, der Kronzeuge, der Remi Ekrem schwer belastet hat.

Elaine betritt die Sicherheitsschleuse am Eingang. Sie schiebt dem wachhabenden Beamten ihren Personalausweis unter der Panzerglasscheibe zu. Dann legt sie ihre Handtasche auf das Förderband des Scanners, der aussieht wie die Dinger am Flughafen. Sie tritt durch den Metalldetektor und nimmt auf der anderen Seite ihren Ausweis wieder in Empfang.

»Danke, Rupert«, sagt sie zu dem Schließer, der ihr lächelnd ihre Tasche reicht. Sie kennt die meisten der Leute, die in dieser Einrichtung arbeiten. Kein Wunder, so oft, wie sie in den vergangenen Jahren hier ein und aus gegangen ist.

»Tut mir leid, dass Ekrem Ihnen entkommen konnte«, sagt Rupert. »Ich hätte ihn gerne bei uns begrüßt.«

»Ich auch, das können Sie mir glauben. Aber es ist nicht vorbei, Rupert. Es geht weiter.«

Während Rupert sie durch die Gänge zum Besucherzimmer führt, denkt sie an den gestrigen Abend. Sie saß mit ihrem Vater und ihrer Stiefmutter Kiki bei Giulianos in der Schoolstraat und stocherte in ihren Spaghettini herum, während sie so tat, als hörte sie Kikis Geplapper zu. Ungefiltert und in assoziativen Girlanden berichtete diese von der Wohnmobilreise, auf der sie sich gerade mit Elaines Vater befand. Von Celle nach Dover und dann weiter nach Schottland, wo sie verschiedene Whisky-Destillerien besucht hatten. Jetzt befanden sie sich auf dem Rückweg und machten Zwischenstopp in Den Haag.

Zunächst war das Elaine gar nicht recht gewesen. Bosman hatte gerade aus Berlin angerufen, und sie war elektrisiert. War die alte Seilschaft noch immer im Geschäft? Gab es jetzt eine neue Möglichkeit, Ekrem zur Strecke zu bringen? Da es aber schon später Nachmittag war, ging sie auf den Vorschlag ihres Vaters und ihrer Stiefmutter ein, sich mit ihnen zum Abendessen zu treffen.

Doch das war ein Fehler gewesen.

Im Grunde hatte sie es schon vorher gewusst. Sie erträgt diese Frau einfach nicht, die sich nach der Scheidung ihrer Eltern in ihr Leben drängte und sie gängelte, wo immer sie nur konnte. Und sie erträgt ihren Vater nicht, der sich feige hinter ihrem Rücken versteckt. Sie verachtet seine Schwäche und hasst sich zuweilen dafür, ihn nicht aus ihrem Leben streichen zu können. Ihre Mutter war auch nicht viel besser, hat sich damals mit einem Heilpraktiker aus Stuttgart auf eine Insel in der Amazonasmündung abgesetzt, wo sie mit einer Gruppe Gleichgesinnter den ganzen Tag lang Tantra-Sex praktiziert. Das schrieb sie zumindest in ihren spärlichen Nachrichten, die sie Elaine zu bestimmten Mondphasen zukommen ließ, bis sie nach und nach schließlich ganz versiegten. Elaine hat keine Ahnung, was aus ihrer Mutter geworden ist, weiß noch nicht einmal, ob sie noch lebt oder nicht.

Manchmal fragt sie sich, was wohl aus ihr geworden wäre, wenn sie nicht mit einer passiv-aggressiven Narzisstin, einer bösartigen Stiefmutter und einem Waschlappen von Vater groß geworden wäre. Sicher hat die zu früh gereifte Erkenntnis, alles allein regeln zu müssen und niemandem vertrauen zu können, dazu geführt, dass sie sich schon immer durchbeißen musste und als besonders tough gilt. Vielleicht wäre unter anderen Umständen das Eis, das sie umgibt, geschmolzen. Vielleicht wäre sie dann fähig, eine Familie zu gründen und glücklich in einem Vorort von Den Haag zu leben. Aber will sie das überhaupt? Sie weiß es selber nicht.

Sie weiß nur, dass es ein Fehler gewesen war, sich mit den beiden zum Abendessen zu verabreden und volltexten zu lassen. Sie verabschiedete sich frühzeitig, und auf dem Heimweg fühlte sie sich, als hätte man ihren Kopf in eine Kirchenglocke gesteckt und laut geläutet. Zu Hause nahm sie ein Aspirin, bevor sie schlafen ging. Sie träumte von Menschen ohne Gesichtern auf einem Fließband, denen die Organe herausgeschnitten und in Kühlboxen geworfen wurden, wo sie zuckten und pumpten wie blutiger Pulpo.

Jetzt sitzt Dr. Zoran Ibramovics hinter einem Resopaltisch und schaut sie aus dunklen, fast schwarzen Augen unter buschigen Augenbrauen an. Sein Bart ist grau, die Gesichtsfarbe ungesund bleich, aber das kann auch am Neonlicht liegen, das kalt aus einer Röhre unter der Decke schneit. Elaine wirft eine dünne Mappe auf den Tisch, zieht den Plastikstuhl ran und nimmt Platz. »Wie es aussieht, haben wir ein Problem.«

Sie öffnet die Mappe und nimmt Kopien der Akten heraus, die Bosman aus Ferris' Cloud geholt und ihr gemailt hat. Sie breitet sie vor Ibramovics aus und sagt: »Das sind Patientenakten.«

»Das sehe ich.«

»Menschen, die auf ein Spenderorgan warten oder gewartet haben. Da sind die Blutgruppen vermerkt, histologische Untersuchungen und Gewebeverträglichkeitsproben. Diese Patienten wurden in der Paracelsus-Klinik in Berlin operiert. Ich nehme an, von Ihnen.«

»Wie kommen Sie darauf?«

»Sie wurden angestellt, nachdem Ekrem einundfünfzig Prozent der Anteile an der Klinik übernommen hatte. Und Sie standen mit ihm über Ferris, bei dem wir diese Unterlagen gefunden haben, all die Jahre lang in Kontakt.«

»Und daraus schließen Sie, dass ich operiert habe? Das ist lächerlich. Ich habe mit Ferris schon lange nichts mehr zu tun. Vielleicht sollten Sie nicht vergessen, dass ich hier mein Leben riskiere, um Ekrem vor Gericht zu bringen.«

»Sie riskieren hier nicht Ihr Leben, um Ekrem vor Gericht zu bringen. Sie versuchen lediglich, Ihren Arsch zu retten.«

Ibramovics lehnt sich in seinem orangefarbenen Plastikstuhl zurück und taxiert sie. »Was bieten Sie an?«

»Warum sollte ich Ihnen was anbieten?«

»Warum sonst hätten Sie kommen sollen?«

Arschloch.

»Wir können uns vorstellen, den Kronzeugendeal auf die Ermittlungen gegen den Organhandel auszuweiten.«

Das ist glatt gelogen. Aber mehr hat sie nicht in der Hand.

»Sie kommen hierher«, sagt Ibramovics, »beleidigen mich mit Ihren ungeheuerlichen Vorwürfen und glauben, ich würde mich selber belasten?«

»Ich kriege Sie sowieso, es ist nur eine Frage der Zeit. Die Berliner Polizei hat Ermittlungen eingeleitet. Gegen Sie, Dr. Khaled und die Paracelsus-Klinik. Wenn Sie jetzt kooperieren, kommen Sie mit einem blauen Auge davon. Wenn nicht, können Sie schon mal eine Gabel mitgehen lassen, um wie der Graf von Monte Christo an den Mauern Ihrer Zelle zu kratzen.«

Einen Tag später holt Bosman sie am Flughafen Tegel ab und bringt sie zu ihrer Unterkunft, einem Apartment, das einem Kumpel von Schuster gehört. Unterwegs will er wissen, was sie von Ibramovics erfahren hat.

»Nichts«, sagt Elaine. »Er mauert.«

»Was hast du ihm angeboten?«

»Offenbar zu wenig.«

»Überrascht mich nicht«, sagt Bosman. »Ich glaube, dass Ferris bei ihm war.«

»Wann?«

»Er ist am 17. Juli von Priština nach Den Haag und am selben Tag wieder zurückgeflogen. Hat Ibramovics seine Meinung zu seinem Kronzeugendeal seitdem geändert?«

»Nein, bislang noch nicht.«

Unterwegs kaufen sie bei Edeka noch eine Kleinigkeit ein, dann sind sie da. Sie fahren mit dem Fahrstuhl hoch in den dritten Stock. Bosman betrachtet Elaine im Spiegel. Sie fängt seinen Blick auf, dann öffnen sich die Türen. Er liest von seinem Smartphone den Pincode für die Wohnungstür ab. Das Apartment ist ganz in Weiß gehalten und sehr schick, intelligente Haustechnik, videoüberwacht, Induktionsherd, eine ganze Batterie von Lichtschaltern, mit denen verschiedene Arten von Ambiente erzeugt werden können.

Während Elaine ihren Koffer in das Schlafzimmer rollt, packt er ein paar Lebensmittel und eine Flasche Weißwein in den Kühlschrank. Die andere Flasche öffnet er und füllt zwei Gläser. Als Elaine zurück in die Küche kommt, fragt sie ihn: »Habt ihr was von Russo gehört?«

»Ja«, sagt Bosman. »Wie es aussieht, hat er sich mit Ekrem angefreundet.«

»Wie bitte?«

»Sie sitzen scheinbar den ganzen Tag am Pool und saufen.«

Sie stoßen an.

»Er hat vermutlich die drei Millionen abgezockt. Hat einfach seine eigene Kontonummer angegeben.«

Elaine schaut ihn an. »Ich glaub's nicht.«

»Ja, fiel mir auch schwer.«

»Woher weißt du das?«

»Das BKA hat das Geld nicht, ich habe das Geld nicht. Bleibt ja nur noch einer übrig, oder?«

»Na ja, streng genommen zwei.«

»Das stimmt.«

Bosman blickt in ihre hellen Augen. »Ich gehe mal nicht davon aus, dass du dahinter steckst.«

»Nein«, sagt Elaine, öffnet ihre kirschroten Lippen ein wenig und nähert sich damit seinem Mund. »Das solltest du auch nicht.«

Dr. Khaled ist fix und fertig. Dunkle Ränder unter den Augen, eingefallene Wangen unter bläulichen Bartstoppeln.

»Was ist los?«, fragt Kirsten.

Was soll er sagen? *Schatz, ich habe in einem Bunker in Pegida-Land einem Flüchtling eine Niere rausgeschnitten, die wir dann jemand anderem eingepflanzt haben.* Sie würde ihn anschauen und sagen: »Über so etwas macht man keine Witze.«

Aber es ist kein Witz, es ist die verdammte Realität!

Er will den Tag löschen, an dem Shatira zu ihm kam und sagte: »Wir haben ein kleines Problem. Wir brauchen jemanden, der einem Patienten eine Niere entnimmt.«

Was ...?

Bislang war es so gewesen, dass er einem Patienten eine Niere *einpflanzen* sollte, nicht rausnehmen. Als Shatira die Lage erörterte und Khaled begriff, was er von ihm verlangte, sagte er: »Vergessen Sie es.«

»Nein«, erwiderte Shatira. »Vergessen Sie es.«

Unter Khaled tat sich ein Abgrund auf, als ihm klar wurde, dass es keinen Ausweg gab. Er hatte Shatira nichts entgegenzusetzen. Während der ganzen Fahrt zum Bunker dachte er: *Nein, das ist nicht wahr, das ist ein Traum, ein Albtraum, ich will aufwachen, ich will die Augen öffnen und Licht sehen.*

Aber er sah kein Licht, er sah nur Dunkelheit und dahinter das Nichts. Als er fertig war, trugen sie die Kühlbox mit dem Organ die steilen Treppen hoch bis auf das Dach des Bunkers, wo ein Helikopter stand.

Die Motoren sprangen sirrend an, und der Wind von den Rotorblättern fegte durch Khaleds Haar.

»Warum redest du nicht mit mir?«, fragt Kirsten.

Sie sitzen am Frühstückstisch. Cappuccino, Hörnchen, frisch gepresster Orangensaft, Ingwer-Marmelade. So wie immer. Sie lassen es sich gut gehen, genießen ihr Leben, zelebrieren den Moment.

Aber es ist nichts mehr so wie immer.

»Was ist los?«

»Das willst du nicht wissen, Darling, glaub mir.«

»Ich kann dich nicht zwingen, mir zu antworten«, sagt Kirsten. »Ich kann dich nur bitten, kein Geheimnis vor mir zu haben, das uns beide belastet.«

Khaled spürt, dass ihm gleich die Tränen kommen. Er steht auf und sagt: »Ich muss los.«

»Geh, aber rasier dich vorher. *You look like shit.*«

Khaled rasiert sich, erfrischt das matte Gesicht mit Eau de Cologne, zieht einen dunklen Anzug an und fährt los. Unterwegs hört er Brahms' 4. Sinfonie.

Schicksalsschwer.

Und als er dann in die Klinik kommt, trifft ihn der Schlag.

Elaine blättert ihm die Kopien der Akten aus Ferris' Mailanhängen hin, die sie auch schon Ibramovics gezeigt hat.

»Das sind Patientenakten.«

»Ja und?«, sagt Dr. Khaled.

»Diese Leute wurden hier operiert.«

»Was?«

Khaled schaut zu Bosman rüber, der neben Elaine auf dem Besuchersofa in seinem Büro sitzt.»Ich bin ein wenig irritiert. Wie kommen Sie darauf?«

Bosman sagt:»Die Albaner haben Ibramovics mit Organen versorgt. Mit diesen hier.« Er deutet auf die Dokumente.»Sie werden das vermutlich abstreiten, weswegen die Kollegen gerade dabei sind, Ihre OP-Dokumentationen einzupacken.«

»Das können Sie nicht machen! Das ist illegal. Patientendaten unterliegen der ärztlichen Schweigepflicht.«

»Ich weiß«, sagt Bosman.»Aber wie es bei einer Razzia eben so ist, da wird alles eingepackt, und man weiß immer erst hinterher, was man im Netz hat.«

»Und was hoffen Sie zu finden?«

»Übereinstimmungen von Daten operierter Patienten mit den Akten, die wir gefunden haben.«

»Dr. Khaled«, sagt Elaine.»Ich habe mit Ibramovics gesprochen, in Den Haag. Er hat Sie schwer belastet.«

Khaled wird schlecht.

»Sie müssen verstehen«, sagt sie,»dass er nur ein Ziel hat: Er will aus dem Knast. Und er ist bereit, alles dafür zu tun.«

Okay, denkt Khaled. *Es ist vorbei.*

Er spürt fast so etwas wie Erleichterung. Er könnte reinen Tisch machen und wäre die verdammten Albaner los. Andererseits verliert er dann mit Sicherheit seinen Job, seine Frau und vielleicht auch seine Kinder.

»Es tut mir leid«, sagt er.»Ich kann Ihnen nicht weiterhelfen.«

Also schleppen sie kistenweise Akten raus.

Als sie gegangen sind, ruft Dr. Khaled mit zitternden Händen seinen Kollegen Professor Bach vom Unfallkrankenhaus Marzahn an und sagt:»Du, Gerd, ich habe hier einen Intensivpatienten mit

Komplikationen nach einer Nierentransplantation, wir kommen da an unsere Grenzen. Können wir ihn zu euch verlegen?«

Können sie.

Dr. Khaled kümmert sich persönlich um den Transport. Er tauscht den Namen Chaim Finck in der Patientenakte gegen Gerhard Litzek aus. Es fühlt sich gut an, handeln zu können, ja zu müssen, um das größte Unheil abzuwenden. Und er macht es nicht schlecht, überlegt kühl. Dr. Khaled ist zufrieden mit sich. So einfach gibt er sich nicht geschlagen. Er wird kämpfen, denn er hat eine Menge zu verlieren.

Am Wochenende sitzt Elaine im Polizeipräsidium und sichtet die Dokumente, die sie bei der Razzia in der Paracelsus-Klinik sichergestellt haben. Sie ist alleine. Schuster hat sich in seine Datsche abgemeldet, Bosman ist mit seiner Frau in Barcelona und spaziert die Ramblas entlang. Sie fühlt sich ein wenig verloren und einsam, als ihr klar wird, dass alle ein Leben außerhalb der Arbeit haben – nur sie nicht. Elaine hat niemanden, der auf sie wartet.

Sie spürt die drückende Stille in dem leeren Gebäude, in dem sich nur noch ein paar vereinzelte Beamte aufhalten. Sie öffnet das Fenster und lässt den Verkehrslärm vom Tempelhofer Damm rein. Leben.

Dann geht sie zur Kaffeemaschine, zieht sich einen Macchiato und setzt sich mit der dampfenden Tasse an den Tisch, wo sie den nächsten Stapel aus der Kiste holt, die oberste Mappe aufschlägt und Seite für Seite durchblättert. Sie geht systematisch vor, sucht aus den unsortierten Stapeln die Transplantationen des vergangenen Jahres heraus und vergleicht die Patientendaten in der Krankenhausakte mit den anonymisierten Akten von Ferris. Das allerdings stellt sich als schwieriger heraus, als sie vermutet hat. Zum einen sind es sehr viele Seiten, die gelesen und verglichen werden müssen, zum anderen sind sie größtenteils in einer Sprache verfasst, die sie nicht versteht. Statt der lateinischen Fachbegriffe könnte da auch sumerische Keilschrift stehen. Sie muss Muster vergleichen, weil sie die Inhalte nicht kapiert. Zusätzlich ähneln sich so viele Befunde, dass es schwer ist, überhaupt distinktive Merkmale zu identifizieren. Nach ein paar Stunden schmerzt ihr der Rücken, draußen geht die Sonne unter. Elaine will für heute Schluss machen, als ihr Blick auf die Akte eines Patienten mit dem Namen Chaim Finck fällt.

Sie stutzt.

Chaim Finck? Kommt ihr bekannt vor, und sie googelt ihn. Eine Reihe von Artikeln erscheint. Gegen Finck wird wegen Steuerhinterziehung und Geldwäsche für einen russischen Oligarchen in Israel ermittelt. Laut Krankenakte ist er zum Check-up nach Berlin gekommen.

Zum Check-up?

Von wegen, denkt Elaine, *das hätte er auch in Tel Aviv haben können.* Und welcher Check-up dauert zehn Tage? Sie vergleicht seine Krankenakte mit der letzten auf Ferris' Transplantationsliste und hat ein Match.

Sie ruft Nina an.

Nina ist eine halbe Stunde später da und holt sie ab. Sie fahren in die Paracelsus-Klinik und wollen Chaim Finck sehen. Sollte er gerade eine neue Niere bekommen haben, können sie endlich den ganzen Laden hochnehmen. Nur ist Chaim Finck nicht mehr da. Er wurde gestern nach einem Check-up entlassen, wie sie von der diensthabenden Oberschwester erfahren, die in den Unterlagen nachschaut. Elaine und Nina glauben es nicht. Sie überprüfen jedes einzelne Krankenzimmer, finden jedoch keinen Chaim Finck.

Am nächsten Morgen, es ist Sonntag, hat Elaine unter der Dusche eine Idee. Wenn Finck operiert wurde und nicht mehr in der Klinik liegt, heißt das erstens, dass man ihn verlegt hat. Und zweitens, dass ein Spenderorgan geliefert wurde. Vermutlich mit dem Helikopter, denn es ist unwahrscheinlich, dass der Spender direkt nebenan wohnte. Sie ruft die Flugsicherung an und erfährt, dass tatsächlich vor drei Tagen ein Helikopter auf dem Dach der Paracelsus-Klinik gelandet ist. Elaine spürt, wie ihr das Blut in den Kopf schießt, und flüstert:»Wo kam er her?«

Bosman und Britta spazieren durch Barcelona. Bislang ist die Reise ein voller Erfolg. Bosman hat ihr vorher nicht verraten, wo sie wohnen würden, und als sie dann aus dem Taxi stiegen und der Portier des Grand Hotel Central ihnen das Gepäck abnahm, kriegte sie den Mund gar nicht mehr zu. Als sie in ihre Suite kamen, sagte sie:»Du bist verrückt geworden.«

»Ja, nach dir.«

»Hast du eine Bank ausgeraubt?«

»Für dich würde ich die Kronjuwelen stehlen.«

Er nahm sie in den Arm und küsste sie, als auch schon der Room Service den Champagner reinrollte.

»Frank, ich fange an, mir ernsthafte Sorgen zu machen.«

»Ich mir auch«, sagte Bosman. »Aber ich schlage vor, die vergessen wir einfach mal bis Montag.«

Er steckte dem Kellner einen Fünfeuroschein zu und schob ihn aus der Tür. Später gingen sie auf die Dachterrasse mit der Bar und dem spektakulären Blick über die Stadt. Von unten dröhnte Straßenlärm hoch, und Bosman genoss den kräftigen Bourbon, den er bestellt hatte. Erst hatte er auch einen Cocktail gewollt wie Britta, aber dann entschied er sich dagegen. Er brauchte jetzt etwas Pures, um die Schwelle in die neue Welt zu überschreiten, die da hieß: Urlaub.

»Hast du Lust, noch eine Kleinigkeit essen zu gehen?«, fragte er Britta.

»Ja, gerne.«

Sie fanden ein Fischlokal unten am Hafen, wo sie Shrimps und eine frische Dorade aßen. Als sie fertig waren, hatten sie einen Liter Weißwein gekillt und die ganze Zeit geredet, so wie früher. Bosman hatte sich vorgestellt, dass es ihr erstes Date wäre, mit all der Aufregung, der Neugier und der Lust, die dazugehört, und es hatte wunderbar geklappt.

Er dachte gar nicht daran, auf sein Handy zu schauen.

Jetzt flanieren sie durch die Stadt, als Britta sagt: »Lass uns ins Hotel zurückgehen. Ich bin total erledigt, mir tun die Füße weh, und ich bin betrunken.«

»Ich auch«, sagt Bosman und winkt ein Taxi ran.

Als sie in ihre Suite kommen, lassen sie ihre Kleider achtlos auf den Boden fallen und kuscheln sich unter der Bettdecke eng aneinander. Brittas Kopf ruht auf seinem rechten Unterarm, den linken hat er schützend um sie gelegt. Sie sind erschöpft und glücklich, und Bosman flüstert ihr ins Ohr: »Ich liebe dich.«

Dann schlafen sie ein.

21

Applaus brandet auf.

Schusters Vortrag ist gut bei den Leuten da unten im großen Schlosssaal angekommen. Er verbringt dieses Wochenende nicht auf seiner Datsche. Er ist in Czernau und verheimlicht das seinen Kollegen aus gutem Grund. Seine Schilderung der Bedrohungslage durch ausländische, vornehmlich türkisch-libanesische und albanische Banden in der Hauptstadt hat große Sorge auf die Gesichter der Patrioten gemalt und Empörung gegenüber den Migranten ausgelöst. Denn hier sprach ein Mann, der es wissen muss.

Nach ihm redet ein junger Bursche aus Wien über Agitation und revolutionäre Guerillataktik. *Der Junge ist smart*, denkt Schuster. Mit solchen Leuten hat die Bewegung eine Zukunft. Sie sind modern, frech und witzig und haben so gar nichts mehr gemein mit den frustrierten Nazi-Greisen, in deren Fußstapfen sie getreten sind. Ihre Taktiken erinnern ihn an die radikale Linke. Es ist immer derselbe Mechanismus, die Akteure und ihre Ideologien sind austauschbar: Es geht darum, Aufmerksamkeit durch Provokation zu generieren. Durch Terror Angst zu säen. Die Autorität des Staates zu untergraben. Attentate auf Repräsentanten der Elite. Fake News und Schuldzuweisungen, die den Hass der Menschen entfachen. Die

Devise: maximale Verunsicherung. Alles zerschlagen und dann im Chaos die Kontrolle übernehmen.

Auf dem Empfang nach den Vorträgen stellt der Graf ihm ein paar Leute vor. Einen Maler, der offenbar im Westen umstritten ist, und einen Schriftsteller, der sich den Zorn des Feuilletons zugezogen hat, nachdem er sich Pegida anschloss. Mit beiden kann Schuster nichts anfangen. Im Augenblick ist ihm das ganze vaterländische Getöse auch herzlich egal. Jetzt will er im Wesentlichen nur eins: Jeanette wiedersehen. Er hat schon die ganze Zeit nach ihr Ausschau gehalten, sie aber nirgends entdeckt. Seit sie ihm am Empfang lächelnd sein Namensschild ausgehändigt und ihm dabei ins Ohr geflüstert hat: »Ich melde mich«, ist sie verschwunden und geht auch nicht ans Handy. Vielleicht hat der Graf sie ja für andere Arbeiten eingeteilt. Blöd, dass er ihn nicht fragen kann. Blöd auch, dass unklar ist, wo sie sich überhaupt allein treffen können. Schuster ist im Gästeflügel des Schlosses untergebracht, in einem Zweibettzimmer, das er mit einem Journalisten von *Russia Today* teilen muss. Ein Typ, der nach Zwiebeln riecht und ständig furzt. Da kann er Jeanette unmöglich empfangen, und die Alte Eiche ist ausgebucht. Während Schuster sich durch den Small Talk quält, summt sein Handy in der Tasche, eine SMS poppt auf: »Du kannst zu mir kommen.«

Jeanette schickt ihre Adresse hinterher, und Schuster macht sich auf die Socken. Er marschiert in der Abendsonne quer durch das Dorf, das still und verlassen daliegt, kein Mensch zu sehen. Die Dorfstraße ist neu asphaltiert, die meisten Häuser sind aufgehübscht und die Dächer neu gedeckt worden. *Da soll einer sagen, dass es schlecht läuft in den neuen Bundesländern,* denkt Schuster. *In Gelsenkirchen sieht es nicht so schick aus.*

Jeanette wohnt jedoch in einem alten, ziemlich runtergekommenen Bauernhof. Schuster zieht an der Glocke vor der Haustür hinten im Hof, und Jeanette öffnet. Sie hat sich für ihn zurechtgemacht, Kleid mit tiefem Ausschnitt, aus dem der Saum des BHs mit roter Spitze herauslugt. Schwarze Strümpfe, passend zu ihrem offenen Haar.

»Komm rein, bevor dich hier noch jemand sieht.«

Sie zieht ihn in den Flur und küsst ihn. Schuster fummelt unter ihrem Kleid herum und sagt: »Wo ist dein Freund?«

»Der ist zu einem Kumpel gefahren, Dope holen. Den sehe ich vor Mitternacht nicht wieder.«

Falsch.

Uwe ist in seinem alten Fiesta unterwegs nach Altenroda, wo Holgi wohnt, als der ihn anruft und ihm mitteilt, dass es Lieferschwierigkeiten und darum auch kein Dope gibt.

»Wie, Alter? Willste mich verarschen?«

Aber was soll Holgi machen, wenn sein Kontakt nicht aufkreuzt? Da kann man gar nichts machen.

Shit.

Uwe wendet die alte Karre auf der Landstraße und fährt zurück. Erst überlegt er, noch mal in der Eiche vorbeizuschauen, doch dann entschließt er sich, direkt nach Hause zu fahren. Er ist ein bisschen *horny.* Vielleicht sollten er und Jeanette mal wieder mit einem kuscheligen Videoabend und ein paar Halben anfangen und dann weitersehen. Er parkt unter den Kirschbäumen vor seinem Haus, steigt aus und geht hintenrum über den Hof auf den Kücheneingang zu. Er schließt die Tür auf und denkt: *Alter, was ist das denn? Wichst die schon wieder?*

Er hört Jeanette stöhnen, aber es klingt nicht so, als würde sie es sich selber machen. Das hier klingt nach echtem Sex, klatschende Haut, rhythmisches Stöhnen im hämmernden Takt. Uwe pliert um die Ecke in die Küche und sieht einen Typen, der splitternackt hinter Jeanette steht, die sich am Küchentresen abstützt und ordentlich rangenommen wird.

Uwe sieht Sterne.

Sein Brustkorb wird eng, die Luft knapp, und der Druck in seinem Kopf steigt.

»Hey!!!«, schreit er, bis ihm die Kehle schmerzt.

Schuster fährt herum und starrt ihn an. Er zieht seinen Pimmel raus und sagt:»Nimm's nicht so schwer. Kein Schwanz ist so hart wie das Leben.«

Uwe holt zu einem Schlag aus, den Schuster mit dem linken Unterarm blockt, während gleichzeitig seine rechte Faust vorschnellt und Uwe am Kinn trifft. Dann rammt er ihm das Knie ein paarmal in den Bauch, und Uwe landet brutal angeschlagen auf dem Boden.

»Sorry«, sagt Schuster und hustet ein wenig,»aber du lässt ja nicht vernünftig mit dir reden.«

Er sieht Uwes hasserfüllten Blick und denkt: *Fuck, was für eine beschissene Situation.* Keiner braucht so was. Fast tut der Typ ihm leid, der vor ihm auf dem kalten Küchenboden liegt und sichtlich üble Schmerzen hat. War es nötig, so hart zuzuschlagen? Er kann gar nicht anders. Das sind die Reflexe, in unzähligen Krav-Maga-Stunden immer wieder eingeübt, bis alles automatisch abläuft. Und wenn der Körper in den Selbstverteidigungsmodus schaltet, dann ist das Ziel, den Gegner zu neutralisieren und nicht mit ihm zu diskutieren.

Schuster schaut zu Jeanette rüber, die sich einen Bademantel übergeworfen hat und mit zitternden Fingern eine Kippe ansteckt. Er fühlt sich nackt und scheiße und klaubt seine Hose vom Boden auf. Uwe hustet, rappelt sich hoch und sagt zu Schuster:»Verpiss dich, du Wichser.«

Er wird Jeanette vermutlich windelweich prügeln, um seine Ohnmacht in Macht zu verwandeln, das ist Schuster klar. Er schaut wieder zu Jeanette rüber, während er den Gürtel schließt. Sie sagt kein Wort. Sie scheint auf etwas zu warten.

Schuster sagt zu Uwe:»Ich komme morgen früh wieder vorbei, und wenn sie auch nur eine Schramme hat, mach ich dich fertig.«

»Wenn du das nächste Mal hier aufkreuzt, blas ich dir die Birne weg«, erwidert Uwe.

Eine halbe Stunde später steht Jeanette vor der Haustür im Hof und raucht, bestimmt die zehnte Kippe in der letzten halben Stunde. Uwe ist abgehauen in die Eiche, Schuster hat dreimal getextet: »Alles okay?«

Nein, nichts ist okay.

Als sie Uwe zusammengeschlagen und gedemütigt am Boden liegen sah, spürte sie eine Mischung aus Mitleid und Verachtung. Schusters Gewalt hat sie erschreckt, die Gnadenlosigkeit seiner Aktion. Am meisten hat sie aber verblüfft, dass er Uwe nicht erkannt hat. Immerhin hat er letztes Jahr gegen ihn ermittelt, als sie den Filmproduzenten entführt hatten. Okay, persönlich waren sie sich nie über den Weg gelaufen, aber die Bullen mussten doch Fotos gehabt haben oder andere Hinweise, schließlich hatten sie die Geisel ja befreit. *Vielleicht*, denkt Jeanette, *ist es aber auch so, dass die so viele Fahndungsfotos auf dem Schreibtisch liegen haben, dass sie die Hälfte gleich wieder vergessen, wenn die Fälle nicht mehr heiß sind.*

So wie ihrer.

Sie sind damals rechtzeitig aus Berlin abgehauen, auch wenn es knapp war, hierher in dieses scheiß Kaff. Weil Uwes Kumpel Kottke, mit dem er schon in Berlin Geschäfte gemacht hatte, hier wohnte. Kottke machte das Bauernhaus klar, *für schmalen Zins*. Immer noch zu viel für diese Bruchbude. Doch Uwe hatte wahrscheinlich recht mit seiner Annahme, dass niemand sie hier suchen würde. Also willigte sie ein.

Wie sie es hasst.

Außer Mandy hat sie niemanden zum Quatschen. Klar, die Kollegen im Schloss sind ganz nett, aber sie kommt von einem anderen Planeten. Sie ist vom Jupiter gestartet und auf der dunklen Seite des Mondes abgestürzt. Uwe hingegen hat deutlich weniger Schwierigkeiten, hier anzudocken, mit Kottke und seinen Leuten, alles braune Dumpfbacken, die sie verachtet.

Schuster textet erneut: »Soll ich kommen?«

»Nein, alles gut. Melde mich morgen.«

Jetzt braucht sie erst mal Ruhe, um ihre Gedanken zu sortieren. Nachdem Schuster Uwe auf die Bretter geschickt hatte, bat sie ihn zu gehen. Doch Schuster zögerte. Er hatte Angst um sie, und das erfüllt sie mit warmer Genugtuung. Denn das heißt, dass sie ihm etwas bedeutet. Das merkt sie auch an der Art, wie er mit ihr schläft. Sie fühlt sich dabei geborgen und so sicher, dass sie sich vollkommen fallen lassen kann. Das hat sie schon lange nicht mehr erlebt. Und sie will mehr davon.

Sie will Schuster.

Ist er vielleicht der Mann, der sie aus diesem dunklen Tal hier rausführt? Dann müsste sie ihm allerdings erzählen, wer sie wirklich ist. Eine junge Frau auf der Flucht vor der Polizei. Und damit würde sie auch Uwe ausliefern.

Scheiße, denkt sie und schnipst ihre Kippe in den Hof. Fast ärgert sie sich darüber, dass Uwe sie nicht verdroschen hat. Dann hätte sie ihn wenigstens moralisch vertretbar verraten können, um endlich frei zu sein.

Hat er aber nicht.

Er hat sich aufs Sofa gesetzt und sie angeschaut. Jeanette sah keine Wut in seinen Augen, sondern Angst. Angst, sie zu verlieren. Und er war schlau genug, um zu erkennen, dass Prügel jetzt nicht das Mittel der Wahl waren. Jeanette ahnte, was für eine Kraftanstrengung es ihn kostete, dieses Eingeständnis der Schwäche.

Er sagte nur: »Wer ist der Wichser?«

Jeanette dachte einen Moment lang daran, ihm die Wahrheit zu erzählen, doch dann verließ sie der Mut.

»Spielt das 'ne Rolle?«

»Einer von den Arschlöchern auf der scheiß Tagung?«

»Und wenn?«

»Dann reiß ich ihm den Arsch auf.«

Klar, dachte Jeanette, *haben wir ja gesehen.*

»Und?«, sagte Uwe.

»Und was?«

»Willst du dich nicht vielleicht mal entschuldigen oder so?«

Wofür?, dachte Jeanette. Uwe hatte sich das schließlich selbst zuzuschreiben. Doch als sie ihn so hilflos und jämmerlich dasitzen sah, kam das schlechte Gewissen in ihr hoch. Sie konnte ihn nicht einfach so hängen lassen. Er brauchte sie jetzt.

»Es tut mir leid«, sagte sie.

Dann ging sie in die Küche und fing an, das Geschirr zu spülen. Sie hörte, wie Uwe drüben im Wohnzimmer aufstand und das Haus verließ. Die Tür knallte ins Schloss, und Jeanette warf die nasse Spülbürste an die Wand.

»Verdammte Scheiße!«

Elaine ist unterwegs nach Czernau. Sie hat kurz entschlossen einen Wagen gemietet und ist losgefahren. Erst hat sie überlegt, auf Bosmans Rückkehr zu warten, aber warum Zeit verschwenden? Es ist Sonntag, und sie hat eh nichts Besseres zu tun. Es spricht also nichts dagegen, sich schon mal dort umzusehen, wo der Helikopter gestartet ist. In einem Kaff am Arsch der Welt. Mit einer Niere an Bord.

Sie hat Czernau gegoogelt und überrascht festgestellt, dass der Ort ein Hotspot der rechten Elite ist. Und dann erinnerte sie sich an den Skandal auf der Frankfurter Buchmesse letztes Jahr, wo der Stand des Wotan Verlags von empörten Linken gestürmt worden war. Der Verleger Graf Stanskowansky hatte die Situation souverän gemeistert, auch wenn sein aristokratisches Auftreten die Menge noch mehr aufbrachte.

Es ist schon dunkel, als sie nach einer endlosen Fahrt durch grüne Pappelalleen endlich in Czernau ankommt und sich fragt, ob sie sich nicht total verrennt. Wo bitte schön sollen hier Organe herkommen? Ihr Navi lotst sie zur einzigen Herberge im Ort, der Alten Eiche. Sie steigt aus. Kein Mensch zu sehen. Sie betritt die Gaststube. Im Dämmerlicht sitzen ein paar Männer am Stammtisch und starren sie an.

Elaine versucht gar nicht erst, freundlich in die Runde zu lächeln, sondern geht direkt auf den Tresen zu und fragt nach einem Zimmer.

»Ausgebucht«, sagt der Wirt.

Elaine schaut ihn an. Gibt er ihr zu verstehen, dass sie hier nicht erwünscht ist?

»Wegen der Tagung«, sagt er. »Sonst ist es hier eher still.«

»Was für eine Tagung?«

»Drüben im Schloss.«

»Gibt es vielleicht irgendwo eine Ferienwohnung?«

Der Wirt zuckt mit den Schultern und ruft zum Stammtisch rüber: »Hey, Kottke, gibt es hier noch irgendwo was zum Übernachten?«

Kottke dreht sich zu ihnen um, mustert Elaine und sagt: »Nee, Michi, ich glaube nicht.«

»Tja«, sagt Michi. »Kann man nischt machen.«

Nee, kann man wohl nicht, denkt Elaine und registriert ganz miese Schwingungen.

»Vielen Dank«, sagt sie und verlässt die Alte Eiche wieder, unschlüssig, was sie jetzt tun soll. Wieder zurückfahren? Ohne Ergebnis? Gelbes Licht fällt aus den Fenstern des Gasthofs auf den Parkplatz. Ein paar Straßenlaternen werfen dunkle Schatten auf das Pflaster. Elaine steigt in ihren Wagen. Dann zieht sie ihr Handy raus und öffnet Google Maps. Sie zoomt Czernau heran, kann aber nichts finden, was auch nur vage wie der Startplatz eines Helikopters aussieht – abgesehen davon, dass Helikopter natürlich fast überall starten und landen können. Dann entdeckt sie eine dunkle Struktur im Wald hinter dem Schloss. Sie zoomt näher ran, stellt auf 3-D-Ansicht und kann die vagen Umrisse eines Bunkers auf einer Lichtung erkennen. Sie beschließt, sich das mal näher anzuschauen, und fährt los. Der Abzweig zum Bunker liegt gleich hinter dem Ortsausgang. Doch schon kurz nachdem sie in den Waldweg eingebogen ist, versperrt ihr ein Tor die Weiterfahrt.

Privatbesitz. Zutritt verboten.

Darunter ein Wappen.

Elaine schaltet den Motor ab und steigt aus. Das Tor ist mit einer Eisenkette verschlossen. Rechts und links schließt sich ein hoher Zaun an. Sie zögert einen Moment, dann klettert sie über das Tor, landet auf der anderen Seite und läuft los. Über ihr verdecken hohe Fichten den Nachthimmel. Sie schaltet die Taschenlampe ihres Smartphones ein und folgt dem tanzenden Lichtkegel in die Dunkelheit. Nach etwa fünf Minuten kommt sie auf die Lichtung, die sie in Maps gesehen hat. Vor ihr ragt ein alter Weltkriegsbunker düster in den Himmel wie ein Monolith aus grauer Vorzeit.

Sie bleibt stehen.

Ein Windstoß fegt durch die Baumkronen und spielt in ihren Haaren, als vor ihr, keine dreißig Meter entfernt, die Bunkertür geöffnet wird und helles Licht aus dem Viereck auf den Waldboden fällt, und sie glaubt es nicht, als sie die Gestalten sieht, die im Gegenlicht wie Zombies aus dem Bunker taumeln, die Füße mit Fesseln eng geknebelt.

22

Einen Tag später landen Bosman und Britta auf dem Flughafen Tegel. Es ist ein schwüler Nachmittag. Gewitterwolken türmen sich im klebrigen Himmel, und die Schwalben fliegen tief, als sie aus dem Terminal C kommen. Britta zerrt den Rollkoffer hinter sich her, Bosman hat sein Handgepäck umgehängt. Sie überlegen, in eins der Taxis zu steigen, die vor dem Ausgang warten, doch dann sagt Britta: »Lass uns den Bus nehmen, das geht schneller.«

Bei dem zu erwartenden Berufsverkehr könnte sie damit recht haben. Also gehen sie die steile Treppe hoch in den Gang zum Hauptterminal und kommen auf der anderen Seite bei der Haltestelle der Linie X9 raus. Als der Bus eintrifft, steigen sie ein. Bosman holt sein Handy raus, stellt den Flugmodus ab und scrollt durch seine Nachrichten. Elaine hat fünfmal angerufen, aber keine Nachricht hinterlassen. Er ruft zurück, doch es meldet sich nur die Mailbox. Er spricht drauf: »Bin gelandet, ruf doch mal an.«

Als sie zu Hause angekommen sind und gerade die Wohnung betreten haben, bekommt er eine WhatsApp-Nachricht von Elaine: »Kannst du kommen?«

Bosman ruft an, wieder nur die Mailbox. Seltsam. Er textet zurück: »Was ist los?«

»Habe wichtige Neuigkeiten.«

»Was?«

»Ich brauche dich JETZT.«

Das ist nicht Elaines Stil. Was ist da los? Aber sie antwortet nicht mehr. Bosman sagt zu Britta:»Du, ich muss noch mal los.«

»Wohin?«

»Zu Elaine. Sie hat irgendwas rausgefunden.«

»Und das kann sie dir nicht am Telefon sagen?«

Misstrauen liegt in ihrer Stimme, und Bosman fragt sich, ob sie ahnt, dass er mit Elaine geschlafen hat.

»Sie geht nicht ans Telefon«, sagt er.»Da stimmt was nicht.«

»Und deswegen musst du jetzt hier gleich los, bevor du überhaupt die Koffer ausgepackt hast? *Weil mit Elaine was nicht stimmt?*«

Bosman fühlt sich ertappt und ärgert sich. Mann, sie hatten drei wunderbare Tage, und kaum sind sie zu Hause, geht der ganze Stress schon wieder von vorn los. Warum soll er sich rechtfertigen? Wofür? Wenn er losmuss, muss er los, so einfach ist das.

Er ist immer noch aufgebracht, als er an der Friedhofsmauer in der Bergmannstraße gegenüber von Elaines Wohnung parkt. Er steigt aus, geht rüber zu dem aufwendig sanierten Gründerzeithaus und klingelt.

Niemand öffnet.

Er liest den Eingangscode auf seinem Handy, tippt ihn in das Pad im Klingeltableau, fährt hoch in den dritten Stock und öffnet die Tür zum Apartment von Schusters Kumpel.

Es ist dunkel in der Wohnung.

»Elaine?«

Keine Antwort.

Die Stille fühlt sich falsch an. Bosman spürt, wie sich die Haare hinten im Nacken aufstellen und es hinter seiner Stirn zu kribbeln anfängt.

Er horcht.

Nichts.

Er zieht vorsichtig seine Waffe, entsichert sie und betritt das Apartment, als er einen stechenden Schmerz in seinem rechten Oberschenkel spürt. Stromschläge schießen durch seinen Körper, er geht zu Boden. Die Sicht verschwimmt, und dann wird alles schwarz.

Bosman spürt den eisigen Wind, der durch die offene Luke des Helikopters in die Ladebucht hereinfegt, wo der Kommandotrupp hockt. Er sieht die Anspannung in den Augen der schwer bewaffneten Männer, die durch die Schlitze ihrer schwarzen Sturmhauben ins Leere starren. Neben ihm Schuster, kugelsichere Weste und die Basecap mit dem UN-Emblem tief in die Stirn gezogen. Jeder ist in diesen letzten Minuten mit seinen eigenen Gedanken beschäftigt, und keiner weiß, wie es ausgehen wird.

Es ist Nacht.

Unter ihnen taucht in der albanischen Berglandschaft das armselige Gehöft auf, umgeben von Büschen und wenigen Bäumen, deren Wipfel im Sturm der Rotoren tanzen. Die Männer checken ein letztes Mal ihre Waffen und überprüfen den Funkkontakt ihrer Headsets, die in die Helme integriert sind, während der Hubschrauber landet. Routinetätigkeiten, um die Nerven zu beruhigen. Dann springen sie durch die offene Luke raus auf den steinigen Boden und rennen los.

Er hetzt auf das Haus zu, rechts und links zwei Männer des Kommandos, die geduckt und scheinbar mühelos das unwegsame Gelände überqueren. Der Hund im Hof hat längst angeschlagen. Augen wie Bernsteine in der dunklen Nacht, in der sich kein Stern über den schroffen Gipfeln zeigt. Der Köter zerrt wütend an seiner Kette, weißer Schaum zwischen den Fängen in der geifernden Schnauze, der plötzlich blutrot wird. Die Vorderläufe knicken ein, das heisere Bellen geht in ein Jaulen und Röcheln über. Dann erst hört er das trockene Knacken des Schusses. Durch die offene Tür gelangen sie ins Haus. Irgendwo klappert ein Fensterladen, und sein Magen zieht sich schmerzhaft zusammen.

Wir sind zu spät gekommen, denkt er, und seine Vorahnung wird zu einer furchtbaren Gewissheit, als sie die Küche betreten. Der alte Mann liegt an der Tür zum Flur, halb auf der Schwelle, sein Sohn auf dem kalten Fliesenboden vor dem Herd, die Arme ausgebreitet, der Pyjama verrutscht, sodass sein mageres Schlüsselbein grotesk hervorsticht. Bosman sieht die lange Nase und die eng zusammenliegenden schwarzen Augen, die stehen geblieben sind wie eine kaputte Uhr. Im ersten Stock finden sie die Frau des alten Mannes. Sie liegt im Flur. Die Mörder haben ihr ins Gesicht geschossen. Warum? Warum diese bestialische Gewalt?

Bosman weiß es.

Blut rauscht ihm in die Schläfen. Er steigt über die Leiche und stößt vorsichtig die Tür zur Schlafkammer auf. Erst sieht er gar nichts, weil die Kammer dunkel ist und das Fenster klein. Es steht offen, die Fensterläden schlagen im Wind. Dann gewöhnen sich seine Augen an die Dunkelheit, und er sieht hinter den zerwühlten Betten eine junge Frau, die ihr Baby umklammert hält. Sie liegt schräg an der Wand, ihm halb zugewandt, die erloschenen Augen, in denen sich stumpfes Grauen spiegelt, sind offen. Bosman erkennt anhand ihrer Position, dass sie ihren Körper den Angreifern zugedreht hat, um das Kind zu schützen.

Sie hat die erste Salve abgefangen.

Und es ist seine Schuld.

Bosman öffnet die Augen.

Wo ist er?

Ihm ist schwindelig und etwas übel. Er liegt auf einem Bett. Hier drin ist es dunkel, es riecht ekelhaft nach Verwesung. Er fröstelt, ist nackt. Er dreht den Kopf. Neben ihm liegt eine Frau. Sie ist ebenfalls nackt.

Es ist Elaine.

Sie starrt ihn an, aber sie sieht ihn nicht.

Entsetzt fährt Bosman hoch.

Blut. Überall. Auf dem weißen Laken, auf Elaine und auf ihm. Er springt auf, rennt ins Bad und schafft es gerade noch bis zur Kloschüssel. Er kotzt, bis nur noch grüner Schleim kommt. Erschöpft sinkt er auf dem kalten Fliesenboden zusammen. Kernschmelze im Kraftwerk, das Gehirn frittiert.

Was ist hier los?!

Er beißt sich in die Faust, bis er Blut schmeckt, um nicht laut aufzuschreien.

Elaine ...

Er steht mit zitternden Knien auf und geht wieder rüber ins Schlafzimmer. Er sieht den Umriss ihres Körpers auf den zerwühlten Laken im Nachtlicht, das durch die Gazevorhänge hereinfällt wie die Bühnenbeleuchtung einer morbiden Freakshow. Er sieht die blauen Flecken an ihren Unterarmen und die Würgemale am Hals. Die klaffende Wunde auf der Stirn. Sie hat um ihr Leben gekämpft. Und sie hat verloren. Er geht zurück ins Bad, wo er einen Waschlappen nimmt und ihn so lange unter den Wasserhahn hält, bis das Wasser warm ist. Er wischt das Blut sorgfältig von seinem Körper. Sein rechter Oberschenkel schmerzt. Er sieht dort einen kleinen blauen Fleck und erinnert sich. Die Stromschläge – das war ein Taser. Damit haben sie ihn niedergestreckt und irgendwas in seinen Schenkel injiziert. Als er fertig ist, geht er zurück und zieht seine Klamotten an, die verstreut auf dem Boden des Schlafzimmers liegen.

Er vermeidet es, Elaine anzuschauen.

Dann hört er von draußen Polizeisirenen, die rasch näher kommen. Er stürzt zum Fenster und sieht zwei Streifenwagen, die jetzt quer auf der Straße parken und sie blockieren. Kreisendes Blaulicht huscht über die Hauswände. Die Besatzungen springen raus, weitere Sirenen in der Ferne.

Scheiße!

Bosman rennt zur Wohnungstür, reißt sie auf und hetzt die Treppe zum nächsten Stockwerk rauf, als die Beamten auch schon von unten hochtrampeln. Der Fahrstuhl setzt sich in Bewegung. Bosman drückt sich an die Wand zwischen zwei Wohnungstüren und hofft inständig, dass keine davon aufgeht und ein neugieriger Nachbar rausglotzt. Er hört, wie unten bei Elaine geklingelt wird. Dann die Ramme und ...

Bang!

Die Tür splittert auf.

Jemand muss 110 gewählt haben. Jemand, der wollte, dass sie ihn neben der Leiche finden.

Um ihm den Mord anzuhängen.

Als die Kollegen in der Wohnung sind, drückt er auf die Fahrstuhltaste. Nach einer Ewigkeit kommt die Kabine hoch. Er steigt ein, fährt runter und verlässt das Haus. Er sieht die beiden Streifenwagen, der Rettungswagen biegt um die Ecke, Fenster in den Nachbargebäuden gehen auf, erste Schaulustige. Bosman klappt seinen Jackenkragen hoch, zieht den Kopf ein und geht in die entgegengesetzte Richtung davon, während er fieberhaft überlegt, welche Spuren er da oben hinterlassen haben könnte.

Als er gegen elf Uhr wieder zu Hause ist, sitzt Britta vor der Glotze und fragt: »Wo kommst du denn her?«

Sie ist sauer.

Zu Recht. Sie sind gerade erst aus dem Urlaub zurückgekommen, sie hat gekocht und mit Sophie auf ihn gewartet.

»Wieso warst du so lange bei dieser Frau?«

Bosman starrt sie an.

»Sorry«, sagt er matt. »Ich war noch mit Schuster im Anker.«

Britta sieht ihn forschend an. Er kann ihr nichts vorlügen.

»Sie ist tot«, sagt er.

»Was?«

Bosman schluckt, die Übelkeit kommt wieder hoch. »Elaine ist tot. Sie wurde umgebracht.«

»Von wem?«

»Das weiß ich noch nicht.«

Britta schweigt betroffen und sagt dann: »Das tut mir leid.«

Bosman nickt.

Sie nimmt ihn in den Arm, und es fühlt sich gut an.

»Komm«, sagt sie leise. »Wir gehen schlafen.«

Als er am nächsten Morgen völlig gerädert ins Büro kommt, sind Schuster und Nina schon da.

Betretene Mienen.

»Elaine ist tot. Sie wurde gestern Abend umgebracht«, sagt Nina.

»Ich weiß«, erwidert Bosman. »Ich war dabei.«

Er schaut in ungläubige Gesichter und erzählt, wie man ihn in Elaines Wohnung gelockt und ausgeschaltet hat. Wie er neben Elaine aufgewacht ist, als die Kollegen bereits anrückten.

»Warum bist du abgehauen?«, fragt Nina.

Weil es wie ein Sexualmord aussieht, denkt Bosman und verschweigt, dass er vor ein paar Tagen bei Elaine war und mit ihr geschlafen hat. Er hat keine Ahnung, ob es noch Spermaspuren gibt, ob Elaine die Bettwäsche gewechselt hat. Und wer weiß, ob die Täter nicht seine Hand genommen und sie Elaine auf den Hals gedrückt haben, als er bewusstlos war, sodass die Würgemale auf ihn hinweisen. Mehr als wahrscheinlich. Er sieht schon die Schlag-zeilen: »Polizist erwürgt Geliebte bei perversen Sexspielen«. Oder: »Hat Polizist seine Geliebte umgebracht, um zu verhindern, dass die Affäre publik wird?«

In jedem Fall würde es zu unappetitlichen Ermittlungen gegen ihn kommen, und er wäre erledigt, selbst dann, wenn sich am Ende seine Unschuld herausstellen sollte. Das kann er Britta und Sophie nicht antun.

»Ich weiß es nicht«, antwortet er schließlich auf Ninas Frage. »Ich glaube, ich habe einfach Panik gekriegt. Wer führt denn die Mordermittlungen?«

Wieder betretene Blicke.

»Weber«, sagt Schuster.

Scheiße!

Das Arschloch saß ihm letztes Jahr schon mal im Nacken, als er nach einer missglückten Festnahme einen Mann erschossen hatte – und es war, zugegeben, keine Notwehr gewesen. Weber führte damals die internen Ermittlungen und wird ohne zu zögern auch ein schmutziges Spiel spielen, um ihn in den Knast zu bringen.

»Was weiß er?«

»Noch nicht viel«, sagt Nina.

»Weiß er, dass wir mit Elaine zusammengearbeitet haben?«

»Nein.«

Aber es ist nur eine Frage der Zeit, bis das rauskommt. Sie haben einen knappen Vorsprung, bis Weber Fragen an sie haben wird. Sie werden ihm nicht verschweigen können, dass sie wegen illegalen Organhandels ermitteln und dass Elaine offenbar auf etwas gestoßen ist, was sie das Leben gekostet hat. Bosman macht sich schwere Vorwürfe, nicht auf ihre Anrufe geantwortet zu haben. Er hat Dr. Lenaus Ratschlag befolgt und komplett abgeschaltet.

Und das Resultat?

Elaine ist tot.

Er könnte schreien.

Nina berichtet, dass sie den aufgezeichneten Notruf gehört hat. Eine Männerstimme. Akzentfreies Deutsch, wenn auch aus wenig privilegierten Verhältnissen. Definitiv nicht Shatira Ekrem und auch nicht Kottke. Es war ein anonymer Anruf, und die Nummer ist nirgendwo registriert. Vermutlich ein Prepaid-Handy.

Sie erzählt Bosman, dass sie mit Elaine am Samstag in der Paracelsus-Klinik war, auf der Suche nach Chaim Finck, ihrem

Joker. Nur war er nicht dort. Nina hat die Berliner Krankenhäuser abtelefoniert, doch niemand scheint ihn stationär aufgenommen zu haben. Wenn sie ihn nicht finden, stehen sie wieder ganz am Anfang mit einer Menge Hypothesen und keinen Beweisen. Hat Elaine vielleicht herausgefunden, wo er steckt?

Sie fahren zu ihrer Wohnung, brechen das Polizeisiegel auf und durchsuchen alles, ohne jedoch irgendeinen Hinweis zu finden, der sie weiterbringt. Frustriert fahren sie dann zur Paracelsus-Klinik und grillen Dr. Khaled. Sie drohen ihm, jeden einzelnen seiner Mitarbeiter zu vernehmen, wenn er nicht mit der Sprache rausrückt. Wo ist Chaim Finck? Die Mühe könnten sie sich sparen, sagt Dr. Khaled gut gelaunt, und dass Chaim Finck wieder zurück in Tel Aviv ist. Er gibt ihnen seine Telefonnummer.

Bosman ruft an und landet bei einer Assistentin, die er um einen Rückruf von Finck bittet. Eine halbe Stunde später summt Bosmans Handy. Chaim Finck ist dran, seine Rufnummer unterdrückt. Er ist gerade auf dem Weg nach Hebron und bestätigt, zum Check-up in Berlin gewesen zu sein. Hervorragende Klinik, bester Service. In zwei Jahren kommt er wieder.

Bosman legt auf. Wird er hier verarscht? Was sollen sie tun, nach Tel Aviv fahren und Finck bitten, sein T-Shirt zu lupfen, um zu sehen, ob er eine frische OP-Narbe hat?

»Wer sagt denn, dass er überhaupt in Tel Aviv ist?«, sagt Nina. »Seine Rufnummer war unterdrückt. Das heißt, er kann von überall aus angerufen haben.«

Stimmt.

Kann es sein, dass Elaine ihn gefunden hat? Wo ist sie am Sonntag gewesen? Bosman fährt zur Autovermietung und checkt den BMW, den sie gemietet hat, browst durch die gespeicherten Routen auf dem Navi und staunt.

Czernau?

Ungläubig schaut er auf die elektronische Karte.

23

Der Graf sitzt an seinem wuchtigen Schreibtisch in der Bibliothek des Schlosses und arbeitet an seinem Hauptwerk *Raum, Volk und Schicksal,* bei dem er sich vor allem auf Hegel, Heidegger und Carl Schmitt stützt. Er trägt heute hellbraune Cordhosen und ein Flanellhemd mit Krawatte. Darüber ein Tweedsakko mit Kavalierstuch in der Brusttasche. Auch Thomas Mann ist schließlich jeden Tag im vollen Ornat zur Arbeit erschienen, worin sich sein Respekt vor dem eigenen Tun zeigte, denn die äußere Erscheinung definiert schließlich das Innere des Menschen.

Der Graf liest noch einmal durch, was er am Vortag geschrieben hat. Er sieht Deutschland als zentrale Ordnungsmacht für ein Europa souveräner Nationalstaaten in der jüdisch-christlich-abendländischen Tradition, als das Herzland, das vor der Übervolkung durch den Islam geschützt werden muss. Die Migranten sollen alle nach Hause in ihre jeweiligen kulturellen Großräume gehen und da machen, was sie wollen. Da will ihnen dann auch keiner reinreden; sollen sie ruhig die Scharia einführen, einen Götzen anbeten oder ihre Frauen verprügeln. Der ewige Frieden ist gesichert durch das Interventionsverbot, das es den fünf Großräumen der Welt untersagt, sich in die Angelegenheiten anderer Staaten einzumischen, denn das ist die Wurzel allen Übels. Hier jetzt mal Hand aufs Herz, wer hat denn das ganze Elend über die Welt gebracht? Der Russe oder der Chinese? Nein, es war der Amerikaner mit seinem Interventionalismus und all den fehlgeleiteten Versuchen, die verlogene Ideologie des Liberalismus und der Menschenrechte weltweit den Leuten auf die Nase zu drücken, ob sie nun wollten oder nicht. Und das Resultat? Nichts als verheerende Kriege in Südamerika, Irak, Afghanistan, Syrien. Nichts als Chaos und Niedergang.

Doch heute ist der Graf ein wenig unkonzentriert. Seine Gedanken schweifen in eine andere Richtung ab, die sich weniger erhaben anfühlt als die Philosophie der Großräume. Was war das mit dem Helikopter, der letzte Woche auf dem Bunker gelandet ist? Kottke hat ihm erklärt, dass die ersten Waffenlieferungen angekommen waren und sie den Bunker jetzt zum Lager machen würden. Der Graf hat sich zunächst damit zufriedengegeben und sich nach dem Stand von Bewaffnung und Ausbildung erkundigt, doch dann kam ihm die Sache doch ein wenig komisch vor. Wieso ein Helikopter und nicht ein einfacher Lastwagen?

Egal, Kottke wird schon seine Gründe haben. Er will ihm da auch gar nicht reinpfuschen, Aufbau und Ausbildung der Armee sind seine Sache. Kottke nimmt das ausgesprochen ernst, und das ist gut so. Aber er ist nur ein kleines Rädchen im Getriebe der großen Sache, die in erster Linie politisch entschieden wird. Ohne Zustimmung eines Großteils der Bevölkerung, das ist dem Grafen klar, nutzen einem auch die ganzen Waffen nichts. Sie alle – Hitler, Stalin, Mao, Napoleon – haben sich auf den Zuspruch der Massen gestützt, um an die Macht zu kommen. Und genau da muss der Hebel angesetzt werden. Die Brandsätze müssen strategisch geworfen werden, um das große Feuer zu entfachen, um den Boden für die Wiederauferstehung Deutschlands zu bereiten.

Es will dem Grafen nicht recht einleuchten, warum so viele Menschen die Vorzüge seiner Theorie der politischen Ordnung noch immer nicht einsehen wollen. Aber die Schar der Vernünftigen wächst, und die antieuropäische Internationale gewinnt an Boden. Es läuft derzeit nicht schlecht für die Bewegung, und auch der Deal mit dem Produzenten Harry Schumann in Berlin hat sich als Glücksgriff erwiesen. Ob der Film oder die Serie über die Wiederkehr des Germanen jemals zustande kommen wird, ist dem Grafen eher egal. Wichtiger ist es, als Teil der guten Gesellschaft in Kultur und Politik wahrgenommen zu werden, als jemand, der eingeladen wird.

Das öffnet Türen.

Wie die zu Richter Dr. Carlo Schmitt, dem Namensvetter seines Lieblingsphilosophen, den er letzte Woche im Borchardt zum Lunch getroffen hat. Schmitt liebäugelt mit dem Posten des Innensenators, seit er sich als »Richter Gnadenlos« einen Namen gemacht hat. Er sagt Sätze wie: »Wir haben die Gesetze, wir müssen sie nur anwenden.« Und: »Wer sich hier nicht an die Regeln hält, hat sein Gastrecht verwirkt und fliegt raus, auch wenn er schwul ist und aus Marokko kommt.«

Das sichert ihm den Applaus seiner zahlreichen Anhänger. Für sie ist er einfach nur »Schmitti«, der Mann, der dem Volk aufs Maul schaut und der für seine harten Urteile geschätzt wird. Endlich mal einer, der durchgreift. Er tritt regelmäßig in Talkshows auf und wirbt für seine Null-Toleranz-Politik nach dem Vorbild des ehemaligen New Yorker Bürgermeisters Rudy Giuliani oder der Leute in Singapur.

»New York ist heute eine sichere Stadt, und in Singapur kann man Reisnudeln vom Bürgersteig löffeln, während hier die Obdachlosen auf öffentliche Plätze urinieren und polizeilich bekannte Straftäter uns auf der Nase herumtanzen«, sagte Schmitti während ihres Mittagessens im Borchardt.

Der Graf lächelte, tupfte sich die faltigen Lippen mit der Serviette ab und erwiderte: »Was halten Sie davon, wenn wir uns mal über

Ihre Kandidatur für den Posten des Innensenators austauschen? Ich habe den Eindruck gewonnen, dass unsere Interessen in weiten Teilen konvergent sind.«

Nach dem Essen verabschiedeten sie sich mit der Vereinbarung, in naher Zukunft erneut zu beraten.

Zeit, mal wieder nachzuhaken, denkt der Graf, als es an der Tür klopft. Verärgert dreht er sich in seinem Stuhl um. Er hasst es, während der Arbeit gestört zu werden.

»Was ist?«

Kottke kommt mit einem seiner Leute herein. Sie haben einen Mann dabei, den der Graf neulich kennengelernt hat, auf Harry Schumanns Party.

Er trägt Handschellen.

»Was ist denn hier los?«

»Ein illegaler Grenzübertritt. Er hat auf dem Grundstück rumge-schnüffelt und behauptet, Sie zu kennen.«

Der Graf steht auf und sagt:»Mensch, Kottke. Lassen Sie den Unsinn und nehmen Sie dem Mann die Handschellen ab, in Gottes Namen!«

Während Kottke murrend die Handschellen aufschließt, fragt der Graf:»Wo kommen Sie denn her?«

»Aus Berlin«, sagt Bosman.

Er war bei der Autovermietung am Alex gleich in dem BMW sitzen geblieben und losgefahren. Immer schön der Route im Navi nach. Nach zweieinhalb Stunden kam er in Czernau an, parkte auf dem Dorfplatz vor der Alten Eiche und fragte sich, warum Chaim Finck sich ausgerechnet hier auskurieren sollte – falls er tatsächlich nicht in Tel Aviv war. Er spazierte durch das verwaiste Dorf zum Schloss. Es sah hübsch aus, große Freitreppe, von Löwen flankiert, dreistöckig, zwei geräumige Flügel.

Wie ein Krankenhaus sah es nicht aus.

Bosman ging zurück zum Dorfplatz und betrat die Alte Eiche. Dämmerlicht empfing ihn. In der Ecke lief die Glotze, RTL Nonsens nonstop, doch keiner guckte hin. War ja auch keiner da am frühen Nachmittag, nur der Wirt, der gelangweilt Gläser polierte.

»Hallo«, sagte Bosman.

»Guten Tag.«

Der Wirt schaute ihn misstrauisch an, fragte aber nicht, ob er etwas bestellen wollte.

»Ich suche jemanden«, sagte Bosman. Als er ein Foto von Elaine auf seinen Handybildschirm wischte, versetzte es ihm einen Stich ins Herz. »Haben Sie die Frau hier gesehen? Am Sonntag?«

»Sie kommen hier rein, stellen sich nicht vor, schnüffeln einer Frau hinterher. So läuft das nicht bei uns in Sachsen.«

»Hey«, sagte Bosman scharf, als der Wirt seine Gläser einräumte. »Schau mich an, wenn ich mit dir rede.«

Der Wirt drehte sich um und sah den Polizeiausweis, den Bosman ihm hinhielt.

»Was wollte sie hier?«, fragte er.

»Woher soll ich das wissen?«

»Weil sie Fragen gestellt hat.«

»Mir nicht.«

»Sicher?«

Wütend verließ Bosman die Alte Eiche wieder und streunte durch das Dorf auf der Suche nach – ja, was eigentlich? Einem Krankenlager? Es war absurd, und doch musste Elaine in diesem Kaff auf etwas gestoßen sein. Die Schwalben flogen tief, es war still, und die Deutschlandfahnen hingen an den Masten wie traurige Gardinen. Vor einer Trinkhalle lungerten drei Typen rum, die definitiv nicht für den Nobelpreis geboren waren.

»Heil Hitler«, rief einer von ihnen, und seine Kumpels fanden das wahnsinnig komisch.

Etwas außerhalb des Dorfes, als er schon umkehren wollte, sah er hinter dem Schloss eine Absperrung an dem Feldweg, der in den Wald führte. Ein schweres Gittertor, links und rechts davon ein hoher Zaun mit NATO-Draht. Auf dem Tor stand *Privatbesitz. Zutritt verboten.* Darunter ein Schild mit einem Doppeladlerwappen. Er kletterte über das Tor und folgte dem Waldweg bis zu einer Lichtung, auf der ein mächtiger Weltkriegsbunker stand, wie ein Relikt aus einer anderen Zeit. Er blieb stehen und lauschte. Außer den Vögeln in den Baumwipfeln war nichts zu hören. Das Eingangstor des Bunkers war neu, wie Bosman an den Beschlägen und dem Sicherheitsschloss erkannte. Er ging einmal um den Betonklotz herum und stoppte, als er zwei Männer sah, die dastanden und zu ihm rüberstarrten. Einer der beiden trug Camouflage-Klamotten und eine Waffe im Holster. Der andere war einen Kopf größer und hatte Tattoos am Hals und auf seiner Glatze.

Der Kleinere kam auf ihn zu und fragte: »Was machen Sie hier?«

»Ich gehe spazieren.«

»Das ist verboten. Sie befinden sich auf Reichsgebiet.«

»Wie bitte?«

»Sie haben illegal das Reichsgebiet des Grafen von Stanskowansky betreten.«

»Sie haben ja wohl nicht mehr alle Tassen im Schrank.«

Der Kleinere drehte sich zu dem Hünen um und sagte: »Mauser, nehmen Sie ihn fest.«

Bosman konnte es nicht glauben.

»Langsam, Freunde«, sagte er. »Immer mit der Ruhe.«

Doch Mauser war bereits hinter ihn getreten und riss ihm so fest die Arme auf den Rücken, dass es in den Schultern knackte. Gegen diesen Riesen hatte er keine Chance. Bosman spürte kalten Stahl an den Handgelenken, und dann klickten die Schellen zu.

Jetzt steht er im Schloss neben dem Grafen, reibt sich die schmerzenden Gelenke und schaut Kottke und Mauser nach, die die Bibliothek verlassen.

»Was sind das denn für Idioten?«

»Es tut mir ausgesprochen leid, aber lassen wir dem Mann seinen Spaß. Er braucht das ab und zu.«

»Ich nicht.«

»Jeder von uns hat doch seinen kleinen Spleen.«

»Was soll der Quatsch mit dem Reichsgebiet?«

Der Graf lacht kurz auf. »Da müssen Sie ihn selbst fragen. Ich halte nichts von der Reichsbürgerbewegung. Wissen Sie, das sind alles Anarchisten und Esoteriker, die der Idee eines starken Staates skeptisch gegenüberstehen. Aber ein starker Staat ist die Voraussetzung für eine geeinte und wehrhafte Nation.«

»Der Mann trägt eine Waffe. Was macht der hier? Wieso trägt er eine Waffe in der Öffentlichkeit?«

»Ich versuche es ihm abzugewöhnen, aber er hat da nun einmal diesen Fetisch – und einen Waffenschein. Aber er ist im Grunde ein guter Kerl. Er kümmert sich um Hausmeisteraufgaben und um den Park.«

»Was ist das für ein Bunker?«

»Sie meinen den im Wald?«

»Gibt es noch einen anderen?«

Der Graf nippt an seinem Tee, bevor er die Tasse wieder auf den Schreibtisch stellt, und sagt: »Er wurde 1943 gebaut. Als einer der Zentralbunker für die Gemeinden in der Gegend, zur Vorbereitung auf den Feuersturm, der dann aber nie kam. Wieso auch, in dieser abgelegenen Gegend? Ich frage mich, was die Nazis geritten hat, hier so ein Ding hinzustellen.«

»Wird er genutzt?«

»Nein, wozu? Er war damals schon nutzlos und ist es bis heute. Aber sagen Sie, was führt Sie eigentlich her?«

»Eine Kollegin war am Sonntag im Ort. Ich würde gerne wissen, was sie hier gemacht hat.«

»Dann fragen Sie sie doch.«

»Das würde ich liebend gerne tun. Leider ist sie tot.«

Der Graf schaut ihn an. »Das tut mir leid.«

»Ja, mir auch.«

Er zeigt ihm das Foto von Elaine auf seinem Handy. Der Graf schüttelt den Kopf. »Die habe ich noch nie gesehen. Darf ich fragen, worum es geht?«

»Wir suchen einen Mann namens Chaim Finck. Er hat vor ein paar Tagen eine neue Niere bekommen und ist seitdem spurlos verschwunden.«

»Und wie kommen Sie darauf, dass er ausgerechnet hier ist?«

»Weil meine Kollegin hinter ihm her war. Und nachdem sie hier gewesen ist, wurde sie umgebracht.«

Der Graf schweigt einen Moment lang. Dann sagt er: »Ich will mich gerne umhören. Wie, sagten Sie, heißt der Mann?«

»Chaim Finck.«

»Ein Jude?«

»Nehme ich an. Er kommt aus Tel Aviv.«

Bosman hofft, dass dessen Antisemitismus den Grafen befeuern wird, sich wirklich mal umzuhören. Als er sich eine halbe Stunde später verabschiedet, sagt der Graf: »Grüßen Sie Harry von mir, wenn Sie ihn sehen.«

»Danke«, sagt Harry zu Bosman. »Aber sag mir lieber, was du in diesem gottverdammten Kaff verloren hattest.«

»Nicht verloren, gesucht. Ich habe Chaim Finck gesucht.«

Sie sitzen in einem Café an der Schlesischen Straße, gleich um die Ecke von Harrys Büro, und trinken einen Cappuccino. Vor ihnen flanieren die Touristen vorbei und unterhalten sich auf Englisch. Bosman kann sich noch gut daran erinnern, wie es hier vor der

Wende aussah, nämlich nicht viel besser als drüben im Osten. Kreuzberg war Zonenrandgebiet und wurde erst in den Neunzigern für Anwälte und Ärzte aus Baden-Württemberg als steuerliches Abschreibungsmodell interessant. Damals flossen über Nacht Unmengen an Kapital in den Subventionssumpf aus der Zeit des Kalten Krieges, bis Ende der Neunziger die Dotcom-Blase platzte und mit ihr die Immobilienpreise in den Keller fielen. Nur um dann wieder steil anzusteigen, als die Hauptstadt sich als internationale Hipster-Metropole neu erfand.

»Mein Tipp?«, sagt Harry. »Vergiss es. Zwei, drei Tage nach der OP ist man schon wieder transportfähig. Chaim Finck kann überall sein. Er hat das Geld, um in einem Learjet mit bester medizinischer Betreuung nach Hause zu fliegen. Der ist weg.«

Vermutlich hat Harry recht. Es ergibt keinen Sinn, einem Phantom hinterherzurennen.

»Aber was hat Elaine dann nach Czernau geführt?«

»Kann ich dir nicht sagen«, antwortet Harry. »Aber wenn ihr den Mann mit der neuen Niere nicht mehr findet, um zu beweisen, dass illegal operiert wurde, dann müsst ihr andersrum anfangen. Ich meine, habt ihr euch mal gefragt, wo das Organ eigentlich herkommt?«

»Das wissen wir. Von Ekrem. Ihm gehört das Krankenhaus, ihm gehörte Ibramovics, und jetzt gehört ihm Dr. Khaled, der da Transplantationen durchführt.«

»Das meine ich nicht«, sagt Harry. »Ich meine, wo kam die Niere her, die Finck bekommen hat?«

»Meinst du, die führen darüber im Krankenhaus Buch?«

»Nein, natürlich nicht. Aber da würde ich anfangen. Bei der Ware.«

Schlaumeier, denkt Bosman, und dann denkt er an den Grafen. Ein seltsamer Typ, der in Cordhosen und Tweedsakkos herumläuft wie ein aus der Zeit gefallener Lord.

»Sag mal, der Graf. Was ist das für einer?«, fragt Bosman.

»Rechtsnationaler Intellektueller.«

»Ernst zu nehmen?«

»Ich glaube schon. Er ist eine zentrale Figur der Neuen Rechten.«

»Hast du viel mit ihm zu tun?«

»Wieso fragst du? Wegen seiner kruden Ideen?«

»Hat also noch nicht auf dich abgefärbt.«

»Frank, ich bitte dich. Hier musst du ganz klar Ideologie und Geschäft trennen. Das Buch ist der Hammer, völlig egal, bei welchem Verlag es rausgekommen ist. Das sind reine Geschäftsbeziehungen.«

»Wie läuft es denn so?«

»Mit dem Projekt? Ich habe da jetzt mal einen Autor drangesetzt und bei den Filmförderungen vorgefühlt. Das sieht alles ganz gut aus.«

Dann zahlen sie und stehen auf. Harry begleitet Bosman noch zu seinem Wagen. Als er einsteigt, lehnt Harry sich an den offenen Türrahmen und sagt: »Hey, Frank. Das mit Elaine, das tut mir wirklich leid.«

»Willst du einen Film draus machen?«

Harry grinst. »Schauen wir mal.«

Er drückt die Tür zu und winkt zum Abschied durch die geschlossene Scheibe. Bosman gibt Gas und fährt die Straße der Erinnerung zurück zu dem Ort, wo er Elaine zum ersten Mal getroffen hat.

Vor zehn Jahren.

24

Es war seine Aufgabe, sie vom Flughafen in Priština abzuholen, der gute zwei Autostunden von Prizren entfernt lag.

»Sie ist eine echte Bereicherung für unser Team«, hatte Dick Vanderbeg im Büro zu ihm gesagt und mit großer Bewunderung von Elaine Szolnay gesprochen, der jungen Sonderermittlerin des Internationalen Strafgerichtshofes in Den Haag. Doch Vanderbeg konnte sie leider nicht selbst abholen, weil er an einer Sitzung mit dem KFOR-Kommandanten und dem Magistrat teilnehmen musste. Also tat Bosman ihm den Gefallen.

Er hatte ohnehin nicht allzu viel zu tun. Es gab durchaus genug Arbeit für die Polizei; aber dazu brauchte es auch den politischen Willen. Sie nahmen ein paar Schläger und Drogensüchtige fest, doch wenn er und Schuster darauf drangen, tiefer in die mafiösen Strukturen einzudringen, stießen sie auf Widerstand. Die Bosse blieben im Sattel. Sie alle waren Warlords und Kriegshelden. Sie hatten das Land unter sich aufgeteilt und verdienten am Drogenhandel, am Menschenhandel, am Zigaretten- und Benzinschmuggel und an der Korruption – alles prosperierende Wirtschaftszweige in einem Land, das ansonsten nur durch die EU-Milliarden und Auslandsüberweisungen emigrierter Verwandter künstlich am Leben erhalten wurde. Es gab keine eigene Währung, keine Zentralbank.

Bezahlt wurde mit Euros, die tonnenweise mit Flugzeugen ins Land gebracht und von den Bossen verteilt wurden. Sie hatten sich mehr oder weniger demokratisch in die Regierung wählen lassen und waren jetzt diejenigen, mit denen die EU als Partner reden musste. Ein komplettes Desaster.

Bosman fing an, sich zu fragen, was die ganze Mission sollte. Aber das war eine schlechte Frage. Die richtige Frage lautete: Was passierte bei ihm zu Hause, wenn auf dem Balkan Chaos herrschte und die Mafia das Sagen hatte? Ganz klar, dann schickten sie tonnenweise Drogen in den Norden und machten der Polizei in Berlin und anderswo das Leben schwer. Bosman und seine Kollegen hatten täglich auf der Straße damit zu tun. Wenn man den Nachschub unterbinden wollte, musste man die Verhältnisse vor Ort ändern, und dazu waren sie hier. Das war die fundamentale Einsicht in einer globalen Welt: Eure Probleme sind leider auch unsere. Die Zeiten waren vorbei, in denen man die Tür einfach zumachen konnte. Leider waren aber auch die Zeiten vorbei, in denen man den Leuten ein politisches System aufdrücken konnte, egal ob sie es wollten oder nicht. Hatte in Afghanistan nicht geklappt, im Irak nicht, und im Kosovo sah es auch nicht gut aus.

Als er ein paar Wochen zuvor dort angekommen war, geisterte er wie Falschgeld in der Abteilung rum. Kaum jemand sprach Englisch oder Deutsch, er hatte keine Ahnung, was hier lief und wie es lief. Klar war ihm nur, dass er das Misstrauen, das ihm entgegenschlug, irgendwie überwinden musste. Mittlerweile hatte er einen ganz guten Draht zu Nico Kovacs, dem Leiter der Dienststelle, der er zugeordnet war. Doch das war nicht von Anfang an so gewesen, denn Bosman stellte Kovacs' Autorität alleine durch seine Anwesenheit und seine Befugnisse infrage. Er durfte mit einer Waffe rumlaufen und eigene Ermittlungen führen. Die Beamten der europäischen Rechtsstaatlichkeitsmission EULEX hatten Exekutivrechte. Sie saßen in den Ausschüssen, in den Parlamenten, in der

Kommunalverwaltung, in den Gerichten und bei der Polizei. Sie entschieden über die Geschicke des Landes, das sie befreit hatten und nun wieder aufpäppeln mussten. Sie bildeten einen *deep state*, einen Staat im Staat, und das passte nicht jedem.

Nico Kovacs zum Beispiel.

»Was würdest du denn dazu sagen, wenn wir mit unseren Polizisten bei euch in Deutschland einfach so Leute verhaften würden?«, wollte er von Bosman wissen. Da kam so ein Bulle dahergelaufen und wollte ihnen erklären, wie sie ihre Arbeit machen sollten. Hatte von Tuten und Blasen keine Ahnung, sprach nicht mal ihre Sprache. Wie sollte der schon das Land verstehen?

Bosman hielt den Ball flach. Als er Kovacs eines Tages erzählte, er würde den Job hier nicht machen, um zu missionieren, sondern weil er ihm jeden Monat ein paar Tausender Gefahrenzulage aufs Konto spülte, bröckelte das Eis ein wenig. Stimmte zwar nicht, aber dieses Argument konnte Kovacs nachvollziehen. Das war seine Sprache, persönlicher Vorteil stellte immer ein plausibles Motiv dar. Doch auch wenn Kovacs mittlerweile Raki mit ihm trank, wusste Bosman, dass er ihm die wirklich wichtigen Entwicklungen vorenthielt und ausschließlich nach seinen Interessen bestimmte, in welche Richtung die Zusammenarbeit ging. Das war okay. Damit konnte man kalkulieren, wenn man Kovacs' Interessen kannte.

Er fuhr zum Adem Jashari International Airport nach Priština, stand mit seinem Pappschild vor der Schleuse zur Passkontrolle und wartete, bis die ersten Fluggäste aus Brüssel herauskamen. Er erkannte sie sofort, obwohl er nur ein offizielles Foto auf dem Organigramm des Strafgerichtshofes in Den Haag gesehen hatte.

»Frau Szolnay?«

Sie drehte sich zu ihm um und schenkte ihm ein bezauberndes Lächeln. Nur die Krähenfüße an ihren Augenwinkeln verrieten ihre Müdigkeit.

»Hallo.«

Bosman stellte sich vor, nahm ihr das Gepäck ab und brachte sie zu seinem Wagen, einem weißen Toyota Corolla mit UN-Emblem an den Türen. Elaine war an der juristischen Aufarbeitung des Massakers von Srebrenica beteiligt gewesen und das erste Mal im Kosovo. Sie war neugierig und hatte Fragen, die Bosman nicht komplett beantworten konnte. Vieles war ihm selber noch nicht ganz klar. Immerhin hatte er mitbekommen, dass es von elementarer Wichtigkeit war, zu wissen, wie die fragilen Loyalitätsverhältnisse der Player aussahen, wer mit wem kuschelte und welche alten Rechnungen noch offen waren. Dieses informelle System ersetzte hier den Rechtsstaat, den sie vergeblich zu installieren suchten.

»Klar, was das für die Verbrechensbekämpfung bedeutet«, sagte Bosman. »Wir kommen nur weiter, wenn wir uns mit der Partei ins Bett legen, die der anderen eins auswischen will und im Zweifel genauso viel Dreck am Stecken hat.«

Elaine lachte und sagte: »Sie meinen, ich kann gleich wieder umdrehen?«

»Kommt drauf an, was Sie hier vorhaben.«

Elaine erzählte von den schweren Anschuldigungen gegen einen ehemaligen UCK-Kommandanten namens Remi Ekrem. Bosman kannte ihn. Er war ihm ein paarmal im Rathaus begegnet, wo er einen Ausschuss zur wirtschaftlichen Entwicklung der Region leitete – was im Wesentlichen hieß, dass er die EU-Mittel zum Aufbau der Infrastruktur an eigene oder befreundete Firmen vergab, deren Geschäftsführer Gehälter bezogen wie Broker an der Wall Street. Darüber hinaus saß er als Abgeordneter im Parlament in Priština, neben all den anderen demokratisch maskierten Verbrechern, die das Land ausbeuteten.

»Ich kenne ihn«, sagte Bosman. »Er gilt als Kriegsheld, aber wenn Sie mich fragen, ist er die allergrößte Sau in diesem Stall hier.«

Elaine musste lachen.

Carla del Ponte, sagte sie, die Chefermittlerin am Internationalen Gerichtshof, war Gerüchten nachgegangen, denen zufolge Ekrem während des Krieges ein Netzwerk von *detention camps* in Albanien unterhalten hatte, in denen serbische Kriegsgefangene, Roma, Sinti und angebliche Verräter untergebracht und gefoltert wurden. Manchen hingegen hatte man lediglich Blut abgenommen. Sie bekamen gutes Essen, durften an die frische Luft und wurden ordentlich behandelt. Das hatte viele andere Insassen misstrauisch gemacht, vor allem wenn einer dieser Privilegierten dann abgeholt wurde und nie wiederkam. Auch Bosman waren diese Gerüchte zu Ohren gekommen, aber es gab keinerlei Beweise dafür.

»Deswegen bin ich hier«, sagte Elaine. »Um der Sache in Kooperation mit den örtlichen Behörden auf den Grund zu gehen.«

Bosman musste lachen. »In Kooperation mit den örtlichen Behörden?«

»Ja, ja ... ich weiß«, erwiderte Elaine. »Ich bin ja nicht blöd.«

Sie warf ihm ein charmantes Lächeln zu. »Ich zähle auf Sie.«

Nicht schlecht, dachte Bosman und sagte: »Ich will sehen, was ich tun kann.«

»Bestimmt eine ganze Menge.«

»Vanderbeg hat mich schon vorgewarnt.«

»Ach ja? Was hat er denn gesagt?«

»Dass Sie niemals lockerlassen.«

Er glaubte den Schimmer eines Triumphs in ihren hellen Augen aufblitzen zu sehen, als sie lächelte und sagte: »Er hat in seinem letzten Bericht von substanziellen Fortschritten in der Zusammenarbeit mit den örtlichen Behörden geschrieben.«

»Was hätte er denn auch sonst tun sollen?«

»Sie meinen, er hat den Wunsch zum Vater des Gedankens gemacht?«

»Ich meine, er weiß, was die Leute in Brüssel von ihm hören wollen.«

»Die Wahrheit. Sonst kommen wir doch nicht weiter.«

Bosman schaute sie an. Meinte sie das ernst?

»Na ja«, sagte er diplomatisch, »hier vor Ort gewinnen wir gelegentlich einen anderen Eindruck.«

»Sie sind ganz schön angefressen, oder?«

Was sollte er dazu sagen? Natürlich war er angefressen. Es lief hier unten nicht so, wie er sich das vorgestellt hatte. Aber hatte er tatsächlich geglaubt, er würde hierherkommen und von allen freudig erwartet werden? So hatte das zumindest auf dem Vorbereitungsseminar in Lübeck geklungen. Die Wirklichkeit sah anders aus. Aber sollte er sich jetzt bei einer fremden Frau darüber beschweren?

Das wäre nicht wirklich cool.

Also sagte er: »Nein, ich bin nicht angefressen, ich bin Realist.«

»Das behaupten alle Menschen von sich.«

»Sie auch?«

»Nein«, sagte Elaine. »Sonst wäre ich ja wohl nicht hier.«

Bosman musste grinsen. Ihr Humor gefiel ihm. Sie war schlagfertig und sah auch noch ziemlich gut aus. Klar, das hatte bei der Beurteilung einer Kollegin eigentlich keine Rolle zu spielen. Aber was sollte er machen? So tun, als erkenne er Schönheit nicht?

»Ich freue mich auf eine gute Zusammenarbeit«, sagte er.

»Ich mich auch.«

Am nächsten Morgen kam sie zu ihm in das alte osmanische Haus in der Altstadt, mitten in einem kleinen Park mit Bänken unter den schattigen Bäumen, wo die Polizeistation untergebracht war, und sagte: »Ich würde gerne mit Ekrem sprechen.«

Bosman glaubte sich verhört zu haben. »Wieso das denn?«

»Er hat ein Recht darauf zu erfahren, was ihm zur Last gelegt wird.«

»Dann weiß er gleich, dass Sie ihn jagen.«

»Das weiß er sowieso.«

»Was versprechen Sie sich davon? Er wird ja wohl mit Ihnen nicht über seine Kriegsverbrechen plaudern. Er wird Sie rausschmeißen.«

»Aber erst, nachdem er sich angehört hat, was ich zu sagen habe.«

Donnerwetter, die Frau machte Druck. Doch das konnte auch nach hinten losgehen.

»Was habe ich zu verlieren?«, sagte sie. »Ich verrate ihm nichts Neues, aber ich lerne meinen Gegner kennen.«

»Er Sie auch.«

»Voilà. Der Tanz ist eröffnet.«

Bosman war beeindruckt.

»Und ich brauche Kontakte zur Presse.«

Was?

»Am besten Boulevard, Trash-TV und ein Oppositionsmedium. Ich brauche jemanden, der die ganze Geschichte von unseren Anschuldigungen groß rausbringt. Und zwar richtig groß.«

Bosman war klar, worauf sie hinauswollte. Und er musste zugeben, das war ein smarter Schachzug. Sie musste ja irgendwie an Zeugen herankommen. Aber woher sollten die wissen, dass das, was sie vor Jahren gesehen hatten, auf einmal wichtig war? Klar, durch die Medien. Ein paar Tage in den Nachrichten, das würde reichen, damit jeder Albaner Bescheid wusste. *Und dann mal schauen, ob der eine oder andere sich meldet.*

Bosman ging damit zu Nico Kovacs. Der sagte nur: »Du bist verrückt.«

Womit er vermutlich auch recht hatte. Man forderte den Don nicht offen heraus. Und wenn man es doch tat? Hatte man das Überraschungsmoment auf seiner Seite. Dann würde man sehen, welche Wellen die Nachricht schlug, wer sich wie dazu verhielt. Man würde feststellen, wer loyal war und wer nicht. Man würde ein Signal an diejenigen senden, denen Ekrem ohnehin ein Dorn im

Auge war: Ihr arbeitet mit uns zusammen, und wir schaffen euch den Kerl vom Hals.

Remi Ekrem saß im Wohnzimmer seines Hauses im alten Serbenviertel von Prizren und strampelte auf seinem Hometrainer, während er die Börsennachrichten in der Glotze verfolgte. Er war zufrieden. Er hatte eine größere Summe in die Gazprom investiert, als die Kurse wegen der Streitigkeiten bezüglich der Ostsee-Pipeline in den Keller rauschten. Jetzt waren die Russen und der deutsche Ex-Kanzler wieder ganz obenauf – und Ekrem auch. Weniger zufriedenstellend war jedoch die kritische Zone zwischen Schambein und Bauchnabel, wo der Speck bei jeder Umdrehung der Pedale schwabbelte. Da konnte er Kilometer reißen wie bei der Tour de France, es wurde nicht besser. Sein Hausarzt hatte ihm geraten, weniger zu saufen, weniger zu rauchen und weniger Schweinefleisch zu essen. Ekrem hasste ihn dafür. Er hatte auf einen anderen Tipp gehofft, irgendeine amerikanische Pille oder ein chinesisches Pulver aus geriebener Tigergalle oder so was. Doch die Hoffnung auf rasche Erfolge nahm der Arzt ihm mit der Härte eines Klassenlehrers, der einem schlechten Schüler das Matheheft um die Ohren schlug.

Arschloch.

Ekrems Blick wanderte von der Glotze durch die offene Terrassentür in den Garten. Hinter dem Mäuerchen konnte man die roten Dächer der Altstadt und ein Minarett sehen. Noch weiter hinten, auf der anderen Seite der Bistrica, die Skyline aus ein paar hässlichen Plattenbauten. Er tupfte sich mit einem Handtuch den Schweiß von der Stirn, als die Tür aufging. Ferris kam rein und sagte: »Das solltest du dir ansehen.«

»Was?«

»Da steht eine Braut mit zwei Bullen von der EULEX und einem Reporter vor der Tür. Sie will mit dir reden.«

»Warum will sie mit mir reden?«

»Keine Ahnung.«

»Schick sie nach Hause.«

Er sah wieder nach draußen in den Garten und wurde von einem Blitz geblendet. Die Alarmanlage ging los, und zwei Security-Männer stürmten hinter dem flüchtenden Kerl mit der Kamera her, der sich über die Mauer rettete.

»Was ist das für eine verdammte Scheiße?«, brüllte Ekrem.

Er folgte Ferris in die Empfangshalle, wo sie auf dem Überwachungsmonitor das Gesicht einer ausgesprochen attraktiven Frau sahen, hinter ihr die beiden UN-Bullen. Sie sagte: »*Mr. Ekrem, my name is Elaine Szolnay and I would like to speak with you.*«

Ekrem schaute Ferris an: »Was will die Frau?«

»Frag sie doch.«

Ekrem drückte den Summer.

Was für ein Prolet, dachte Bosman, als er Ekrem sah. *Empfängt uns hier in seiner protzigen Halle in Trainingshosen und schweißnassem Unterhemd über dem Schwabbelbauch.* Neben ihm ein drahtiger Typ mit geschmeidigen Bewegungen, hartem Gesicht und aufmerksamen Augen.

»Was läuft hier?«, donnerte Ekrem los. »Wer war der Typ in meinem Garten?«

»Tut mir leid, ich kenne ihn nicht«, sagte Elaine.

Was nicht stimmte. Der Fotograf arbeitete als Freelancer für diverse Boulevardmedien. Bosman kannte ihn aus der Bar Serail, wo die Leute morgens schwarzen Kaffee tranken, Unmengen von Zigaretten rauchten und den Stand der Dinge diskutierten. Viel mehr hatten die meisten allerdings auch nicht zu tun bei der horrenden Arbeitslosigkeit. Warum der Typ allerdings über die Mauer und in den Garten geklettert war, erschloss sich Bosman nicht. Vermutlich hatte er gehofft, von dort aus bessere Fotos schießen zu können.

»Wieso war das Arschloch hier in meinem Garten, wenn Sie ihn nicht kennen?«

»Da müssen Sie ihn selber fragen.«

Ekrem schaute sie kalt an. Dermaßen freche Antworten war er nicht gewohnt. »Was wollen Sie hier?«

»Ich bin Sonderbeauftragte des Internationalen Strafgerichtshofes in Den Haag und leite eine Untersuchung gegen Sie wegen Verbrechen gegen die Menschlichkeit.«

Ekrem fielen die Augen fast aus dem Kopf.

»Was? Soll das ein Witz sein?«

Dann blickte er zu Schuster und Bosman, während er sich mit seinem Handtuch das Gesicht abwischte. »Und wozu haben Sie diese beiden Clowns mitgebracht? Wollen Sie mich jetzt gleich verhaften?«

»Nein«, sagte Elaine. »So weit bin ich leider noch nicht.«

Am nächsten Tag machten zwei Zeitungen mit einem Bericht über die Anschuldigungen gegen Ekrem auf, plus Fotos von ihm auf dem Hometrainer. Weitere Fotos von Bosman und Schuster, die mit Elaine vor dem Tor neben ihrem UN-Range-Rover standen. Ein TV-Kanal sendete einen Beitrag, und als Bosman aufs Polizeirevier kam, spürte er das Eis in der Luft. Kovacs empfing ihn in seinem Büro und knallte eine der Zeitungen auf den Tisch.

»Wieso erfahre ich davon aus der Presse?«

Bosman druckste ein wenig herum. Er wusste genau, was ihn jetzt erwarten würde.

»Der Internationale Gerichtshof ermittelt, und wir sind verpflichtet, ihn zu unterstützen.«

»Das war nicht meine Frage.«

Bosman konnte schlecht sagen, dass er hinter Kovacs' Rücken gehandelt hatte, weil er befürchtete, dass dieser ihm in die Parade fahren würde. Musste er aber auch gar nicht, es war Kovacs ohnehin klar. Also sagte er mit möglichst neutralem Tonfall: »Es war eine Befragung durch die Sonderbeauftragte. Ein ganz normaler Vorgang.«

Kovacs beugte sich über seinen Schreibtisch und starrte Bosman an, der den Knoblauch in seinem Atem roch. »So etwas passiert nie wieder, hast du verstanden?«

»Sorry«, erwiderte Bosman. »Aber das kann ich nicht versprechen.«

Kovacs richtete sich auf.

»Es wird keine Ermittlungen gegen Ekrem geben. Er ist Abgeordneter im Parlament und genießt Immunität.«

»Die kann in begründeten Fällen aufgehoben werden.«

»Ja«, sagte Kovacs. »Aber wie du weißt, sind die juristischen Hürden dafür hoch. Schließlich haben wir hier ja einen Rechtsstaat mit klaren Regeln.«

Bosman wusste, dass sie so nicht an Ekrem rankommen würden. Ein paar Tage später landete eine E-Mail in Elaines Postfach. Der Absender behauptete, damals in Ekrems Einheit gekämpft zu haben und zu wissen, was mit den Gefangenen geschehen war. Wenn sie ihn treffen wollten, sollten sie nach Bajram Curr kommen und dort im Café Alban nach Skender fragen. Keine Telefonnummer, keine Adresse. Als Elaine zurückmailte, bekam sie eine automatische Nachricht: »Derzeit werden keine E-Mails bearbeitet.«

Okay, der Mann wird seine Gründe haben, so vorsichtig zu sein, dachte Bosman und fragte sich, wo Bajram Curr eigentlich lag. Er schaute auf seinem Handy nach und sagte zu Elaine: »Scheiße, das ist ein Kaff mitten in den albanischen Bergen.«

Am darauffolgenden Morgen fuhren sie gemeinsam mit einem Dolmetscher los. Schuster war im Revier geblieben. Sie mussten ja nicht gleich mit vier Leuten bei einem dubiosen Zeugen aufschlagen. Vielleicht war die ganze Sache auch nur ein blöder

Witz, um sie als unfähig vorzuführen. Wäre nicht das erste Mal.

Sie fuhren durch ein zerstörtes Land in planlosem Aufbau, überall halb fertiggestellte Bauruinen, aus denen Sträucher wucherten, und Ziegen, die im Müll mümmelten. Inmitten dieser trostlosen Landschaft erhob sich ein Palast wie eine Fata Morgana. Attische Säulen, kunstvoll gehauene Kapitelle, heller Kalkstein, glänzend in der Sonne.

»Was ist das denn?«, fragte Elaine.

»Da wird geheiratet«, sagte der Dolmetscher, ein junger Kerl mit wachen Augen.

Heiratspaläste.

Irre, dachte Bosman. Er kannte die Rruga Remzi Ademaj, die mit Brautmodengeschäften voller osmanischem Prunk gesäumt war. Es gab bei all der Armut schließlich noch genug Leute, die Kohle hatten. Leute wie Ekrem.

Nach zwei Stunden Fahrt bogen sie in südwestlicher Richtung auf eine schmale Landstraße ein. Vor ihnen erhoben sich die Berge Nordalbaniens. Nach einem halben Kilometer wurden sie an einer Straßensperre von Milizionären gestoppt. Nachdem der Posten ihre Ausweise kontrolliert hatte, fuhren sie weiter und folgten einer fragwürdigen Schotterpiste, die sich in Serpentinen den Berg hinaufschlängelte.

Bosman konnte nicht umhin, die wilde Schönheit der Landschaft zu bewundern. Einzelne Gehöfte klebten an den Hängen. Bilder einer archaischen Gesellschaft erschienen vor seinem inneren Auge. Männer und Frauen in bunten Tüchern und mit bronzefarbenen Gesichtern, die ihr Leben nach den Regeln des Kanun ausrichteten und abgeschottet das taten, was sie schon seit Jahrhunderten taten. Bosman hatte gehört, dass viele Familien aufgrund der Blutrache in jahrzehntelangen Fehden zugrunde gerichtet wurden, und wenn der letzte männliche Nachkomme ausradiert war, übernahm mitunter eine Frau als *eingeschworene Jungfrau* den Clan, die dann zum Mann mutierte, rauchte, fluchte, eine Waffe trug, an den Versammlungen teilnahm und nach ein paar Jahren auch optisch nicht mehr von den Kerlen zu unterscheiden war.

Bajram Curr empfing sie mit einer löcherigen Einfahrtstraße, die auf beiden Seiten von einem orientalischen Basar gesäumt war, wo man von Gemüse bis hin zu Knarren alles kaufen konnte. Sie stiegen mit steifen Rücken aus dem Wagen. Die Armut, die sie hier überall zu sehen bekamen, war bedrückend. Menschen in schäbigen Klamotten und mit zu früh gealterten Gesichtern. Hinter den Plattenbauten, die mit ihren leeren Fenstern und Fassaden wie die Kulissen eines Endzeitthrillers wirkten, erhoben sich die Berge. Die Luft war frisch und kühl. Elaine fröstelte ein wenig, und der Dolmetscher schob ab, um sich nach dem Café Alban zu erkundigen.

Skender überlegte zwei Tage lang, ob er den Schwur brechen sollte, den er damals gegenüber Ekrem geleistet hatte. Im Café Alban hatte er die TV-Nachrichten mit der UN-Ermittlerin gesehen, die Telefonnummer und E-Mail-Adresse unten im Bildschirm eingeblendet. Ein offener Aufruf zur Denunziation? Das war ungewöhnlich. Meinten die es auf einmal ernst? Soweit er das beurteilen konnte, hatte es bislang noch keinen der Bosse erwischt. Sie waren unantastbar, auch für die UN. Wehte da nun ein anderer Wind? Gab es Aussicht auf Gerechtigkeit?

Sieben Jahre lang hielt er jetzt schon die Kapelle in Schuss, die seit den Tagen von Enver Hoxha niemand mehr betreten hatte, als er zum ersten Mal hier angekommen war. Es war Herbst gewesen, Schimmel hatte die Wände mit den verwitterten Fresken grün gefärbt, das Holz der Bänke und des Altarflügels war von Würmern zerfressen, und das Dach war undicht. Skender begriff, dass er seinem Schicksal begegnet war, dass er hier an diesem Ort das Leben eines Büßers würde führen müssen, so hatte Gott es für ihn bestimmt. Er wohnte hinten in dem Raum, wo die Priester sich früher umgezogen hatten und wo allerhand Kirchenzeug wie Weihrauchgefäße aus Messing und ein großer Kelch, ebenfalls aus Messing, aufbewahrt wurde. Er schlief auf einem Feldbett. Er kochte auf einem Petroleumkocher und heizte in den beißenden Wintern mit einem Kanonenofen, auf dem er seinen Tee aus wilden Bergkräutern warm hielt.

Zwei Jahre hatte es gedauert, bis er die Schreie der Gefangenen nicht mehr in seinem Kopf hörte. Zwei Jahre strengster Einkehr und Meditation. Er hatte gebetet und gefastet, bis seine Rippen unter der Haut zu sehen waren wie die seines Maultiers, mit dem er jeweils am ersten Tag des Monats nach Bajram Curr aufbrach, um sich mit dem Notwendigsten zu versorgen. Zwei weitere Jahre brauchte er, um die Gesichter der Menschen zu vergessen, die er erschossen hatte. Am schlimmsten waren aber die Blicke der Frauen, die er vergewaltigt hatte, und die Augen der Kinder, die dabei zuschauen mussten. Das alles zu vergessen, kostete ihn noch einmal zwei Jahre äußerster Entbehrungen unter dem erbarmungslosen Einsatz der Geißel, die tiefe Narben in seinen Rücken schlug.

Seit einem Jahr war Ruhe.

Er hatte seinen Frieden gefunden, und den sollte er nun mit einer Aussage vor dem Internationalen Strafgerichtshof in Den Haag riskieren? Doch dann begriff er, dass Gott ihn auf die Probe stellte, dass all die Jahre der Einkehr nur dem Ziel dienten, ihn vorzubereiten auf den Tag, an dem er für seine Sünden würde geradestehen müssen. Er begriff, dass Gott die Sonderermittlerin geschickt hatte, damit er sich offenbarte und der Gerechtigkeit zum Sieg verhalf.

Er sattelte sein Maultier und ritt nach Bajram Curr. Auf dem klapprigen Computer im Café Alban schrieb er eine E-Mail an die Sonderermittlerin. Er war bereit, reinen Tisch zu machen und ihr nach Den Haag zu folgen. Er war sicher, dass die Frau zu ihm kommen würde, aber er wusste nicht, wann. Er besaß kein Handy, kein Telefon, keinen Fernseher. Er hatte keine direkte Verbindung zur Außenwelt.

Nun wartete er schon den zweiten Tag. Er stand oberhalb der Kapelle an den Bienenstöcken, als er einen Mann den Berg herabkommen sah. Eine dunkle Silhouette im Gegenlicht. Skender bedeckte seine Stirn mit der Handfläche, um nicht von der Sonne geblendet zu werden, und sah, wie der Mann auf dem Geröll des schmalen Pfades ein wenig strauchelte. Er trug ein Gewehr auf dem Rücken. Skender erkannte den Schulterkolben und das gebogene Magazin und wusste, dass es eine Kalaschnikow war. Es war nicht ungewöhnlich, dass die Männer hier Gewehre trugen, aber Skender war lange genug Soldat gewesen, um die Gefahr zu spüren, noch bevor der Verstand sie begriff.

Der Mann brachte den Tod.

Seinen Tod.

Er war unausweichlich, und Skender wunderte sich noch, wie schnell sie seinen Verrat bemerkt hatten, als die Kugeln ihn trafen.

25

Fuck!

Ekrem ist in großer Sorge. Er hat gerade erfahren, was passiert ist. Sein Freund, der Lokalpolitiker Besian Ghashi, ist mitten im Plenarsaal zusammengeklappt. Während einer hitzigen Debatte, in der sich die Kontrahenten wüste Beschimpfungen um die Ohren schlugen und schließlich sogar handgreiflich wurden, ging seine Rede unter wie ein rostiges Fahrrad in einem Dorfteich. Als ihn ein Schuh am Kopf traf, griff er sich ans Herz, wurde rot im Gesicht und schnappte nach Luft.

»Was ist los?«, fragt Russo, der auf dem Sofa sitzt und an seinem Gin Tonic nippt.

Ekrem wirft das Handy auf den gläsernen Couchtisch und sagt: »Ghashi hatte einen Herzinfarkt, er liegt auf der Intensivstation.«

»Wer ist Ghashi?«

Mein wichtigster Mann, denkt Ekrem.

Erst vor ein paar Tagen hat er ihn zum Lunch getroffen, und Ghashi hat ihn gewarnt, dass das Eis dünn wird. Ekrems Gegner kreisen ihn ein, und er weiß, gegen wen er da antritt. Da ist zum Beispiel Hasim Thaci, der seine Leute überall in wichtige Positionen bringt und ihn loswerden will, einen ehemaligen Waffengefährten. Ekrem hat ihm schon immer misstraut, und sein Instinkt hat ihm recht gegeben. Auch der Internationale Gerichtshof macht wieder Druck, und Thaci kuschelt mit der EU. Die Ermittlungen wären eine gute Möglichkeit, Ekrem über die Klippe springen zu lassen, ihn vielleicht sogar auszuliefern.

»Was ist denn eigentlich dran an ihren Vorwürfen gegen dich?«, fragt Russo.

Ekrem schweigt einen Moment, dann sagt er: »Genug, um eine ganze Serie draus zu machen.«

Russo stutzt, denkt einen Moment nach, fährt sich mit der Hand über die Bartstoppeln und sagt: »Du, lass mich mal mit Harry reden.«

»Wer ist Harry?«

»Ein Filmproduzent, guter Mann, sehr erfolgreich. Wir haben oft zusammengearbeitet. Ich bin sicher, dass er Interesse hat.«

Ekrem schaut ihn an und denkt: *Gleich sagt er, dass er nach Berlin will, um Harry zu treffen, nur um dort dann zu verschwinden.*

»Wir sollten bald mal ein Meeting mit ihm machen«, sagt Russo und nippt an seinem Drink. »Lass mich zu ihm nach Berlin fliegen und die ganze Sache mal besprechen.«

Ekrem lächelt, geht aber nicht drauf ein.

»Ich kann ihn natürlich auch anrufen und ihm die Idee erst mal pitchen«, sagt Russo. »Aber meiner Erfahrung nach geht nichts über ein direktes Gespräch.«

»Ja, wenn es so weit ist.«

Tatsächlich spielt Ekrem seit einiger Zeit mit dem Gedanken, sein Leben als Serie verfilmen zu lassen. Immerhin ist er eine historische Figur, einer, der dabei war und den es danach drängt, seine Sicht der Dinge darzustellen. Die Geschichte von der Wiedergeburt einer Nation, in der er eine bedeutende Rolle gespielt hat. Klar, es gab auch unschöne Szenen, aber angesichts der Größe der Aufgabe konnte man nicht zimperlich sein. Wo gehobelt wird, da fallen eben Späne. Aber man muss es in die richtige Perspektive rücken, und

Russo ist der Mann, der ihm dabei helfen kann. Ekrem hat sogar schon eine Idee für die zweite Staffel, in der es um seinen Kampf gegen Thaci und andere Verräter gehen soll.

»Das klingt doch super«, sagt Russo. »In diesem Business musst du schnell sein, sonst schnappen die anderen dir deine Ideen weg.«

»Soweit ich weiß, gibt es noch nichts über den Kosovo-Krieg.«

»Eben. Ein Grund mehr, sich zu beeilen.«

»Gut«, sagt Ekrem. »Dann lass uns anfangen.«

»Wir brauchen erst mal ein Konzept.«

»Das ist kein Problem. Ich erzähle dir, was gelaufen ist, und du schreibst es auf.«

»So einfach ist das nicht. Wir brauchen ein Thema.«

»Hörst du nicht zu? Ich sage, wir machen eine Serie über mein Leben.«

»Das ist aber kein Thema, das ist nur die Handlung. Wir müssen etablieren, worum es emotional geht. Anerkennung, Vertrauen, Gerechtigkeit, so was in der Art. Außerdem gibt es gewisse dramaturgische Regeln, die man beachten muss. Spannungsaufbau, Plot Points und einen Fokus, auf den die ganze Story hinausläuft.«

»Dafür habe ich ja dich. Oder was glaubst du, warum du überhaupt noch lebst?«

Russo legt seine Stirn in Falten. »Ich dachte, das haben wir längst hinter uns. Die Bullen haben für mich bezahlt, Ferris ist mit der Kohle getürmt. Es ist ein großes Entgegenkommen meinerseits, dass ich überhaupt noch hier bin.«

»Ach ja?«, sagt Ekrem. »Dann geh doch. Mal sehen, wie weit du kommst.«

Russo hebt beschwichtigend die Hände. »Hey, kein Grund für schlechte Stimmung. Ich schlage vor, wir fangen gleich heute Abend an. Was hältst du davon?«

Na also, denkt Ekrem, *geht doch.* »Okay. Was brauchen wir?«

»Unseren Kopf, einen Computer zum Aufschreiben und eine neue Kiste Bier.«

»Ich sage Luhan Bescheid.«

Russo leert sein Glas. »Wie geht's denn deinem Buddy mit dem Herzinfarkt?«

»Ghashi? Das ist sein dritter, einen vierten wird er nicht überleben.«

»Fuck.«

»Ja.«

Ekrem denkt einen Moment lang nach und sagt: »Wie es aussieht, braucht er ein neues Herz.«

Shatira steht neben Burim im Büro vom Dreamland, einem Erotikcenter auf der Potsdamer Straße, Ecke Kurfürstenstraße. Die Regale sind halb leer, alles wird zum Sonderpreis verschleudert. Er hat den Laden von den Libanesen übernommen, nachdem die Bullen einen von ihnen letztes Jahr hier erschossen hatten. Vor drei Wochen hat er den Kaufvertrag beim Notar unterschrieben, Teil der Konkursmasse des Aziz-Clans.

Und Shatira hat Pläne.

Kein Mensch kommt mehr in so einen Sexshop und grabbelt zwischen DVDs in Zellophan herum. Und für die Fetischisten gibt es mittlerweile stilvollere Outlets. Nein, der ganze billige Pornoramsch muss raus. Shatira hat schon mit dem Architekten Herbert Stein seine Vorstellungen für ein 3-D-Cyberlab besprochen. Die Idee: Die Kunden betreten ein Separee im Stil des Films *Barbarella*, wo sie von jungen Mädchen mit nackten Brüsten eine VR-Brille auf die Nase gesetzt bekommen. Shatira steht in Kontakt mit den Leuten vom Digital Dexter 3-D-Animation Studio, die als die besten in diesem Segment gelten. Sie sollen an einer Software arbeiten, die Fotos abscannt und daraus den Wunschpartner zusammenpixelt. Er ist davon überzeugt, dass das die Zukunft der Pornografie ist, und er wird ganz vorne mit dabei sein. Die Investitionskosten sind allerdings hoch und müssen an den Nutzer durchgereicht werden. Es handelt sich hier um eine High-End-Dienstleistung im zweistelligen Eurobereich pro Stunde Nutzung, damit die ganze Sache sich in einem vernünftigen Zeitrahmen amortisiert. Wobei die meisten natürlich schon viel früher abspritzen, sodass Shatira mit einer deutlich höheren Auslastung kalkuliert.

Burim blättert etwas hilflos durch einen Stapel Papiere und Rechnungen auf seinem Schreibtisch wie ein Mann, der keine Ahnung hat. Und so ist es auch. Shatira hat ihn mit dem Räumungsverkauf beauftragt, um ihm die Chance zu geben, sich zu profilieren, aufzusteigen vom Fahrer zum Geschäftsführer. Denn Shatira ist dabei, die Schlüsselpositionen der Organisation in Berlin mit seinen Leuten zu besetzen. Ferris' Verschwinden hat Remi Ekrem geschwächt, der sich offenbar gerade die Birne mit diesem Schauspieler wegschießt und wenig Interesse an den Geschäften zeigt. Neulich hat Shatira ihn angerufen, um ihm die prekäre Lage vor Ort mit Dr. Khaled und diesem verdammten Bullen zu schildern. Doch statt einer Ansage, eines Zeichens entschlossener Führung, bekam er einen Anschiss. Remi sagte ihm, dass er sich um seinen Mist selber kümmern solle. Er hätte Besseres zu tun: »Pass auf, Junge, ich steige ins Filmgeschäft ein.«

Okay, dachte Shatira. *Wenn er will, dass ich meinen Mist selber regle, super. Dann regle ich ihn. Auf meine Art.* Als eine der ersten Maßnahmen bot er Burim den Job des Geschäftsführers im Dreamland an. Nun ist er ein wenig enttäuscht, dass Burim mit diesem verdammten Räumungsverkauf nicht klarkommt. Er scheint keine Rechnungen zu lesen, keine Lieferscheine, von den Bilanzen für das Finanzamt mal ganz zu schweigen. Eigentlich hätte Shatira das wissen müssen. Burim ist ein ausgezeichneter Fahrer, kennt die Stadt wie kein anderer, aber er ist nicht gerade die hellste Kerze auf der Geburtstagstorte. Andererseits – was ist daran so schlimm? Es haben schon größere Idioten Imperien gegründet.

»Mann«, sagt Burim. »Ich hab keine Ahnung, wo ich diese scheiß Rechnungen alle abheften soll.«

»Na, in dem Ordner für die Rechnungen. Wo sonst?«

»Ich glaube, das ist nichts für mich.«

»Was ist los mit dir? Wo ist dein Ehrgeiz?«

Burim schweigt etwas trotzig. Shatira stöhnt. »Pass auf, es ist ganz einfach.«

Er nimmt eine der Rechnungen und reicht sie Burim. »Wo gehört die hin, hm?«

Burim starrt auf das Blatt. »Weiß ich doch nicht.«

Und Shatira denkt: *Ach du Scheiße, kann der etwa gar nicht lesen?*

»Sag mal, Burim, wie lange warst du auf der Schule?«

»Sechs Jahre.«

»Und da hast du Rechnen und Schreiben gelernt, oder?«

Burim steht auf und sagt: »Such dir einen anderen für diesen Scheiß hier.«

Hammer, denkt Shatira. *Burim ist ein Analphabet, und ich habe nichts gemerkt.* Aber von denen gibt es mehr, als man denkt. Nicht nur im Kosovo. Im Wartezimmer seines Zahnarztes hat er vor ein paar Wochen im *Stern* geblättert, wo stand, dass in Deutschland fast zehn Prozent der Bürger Analphabeten sind. Natürlich in verschiedenen Abstufungen. Shatira war verblüfft, mit welchen Tricks die Leute ihre missliche Lage zu verbergen versuchen. Burim kann Karten lesen, kommt prima mit Google Maps und *Counterstrike* klar. Für die Zieleingabe in Google Maps nutzt er Siri, für die Zieleingabe in *Counterstrike* die intuitive Menüführung. Tatsächlich kommt man in der digitalen Welt auch ohne angespitzten Bleistift zurecht. Burim jedenfalls schien nicht wirklich etwas zu fehlen, bevor Shatira ihn zum Geschäftsführer gemacht hat. Das war zwar gut gemeint, aber Shatira erkennt jetzt, dass er Burim damit in ein ziemliches Dilemma gestürzt hat.

»Mann, Alter, jetzt sei doch nicht gleich eingeschnappt«, sagt er. »Es gibt Abendschulen, da stecken wir dich rein. Wo ist das Problem?«

»Nee, lass mal. Das ist nicht so mein Ding.«

Shatiras Handy vibriert in seiner Hosentasche. Er schaut aufs Display. Es ist Remi Ekrem.

Was will der denn von ihm?

26

»Du hast heute Nacht wieder im Schlaf gesprochen«, sagt Britta.

»Ach ja? Was habe ich denn gesagt?«

»Ich weiß es nicht, ich habe es nicht verstanden. Du hast dich herumgewälzt und um dich geschlagen.«

Sie sitzen am Frühstückstisch. Britta ist fertig geschminkt und fit für den Tag. Das Prasseln der Dusche nebenan deutet darauf hin, dass Sophie heute nicht vorhat, pünktlich in die Schule zu kommen. Es ist etwas schwierig mit ihr in letzter Zeit. Erbitterte Diskussionen beim Abendessen über den Kapitalismus und das Ausbeutersystem.

»Jetzt red nicht so einen Unsinn«, hat Britta erst neulich zu ihr gesagt. »Das Ausbeutersystem ernährt dich.«

»Ja, auf Kosten anderer und der Umwelt.«

»Dann hör auf, dir ständig neue Klamotten zu kaufen. So beutest du die Näherinnen in Bangladesch nicht mehr aus. Nur bekommen die dann keinen Lohn mehr und müssen in bitterer Armut leben.«

So geht das die ganze Zeit. Mittlerweile hat Britta es aufgegeben, mit ihr zu streiten. Sie hat eingesehen, dass es nicht ihr Leben ist, sondern das ihrer Tochter. Und die ist alt genug, um zu entscheiden, wo sie hinwill.

Bosman trinkt einen Schluck Kaffee und genießt die bittere Hitze, die ihn auf Betriebstemperatur bringt.

»Sorry«, sagt er. »Ich habe schlecht geschlafen.«

»Was ist denn los?«

Was los ist? Seit er in der Wohnung von Schusters Kumpel ausgeknockt wurde, kommt der Traum immer wieder zurück, der ihn während der letzten Jahre in Ruhe gelassen hatte. Wie sie in der offenen Ladeluke des Helikopters sitzen, im Tiefflug über die Berggipfel fliegen und oberhalb des Gehöfts landen.

Wie sie die Leichen finden.

»Damals im Kosovo«, sagt er zu Britta, »als wir gegen Ekrem ermittelt haben, führte die Spur zu einem Haus in Albanien. Da fanden wir ein Massengrab. Etwas oberhalb davon lag ein kleines Gehöft. Wir haben die Leute gefragt, ob sie gesehen hatten, was da unten vor sich ging.«

»Und?«

»Sie haben das natürlich erst abgestritten, weil sie Angst hatten.«

Noch nie hat er ihr von seinen Erlebnissen damals erzählt. Jedenfalls nicht von denen, die ihm zu schaffen machen. Eins der großen Probleme in ihrer Beziehung, das auch Dr. Lenau schon angesprochen hat: dass er nicht redet. Dass er seine Gefühle nicht mitteilt. Dass er sich versteckt. Harte Worte. Ist da vielleicht was dran?

»Am Ende wollten sie Geld«, sagt er. »Hunderttausend Euro. Das ist etwa so viel, wie sie alle zusammen in ihrem ganzen Leben erwirtschaftet hätten, wenn überhaupt. Und was macht ein Bergbauer, der über Nacht reich geworden ist?«

»Er kauft sich einen Land Rover.«

Bosman schaut sie überrascht an. »Fast. Einen Toyota Land Cruiser. Er lässt sein Dach neu decken, baut eine Wasserleitung und eine Heizung ein, und die anderen Bauern wundern sich, wo die Kohle auf einmal herkommt. Und dann erinnern sie sich daran, dass ich ein paarmal da oben war, mit Elaine. Den Rest kannst du dir denken.«

»Wenn ihr den Zeugen Geld gegeben habt, waren sie doch unbrauchbar. Das sieht doch immer aus wie eine gekaufte Aussage.«

»Wir hatten keine Wahl«, sagt Bosman. »Das ist eine andere Kultur, da kann man nicht mit unseren Maßstäben rangehen.«

»Habt ihr sie denn nicht gebrieft, wie sie mit dem Geld umgehen sollen?«

»Natürlich haben wir das. Aber was nutzt dir die ganze Kohle, wenn du sie nicht ausgeben kannst?«

»Und deswegen machst du dir Vorwürfe?«

Nein, denkt Bosman, *deswegen nicht.* Aber die Wahrheit kann er Britta auch nicht sagen, das kriegt er nicht hin. Also sagt er: »Ich hätte sie schützen müssen. Das Wichtigste ist, dass du deine Quellen schützt. Das bist du ihnen schuldig, das ist Teil des Deals.«

»Wie hättest du sie schützen sollen?«

»Ich wusste, dass sie in Gefahr waren. Ich bin zu Kovacs gegangen, dem Polizeichef, und habe ihm gesagt, dass wir sie da rausholen müssen. Das zog sich alles ewig hin, wie immer. Und dann rief unser Zeuge eines Tages an. Er war völlig fertig und sagte, dass bewaffnete Männer nach ihm gefragt hatten, bei den Nachbarn weiter unten im Tal.«

Bosman schweigt einen Moment und sagt: »Als wir ankamen, um sie zu evakuieren, waren sie tot. Die ganze Familie.«

Britta legt ihre Hand behutsam auf seinen Unterarm, der ein wenig zittert, sodass der Kaffee in seiner Tasse kleine Wellen wirft. »Warum hast du mir nie davon erzählt?«

Bosman schluckt.

Die richtige Frage wäre: Warum macht er eigentlich jetzt nicht reinen Tisch, sondern erzählt nur die halbe Wahrheit, statt sich zu dem zu bekennen, was er getan hat?

»Ich weiß es nicht«, sagt er.

Britta schaut ihn an. »Quäl dich nicht so, das ist zehn Jahre her. Es ist vorbei.«

»Nein«, sagt Bosman. »Es ist nicht vorbei.«

Eine halbe Stunde später parkt er vor dem Institut für Rechtsmedizin in Moabit, wo er Dr. Maike Anders in ihrem Büro antrifft. Sie trägt einen weißen Kittel und hat die Haare zu einem Zopf gebunden.

»Hallo, Frank. Was kann ich für dich tun?«

»Habt ihr Elaine Szolnay schon obduziert?«

»Ja, Weber war vorhin da und hat sich die Ergebnisse abgeholt.«

»Der Mann ist von der schnellen Sorte.«

»Was hast du mit dem Fall zu tun?«

»Ich kannte sie. Wir haben zusammengearbeitet.«

Maike schaut ihn über den Rand ihrer Lesebrille an und nickt.

»Das tut mir leid.«

»Was habt ihr gefunden?«

»Sie wurde erwürgt.«

Maike zieht eine dünne Akte aus dem Stapel auf ihrem aufgeräumten Schreibtisch und öffnet sie. »Wir haben Einblutungen in den Augenlidern und der Mundschleimhaut gefunden. Außerdem Stauungsblutungen am Hals und im Gesicht, Tardieu-Flecken in Pleura und Herzbeutel. Aber sie war zu dem Zeitpunkt vermutlich schon bewusstlos. Von einem Schlag auf die Stirn mit einem harten Gegenstand aus Holz oder Metall.«

Bosman fühlt eine dumpfe Übelkeit im Magen. Sein Mund wird trocken, als er sich vorstellt, wie Elaines letzte Minuten ausgesehen haben könnten.

»Hat sie sich gewehrt?«, murmelt er, obwohl er die Antwort schon kennt.

»Ja. Sie hat Hämatome an den Unterarmen, die vermutlich von demselben Gegenstand herrühren, der sie am Kopf getroffen hat.«

»Täterspuren?«

»Sie hatte Hautabrieb unter den Fingernägeln. Wir konnten die DNA bestimmen. Ich denke mal, dass Weber sie schon durch die Datenbank gejagt hat.«

»Ja ...«

»Willst du sie noch mal sehen?«, fragt Maike.

»Nein.«

Das, was da im Kühlfach liegt, hat mit Elaine nichts mehr zu tun. Maike zögert einen Moment. Dann fragt sie: »Was sollen wir mit ihr machen?«

Bosman versteht nicht.

»Wir, ähm ... Wir haben niemanden, den wir benachrichtigen können. Sie hat offenbar in Den Haag allein gelebt.«

»Ja, das hat sie.«

»Hast du vielleicht die Anschriften oder Telefonnummern von irgendwelchen Verwandten? Eltern, Geschwister, Cousins ...«

Bosman denkt nach.

Nein, hat er nicht. Er weiß nur, dass Elaines Vater in Celle wohnt, oder zumindest gewohnt hat, und dass ihre Mutter irgendwo in Brasilien lebt. Abgesehen davon stellt er fest, dass er überhaupt nur sehr wenig über sie weiß, und wundert sich, warum ihm das nie aufgefallen ist.

»Ich kümmere mich darum«, sagt er.

Als er die Rechtsmedizin wieder verlässt und auf seinen Wagen zugeht, ruft Schuster an und teilt ihm mit, dass sie um zwei Uhr bei Weber erscheinen sollen.

Das ging aber schnell, denkt Bosman.

Jetzt stehen sie Weber in dessen Büro im Südflügel des Tempelhofer Flughafens gegenüber, und er denkt: *Mann, du bist ja noch fetter geworden.* Webers linke Augenbraue hängt ein Stück runter wie eine kaputte Jalousie. Sie haben sich seit der Geschichte im letzten

Jahr nicht mehr gesehen, als Weber gegen ihn wegen der tödlichen Schießerei ermittelt hat, und er spürt die Feindseligkeit, die ihm jetzt kalt entgegenschlägt.

»Was hatten Sie mit Elaine Szolnay zu tun?«

»Elaine Szolnay?«, fragt Bosman und sieht Schuster an. »Kennst du eine Elaine Szolnay?«

Weber sagt: »Lassen Sie den Scheiß.«

Dann dreht er ihnen den Monitor auf seinem Schreibtisch zu. In einem Video mit Timecode ist zu sehen, wie Bosman und Schuster das Apartment betreten, in dem Elaine untergebracht war, und systematisch durchsuchen.

»Ich weiß, dass Regeln für Sie allenfalls eine symbolische Bedeutung haben. Und dass Sie glauben, über dem Gesetz zu stehen. Aber Sie täuschen sich. Sie waren nicht befugt, da einzudringen, und schon gar nicht hinter meinem Rücken.«

Fuck, denkt Bosman und merkt, wie es ihm kalt durch die Knochen zieht. Klar, die Wohnung ist videoüberwacht, aber wer hat die Kameras aktiviert? Er nicht und Schuster sicher auch nicht. Elaine hatte vermutlich gar keine Ahnung, wie das ging. War es Weber, nachdem er den Tatort begangen hatte? *Oder lief sie die ganze Zeit?*

»Die Wohnung gehört einem Freund«, sagt Schuster. »Wir wollten mal nach dem Rechten sehen.«

»Was haben Sie da gesucht?«

»Meine Unterhosen.«

Bosman sieht, wie sich Webers Gesicht rötet. Es ist sinnlos, Öl ins Feuer zu gießen. Also sagt er: »In diesem Fall verfolgen wir dieselben Interessen. Glauben Sie mir, ich will verdammt nochmal auch wissen, wer sie ermordet hat.«

Weber mustert ihn misstrauisch. Der Typ ist zwar ein Arschloch, aber blöd ist er nicht. »Das Opfer war Sonderermittlerin am Gerichtshof in Den Haag. Sie war dabei, als Sie diese

Schmierenkomödie in Albanien durchgezogen haben. Und wenn ich mich recht entsinne, sind die drei Millionen nie wieder aufgetaucht, die Ekrem überwiesen hatte. Sehe ich das richtig?«

»Goldrichtig«, sagt Bosman.

»Was hatte Frau Szolnay hier verloren?«

»Ihr Leben«, sagt Schuster.

Weber schaut ihn an.

»Sie ist in Den Haag auf Hinweise gestoßen, dass Ekrem im internationalen Organhandel mitmischt. Angeblich wurden in Berlin illegale Transplantationen durchgeführt. Frau Szolnay war hier, um der Sache nachzugehen.«

»So, so«, sagt Weber. »Waren Sie in die Ermittlungen involviert?«

»Nur am Rande.«

»Warum waren Sie dann in der Wohnung?«

»Um nach Hinweisen auf die Täter zu suchen.«

»Was hofften Sie zu finden, was wir nicht schon gefunden hatten?«

»Keine Ahnung«, sagt Bosman. »Aber irgendetwas muss sie rausgekriegt haben, sonst würde sie ja wohl noch leben.«

»Ich möchte die Ermittlungsakte einsehen.«

»Tut mir leid. Wir haben keine Akte, und bei Frau Szolnay haben wir auch keine gefunden.«

Weber schaut ihn an und sagt: »Wissen Sie, was mich wundert? Wir haben Sperma auf dem Bett und im Körper des Opfers gefunden. Das sieht für mich nicht so aus, als hätte die Mafia einen unliebsamen Zeugen aus dem Weg geräumt.«

»Sondern?«

»Wie eine Beziehungstat.«

War ja klar, denkt Bosman.

»Offenbar hatte sie Sex, bevor sie ermordet wurde. Die Frage ist nur, mit wem?«

Schuster sagt: »Vielleicht war sie bei Tinder.«

»Nein«, sagt Weber und schaut Bosman an. »Wir haben ihre Handydaten ausgelesen. Die letzte Textnachricht ging an Sie.«

Bosman schluckt. »Ja, ich war gerade aus dem Urlaub zurückgekommen. Sie wollte mich sprechen.«

»Weswegen?«

»Weiß ich nicht.«

»Sie haben nicht zurückgerufen?«

»Doch, aber sie ist nicht an ihr Handy gegangen. Es war schon später Nachmittag, und ich dachte, das hätte bis zum nächsten Tag Zeit.«

Weber sieht auf sein Smartphone und sagt: »Sie hat geschrieben, dass sie wichtige Neuigkeiten hat. Und wenig später ...« Er spitzt die Lippen ein wenig, als wolle er ein Lied trällern, und liest vor: »*Ich brauche dich JETZT.* ›Jetzt‹ in Großbuchstaben.«

»Und?«

»Hatten Sie was mit der Dame?«

»Mensch, Weber«, sagt Schuster, »du glotzt zu viele Pornos.«

Richter Carlo »Gnadenlos« Schmitt liegt im Bett und schaut frustriert auf seinen schlaffen Schwanz, der keine Anstalten macht, sich kraftvoll zu erheben. Da kann Monika dran rubbeln und saugen, so viel sie will, das wird nichts mehr.

»Macht nichts«, sagt sie. »Es ist trotzdem schön.«

Nett von dir, denkt Schmitti. *Aber dafür sind wir nicht ins Hotel gekommen.*

Sie gehen runter an die Bar und lassen sich einen Drink mixen. Schmitti ist schlecht drauf.

»Was ist los?«, fragt Monika. »So wild ist das doch nun wirklich nicht.«

»Dein Mann hat mich kalt abserviert.«

»Du bist sauer, weil er Innensenator geworden ist und nicht du?«

Genau deswegen.

Bürgermeister Schreiber hat Baumgarten die Ernennungsurkunde heute Morgen offiziell in die Hand gedrückt. Schmitti ist den Feierlichkeiten ferngeblieben.

»Schreiber hat mich verraten«, sagt er. »Er hätte mich berufen müssen.«

»Warum?«

»Ich bin der bessere Mann und hatte die Unterstützung der Fraktion. Und auch die der FDP.«

»Du hast die Stimmen von der AfD vergessen.«

»Na ja, man nimmt, was man kriegen kann. Außerdem hätte ich so die rechte Wählerschaft in die Mitte geholt, weil wir für die dann wieder wählbar geworden wären. Aber so weit denken die Amateure nicht. Die spielen ja alle nur Mensch ärgere dich nicht! statt Schach.«

Er nimmt einen Schluck von seinem Drink.

»Nichts gegen deinen Mann«, sagt er. »Aber er ist eine ganz durchtriebene Sau. Meinst du, ich habe nicht mitgekriegt, wie er Schreiber in den Arsch gekrochen ist? Widerlich.«

Monika lächelt ihn mitfühlend an und sagt:»Ach, Carlito.«

Carlito?

Sind sie schon beim Diminutiv angekommen?

Als Monika dann wenig später wieder geht, fühlt Schmitti sich wie der letzte Loser. Er überlegt, ob er nach Hause fahren oder lieber gleich hier pennen soll. Das Zimmer ist eh bezahlt, und was soll er auch zu Hause? Da wartet niemand auf ihn. Seine Frau und seine Tochter sind längst ausgezogen, die luxuriöse Altbauwohnung in Charlottenburg ist ihm fremd geworden. Schmitti beschließt hierzubleiben, oben die Minibar niederzumachen und sich dann aufs Ohr zu hauen.

Am nächsten Morgen steht er mit Kopfschmerzen unter der schicken Regendusche und arbeitet sich durch eine brutale

Kneipp-Routine, bis er sich einigermaßen erfrisch fühlt. Es ist sinnlos, sich mit Niederlagen aufzuhalten. Man muss den Blick nach vorn richten, Alternativen finden. Vielleicht sollte er doch noch mal auf das Angebot des Grafen zurückkommen, das dieser ihm vor ein paar Tagen unterbreitet hat.

Schmitti war einer Einladung zur Fasanenjagd nach Schloss Czernau gefolgt. Nach dem Champagner-Empfang bliesen die Jäger in ihre Hörner, und dann ging es los. Schmitti hatte seit dem Wehrdienst kein Gewehr mehr in der Hand gehabt. Es fühlte sich gut an. Es verlieh ihm Macht über Leben und Tod. Als vor ihm die aufgeschreckten Fasane aus dem Gebüsch flatterten, riss er sein Gewehr an die Wange und drückte ab. Der Rückstoß war geil, die Schrotladung riss eins der Tiere aus dem Himmel.

»Nicht schlecht«, hatte der Graf anerkennend gesagt, und Schmitti wunderte sich, dass es ihm etwas bedeutete, gelobt zu werden wie ein Knabe, der eine Eins in Mathe nach Hause bringt.

Nach der Jagd nahmen die Jäger einen Imbiss im Schlosshof ein, wo die Fasanenstrecke lag. Schmitti wurde ein wenig übel von dem Blutgestank und den Fliegen, die um die Vogelleichen herumsurrten. Er spülte das Unwohlsein mit einem Korn runter, und dann bat der Graf ihn in seine Bibliothek, wo er eine Zigarre aus dem Humidor nahm und auch ihm eine anbot. In der Zwischenzeit hatte eine adrette junge Frau, die der Graf mit Jeanette ansprach, Kaffee und Cognac auf einem Tablett hereingebracht und auf einem arabischen Messingtischchen abgestellt. Dann eröffnete ihm der Graf, dass er eine Ökopartei gründen wolle.

»Öko?« Schmitti schaute ihn überrascht an.

»Ja«, sagte der Graf. »In diesem Land gibt es die Altparteien, die die Mitte ansprechen. Die Linken, die überall Stimmen verlieren. Und die Rechten, die stagnieren. Viele nationalkonservative Wähler sind von radikal-rechten Positionen abgeschreckt, und viele von ihnen haben erkannt, dass die ökologische Frage eine Frage des

Überlebens ist. Für diese Wähler gibt es kein Angebot: nationalkonservativ, Euro-skeptisch und ökologisch. Die Bandbreite reicht von Landwirten, die nachhaltig wirtschaften, bis hin zu Angestellten, die latent ausländerfeindlich sind. Quer durch alle Schichten.«

Da war was dran.

Schmitti haderte seit geraumer Zeit mit seiner politischen Heimat. Nach der Pleite mit Baumgarten hatte sich sein Frust in bitteren Hass verwandelt. Und in den Wunsch nach Vernichtung.

»Ich könnte mir vorstellen, dass Sie eine prominente Rolle in der Partei spielen«, sagte der Graf. »Denken Sie an Schill. Erinnern Sie sich an ihn? Damals in Hamburg wurde er als *Richter Gnadenlos* bekannt. Er hat es zum Anführer einer Bürgerbewegung und zum Vizebürgermeister gebracht, bis er über seine eigene Hybris gestolpert ist. Irgendwann ist er vollgekokst bei *Big Brother* aufgetreten. Es ist deprimierend zu sehen, wie weit die Menschen sich selbst erniedrigen. Deutsche Bürger. Ohne jeden moralischen Kompass.«

»Ja, das ist in der Tat sehr bedauerlich«, sagte Schmitti. »Ich erlebe das jeden Tag.«

Dann sprachen sie noch ein wenig über die Ökopartei, die der Graf schlicht Ökologische Konservative Partei, ÖKP, nennen wollte. Wie es schien, war er bereit, eine Menge Geld in die Hand zu nehmen, um das Projekt zu befördern. Selbst in den sozialen Medien schien er bewandert zu sein, hatte Schmittis Twitter-Account und seine Facebook-Tiraden aufmerksam verfolgt, auf die Klickzahlen geschaut und seine Schlüsse daraus gezogen.

Als Schmitti sich am späten Nachmittag dann etwas angetrunken wieder verabschiedete und in die Polster seines 7er BMW fallen ließ, beugte der Graf sich im Türrahmen ein wenig vor und sagte: »Lassen Sie sich meinen Vorschlag in aller Ruhe durch den Kopf gehen und sagen Sie mir, was Sie davon halten.«

Eine ganze Menge, denkt Schmitti grimmig, als er in sein Büro kommt und sein Jackett über den stummen Diener hängt. Er lockert sich die Krawatte und will hinter dem Schreibtisch Platz nehmen, als Bosman an die offene Tür klopft.

»Wie geht's?«

»Schlechte Frage.«

»Hey, tut mir leid, dass Baumgarten dich ausgestochen hat. Aber weißt du, das Gute ist, dass du mir so noch ein wenig erhalten bleibst.«

Sehr witzig, denkt Schmitti und fragt: »Was willst du?«

Eine Menge: die kompletten Mobilfunkdaten von Dr. Khaled und Shatira Ekrem der vergangenen drei Monate sowie die Genehmigung für einen Großen Lauschangriff.

Dr. Carlo Schmitt zieht die Augenbrauen ein Stückchen hoch. »Wie weit sind denn die Ermittlungen?«

Bosman erklärt es ihm.

»Das reicht nicht«, sagt Schmitti. »Du sagst doch selbst, dass die Durchsuchung des Krankenhauses nichts gebracht hat.«

»Deswegen will ich wissen, wer wann mit wem geredet hat, und den Druck auf Khaled erhöhen. Er ist das schwächste Glied in der Kette.«

»Chaim Finck ist unauffindbar, die Patientenakten besagen nichts Spezifisches, und Ibramovics schweigt, wenn ich das richtig verstanden habe.«

»Hör zu«, sagt Bosman. »Elaine ist tot. Sie wurde ermordet, weil sie herausgefunden hat, woher die Organe kamen.«

Schmitti denkt einen Moment lang nach. Dann sagt er: »Okay.«

Gerade jetzt nach seiner großen Niederlage ist es umso wichtiger, den Leuten da draußen zu zeigen, dass er den Kampf gegen das Verbrechen unbeugsamer denn je vorantreibt. Dass er der Mann ist, der für Recht und Ordnung in der Stadt sorgt – gegen den Widerstand der ganzen Wichser in der Regierung, der Feiglinge, die sich wegducken, wenn es gilt, Verantwortung zu übernehmen. Teflonbeschichtete Typen wie Baumgarten, die niemandem eine

247

Angriffsfläche bieten, jedes Wort ausgewogen, Kuscheln in alle Richtungen. Aber die Zeit wird kommen, in der wieder Führerpersönlichkeiten gefragt sind. Männer wie er. Und es gibt Verbündete, die in der zweiten Reihe stehen und nur darauf warten, endlich zuzuschlagen.

27

Er weiß, dass er ein Risiko eingeht, wenn er das dichte Gebüsch verlässt, das ihm Schutz gewährt. Er hat sich ganz klein gemacht, hat seinen schmächtigen Körper der Mulde im Waldboden angepasst und zur weiteren Tarnung Laub über sich gestreut. Hat sich der feuchten Erde übergeben und auf Erlösung gehofft. Doch dann reißt die schwere Wolkendecke über ihm auf, und der Mond erscheint hell und kalt am Nachthimmel. Ismael begreift, dass er nicht darauf hoffen darf, unentdeckt zu bleiben. Die Verfolger sind nicht weiter als hundert oder zweihundert Meter hinter ihm. Sie werden nicht an ihm vorbeilaufen, nicht in diesem verdammten Mondlicht, das die Bühne für den letzten Akt beleuchtet.

Er zögert.

Er schaut auf das Feld vor ihm.

Ein Rübenacker, tiefe Furchen, grüne Stauden. Kein fester Boden, schlecht für einen Sprint. Etwa fünfzig Meter weiter auf der anderen Seite, hinter dem Schotterweg, liegt der dunkle Waldrand, und zwischen den Bäumen meint er so etwas wie ein Haus zu erkennen. Vielleicht ein Clubheim, denn vor dem Gebäude steht ein Mast, an dem die Deutschlandflagge schlaff herabhängt.

Ein Haus bedeutet Menschen. Menschen bedeuten Hilfe, oder? Er ist sich da nicht mehr so sicher, nicht nach dem, was hinter ihm liegt. Er schaut in den Himmel, sieht dort aber keine Hoffnung. Er sieht, wie die letzten dunklen Wolken sich Richtung Osten aufmachen und einen klaren Nachthimmel zurücklassen, in dem Millionen von Sternen glitzern und funkeln, und er denkt, dass es am Ende doch alles keine Rolle spielt. Hat Allah dem Menschen siebzig Jahre zugemessen oder auch hundert, was ist das gegen die Unermesslichkeit der Schöpfung, die allumfassend ist und wenig interessiert an seinem Schicksal? Für einen Moment überkommt ihn ein tiefer Friede, und die Stille um ihn herum ist eingefroren, als wäre die Zeit stehen geblieben.

Dann hört er ein trockenes Knacken.

Keine Frage, das sind vorsichtige Schritte, die sich ihm langsam nähern. Er schaut sich panisch um. Noch sind seine Verfolger nicht zwischen den Bäumen auszumachen. Also ist auch er unsichtbar für sie. Soll er hierbleiben und hoffen oder die Flucht fortsetzen? Noch während er versucht, eine Entscheidung zu treffen, tritt ihm Schweiß auf die Stirn und in die Handflächen. Blut rauscht in seinen Kopf, und dann rennt er los.

Der erste Schuss zertrümmert sein rechtes Schulterblatt. Er hat den Acker schon fast überquert, als der Schmerz ihn beinahe zerreißt. Er schreit auf, die Knie geben unter ihm nach, und er stürzt mit dem Gesicht voran zu Boden. Sein Nasenbein bricht, und ein weiterer höllischer Schmerz treibt ihm Tränen in die Augen. Er braucht einen Moment, um zu verstehen, was passiert ist. Er kann den rechten Arm nicht mehr bewegen. Er sieht die Welt verschwommen durch den Schleier seiner Tränen, sieht das zerfetzte T-Shirt über dem Brustmuskel. Die Kugel hat von hinten das Schulterblatt durchschlagen und beim Austritt vorne ein Loch im Fleisch hinterlassen, aus dem unentwegt Blut sickert. *Okay*, denkt er. *Es sickert, es pulsiert nicht.* Keine großen Blutgefäße zerstört. Also hat er noch eine Chance. Er dreht vorsichtig den Kopf. Er liegt in einer Furche zwischen den Rübenstauden. Durch die Blätter sieht er die Verfolger auf sich zukommen, ruhig, ohne Hast. Sie haben ihn längst entdeckt, an ein Entkommen ist nicht zu denken.

Er hat verloren.

Er sackt zusammen und legt die rechte Wange auf die Erde, atmet den frischen, feuchten Duft ein und schließt die Augen. Ein dumpfer Schmerz pocht durch seine ganze rechte Seite, Schulter und Arm sind taub und nutzlos. Das soll es also gewesen sein? Angst hat er nicht. Vielleicht ist die Vorstellung zu sterben einfach zu ungeheuerlich und abstrakt.

Das ist alles nicht wahr, das ist ein Albtraum. Gleich wachst du auf.
Doch das passiert nicht.

Er hört die Schritte der Männer, die immer näher kommen. Als ihm klar wird, dass er keineswegs träumt, breitet sich eine eisige Kälte vom Magen her in ihm aus. Und diese Kälte hat einen Namen: Panik. Da ist sie, brutal und unverstellt. Das Herz flattert in seiner Brust wie ein gefangener Vogel. Er krallt seine linke Faust in die Erde und wagt kaum zu atmen. Er hört die Schritte des Mannes, der jetzt vor ihm stehen bleibt. Er dreht sich nicht um, sieht ihn nicht an, sondern stellt sich tot.

Der Mann tritt ihm prüfend in die Seite.

Ismael rührt sich nicht.

Als er spürt, wie der Mann sich über ihn beugt, nimmt er all seine Kraft zusammen, fährt herum und schleudert ihm eine Handvoll Erde ins Gesicht. Der Mann schreit auf und versucht, seine Augen von dem Dreck zu befreien. Ismael springt auf und rennt los. Er wird hier nicht sterben, nicht er. Er hat den Häuserkampf in Aleppo überlebt, Entbehrung und Flucht, und überall brutale Gewalt. Er kennt nichts anderes. Zweige schlagen ihm ins Gesicht, der Puls hämmert, und er schmeckt Rost im Mund, der bei jedem Atemzug wie flüssiges Erz aus der Lunge aufsteigt. Aus der gebrochenen Nase und der Schusswunde rinnt Blut. Bald wird der Verlust zu groß sein, das ist ihm klar. Vor ihm schält sich das Clubheim aus den Nachtschatten zwischen den Bäumen.

BANG!

Der nächste Schuss geht ins Leere, der übernächste auch. Er hetzt weiter, den Blick starr auf das Clubhaus gerichtet. Er hofft, auf jemanden zu treffen, der ihm helfen wird. Zumindest werden seine Verfolger ihn nicht vor den Augen von Zeugen abknallen. Doch dann sieht er den Toyota Wrangler mit der Lichtbatterie auf dem Dach, und das Entsetzen fährt ihm in die Glieder, als die Scheinwerfer aufblenden und ihn in all seiner Schutzlosigkeit entblößen.

Wie im Film, denkt Uwe. Der Typ steht da im gleißenden Gegenlicht wie in einem beschissenen Zombie-Film.

Er sieht, wie Kottke auf Ismael zugeht, der sich nicht umdreht, sondern wie festgefroren dasteht. Kottke tritt ihm von hinten ins Kreuz, Ismael bricht zusammen. Vom Wrangler kommt Mauser auf sie zu. Er bleibt neben Kottke stehen. Sie sehen beide runter auf den schwer verletzten Mann, der sein linkes Bein anzieht, sich vorwärts schieben will.

Mann, denkt Uwe. Wo will der denn hin?

Kottke reicht Mauser sein Gewehr und zieht seine Sig Sauer. Er dreht sich zu Uwe um und reicht ihm die Knarre.

»Erschieß ihn.«

Uwe starrt auf die Waffe, dann auf Ismael.

Was?

Kälte breitet sich in ihm aus.

»Na los, zeig, dass du die Eier hast. Dass du bereit bist, zu töten.«

Die Kotze, die in Uwes Hals aufsteigt, schmeckt beißend sauer, als er nach der Waffe greift. Er spürt das Gewicht in seiner rechten Hand, bleischwer, der Kunststoffgriff klebrig. Er kriegt den Lauf nicht hoch.

Alle Kraft ist aus ihm gewichen.

Kottke schaut ihn verächtlich an. Er nimmt ihm die Pistole aus der Hand, tritt hinter Ismael, zielt auf dessen Kopf und feuert zweimal.

Später sitzt Uwe bei Holgi auf dem Sperrmüllsofa. Er zündet die dritte Bong an und sagt:»Alter, das war ein kranker Scheiß, ich sag's dir.«

Er ist vollkommen durch.

Seit er bei Holgi eingezogen ist, befindet sich sein Leben im freien Fall. Er hatte sich mit Jeanette geeinigt, auf der Couch zu pennen, und sie hatte sich drauf eingelassen. Er legte seine Decke brav zusammen, brachte den Müll raus, staubsaugte und wusch sogar einmal ab. Doch das alles brachte nichts. Jeanette war angefressen, und je mehr Mühe er sich gab, desto schlimmer wurde es. Letzten Freitag sagte sie:»Ich fahre morgen nach Berlin.«

»Den Bullen ficken?«

»Ja«, sagte sie.»Den Bullen ficken.«

Uwe schlug zu.

Der Totenkopfring an seinem rechten Mittelfinger riss ihr die Lippe auf. Sie tupfte das Blut mit ihrem Zeigefinger ab und starrte ihn an. Er sah den Triumph in ihren Augen und wusste, dass er sie damit endgültig verloren hatte.

»Raus«, sagte sie.»Verschwinde und nimm deinen Scheiß mit.«

Was?

»Ich? Wieso ich? Hast du sie noch alle? Na los, hau ab! Verpiss dich, du alte Sau!«

Er nahm einen Küchenstuhl und schleuderte ihn gegen die Wand. Jeanette packte schweigend ihre Sachen, dann war sie weg, und Uwe blieb wie betäubt zurück. Die Leere war nicht auszuhalten. Also fuhr er zu Holgi und sagte:»Alter, kann ich ein paar Tage bei dir pennen?«

Holgi sagte: »Sei froh, dass du die Alte los bist. Ohne Scheiß, besser so.«

Uwe hätte losheulen können. Dann ballerten sie sich weg. So wie heute nach der Geschichte mit dem Flüchtling, die Uwe noch in den Knochen steckt. »Kottke hat ihm zwei Kugeln in den Kopf gejagt, Alter, von hinten.«

»O Mann, kein Scheiß?«

Holgi setzt die Bong an und nimmt einen tiefen Zug. Seine Augen werden klein und rot, und Uwe wundert sich, wie viel Rauch in ihn reingeht. Dass er es nicht geschafft hat, Ismael zu erschießen, und dass er sein Gesicht vor Kottke und Mauser verloren hat, das erzählt er ihm nicht.

Holgi atmet den ganzen Rauch hustend wieder aus und sagt: »Warum, ähm ... habt ihr den Mann überhaupt ... Ich meine, wieso wart ihr hinter ihm her?«

»Er ist abgehauen.«

»Wieso ist er abgehauen?«

Er kann Holgi nicht verraten, dass sie im Bunker Flüchtlinge gefangen halten, deren Organe sie verhökern. Er kann ihm auch nicht erzählen, dass er mit Mauser oder dem blöden Ecki einmal pro Woche einen Müllcontainer aus dem Bunker holt und zur Deponie nach Dipoldsweila oder Hörnow fährt, und dass sie auf dem Rückweg bei Kaufland in Kübritz Lebensmittel für die Flüchtlinge besorgen, die dann in der Bunkerküche selber kochen. Dreimal am Tag haben sie »Hofgang«, wie Kottke es nennt. Dann dürfen sie raus an die frische Luft, mit Fußfesseln allerdings, damit sie nicht abhauen können. Dennoch ist Ismael die Flucht gelungen, auch wenn er nicht weit gekommen ist.

Nachdem sie seine Leiche hinten in Kottkes Wrangler geladen und zum Bunker gebracht hatten, fuhren sie in die Alte Eiche, um auf den Doktor zu warten. Kottke redete kein Wort mehr mit Uwe,

Mauser drehte sich weg, und die Kameraden begriffen, dass er in Ungnade gefallen war.

Uwe sagt: »Keine Ahnung, was da zwischen dem Kanaken und Kottke gelaufen ist, aber man schießt niemandem in den Rücken, das ist ja wohl klar.«

»Ich dachte, er hat ihm in den Kopf geschossen?«

»Erst in den Rücken, als er über den Acker gerannt ist. Dann hat er ihn mit zwei Kopfschüssen erledigt.«

»Scheiße.«

Das ist alles, was du dazu zu sagen hast? Mann, das war Mord! Die anderen operieren sie, um sie dann mit ein paar Hundert Euro wieder zurück nach Hause zu schicken. Klar, das ist auch übel, aber noch lange kein Mord. Uwe kann den Horror nicht abschütteln. Gut, dass er wenigstens nicht selbst geschossen hat.

»Du solltest dich von Kottke fernhalten«, sagt Holgi. »Der ist doch völlig durchgeknallt.«

Vielleicht. Aber wo soll er denn hin? Frau weg, Kumpels weg, alles scheiße. Er nimmt einen Zug aus der Bong, bis der Rauch ihm die Bronchien ankokelt und Tränen in die Augen treibt. Er schwebt ein Stück weit über seinem Körper wie bei einer dieser *Out-of-body-*Erfahrungen. Sieht sich selbst da unten auf dem Sofa hocken. Ein paar Stunden lang wird er Ruhe haben, dann mal weitersehen.

28

Die Auswertung der Mobilfunkdaten, die ihnen die Telekom geliefert hat, liegt vor. Dr. Khaled und Shatira haben in den letzten drei Monaten insgesamt siebzehnmal miteinander gesprochen, sechsmal allein in den letzten beiden Wochen. Als sie Khaleds weitere Gespräche überprüfen, stoßen sie auf niemanden, der verdächtig wäre. Shatira hingegen hat ständig telefoniert, meist mit seinen Leuten, mit Khaled und dreimal mit einer Nummer, die sie nicht zuordnen können. Doch sie finden heraus, wo der unbekannte Teilnehmer sich ins Mobilfunknetz eingewählt hat: in Czernau.

Bosman glaubt es nicht.

Der beschissene Bunker auf dem gesicherten Gebiet mit der neuen Tür geht ihm schon seit Tagen durch den Kopf. *Den sollten wir uns jetzt endlich mal näher anschauen.*

Nur wie?

Dafür sind die Kollegen in Sachsen zuständig. Er wird sie kontaktieren müssen. Vielleicht wissen sie ja auch irgendwas über die Typen in dem Kaff, die ihn »festgenommen« haben. Doch ihre Informationen werden sie wohl kaum mit ihm teilen, so blind, wie sie auf dem rechten Auge sind. Er erinnert sich an die NSU-Ermittlungen. Möglich, dass die Kollegen in Sachsen ihn nicht unterstützen, sondern ihn verraten. Da reicht ein fauler Apfel im Team, und der Gegner wäre gewarnt.

»Mit wem hat Shatira in Czernau telefoniert?«, sagt Schuster.

Bosman steht auf und sagt: »Fragen wir ihn doch.«

Sie fahren zu ihrer Lagerbox in der Stralauer Straße, wo sie ein Päckchen Kokain aus dem Safe holen. Dann geht es zu Shatiras Büro in den alten Speichern an der Spree. Auf dem Parkplatz steht seine S-Klasse. Sie warten.

Nach einer halben Stunde kommt Shatira mit seinem Fahrer Burim raus. Die beiden steigen in den Wagen und fahren los.

»Auf geht's«, sagt Bosman und startet den Wagen. Sie folgen Shatira die Schlesische Straße entlang, und als sie die Puschkinallee erreichen, pflanzt Schuster das Blaulicht aufs Dach. Bosman gibt Gas, überholt den Mercedes, fädelt vor ihm wieder ein und bremst ihn aus. Im Rückspiegel sieht er, wie Shatiras Wagen hinter ihnen hält. Sie steigen aus und gehen rüber. Burim hat das Fenster runtergekurbelt und fragt: »Was geht?«

»Aussteigen«, sagt Bosman.

Shatira beugt sich vor und schaut ihn an. »Hey, was ist los?«

Schuster ist zur Beifahrertür gegangen und macht sie auf. »Du auch, raus hier.«

»Was soll das?«

»Fahrzeugkontrolle«, sagt Bosman.

Shatira und Burim steigen aus.

»Rüber da zu deinem Kumpel«, sagt Schuster und schiebt Shatira auf die andere Wagenseite, wo Burim schon mit gespreizten Beinen steht, die Hände am Autodach.

»Los, Beine breit.«

Er tritt Shatira die Knöchel auseinander, sodass er sich ebenfalls am Dach abstützen muss. Shatira sagt: »Was wollt ihr mir anhängen?«

»Schnauze«, entgegnet Bosman, während Schuster das Auto durchsucht. Er öffnet das Handschuhfach und zieht – Überraschung – ein Paket Kokain raus, das er grinsend in die Höhe hält. »Was ist das denn hier?«

»Oha«, sagt Bosman. »Sieht aus wie Schnee, oder?«

»Schätze mal, gut hundert Gramm.«

Shatiras Adern am Hals fangen an zu pulsieren. »Das gehört uns nicht.«

»Ach, und wie kommt es dann in euer Handschuhfach?«

»Fick dich.«

Bosman tritt ihm von hinten mit dem Knie gegen den Innenschenkel, wo die Nervenbahnen entlanglaufen, die die Muay-Thai-Kämpfer mit harten Kicks attackieren. Shatira japst auf und sackt ein Stück zusammen, während die Handschellen um seine Gelenke klicken.

»Ihr seid verhaftet, Jungs. Die Party ist vorbei.«

Shatira sitzt an dem wackeligen Resopaltisch im bleichen Licht der Neonröhre und starrt in die Kamera, die ihm gegenüber oben in der Ecke des kalten Raumes hängt. Es ist schon mehr als drei Stunden her, dass sie ihn durch die übliche Prozedur geführt haben. Aufnahme der Personalien, Fingerabdrücke, Fotos und der ganze Scheiß und dann ab in den Vernehmungsraum. Seitdem sitzt er hier.

Bosman sieht Shatiras wütenden Blick auf dem Monitor, der auf seinem Schreibtisch steht. Seit der Einführung des neuen Netzwerks vor einem halben Jahr können die Kollegen, die gemeinsam an einem Fall arbeiten, die Vernehmungen von ihrem Büro aus mitverfolgen.

Eine feine Sache.

Mit Burim haben sie bereits geredet. Zumindest haben sie es versucht, denn er sagte ihnen gar nichts, unterschrieb auch nichts, saß einfach nur stumm da. Bosman war klar, dass sich das auch nicht ändern würde. Er gehört nicht zu den Vögeln, die singen. Dafür ist er viel zu blöd. Also ließen sie ihn sitzen und gingen zurück in ihr Büro, wo Schuster zwei Empanadas auspackte und Bosman eine davon gab.

»Wo hast du die denn her?«

»Hat Nina vorhin mitgebracht.«

Jetzt knüllt er seine Serviette zusammen, schaut auf seine Armbanduhr und sagt: »Sollen wir mal?«

Sie haben den Kerl lange genug schmoren lassen. Er wird nervös sein.

Gut so.

Sie kommen in den Vernehmungsraum, wo Shatira sie aus leicht geröteten Augen anschaut. Er lehnt sich auf seinem Stuhl zurück, ein Bein lässig über das andere geschlagen, doch Bosman spürt seine Anspannung. Nach der Protokollierung von Datum, Uhrzeit, anwesenden Personen und Rechtsbelehrung schaltet er das Tonbandgerät wieder aus und schaut Shatira einen Moment lang an: schwarzes T-Shirt mit Goldkette unter der weißen Versace-Jacke, helle Designerjeans, weiße Sneaker. Undercut auf beiden Seiten, die übrigen Haare zurückgegelt.

»Irgendwie seht ihr doch alle ein bisschen schwul aus«, sagt Bosman. »Ich wette, du hast dir auch den Sack rasiert.«

Shatira starrt ihn an, sagt aber nichts. Bosman beugt sich ein Stück vor: »Pass auf, das ist die Lage: Mit den hundert Gramm Schnee, die wir bei dir gefunden haben, wanderst du ab. So viel ist schon mal klar. Und zwar für zwei oder drei Jahre. Vielleicht auch ein Teil davon auf Bewährung. Damit stehst du dann unter Beobachtung. Einmal bei Rot über die Ampel, und du fährst ein. Das ist wie ein Mittelfeldspieler mit einer Gelben Karte im Pokalspiel. Andererseits könnten wir die ganze Geschichte auch vergessen, wenn du mir ein bisschen entgegenkommst. Ich habe da nämlich ein paar Fragen.«

»Bin ich hier im Kosovo, oder was?«, sagt Shatira. »Ich glaub's nicht.«

Bosman grinst. »Wir sind zwar nicht im Kosovo, aber wir haben da unten eine Menge von euch gelernt. Das war lange vor deiner Zeit.«

»Was willst du?«

»Czernau«, sagt Bosman. »Mit wem hast du da telefoniert?«

»Ist doch scheißegal, mit wem ich telefoniert habe.«

»Kommen die Organe aus Czernau?«

»Organe? Was für Organe?«

»Hör zu«, sagt Bosman. »Wir kriegen dich sowieso dran. Ist nur eine Frage der Zeit. Und bis dahin mache ich dir das Leben zur Hölle. Das können wir auch abkürzen.«

»Ach ja? Wenn ihr Spacken irgendwas in der Hand hättet, dann hättet ihr so einen Scheiß wie mit dem Koks nicht durchgezogen. Nichts habt ihr, gar nichts. Und warum? Weil es gar nichts gibt. Verstehst du?«

»Jemand ist also für gar nichts ermordet worden?«

»Wovon redest du?«

Er spielt den Dummen.

»Eine Kollegin von uns ist nach Czernau gefahren, und einen Tag später war sie tot. Warum?«

Stille sickert in den kargen Raum. Shatira grinst. »Keine Ahnung.«

»Ich kriege raus, wer es war, darauf kannst du dich verlassen.«

»Und dann? Willst du töten wegen einer Frau?«

Ja, denkt Bosman, *ich werde töten wegen einer Frau.* Und es wird sich gut und richtig anfühlen. Entgegen der landläufigen Ansicht, dass es ein Trauma hinterlässt, einem Menschen das Leben zu nehmen. Es ist genau andersrum. Solange der Mord an Elaine nicht gesühnt ist, wird er keine Ruhe finden. Ihr Tod ist eine schwärende Wunde, die erst heilt, wenn er für Gerechtigkeit gesorgt hat.

Nach der Vernehmung fährt er ins Hauptstadtbüro des *Spiegel*, wo Oliver Thiel auf seinem Drehstuhl hockt und ihn über den Rand seiner Brille anschaut. *Er hat ein wenig zugenommen,* denkt Bosman. In der letzten Zeit ist er auch bei der Wahl seiner Themen vorsichtiger geworden. Und jetzt kommt Bosman schon wieder mit einer Story an, die bereits von Weitem nach Ärger riechen muss.

»Du bist der Erste, dem ich die Geschichte anbiete«, sagt Bosman, »weil ich dir noch was schulde.«

War eine üble Sache damals, und er fühlte sich ein Stück weit schuldig, weil er Thiel in den Kampf gegen Arslan Aziz, den Libanesen, hineingezogen hatte. Das ging nicht gut für den Journalisten aus. Er landete auf einem Gay-Porn-Set, wo er vor laufender Kamera brutal von einer Horde Twinks mit schwarzen Halsbändchen rangenommen wurde. Danach versiegte Thiels Berichterstattung für eine Weile. Doch der Libanese sitzt hinter Gittern, und Thiel scheint sich wieder gefangen zu haben.

»Es ist alles da«, sagt Bosman. »Die Organmafia, die seit dem Kosovo-Krieg im Geschäft ist, ein Kriegsverbrecher, der vom Internationalen Strafgerichtshof in Den Haag gesucht wird, eine Berliner Klinik, die der Mafia gehört, und schließlich ein Mord.«

»Wow ...«, macht Thiel.

Zeit zu eskalieren, denkt Bosman. Er ist dabei, einen riesigen Shitstorm loszutreten, der eine Schneise der Verwüstung hinterlassen wird, unter anderem das Ende der Paracelsus-Klinik. Egal, ob er seine Anschuldigungen beweisen kann oder nicht, der Laden wird erledigt sein. Er wird Remis Geschäftsmodell entlarven und Shatira wegen Drogenbesitz in den Knast bringen.

»Du bist mit einem Kamerateam dabei, wenn wir Khaled hochnehmen«, sagt Bosman. »Und du kriegst exklusive Updates zum Fall. Wie klingt das?«

Thiel nimmt seine Brille ab, putzt sie umständlich mit einem Tuch und antwortet: »Das klingt wie eine gute Geschichte.«

29

»Mama sagt, dass ihr vielleicht wieder nach Amerika zurückgehen wollt?«

»Ja, äh ... Wir denken tatsächlich über eine Veränderung nach«, sagt Dr. Khaled in sein Telefon und schaut durch die großen Fenster seines Büros raus in den Garten der Klinik, wo ein paar Patienten in weißen Bademänteln spazieren gehen.

»Wow, cool«, sagt Lina. »Darf man fragen, warum?«

Tja, warum?

Weil er abhauen muss, um dem Knast und der Schande zu entkommen, aber das kann er seiner Tochter natürlich nicht erzählen. Vor ein paar Tagen war er noch ganz froh gewesen, dass die Bullen die Klinik auf dem Schirm hatten. Sie würden nichts finden. Chaim Finck war mittlerweile tatsächlich wieder in Tel Aviv, Unterlagen gab es nicht, und zumindest für den Moment war das Thema Transplantationen erledigt. Shatira saß ihm nicht mehr im Nacken, und er konnte überlegen, wie er am besten aus der Nummer rauskam. Und raus musste er, so ging es nicht weiter. Ohne Schlaftabletten kriegte er kein Auge mehr zu. Vielleicht sollte er doch noch mal über seine Kündigung nachdenken? Möglicherweise wäre es Shatira ja sogar ganz recht, wenn er verschwinden würde. Immerhin war er nicht nur Täter, sondern ein potenzieller Kronzeuge und damit eine Gefahr für ihn.

Träum weiter.

Shatira rief ihn vorgestern an und sagte:»Tut mir leid, aber du musst noch mal ran, Bruder.«

Khaled glaubte es nicht.»Bist du wahnsinnig? Die Bullen haben die Klinik im Visier! Hier kann man nicht mehr illegal operieren, wie stellst du dir das vor?«

»Es ist dieses Mal nicht für die Klinik«, sagte Shatira.»Du musst es nur rausnehmen, dann kannst du gehen. Ein letztes Mal.«

»Nein«, hauchte Khaled ins Telefon.

Am nächsten Abend fuhr er nach Czernau. Er traf Kottke in der Alten Eiche. Sie stiegen in den Wrangler und fuhren zum Bunker. Auf dem OP-Tisch lag ein Mann, der offensichtlich tot war. Dr. Khaled sah die Schusswunden und begriff, dass er eine Grenze überschritten hatte und es kein Zurück mehr gab. Alle Gefühle verließen ihn, und er nahm seine Umgebung nur noch wie eine Kulisse wahr. Er öffnete dem Mann den Brustkorb, entnahm ihm das Herz, legte es in die Kühlbox und fuhr wieder nach Hause. Auf der Autobahn dachte er: *Nur einmal das Lenkrad verreißen, und der Albtraum hat ein Ende.*

Er verriss das Lenkrad nicht.

»Papa?«

»Ähm, ja?«

»Hörst du mir überhaupt zu?«

»Ja, klar ... Ich musste hier nur eben ... Sorry, jetzt bin ich wieder da.«

»Wir machen eine Studie zu Sexismus und Rassismus in Kliniken. Die kann ich für meine Bachelorarbeit nutzen.«

»Toll«, sagt Khaled und denkt: *Mensch, ich habe gerade ganz andere Sorgen.*

»Kann ich dir die Fragebögen schicken?«

»Du, ich glaube, das bringt nichts. Wir haben damit keine Probleme.«

»Ach Papa, komm, die ganze Welt weiß doch, wie das bei euch abgeht.«

Nein, die Welt hat keine Ahnung, was hier abgeht – noch nicht.

»Du, pass auf, ich habe gerade eine Menge um die Ohren …«

»Och Papa. Bitte, bitte. Es sind doch nur ein paar Fragebögen, die du verteilen musst.«

Dr. Khaled spürt, wie ihm die Tränen kommen. Da rackert sich das Kind für das Gute in der Welt ab – und was macht er?

»Schatz, lass uns ein anderes Mal darüber reden, okay? Ich bin gerade ein bisschen im Stress.«

Stille in der Leitung. Und dann: »Was ist denn los?«

Was los ist?

Der rote Knopf an seiner Intercom leuchtet.

»Ich muss jetzt wirklich Schluss machen, ich melde mich.«

Er legt auf und drückt den Freisprechknopf. »Ja, was gibt's denn?«

Blitzlichtgewitter, als er in Handschellen und von Bosman und Schuster flankiert aus der Klinik kam. Der Blick benommen, der Gang unsicher. Thiel filmte. Fassungslosigkeit in den Gesichtern der Mitarbeiter, während ihr Chef abgeführt wurde. Die Sache verbreitete sich schnell in den Nachrichten: »Chefarzt der Frankenstein-Klinik festgenommen. Verbindung zur Organmafia?«

Seit ein paar Stunden sitzt Dr. Khaled jetzt in seiner Zelle und wartet.

Er wartet darauf, dass etwas passiert.

Was wird passieren? Was ist geschehen? Khaled hat Mühe, seine Gedanken zu ordnen. Er kann es immer noch nicht glauben, dass er hier tatsächlich in Untersuchungshaft sitzt. Dürfen die das überhaupt? Sie haben ihm einen Kronzeugendeal angeboten.

Wenn er auspackt, kommt er mit einem blauen Auge davon. Okay, seine Approbation würde er verlieren, seinen guten Ruf ebenfalls, aber das Strafmaß könnte drastisch gesenkt werden. Und er wäre Shatira los.

»Das Angebot steht«, hat der Kommissar am Ende der Vernehmung vorhin gesagt. »Morgen früh erwarte ich eine Entscheidung.«

Dann wollte Dr. Khaled seinen Anwalt sprechen.

Seinen Anwalt?

Nur, er hatte im Grunde keinen Anwalt. Im Film haben immer alle einen, als würde man sich ständig streiten, sodass man *seinen* Anwalt hat wie seinen Zahnarzt oder seinen Psychotherapeuten. Das letzte Mal, als Dr. Khaled sich gestritten hatte, ging es um einen Rotlichtverstoß, und ein Fahrverbot drohte. Da hatte er den ADAC angerufen und nach einem Anwalt gefragt. Doch den ADAC konnte er in diesem Fall schlecht anrufen. Dann fiel ihm der Justiziar der Klinik ein, Gerber. Der war ja eh im Bilde, vielleicht hatte er einen Kollegen, den er empfehlen konnte. Also rief er ihn an. Gerber gab ihm etwas schmallippig die Telefonnummer der Kanzlei Wiedebrinck & Partner. Dr. Wiedebrinck versprach, am frühen Nachmittag zu ihm zu kommen, gleich nach einer Verhandlung am Amtsgericht Moabit. Khaled fühlte sich ein wenig erleichtert.

Er legte sich auf die schmale Pritsche mit der grauen Armeedecke und schloss die Augen. Er dachte an den kleinen Innenhof des Hauses seiner Großeltern in Isfahan, mit dem blühenden Kirschbaum und dem Brunnen, der kühles Wasser spendete. Er war als Kind den Schmetterlingen nachgejagt, das unbeschwerte Lachen der Frauen im Ohr, die in ihren bunten Kleidern auf der Schwelle des Hauses saßen und den Teig für das Fladenbrot kneteten. Er hatte damals nicht verstanden, warum seine Eltern dieses Paradies mit ihm und seiner Schwester verließen und nach Deutschland gingen, wo alles fremd und verstörend war. Erst später erklärte man ihm, dass die Revolution im Iran ausgebrochen war und der alte Mann mit dem weißen Bart und der Hakennase Männer wie seinen Vater einsperrte, Männer, die westliche Anzüge trugen und ein liberales Leben führten. Als sie nach vielen Jahren zum ersten Mal wieder dort waren, um die Familie zu besuchen, war der Zauber der Kindheit verflogen. Düsternis hatte sich über das Land gesenkt. Den flüsternden Stimmen entnahm Khaled, dass ein Onkel im Gefängnis saß. Nichts war mehr so wie zuvor, und er begriff, dass der Verlust zum Leben gehörte.

Er hört Schritte auf dem Gang. Seine Zelle wird aufgeschlossen, ein Beamter schaut herein und sagt:»Ihr Anwalt ist jetzt da.«

Khaled schwingt seine Beine auf den Boden. Hoffnung keimt in ihm auf, während er überlegt, was er Dr. Wiedebrinck erzählen soll und was lieber nicht. Soll er alles abstreiten oder über einen möglichst vorteilhaften Kronzeugendeal sprechen? Soll er versuchen, um seine Reputation zu kämpfen, oder soll er es mit Clausewitz halten, demzufolge ein kompetenter Feldherr die Niederlage erkennt und die richtigen Schlüsse daraus zieht? Er weiß es nicht. Er hat keine Strategie, als der Beamte ihn in ein Besprechungszimmer führt, wo sich ein eleganter und tadellos gekleideter Mann von Mitte fünfzig erhebt, ihm lächelnd die Hand reicht und sagt:»Guten Tag, mein Name ist Laurenz. Ich werde mich um Sie kümmern.«

Laurenz?

»Ich glaube, hier liegt ein Missverständnis vor«, sagt Khaled. »Ich kenne Sie nicht, und ich habe Sie auch nicht berufen. Ich werde von Herrn Dr. Wiedebrinck vertreten.«

»Nein«, sagt Laurenz noch immer lächelnd. »Das hat sich erledigt. Herr Ekrem macht sich große Sorgen um Sie und hat mich gebeten, die Sache zu übernehmen. Es kostet Sie nichts.«

Dr. Khaled spürt die Kälte, die sich vom Magen her in ihm ausbreitet. Seine Nackenhaare stellen sich auf. *Sie lassen mich nicht gehen.* Shatira hat Angst, dass er einknickt und ihn verrät. Durch seinen Anwalt hat er die volle Kontrolle über ihn.

»Tut mir leid«, sagt er. »Ich lehne es ab, von Ihnen vertreten zu werden.«

»Das steht Ihnen selbstverständlich frei, aber vielleicht sollten Sie Ihren Entschluss noch einmal überdenken. Ich halte es für eine kluge Strategie, Ihre Verteidigung eng mit den Interessen von Herrn Ekrem abzustimmen. Und ich kann Ihnen versichern, dass das durchaus in Ihrem Sinne ist, auch wenn sich die Lage im Augenblick anders für Sie darstellen sollte.«

Zwei Stunden später kommt Dr. Khaled raus, doch das Gefühl von Freiheit ist trügerisch. Die Ermittlungen gegen ihn laufen weiter, von einem Kronzeugendeal ist keine Rede mehr. Khaled ruft ein Taxi und fährt nach Hause. Kirsten erwartet ihn im Wohnzimmer. Schweigend lässt sie ihr Handy sinken. Auf dem Display sieht er das *Spiegel Online*-Foto, auf dem er in Handschellen aus der Klinik geführt wird. Kirsten schaut ihn an und fragt: »Was ist wahr an der Geschichte?«

Khaled senkt den Kopf und flüstert: »Alles.«

30

Die letzten Sonnenstrahlen fallen durch die halb geschlossenen Jalousien, die tagsüber die Hitze ausgesperrt haben und jetzt ein Muster aus Licht und Schatten quer durch das Büro werfen. Bosman sitzt in seinem Drehstuhl, Füße auf dem Tisch. Schuster ebenfalls. Beide haben ein Bier in der Hand. Nina taucht in der offenen Tür auf und sagt:»*Adios muchachos*, schönen Feierabend.«

»Auf die Feier am Abend«, sagt Schuster und prostet ihr mit seiner Flasche zu. Als Nina gegangen ist, sagt er:»Warum wird die nicht älter? Die sieht immer noch so gut aus wie am ersten Tag.«

»Weil sie gesund lebt«, sagt Bosman. »Sie raucht nicht, trinkt nicht und ernährt sich vegan.«

»Glaubst du, sie hat Spaß am Leben?«

»Warum nicht?«

»Meinst du, sie lebt in einer stabilen Beziehung?«

Bosman schaut ihn überrascht an.»Was redest du denn da?«

»Na ja, soll ja glücklich machen.«

»Mich würde es im Augenblick glücklicher machen, wenn Khaled singen würde.«

»Wird er nicht. Ekrem hat ihn durch Laurenz an den Eiern.«

Ja, denkt Bosman, *vermutlich hat Schuster recht.*

Dann sagt er: »Elaine hat rausgefunden, wo die Organe herkommen, nämlich aus dem verdammten Bunker.«

»Dem Bunker?«

»Im Wald von diesem durchgeknallten Grafen, wo die beiden Idioten mich *verhaftet* haben. Das Ding hat eine brandneue Stahltür, dort wird patrouilliert, da ist was.«

Schuster schaut ihn einen Moment lang an, nimmt die Beine vom Tisch und sagt: »Was soll da sein? Wieso sollen ausgerechnet in einem Bunker am Arsch der Welt Organe liegen?«

»Hast du eine bessere Idee?«

»Elaine war hinter Chaim Finck her.«

»Ja, aber gefunden hat sie was anderes.«

»Was schlägst du vor?«

»Lass uns hinfahren.«

»Und dann?«

»Gehen wir rein.«

»Wie willst du reingehen? Das ist ein fucking Hitler-Bunker, da gehst du nicht einfach so rein. Wir brauchen einen Durchsuchungsbeschluss. Den kriegen wir bei der Staatsanwaltschaft Dresden, die sind zuständig. Wir müssen mit den Kollegen da unten kooperieren.«

Bosman wundert sich. Was ist los mit Schuster? Warum ist er dagegen, den Bunker auseinanderzunehmen? Versteckt sich hinter Paragrafen. Außerdem kommt er nach Feierabend nicht mehr in den Anker, sodass sie ihr Bier jetzt im Büro trinken. Und dann das Gelaber von stabilen Beziehungen. Alles deutet darauf hin, dass er eine neue Braut am Start hat und ihm nichts davon erzählt. Na ja, muss er ja auch nicht. Ist aber trotzdem seltsam. Der alte Schuster jedenfalls hätte seine Pumpgun durchgeladen und wäre mit ihm nach Czernau geritten, um da ordentlich aufzuräumen.

Der neue Schuster öffnet die Tür seiner Wohnung in einem Sechzigerjahre-Lückenbau in Charlottenburg, funktional und ohne Charme. Schon im Flur riecht er den Duft von gebratenem Speck und Rührei. Das Wasser läuft ihm im Mund zusammen. Er streift die Schuhe ab, geht in die Küche und küsst Jeanette von hinten auf den Nacken. Sie zuckt ein wenig zusammen, weil es so kitzelt. Sie lächelt mit geschlossenen Augen, als sie ihren Kopf zurück an seine Schulter fallen lässt.

»Hallo, Schatz«, flüstert er.

»Schön, dass du da bist.«

Als sie vor ein paar Tagen mit ihrem Koffer vor der Tür stand, war er keineswegs sicher, ob ihm das gefiel oder nicht. Seit Jahren waren die Frauen höchstens ein paar Stunden bei ihm geblieben, aber diese hier meinte es offenbar ernst.

Okay, dachte Schuster, *lass dich drauf ein. Bleib cool. Motz sie nicht an, wenn sie das Fleischmesser in die Spülmaschine legt. Sei großzügig, sei kein Asi.* Und siehe an, es dauerte nicht lange, da gab es schon so etwas wie eine Routine. Morgens brachte er ihr einen Kaffee ans Bett und zog sich zu Morgenkippe und News-Check auf den kleinen Balkon zurück, bevor er zur Arbeit ging. Wenn er nach Hause kam, machten sie zusammen das Abendbrot. Der Tisch war immer hübsch gedeckt. Nach dem Essen Sex, dann Netflix, dann wieder Sex, dann schlafen.

Vorgestern sagte Jeanette beim Abendessen: »Ich habe heute mit Mandy telefoniert.«

»Und was gibt's Neues aus der Heimat?«

»Uwe geht's total beschissen. Er wohnt bei Holgi und ballert sich die Birne weg.«

»Das tut mir leid«, sagte Schuster und dachte: *Loser.*

»Muss dir nicht leidtun. Er hat's selber verbockt. Aber weißt du, was Mandy mir noch erzählt hat? Der besoffene Ecki hat's überall rausposaunt, dass sie wieder auf die Jagd gehen wollen. Kottke und seine Leute.«

»Was jagen sie denn?«

»Flüchtlinge.«

»Wie bitte?«

»Uwe war letztes Mal dabei. Sie haben irgendwelche Deals mit Schleppern in Tschechien, die Bescheid sagen, wenn sie eine neue Fuhre über die Grenze schicken. Kottke und seine Leute fangen sie ab.«

»Und was machen sie mit ihnen?«

»Bringen sie nach Czernau, in den Bunker.«

Schuster starrte sie an.

Fuck, das darf nicht wahr sein!

An diesem Abend hatte er keinen Bock mehr auf Sex, und am nächsten Morgen setzte er sich in seinen Wagen und fuhr los. Es gab Dinge, die regelte man besser nicht am Telefon. Er traf den Grafen in philosophischer Stimmung an, doch ihm war klar, dass die Erörterung der großen historischen Fragen vor allem den Zweck hatte, sich nicht mit den dreckigen Petitessen des Alltags befassen zu müssen.

»Wir sind im Krieg«, sagte der Graf. »Und machen Sie sich keine Illusionen, er wird von beiden Seiten mit äußerster Härte geführt.«

»Wäre mir neu, dass hier Krieg ist«, sagte Schuster.

»Nennen Sie es Kulturkampf, wenn Ihnen das leichter über die Lippen kommt. Es geht darum, ob das deutsche Volk allmählich zu Moslems degeneriert oder ob es seiner eigentlichen Bestimmung zugeführt wird. Da kann man nicht kleinlich sein. Aus historischer Perspektive ist selbst der Holocaust nichts als eine Episode. Oder glauben Sie, dass kommende Gelehrte mehr darin sehen werden?«

»Keine Ahnung«, sagte Schuster. »Aber hier geht es nicht um Weltgeschichte oder den Holocaust, sondern darum, dass in dem

Bunker da draußen in Ihrem Wald Flüchtlinge ausgeschlachtet und ihre Organe verkauft werden. Das hat aufzuhören, und zwar sofort.« Der Graf sah ihn an und kniff die Augen zusammen.»Wie kommen Sie darauf?«

»Sollen wir rübergehen und nachsehen?« Der Graf deutete auf die Sitzecke mit dem arabischen Tischchen und sagte:»Setzen Sie sich.« Schuster blieb stehen.

»Warum sind Sie alleine gekommen?«, fragte der Graf.»Und ohne Durchsuchungsbeschluss?«

»Ich wollte Ihnen Gelegenheit geben, sich zu äußern.«

»Nein. Sie haben ein Problem mit Ihrem Gewissen und hoffen, dass ich das für Sie lösen kann. Sie haben die Nase voll von den ganzen liberalen Hosenscheißern, die Ihnen die Arbeit schwer machen, die Sie als Rassisten und Sexisten abstempeln und die der Meinung sind, Straftäter sind Opfer der Gesellschaft. Ich habe Ihren Vortrag mit Interesse angehört. Sie sprechen mir – nein, uns – aus der Seele. Unsere Ziele scheinen mir die gleichen zu sein, doch der Weg ist steinig. Und was nötig ist, ist nicht immer schön oder einfach. Das wissen Sie, aber noch hadern Sie. Noch wissen Sie nicht, wie weit Sie zu gehen bereit sind.«

Du alter faltiger Klugscheißer, dachte Schuster. *Du hast nicht den Schimmer einer Ahnung, wie weit ich zu gehen bereit bin.*

Er sagte:»Sie täuschen sich, wir haben nicht die gleichen Ziele. Wir haben Ekrem eingebuchtet und seine Klinik hochgenommen. Es ist nur eine Frage der Zeit, bis die Kollegen hier aufschlagen und jeden Stein umdrehen. Es ist Ihre Entscheidung, ob Sie die Menschen im Bunker freilassen oder zusammen mit Kottke und seinen Schergen im Knast verrotten, denn auf das, was Sie da tun, gibt es lebenslänglich.«

31

Tosender Beifall.

Bosman reißt die Augen auf. Er ist wohl ein wenig wegge-
dämmert, während Carmen auf der Bühne ihrem Ende entgegen-
taumelte. Der Vorhang fällt, das Saallicht flammt auf, die Leute
erheben sich und applaudieren. Neben ihm Britta, auf der anderen
Seite Harry und Helen. Harry lässig im Smoking mit seidenem
Schal, Helen aufgedonnert, als wäre das ihre Show hier. Bosman
stemmt sich ächzend hoch. Die Anzughose kneift am Bauch, das
Jackett zwängt ihm die Schultern ein. Er muss dringend wieder
regelmäßig ins Gym, sonst geht er allmählich auseinander.

Britta hat letzte Woche bei einer Tombola für leukämiekranke
Kinder der Initiative »Save the Planet« in Sophies Schule vier
Operntickets gewonnen und ihre Schwester und Harry eingeladen.
Harry revanchierte sich mit Champagner in der Pause. Dabei
zog er Bosman ein Stück zur Seite und sagte: »Russo hat ange-
rufen.«

»Was?«

»Er sagt, er will eine Serie entwickeln. Zusammen mit Ekrem.«

Bosman wusste nicht so recht, was er dazu sagen sollte. Also
nahm er erst mal einen ordentlichen Schluck Champagner.

»Respekt«, sagte Harry. »Wie der das durchzieht.«

»Glaubst du, er spielt um sein Leben? Oder ist er einfach nur völlig durchgeknallt?«

»Ich glaube, beides.«

»Und jetzt? Ich meine, was wollte er von dir?«

»Er will mich als Co-Produzenten. Offenbar arbeitet er mit Ekrem bereits an einem Drehbuch. So genau habe ich das nicht verstanden, er war ziemlich betrunken.«

Bosman dachte einen Moment lang nach. »Lad ihn zu einem Meeting nach Berlin ein.«

»Ja«, sagte Harry. »Daran hatte ich auch schon gedacht. Das wäre dann wohl die lustigste Geiselbefreiung, die ich kenne. Auch schon wieder Stoff für eine Geschichte. Das Problem ist nur, dass Ekrem ihn nicht gehen lässt. Er will mich treffen – in Prizren.«

»Fliegst du hin?«

»Weiß ich noch nicht. So ein Serienprojekt ist jedenfalls Bullshit. Ekrem ist nicht der einzige Mafioso, der sich ein Denkmal setzen will. Mit solchen Leuten kannst du nicht zusammenarbeiten. Die haben eher folkloristische Vorstellungen, was die Selbstdarstellung betrifft, und verstehen nicht, dass man ihr Leben dramatisieren muss, weil es im Grunde ziemlich hohl und langweilig ist. Und wenn sie irgendwo schlecht dastehen, machen sie dir die Hölle heiß. Nee, ich würde da eher an eine Doku denken. Du erinnerst dich? Ganz am Anfang hab ich dir gesagt, dass ich dich gerne begleiten würde, um eine Geschichte über einen gescheiterten Schauspieler zu bauen, der als Lockvogel für die Bullen arbeitet. Aber jetzt … Mensch, Frank, jetzt hast du die irre Geschichte, wie sich der Typ mit dem Mafiaboss anfreundet und ihn bei seiner Eitelkeit packt. Da höre ich doch Musik.«

Auf dem Weg zurück nach Hause ist Bosman schweigsam. Britta sitzt am Steuer, sieht zu ihm rüber und sagt: »Hat's dir nicht gefallen?«

»Doch, na klar. Warum?«

»Du bist eingepennt.«

»Ich bin nicht eingepennt. Ich habe für einen Moment die Augen geschlossen, um die Musik besser genießen zu können, und da bin ich weggedriftet.«

»Ja, das hat man gesehen.« Sie lacht. »Um ehrlich zu sein, mein Ding ist es auch nicht wirklich. Irgendwie wirkt das alles ein bisschen albern, oder?«

»Ich weiß, was du meinst.«

»Ich meine ... Hey, es sind keine Schauspieler, sondern Sänger, die spielen. Und natürlich ist die Story aus heutiger Sicht ein bisschen Banane. Egal, die Musik ist schön.«

»Auf jeden Fall.«

»Aber wie der Typ Carmen am Ende abgestochen hat, das sah fast ein bisschen peinlich aus, fand ich.«

»Vollkommen unrealistisch. Ich frage mich, ob die beim Theater keine Berater von der Polizei haben, wie die Leute vom Film.«

»Ich glaube, das interessiert die nicht.«

»Nee, das sieht man ja auch.«

Als sie nach Hause kommen, fällt noch Licht durch den Spalt unter Sophies Tür. Bosman lächelt. Obwohl seine Stieftochter schon so erwachsen tut und ihn ständig mit linken Sprüchen provoziert – wenn sie beide, er und Britta, erst spät nach Hause kommen, lässt sie immer das Licht brennen. Bosman kommt leise in ihr Zimmer. Das Fenster zum Hinterhof steht auf, die Bettdecke ist ihr runtergerutscht. Bosman deckt sie wieder zu, streicht ihr das Haar aus der Stirn und geht.

Britta ist schon im Bad und schminkt sich ab, als er reinkommt und sagt: »Ich muss morgen für zwei Tage weg.«

»Das sagst du mir jetzt?«

»Hat sich kurzfristig ergeben.«

»Wo musst du hin?«

»Nach Sachsen.«

»Wieso das denn?«

»Laufende Ermittlungen.«

Er hat keine Lust, sich zu erklären. Abgesehen davon, dass sie eigentlich nie über dienstliche Angelegenheiten sprechen. Warum dann also jetzt, wo er hundemüde ist und morgen früh raus muss? Aber auch Britta hat offenbar keine Lust auf Diskussionen und sagt nur: »Okay.«

Am nächsten Morgen packt er seinen Rucksack. Essen, Wasser, Munition, Pullover, Taschenlampe, Bolzenschneider, Klappspaten, Nachtsichtgerät, Fernglas. Er zieht eine Camouflage-Hose und schwarze Sneaker an, dazu einen schwarzen Kapuzenpulli. Dann steigt er in seinen Wagen und fährt los.

Gegen 9:30 Uhr erreicht er Czernau. Er parkt den Wagen drei Kilometer außerhalb des Ortes und marschiert los. Er läuft auf dem Feldweg in den Wald, wo er bald auf die Grenze mit dem NATO-Draht stößt. Überall Warnschilder.

Zutritt verboten.

Bosman holt den Bolzenschneider aus dem Rucksack und knipst ein Loch in den Zaun. Er packt die Zange wieder ein, zwängt sich durch die Maschen und orientiert sich mit Maps auf seinem iPhone. Dann marschiert er auf den Bunker zu, der langsam hinter den grünen Zweigen zum Vorschein kommt und im hellen Sonnenlicht noch mehr aus der Zeit gefallen wirkt als nachts. Bosman sucht Deckung hinter Bäumen und Gebüsch. Er schaut sich um und lauscht. Nichts. Es ist still, nur die Vögel zirpen. Keine Wachen. Er setzt den Rucksack ab, klappt den Spaten auf und beginnt, eine Mulde in den weichen Waldboden zu graben. Dann zieht er seine schwarze Kapuze über, legt sich auf dem Bauch in die Mulde und deckt seinen Körper mit Erde zu.

276

Nach einer Stunde schmerzt sein Rücken, nach einer weiteren bekommt er Wadenkrämpfe. *Fuck*, so was hat er schon lange nicht mehr gemacht. Aber er beißt die Zähne zusammen, trinkt einen Schluck Wasser, isst einen Proteinriegel, als ein Wrangler mit Lichtleiste vorfährt. Zwei Typen steigen aus, die er nur zu gut kennt: Kottke und Mauser, der Glatzkopf, der ihn festgenommen hat. Sie schließen den Bunker auf und gehen rein. Bosman schaut auf die Uhr. Nach dreiunddreißig Minuten sind sie zurück, mit einem anderen Typen, den er noch nie gesehen hat und der nicht den Eindruck erweckt, besonders helle zu sein. Kottke schließt die Stahltür wieder zu, die ganze Bande steigt in den Wrangler, und sie fahren ab.

Dann passiert nichts.

Gar nichts.

Stundenlang. Die Dämmerung setzt ein.

Egal, denkt Bosman, *wenn ich recht habe und da drin Organe gelagert werden, wird irgendwann etwas passieren.* Er ist bereit, noch einen oder zwei Tage dranzuhängen, wenn es sein muss. Bis etwas passiert. Er macht es sich in seiner Mulde so gemütlich, wie es geht, dann fallen ihm die Augen zu.

Als er aufwacht, ist es dunkel. Sterne funkeln über den Baumwipfeln. Er hört ein Motorgeräusch, das näher kommt. Bosman dreht sich um und sieht einen alten Armee-Lkw, der jetzt vor dem Bunker hält. Zwei Männer springen aus dem Führerhaus, zwei weitere von der Ladefläche.

Bosman holt sein Nachtsichtgerät aus dem Rucksack und setzt es auf. Er sieht, wie die beiden Typen, die ihn verhaftet haben, in den Bunker gehen. Die anderen beiden stecken sich eine Kippe an. Dann wandert sein Blick zum Lkw rüber, und im grünstichigen Suchfeld des Nachtsichtgeräts erkennt er Menschen, die zusammengepfercht hinten auf der Pritsche unter der Plane sitzen.

Was ist das denn?

Er stellt das Glas schärfer. Die Menschen sehen südländisch aus, und Bosman denkt: *Flüchtlinge. Wo kommen die denn her?* Scheint so, als sollten sie in den Bunker gebracht werden. Einer der Bewacher ruft seinem Kollegen etwas zu und läuft zur offenen Stahltür. Der andere dreht sich vom Wagen weg und geht in die Büsche, um sein Wasser abzuschlagen.

Das ist der Moment!

Bosman zieht sich die Kapuze über und spurtet los, den Rucksack lässt er zurück. Von der Seite nähert er sich dem Heck des Lkw, sodass er im Sichtschatten des Fahrzeugs bleibt. Als er hinten an der Heckklappe ankommt, sieht er die ängstlichen Gesichter, gezeichnet und verwirrt. Jungen, Mädchen, Frauen und Männer. Er schwingt sich auf die Ladefläche, legt den Zeigefinger auf die Lippen und hofft, dass die Leute ihn verstehen. In seinen verdreckten Camouflage-Hosen, das Gesicht unter der Kapuze des Sweatshirts verborgen, sieht er nicht anders aus als die Flüchtlinge.

Niemand sagt ein Wort.

Dann taucht eine Glatze hinter der Ladefläche auf, die Heckklappe wird geöffnet.

»Los, raus hier ... go, go, go ...«

Der Reihe nach klettern die Flüchtlinge raus. Bosman kommt als Vorletzter, springt runter von der Pritsche und reiht sich in den Gänsemarsch zum Bunker ein. Rechts und links von ihnen marschieren jetzt noch zwei weitere Wachen, und in dem Moment, in dem er die Schwelle des Bunkers überschreitet, weiß er, dass er einen fürchterlichen Fehler begangen hat. Ist er wahnsinnig? Oder suizidal, hier ohne Back-up reinzugehen?

Zu spät.

Die Stahltür fällt hinter ihm ins Schloss. Er sitzt in der Falle, weil seine Neugier den Verstand in der Dachkammer seines Schädels eingesperrt hat. Es ist nur eine Frage der Zeit, bis die Maskerade auffliegt.

Und es passiert schneller, als er denkt.

Als der Flüchtlingstrupp eine Gabelung erreicht, wo eine Wache steht und sie nach links dirigiert, wird er von hinten aus der Schlange gerissen und mit dem Kopf gegen die Wand geschlagen, sodass er tausend Sterne tanzen sieht und nicht weiß, wohin mit dem ganzen Schmerz. Er spürt den Einstich hinten am Hals, versucht sich noch zu wehren, doch die Beine werden weich und kraftlos, seine Sicht verschwimmt, und dann wird es dunkel.

Als er wieder zu sich kommt, liegt er in einem Engelshemdchen auf einem OP-Tisch, Füße und Hände mit Lederschnallen an das Gestell fixiert. In seinem linken Unterarm steckt eine Kanüle, die über einen dünnen Schlauch mit einem durchsichtigen Plastikbeutel an einem Infusionsständer am Kopfende des OP-Tisches verbunden ist. Bosman kann die Tropfen sehen, die aus dem Beutel in den Schlauch fallen und langsam nach unten wandern. Sein Kopf schmerzt, er schmeckt Blut im Mund und ist elendig müde. Er will schlafen, einfach nur schlafen. Doch dann sickert ihm ins Bewusstsein, was das Set-up zu bedeuten hat.

Sie haben ihn erwartet!

Sie wussten, dass er kommen würde. Und sie werden ihn erledigen, aber nicht, ohne ihm vorher die Niere oder sonst was rauszuschneiden. Sein Brustkorb weitet sich, er will schreien, kriegt aber keinen Ton raus. Er kann sich nicht bewegen, kein Wille vermag die eingerasteten Glieder zu bewegen.

Nur noch eisiges Entsetzen.

32

Heute Morgen hat er sie beim Ficken erwischt.

Russo kam aus seinem Bad oben im ersten Stock und ging im Bademantel runter in die Küche, wo er den Kühlschrank öffnete, eine Tüte Orangensaft rausholte und gierig trank. Erfrischt setzte er die Tüte ab, als er jemanden stöhnen hörte.

Was war das denn? Glotzte Ekrem Pornos?

Nee, nicht um diese Uhrzeit. Da lag er noch mit seiner Schlafmaske auf den Augen im Bett und pennte. Er stand nie vor zehn auf.

Russo folgte den Geräuschen. Sie kamen aus Ekrems Arbeitszimmer. Die Tür war nur angelehnt. Vorsichtig schob er sie auf und sah als Erstes Luhans nackten Hintern, die Shorts waren auf seine Knöchel runtergerutscht. Vor ihm beugte Mona sich nach vorne. Ihre Beine waren gespreizt, und ihr Oberkörper lag auf Ekrems Schreibtisch mit all den Papieren und Notizen zu ihrem Filmprojekt, das luftige Sommerkleid hoch auf ihren Rücken geschoben.

Die alte Sau, dachte Russo. *Treibt's mit dem Hausdiener auf dem Schreibtisch ihres Mannes.*

Das war mal 'ne Ansage.

»Sorry«, sagte er laut, »lasst euch nicht stören.«

Luhan erstarrte, Mona drehte den Kopf herum und zischte Russo über ihre Schulter hinweg an: »Verpiss dich!«

Russo grinste, zeigte ihr den Mittelfinger und drehte zufrieden ab in die Küche, wo er den Kühlschrank wieder öffnete und den Pitcher mit Margarita rausholte, der vom Vorabend noch übrig war. In Zukunft würden Luhan und Mona deutlich freundlicher zu ihm sein müssen. Vielleicht würden sie ja auch erkennen, dass sie jetzt dasselbe Interesse hatten: Er musste hier weg, so schnell wie möglich.

Er schenkte sich zufrieden einen Drink ein und ging mit seinem Glas raus auf die Terrasse, wo er einen Liegestuhl in die Sonne rückte und die Lichtreflexe auf den tanzenden Wellen im Pool betrachtete. Er genoss den herrlich herben Geschmack seines Morgendrinks und wusste, das würde ein guter Tag werden.

Er wacht durch einen Tritt ins Kreuz auf. »Hey, wir müssen an die Arbeit.«

»*Uhm ... what?*«

Russo schlägt die Augen auf. Ekrem steht hinter ihm und tritt ihn noch einmal durch das dünne Segeltuch des Liegestuhls. Er trägt Kakishorts und ein blaues Polohemd. Seitdem sein Kumpel Ghashi sich nach einer Herztransplantation gut erholt, ist er voller Tatendrang. Hat die Erinnerung an seine eigene Sterblichkeit ihn dazu bewogen, den fetten Arsch hochzukriegen? Russo quält sich mit leichtem Dusel in der Birne aus dem Liegestuhl. Aus der morgendlichen Entspannung ist ein ganz mieser Trip geworden.

»*Hey, man, take it easy. Gimme a minute, alright?*«

Er drückt sein Kreuz durch und folgt Ekrem ins Arbeitszimmer, wo Mona gerade ein Tablett mit einer Kanne Kaffee und zwei Bechern auf den Schreibtisch stellt. Sie wirft Russo einen Blick zu, der sagt: *Nimm dich in Acht. Hier landet man schneller im Schweinestall, als man denkt.*

Russo ignoriert sie, greift nach der Kanne und schenkt sich einen Becher ein. Ekrem setzt sich in den Chefsessel hinter seinem

Schreibtisch und will wissen, was Russos Partner in Berlin gesagt hat.

»Harry? *Well, he loves the project.* Aber er will natürlich erst ein bisschen mehr sehen.«

»Kommt er nach Prizren?«

»Das ist noch nicht ganz klar. Das macht er davon abhängig, wie es vorangeht, aber grundsätzlich ist er an Bord.«

»Okay, gut. Sehr gut. Also, wo sind wir gestern stehen geblieben?«

So geht es jetzt jeden Tag. Morgens um halb elf treffen sie sich in Ekrems Büro, wo er Geschichten aus seinem Leben erzählt und Russo sich Notizen macht und Fragen stellt. Es macht ihm zunehmend Spaß, mittlerweile freut er sich sogar richtig darauf. Immerhin arbeitet er wieder in seinem Metier, und wer weiß – dieser alte Mafiasack sitzt auf einer Menge Kohle und hat eine Geschichte zu erzählen, keine Frage. Klar, dass seine Sicht auf sich selbst ausgesprochen positiv ist, und er will nicht verstehen, dass man einen verletzlichen Helden braucht, um Sympathie zu entwickeln.

»Sympathie?«, sagt Ekrem. »Die Leute lieben mich.«

»Ich weiß, aber wenn man die Kämpfe nicht sieht, die du austrägst, dann bist du als Leinwandfigur langweilig. Sorry, das ist nun mal so.«

»Weißt du, wie viele Kämpfe ich ausgetragen habe? Die Schlacht bei Gilan im Juni 1997 war erst der Anfang. Das war mein erster großer Sieg, den müssen wir ganz fett machen, eine echte Hollywood-Schlacht, verstehst du?«

»Du kriegst deine Schlacht. Brauchen wir ohnehin, um den Showwert zu erhöhen. Aber ich hab eher von inneren Kämpfen gesprochen.«

»Es gab keine inneren Kämpfe, Bruder. Mein Herz schlug immer für das Vaterland.«

Russo seufzt.

Er nimmt das Notebook und seinen Kaffee und geht rüber zum Sofa, wo er sich hinlegt und das System hochfährt.

»Als wir *Bigfoot* entwickelt haben«, sagt er, »haben wir darauf geachtet, dass Laurenzo Borboni, meine Figur, ein Problem hat, das jeder kennt. Wie bei den *Sopranos*. Da geht es um einen Mafiaboss, der zu Hause jede Menge Stress hat und zum Psychotherapeuten rennt.«

»Hab ich gesehen, mit Robert De Niro.«

»Nein, das war *Analyze This* von 1999, das ist Kino. Ich rede von Serien. Bei uns waren es die Füße.«

»Die Füße?«

»Borboni hat irre große Füße mit Froschzehen, und alle haben ihn deswegen immer ausgelacht, im Schwimmbad, beim Sportunterricht und so. Und da hat er sich geschworen, den ganzen Idioten mit seinen Riesenfüßen eines Tages in den Arsch zu treten, verstehst du? *Bigfoot kicks ass.* Hier wehrt sich ein Opfer. Wir alle kennen das Gefühl, Opfer zu sein, mal mehr, mal weniger. Da docken wir emotional an. Deswegen hat Laurenzo Borboni funktioniert, sieben Staffeln lang.«

»Ich hab aber keine Riesenfüße und auch keine Froschzehen.«

»Was hast du dann?«

»Was meinst du?«

»Was ist deine andere Seite? Die ängstliche, die verletzliche? Die will ich sehen.«

»Bist du schwul oder was?«

»Wir alle tragen Verletzungen in uns, auch du«, sagt Russo. »Und es gibt die eine, die unser Handeln bestimmt. Ohne die ist das Leben nichts als Porno und Propaganda und jeder Film ein matter Abklatsch unendlicher Simulationen.«

Ekrem schaut ihn beeindruckt an.

Wow ...

Dann sagt er: »Wir waren bei der Bärenjagd stehen geblieben. Mit vierzehn habe ich meinen ersten Bären geschossen. Mein Vater nahm mich mit, und danach war alles anders. Ich war in seinen Augen zu einem Mann geworden. Ich war ein Bärentöter.«

Russo schaut ihn skeptisch an: »Ähm, sag mal, sind die Bären bei euch nicht seit Ewigkeiten ausgerottet?«

»Nein, in den Bergen gab es immer welche, bis heute.«

»Okay«, sagt Russo. »Nichts für ungut, reiner Faktencheck.«

Zur selben Zeit sitzt Britta in ihrem Büro in der Dresdner Bank. Sie sieht aus dem Fenster in den Himmel. Nebenan in Utas Büro klappert eine Tastatur. Uta arbeitet, Britta ist nervös. Immer noch keine Nachricht von Frank.

Nachdem er sich zwei Tage lang nicht gemeldet hatte, nicht mal per SMS, wurde sie sauer. Als er dann noch länger nichts von sich hören ließ, wich der Ärger einer bohrenden Angst. Sie rief Schuster an und fragte, ob er etwas wusste. Doch Schuster musste sie enttäuschen. Er hatte auch keine Ahnung, was Frank in Sachsen wollte, versprach aber, sich darum zu kümmern. Als sie auflegte, fühlte sie sich abgekanzelt. *Sich kümmern?* Sie hatte etwas mehr Empathie erwartet und glaubte Schuster auch nicht, dass er völlig ahnungslos war.

Abends beim Essen ist es still. Sophie stochert lustlos in ihren Spaghetti, Britta hat nicht die Energie, gute Laune vorzuspielen.

»Meinst du, Papa ist was passiert?«

»Ich weiß es nicht, mein Schatz. Aber wenn alles okay wäre, dann säße er jetzt hier.«

Sophie nickt.

»Hat die Polizei schon die Krankenhäuser angerufen?«

»In Sachsen? Da gibt es viele.«

»Na und?«

Stimmt. Sophie hat recht. Wieso setzt Schuster nicht Himmel und Hölle in Bewegung, lässt die Krankenhäuser abtelefonieren? Das ist doch eigentlich die erste Maßnahme. Sie nimmt sich vor, morgen früh gleich Druck zu machen. Nach dem Abendessen geht Sophie in ihr Zimmer und fängt an, mit ihren Freundinnen zu chatten und gleichzeitig *Modern Family* auf dem Laptop zu schauen.

Britta ruft ihre Schwester Helen an, die sie zu beruhigen versucht: »Als Harry letztes Jahr von diesen Idioten entführt wurde ...« Nach dem Gespräch fühlt Britta sich noch beschissener. *Ich darf mich da jetzt nicht reinsteigern,* sagt sie sich. Doch als sie dann unter die kalte Decke kriecht und auf die unberührte Seite des Bettes schaut, hat sie das Gefühl, dass eine Hälfte von ihr fehlt. Statt eines Ehemannes ist da nur noch dumpfer Schmerz.

Schmerzen hat auch Dr. Khaled.

Überall.

Alles tut ihm weh. Klar, das ist psychosomatisch. Doch das macht die Sache auch nicht besser. Er sprüht sich seit Tagen Fentanyl in die Nase und ist völlig zugedröhnt.

Scheißegal.

Seit Kirsten abgehauen ist und seine Tochter nicht mehr mit ihm redet, ist alles scheißegal. Er steht morgens nicht mehr auf, bleibt einfach im Bett liegen, geht nicht mehr an die Tür, wenn es klingelt, und auch nicht mehr ans Telefon. Ist eh nur noch dieser scheiß Mafiaanwalt Dr. Laurenz, mit dem er nicht mehr reden will. Der Rest der Welt hat ihn abgeschrieben. Anfangs hat die Presse noch vor dem Haus rumgelungert. Ein paar Fotografen sind sogar in den Garten gestiegen, bis er die Vorhänge zuzog und das Licht aus dem Haus verbannte. Dann riefen sie ständig bei ihm an, und Khaled stellte sein Handy auf stumm. Aber das ist jetzt auch vorbei. Die Geier sind abgerückt. Was sie über ihn schreiben, liest er nicht.

Er steht in der Küche und schaut raus auf die Straße. Es ist still und friedlich draußen, doch er hat das Gefühl, mit der Welt auf der anderen Seite der Scheibe nichts mehr zu tun zu haben. Und auf dieser Seite sieht es nicht anders aus. Aus dem behaglichen Ort des Rückzugs ist ein leeres Gefängnis geworden. Seine Nachbarn schneiden ihn und wollen nichts mehr von ihm wissen.

Das war's also.

Er schleppt sich ins Bad, duscht und rasiert sich und packt ein paar Klamotten in seine Reisetasche aus Kalbsleder, die ihm Kirsten letztes Jahr zu Weihnachten geschenkt hat. Lina war mit ihrem Freund gekommen. Er hatte die Gans aufgeschnitten und einen 76er Baron Rothschild Grand Cru aus dem Keller geholt. Nach dem Essen hatten sie die Kerzen am Weihnachtsbaum entzündet und »Stille Nacht« gesungen, mehr oder weniger stimmig von Kirsten auf dem Klavier begleitet. *Damals sah die Welt noch vielversprechend aus,* denkt er bitter. Er war auf der Sonnenseite des Lebens angelangt.

Und jetzt?

Er zieht den Reißverschluss der Tasche zu. Dann setzt er sich aufs Bett und schaut sie an, während er überlegt, warum er sie überhaupt gepackt hat. Wo soll er denn auch hin? Die Bullen werden ihn suchen und irgendwann finden. Er hat neulich eine Doku über Zielfahnder gesehen, die nicht lockerlassen, bis sie ihr Opfer aufgespürt haben, egal wo man sich verkriecht. Man hinterlässt immer Spuren, nirgendwo ist man sicher. Und was ist das für ein Leben? Von allen Ressourcen abgeschnitten, alleine und immer auf der Flucht. Das ist kein Leben, das ist Scheiße.

Dr. Khaled steht auf und verlässt das Schlafzimmer ohne seine Tasche. Er nimmt den Wagenschlüssel, der im Flur auf der Ablage liegt, und geht durch den Hauswirtschaftsraum in die Doppelgarage, wo sein feuerrotes 911 Carrera Cabriolet steht, das er sich letztes Jahr gegönnt hat. Er setzt sich in das duftende Leder und öffnet mit der Fernbedienung die Garagentür. Gleißendes Sonnenlicht blendet seine gereizten Augen, deren Blicke tagelang durch das Halbdunkel seines abgeschotteten Hauses geirrt sind, und ihm wird schwindelig. Das Führen eines Pkw unter Fentanyl-Einfluss ist streng verboten. Aber darauf kommt es jetzt auch nicht mehr an.

Am Funkturm fährt er auf die Avus und beschleunigt in 3,3 Sekunden von null auf hundert. Wenig Verkehr zur Mittagszeit. Es geht immer geradeaus, rechts und links zieht der Grunewald vorbei. Doch Khaleds Blick ist starr auf die Fahrbahn gerichtet. Als er die Ausfahrt Hüttenweg passiert hat, drückt er das Gaspedal durch. Der Motor röhrt auf, er wird in den Sitz gepresst, die Straße verengt sich zu einem Tunnel, das Lenkrad vibriert in seinen schweißnassen Händen. Kurz vor dem Abzweig Spanische Allee pendelt sich die Tachonadel auf zweihundertneunzig Stundenkilometer ein. Khaled zieht rüber in die Ausfahrt, bricht durch die Leitplanke und hebt ab. Der Porsche dreht sich in der Luft mehrfach um seine Längsachse und kracht dann in die Bäume, wo er in einem Feuerball explodiert.

33

Bosman schlägt die Augen auf.

Wo ist er?

Es ist halb dunkel, eine alte Stehlampe neben ihm spendet trübes Licht. Über ihm kreist ein Ventilator an der Zimmerdecke wie in einem alten amerikanischen Film. Ihm ist kotzübel, seine Muskeln schmerzen, und es pocht heftig hinter seinen Augen. Er dreht den Kopf. Er liegt auf einem Sofa und hat immer noch das Engelshemdchen an. Sein nackter Hintern klebt auf dem versifften Kunstleder.

Was zum Teufel ist passiert?

Dann sieht er die beiden Typen, die auf der anderen Seite des niedrigen Couchtisches in Sesseln hängen und ihn anschauen. Der eine hat ein seriöses Gewichtsproblem, einen Fusselbart im runden Gesicht und eine Dose Cola in der Hand. Der andere ist schlank und kräftig und hat ein Tattoo auf dem glänzenden Oberarm. Er beugt sich zu Bosman vor, in dessen Hirn die Synapsen feuern.

Woher kennt er ihn?

»Hallo«, sagt der Typ. »Wieder zu Hause?«

Bosman glaubt es nicht, als die Erinnerung zuschlägt: Das ist einer der drei Typen, die Harry letztes Jahr entführt haben!

»Leck mich am Arsch. Uwe Dombrowski?«

Uwe grinst.

Bosman rappelt sich mühsam hoch. »Wie kommst du denn hierher?«

»Tja, wie das Leben so spielt«, sagt Uwe. »Pass auf, hier ist der Deal. Du weißt selber, wie das mit Harry gelaufen ist und mit Bobo und dem scheiß Argentinier. Ich wusste gleich, dass das schiefgeht. Das ist immer so, wenn man mit Amateuren arbeitet. Aber egal, die Sache ist beendet, und ich finde, das solltest du auch so sehen. Ich denke, du solltest meinen Eintrag im Fahndungsregister löschen und vergessen, was gelaufen ist.«

»Warum sollte ich das tun?«

»Weil du mir was schuldest.«

Uwe beugt sich ein Stückchen vor und starrt ihn an: »Denn ich hab dich davor bewahrt, von der Brücke auf die Autobahn zu springen, weil du dachtest, du könntest fliegen, du Spacko.«

Er schaut zu Holgi rüber. »Ist doch so, oder?«

»Korrekt«, antwortet Holgi, während Bosman versucht, sich zu erinnern. Er war in einem Wald aufgewacht. Er hatte jedes Zeitgefühl verloren, aber sein Geist war frei, sein Körper schwerelos. Die Bäume um ihn herum begannen zu sprechen, und er verstand, was sie sagten. Er schaute von oben auf sich runter, sah sich selbst über den Waldboden kriechen, über weiches Moos und durch schwirrende Farren, und er fühlte sich eins mit allem. Doch dann wurde es dunkel, Dämmerung setzte ein, und eine Schwärze umschloss ihn, so schwarz, wie er es noch nie gesehen hatte. Das Nichts um ihn herum drehte sich und zog sich in einen langen Tunnel, an dessen Ende ein Licht aufschien, und als er den Tunnel durchschritten hatte, sah er die Autos unter sich dahinziehen. Warmer Wind stieg auf, er fühlte sich leicht und spreizte die Arme.

»Hast die Arme ausgebreitet wie Flügel, und wenn mein Kumpel Holgi und ich nicht zufällig vorbeigekommen wären, dann würdest du da jetzt auf dem Asphalt kleben wie Rotz am Fels«, sagt Uwe.

»Also, du schuldest mir was. So sehe ich das.«

»Welcher Tag ist heute?«, fragt Bosman. Er hat sich aufgesetzt, stützt die Ellbogen auf seine Knie und kämpft die aufsteigende Übelkeit nieder.

»Was?«

»Welcher Tag?«

»Donnerstag.«

Fuck!

Er war drei Tage weg. Drei Tage lang wurde er zugedopt, bis sein ganzes Hirn frittiert war und er zum Suizid-Kandidaten wurde. Sie haben ihn fertiggemacht und ausgesetzt, in der Hoffnung, dass er das nicht überlebt.

»Was sind das für Leute in dem Bunker?«

»Keine Ahnung, ich bin da raus«, sagt Uwe. »Ich bring dich jetzt zu deiner Karre, und du fährst nach Hause und löschst meinen Eintrag aus dem Fahndungsregister, hast du verstanden?«

»Ich brauche Klamotten.«

»Hast du aber nicht.«

»Soll ich so zweihundertfünfzig Kilometer fahren?«

»Warum nicht?«, sagt Uwe und grinst. »Ist nicht unsexy.«

Holgi fängt an zu meckern wie eine blöde Ziege, und am liebsten würde Bosman ihm eine reinhauen.

»Vergiss es«, sagt er. »Außerdem sind meine Schlüssel weg. Wie soll ich meinen Wagen aufkriegen und den Motor starten?«

Uwe grinst: »Das kriegen wir schon hin.«

Und so ist es auch.

Als er gegen 23 Uhr wieder in Berlin ist, parkt er zweite Reihe, huscht in seinem Engelshemdchen aus dem Wagen und verschwindet im Eingangstor, das Gott sei Dank nicht abgeschlossen ist. Er klingelt bei Elfie, die mit ihrer Freundin ein Stockwerk unter ihm wohnt und einen Schlüssel hat, zum Blumengießen, wenn sie im Urlaub sind oder für Notfälle, so wie jetzt. Elfie ist Mitte sechzig, hat ein paar Jahre auf Ibiza gewohnt und gefeiert und so ziemlich alles schon mal gesehen.

»Hallo, Elfie«, sagt Bosman. »Kannst du mir mal unseren Schlüssel geben?«

Sie schaut ihn an. »Harte Nacht, hm?«

»So ungefähr. Hör mal, es wäre mir sehr lieb, wenn das hier unter uns bleiben könnte.«

»Klar, Frank. Kein Problem.«

Er schließt seine Wohnungstür auf und geht leise in den Hausflur. Durch die offene Wohnzimmertür hört er die Glotze laufen. Aus Sophies Zimmer wummert Musik. Er will sich ins Schlafzimmer verdrücken, um sich umzuziehen, als er mit den Füßen an die Schuhkiste rempelt, die im Weg steht.

Fuck!

Als Nächstes taucht Britta im Türrahmen auf, schaut ihn an und fragt: »Muss ich anfangen, mir Sorgen zu machen?«

Es kotzt sie an.

Dass er seit Jahren kommt und geht, ohne Rücksicht zu nehmen, sich nicht mal meldet, wenn er verschwunden ist. Was hat sie ausgestanden, hat nachts vor Sorge kein Auge zugekriegt, *drei beschissene Tage lang!* Hat Sophie weinen sehen ... und jetzt? Steht er auf einmal nachts im Flur, mit blauem Auge und im *Engelshemdchen!*

Wo ist der Mann, in den sie sich verliebt hat?

Sie hat erst letzte Woche mit Dr. Lenau drüber gesprochen und erkennen müssen, dass es diesen Mann nicht mehr gibt. Und das gilt auch für die Frau, die sie selbst einmal war. Dr. Lenau sprach von der Metamorphose als dem Wesenskern des Lebens, während Britta überlegte, warum ihre Bewunderung für Bosman ins Gegenteil umgeschlagen ist und warum sie das, was sie anfangs so an ihm mochte, nur noch nervt: das Direkte und Selbstsichere seines Denkens und Handelns, als hätte er nie Zweifel an dem, was er tut. Gut und schön, nur führt es dazu, dass er immer alles besser weiß, einfach weil es ihm nie in den Sinn kommt, sich selbst zu hinterfragen.

Sie hinterfragt sich ständig.

Sie hinterfragt zum Beispiel Bosmans Beziehung zu dieser Frau, Elaine. Hatte er was mit ihr? Vielleicht damals schon, als er im Kosovo war? Ein bohrender Gedanke, den sie nicht wegrationalisieren kann.

»So sind die Männer«, sagte ihre Schwester Helen, als sie vor Kurzem abends auf der Terrasse bei ihr in Kleinmachnow saßen und Prosecco tranken. »Wie die Schmetterlinge, fliegen von Baum zu Baum.«

»Du meinst also, er hatte was mit ihr?«

»Und wenn, was wäre daran eigentlich so schlimm?«

Britta schaute sie an. Okay, Helen und Harry führten eine sogenannte offene Beziehung, sollten sie ruhig machen. Aber wenn ihr die Vorstellung nun mal wehtat, dass ihr Mann eine andere gevögelt hatte, konnte sie doch wohl ein wenig Mitgefühl erwarten, oder?

»Schätzchen, sie ist tot«, sagte Helen.

»Und? Soll ich das jetzt feiern oder was?«

»Na ja, klingt vielleicht ein bisschen zynisch, aber das Problem hat sich erledigt.«

»Du hast sie doch nicht mehr alle. Hör mal, ich fühl mich total scheiße!«

Sie bereute es, überhaupt gekommen zu sein.

Die Woche darauf verschwand Bosman für drei Tage, und jetzt ist er wieder da, duscht drüben im Bad, nachdem Sophie ihn in die Arme geschlossen hat. Britta sitzt vor der Glotze, kann sich aber nicht auf *Little Secrets* konzentrieren. Sie wartet. Sie weiß gar nicht, ob sie erfahren will, was passiert ist. Sie hat das Gefühl, beschmutzt zu werden, wenn sie sich das anhört. Die Dusche wird abgestellt. Kurz darauf kommt Bosman im Bademantel ins Wohnzimmer. Er sieht schlimm aus, dunkelviolette Schatten unter den geröteten Augen, eins davon geschwollen.

»Willst du wissen, was passiert ist?«

Nach einer Weile antwortet Britta: »Nein.«

»Okay«, sagt Bosman. »Bis Morgen.«

Diese Nacht schläft sie auf dem Sofa unter einer dünnen Wolldecke und hofft, Erlösung in ihren Träumen zu finden.

34

»Da war nichts«, sagt Schuster. »Der Bunker war leer.«

»Was ...?«

Bosman starrt ihn an. Sie sitzen in ihrem Büro, Nina lehnt an der Wand, die Arme vor der Brust verschränkt.

»Wir haben dich da überall gesucht. Wir haben das ganze Ding auf den Kopf gestellt. Keine Spur von Geflüchteten, kein OP, nichts.«

Bosman braucht einen Moment, um das zu begreifen.

»Wir haben den Grafen und seine Leute vernommen, die im Park arbeiten ... nichts.«

Einen Moment lang ist nur das Rauschen des Verkehrs auf dem Tempelhofer Damm zu hören. Bosman hat Schwierigkeiten, sich zu konzentrieren. Ihm ist schwindelig. Er schwitzt.

»Ich lag da. Festgebunden auf einem OP-Tisch, die Kanüle im Arm!«

»Und dann?«, fragt Nina. »Was ist dann passiert?«

»Ich weiß es nicht. Keine Ahnung, was die mir in die Vene gejagt haben, vermutlich Ketamin oder LSD, auf jeden Fall was Halluzinogenes. Mann, ich war kurz davor, von einer Autobahnbrücke zu springen!«

Sie schweigen einen Moment.

»Wann seid ihr in Czernau gewesen?«, fragt Bosman schließlich.

»Wann habt ihr mich da gesucht?«

Schuster blickt zu Nina rüber, die sagt:»Gestern.«

Als er wie von Sinnen durch den Wald gekrochen ist.

»Warum habt ihr so lange gewartet?«

»Wir brauchten einen Durchsuchungsbeschluss«, sagt Schuster.

»Der Graf wollte uns nicht ohne auf sein Grundstück lassen, und die Bunkertür hätten wir selbst mit einer Ladung Dynamit nicht aufgekriegt. Wir waren, so beschissen das in deinen Ohren klingen mag, auf Kooperation angewiesen.«

Nina schaut zu Bosman rüber:»Warum haben die dich eigentlich laufen lassen?«

»Warum hätten sie mich umbringen sollen?«, sagt Bosman wütend.»Alles, was sie brauchten, waren offenbar zwei Tage, um die Geflüchteten zu evakuieren und die Spuren zu beseitigen. Wieso sollten sie da Mordermittlungen riskieren und die Suche nach einem Bullen, der spurlos in Czernau verschwunden ist?«

Er lässt sich das Protokoll des Einsatzes geben. Sie haben tatsächlich den ganzen Bunker nach ihm abgesucht. Luminol, um eventuell weggewischte Blutspuren zu entdecken, kam nicht zum Einsatz. Der Graf und die beiden Leute, die für den Park zuständig sind, wurden vernommen: Martin Mauser und Roland Kottke. Jetzt hat er Namen und Fakten. Mauser hat zwei Vorstrafen wegen Körperverletzung und Zeigen des Hitlergrußes. Kottke ist fahndungstechnisch ein unbeschriebenes Blatt. Aber es gibt mehrere Einträge bei Google: Kottke in diversen Kriegsgebieten, als Berater im Jemen – und damals als Freischärler im Kosovo, in Ekrems Bataillon.

Ein Krieger.

Was macht ein Krieger in Sachsen, der auf der Seite der Leute gekämpft hat, die damals serbische Gefangene ausgeweidet haben und damit ein Riesengeschäft machten? Bosman ist überzeugt davon, dass es Kottke war, mit dem Shatira Ekrem telefoniert hat. Um sich über die Lieferung von Organen abzustimmen, die in der Paracelsus-Klinik von Ibramovics und Khaled transplantiert wurden. Und es war Kottke, der Elaine umgebracht hat, bevor sie jemandem erzählen konnte, was sie gesehen hatte.

Gnade ihm Gott.

Uwe darf abdrücken.

Wie geil ist das denn? Seit seiner Rehabilitierung waren noch keine vierundzwanzig Stunden vergangen, als Kottke ihm eine SMS schickte. Er hockte im müden Mittagslicht auf dem Sofa bei Holgi, der die Xbox einstöpselte, und stierte auf das Display seines Handys, wo Google Maps aufsprang und ein Punkt pulsierte. *ETA: 14.00.*

»Alter«, sagte er. »Ich brauch mal deine Karre.«

»Wieso, wir wollten doch zocken.«

»Später. Muss los, zu Kottke.«

»Du wolltest doch nichts mehr mit ihm zu tun haben.«

Stimmt.

Aber die Dinge haben sich geändert. Kottke hatte ihn am Vorabend in die Alte Eiche geladen. Uwe war zuerst unsicher, ob er gehen sollte. Er hatte Schiss. Was würde ihn da erwarten? Hatte Kottke vielleicht Wind davon bekommen, dass er dem Bullen den Arsch gerettet hatte? Es war aber auch riskant, die Einladung auszuschlagen. Wenn Kottke was von ihm wollte, konnte er ihn jederzeit auch hier an die Wand nageln. Besser, ihn nicht zu verärgern. Also fuhr er hin. Kottke saß alleine am Tresen. Mauser, der blöde Ecki und die anderen hingen am Stammtisch und beachteten ihn nicht weiter. Uwe setzte sich auf den Hocker neben Kottke und sagte zum Wirt: »Ein Pils.«

Kottke drehte sich zu ihm um: »Wie läuft es so dieser Tage?«

»Läuft.«

»Siehst scheiße aus.«

Uwe schwieg.

Kottke sagte: »Ich war dreiundzwanzig, als ich das erste Mal einen erschossen habe, in Mali, bei den Sandnegern, wo ich mit der Legion war. Ich meine, nicht im Gefecht erschossen, sondern von Angesicht zu Angesicht, einen jungen Legionär, ein Kameradenschwein.«

Kottke trank einen Schluck aus seinem Bierglas, setzte es ab und wischte sich mit dem Handrücken Schaum aus dem stoppeligen Bart. »Wir haben gewürfelt, wer es tun sollte. Ich hatte zweimal sechs, Pasch. Der Mann hockte hinter uns an der Lehmmauer des Polizeigebäudes, von dem oben eine rostige Dachrinne runterhing. Ich hatte mich gewundert, warum die Dachrinne rostig war, wo es da doch nie regnet. Alles staubtrocken. Sand, der dir den ganzen Tag lang in den Augen brennt, und wenn du sie abends zumachst, dann denkst du, du hast Schmirgelpapier unter den Lidern.«

»Scheiße«, sagte Uwe.

»Ich bin aufgestanden und rübergegangen. Ich bin hinter ihn getreten und habe ihm in den Kopf geschossen. Und weißt du was? Es war gar nicht schlimm. Er hatte den Tod verdient. Er hatte seine Kameraden verraten.«

Uwe schwieg und dachte: *Okay, aber der Flüchtling hatte den Tod nicht verdient. Er hatte niemanden verraten. Er war unschuldig.*

»Ich habe nachgedacht über dich«, sagte Kottke. »Du hast gute Anlagen, hast eine zweite Chance verdient.«

Uwe senkte den Kopf. »Danke.«

»Ich gebe nicht jedem eine zweite Chance.«

»Entschuldige«, murmelte Uwe. »Kommt nicht wieder vor.«

»Nein«, sagte Kottke, »ich weiß.«

Und trank sein Bier aus.

Jetzt steht er neben ihm auf dem alten NVA-Truppenübungsplatz in der Schafsheide. Das Gewicht der Panzerfaust drückt ihm auf die rechte Schulter.

»Die RGW90 AS gehört zum Besten, was es derzeit gibt«, hat Kottke bei der Manöverbesprechung vorhin doziert. »Die zeitverzögerte Sprengladung durchschlägt selbst dickes Mauerwerk und pulverisiert jedes Fahrzeug, sogar gepanzerte Kettenfahrzeuge. Durch eine moderne Kompensationstechnologie, die im Augenblick des Abfeuerns einen Gegendruck aufbaut, hat die Waffe kaum einen Rückschlag und erlaubt dadurch dem Schützen sicheres Zielen und durch das geringe Gewicht von knapp zehn Kilo taktische Beweglichkeit im Raum.«

Er klang wie ein Vertreter, der begeistert sein Produkt anpries, aber Uwe konnte sehen, dass er ein semi-erotisches Verhältnis zu der Waffe unterhielt, so zärtlich, wie er über das matte Finish strich.

Uwe rückt die RGW90 auf seiner Schulter zurecht und visiert durch die Zielvorrichtung den durchlöcherten Schuppen an, an dem sich schon die Russen und dann die NVA ausgelassen haben. Er sieht im rechten Zielfeld Mauser und seine Leute, die neben dem Schuppen hinter einem Erdwall Position beziehen. Sie werden durch das Loch, das er mit seiner RGW90 in die Mauer ballern wird, in das Haus eindringen und den Gegner, der vom blöden Ecki angeführt wird, im Häuserkampf niedermachen. Die gebogenen Magazine der Kalaschnikows sind mit Übungsmunition gefüllt, Nahkampf erlaubt. Erst war Uwe ein wenig enttäuscht, dass Kottke ihn nicht im Kommandotrupp eingegliedert hatte, der die Bude stürmt. Das macht Bock, rein in den Flur, Finger am Abzug, *ratatatatammm* ... Pulverrauch und Schreie. Und dann den blöden Ecki packen und ihm eine in die Fresse hauen.

»Feuer frei!«, ruft Kottke.

Uwe drückt ab.

Ein trockenes Ploppen, ein Zischen, als das Projektil den Lauf verlässt. Uwe ist noch überrascht vom unspektakulären Auftritt der Waffe, als dreihundert Meter vor ihm in der Hauswand ein orangener Feuerball detoniert.

BANG!

Mauerwerk spritzt durch die Luft, dann sieht er Mauser und die Männer durch den Rauch auf das klaffende Loch zustürzen und im Inneren verschwinden, wo jetzt Schüsse knattern wie Fehlzündungen an den Mopeds von ein paar Halbstarken.

»Sauber«, sagt Kottke und klopft ihm auf die Schulter. »Guter Schuss.«

Uwes Wangen glühen.

Abends dann in der Alten Eiche Manöverkritik. Dreizehn Krieger hocken um den Stammtisch und heben ihre Biergläser: »Auf Woloweka.« Der blöde Ecki hat eine aufgeplatzte Lippe, Mauser ein verstauchtes Handgelenk. Ein harter Einsatz. Kottke lobt seine Männer. Er lobt Uwe für seinen Schuss. Er sieht Potenzial in der Truppe, auf die er stolz ist.

»Hört zu, Männer«, sagt er. »Wir haben eine Bestimmung. Wir haben ein Ziel. Wir haben Waffen, und wir haben Verbündete.«

»Jawoll.«

»Sollen wir uns noch länger verstecken?«

»Nein!«, schallt es ihm entgegen.

»Oder sollen wir ins Licht treten?«

»Ins Licht treten!«

Ein Lächeln huscht über Kottkes Lippen. Er ist zu der Überzeugung gelangt, dass der Reichstag brennen muss. Die Geschichte wiederholt sich, man kann es förmlich spüren. 1933 war die Zeitenwende zum Dritten Reich, das von den Juden verraten und in den Staub getreten wurde.

»Ohne die jüdische Lobby in Amerika, die auf Eintritt in den Krieg drängte«, sagt er, »wäre die Sache damals anders ausgegangen, Freunde, aber ganz anders. Erst der feige Dolchstoß der New Yorker Juden hat das deutsche Heer in die Knie gezwungen.«

»Scheiß Juden!«

»Jetzt aber«, sagt Kottke, »jetzt ist es so weit, die neue Zeitenwende hervorzubringen und die geschichtliche Bestimmung des Dritten Reiches zu ihrem Ende zu führen.«

»Jawoll!«

»Der Reichstag muss brennen!«

Er hat seine Idee gestern dem Grafen unterbreitet, war aber auf wenig Zustimmung gestoßen. War ja klar, so im Nachhinein. Der Graf ist ein Zögerer, ein Schwätzer, ein Salonrevoluzzer.

»Ihre Idee ist blanker Unsinn und hochgefährlich dazu«, beschied er ihm. »Was, glauben Sie, wird passieren? Wen, glauben Sie, wird die Polizei als Erstes verdächtigen, wenn der Reichstag brennt? Da können Sie auch gleich eine rote Laterne an Ihre Wohnungstür hängen.«

»Es ist ein Zeichen«, sagte Kottke. »Es ist ein Menetekel an der Wand, das jedem klarmacht: Wir sind da. Und wir gehen auch nicht mehr. Wir erheben Anspruch auf die Führung des Volkes.«

Der Graf sagte eine Weile lang nichts. Dann schaute er ihn an. »Ich verstehe Ihren Gedanken, und ich verstehe auch Ihre Ungeduld, Kottke. Aber wissen Sie, Sunzi, ein brillanter chinesischer General und Stratege aus der Zeit der Streitenden Reiche, hat gesagt: *Den Feind aufs Dach locken und dann die Leiter wegziehen.*«

Kottke glotzte ihn an.

Was?

»Noch sind wir nicht so weit«, sagte der Graf. »Noch haben wir den Feind nicht auf dem Dach.«

Kottke stand auf. »Dann ist es Zeit, dass wir ihm Feuer unter dem Arsch machen.«

Auch wenn der Graf noch zaudert, in den Gesichtern seiner Kameraden sieht Kottke jetzt Entschlossenheit, als er seinen Plan darlegt. Er wird mit einem kleinen Trupp den Anschlag vorbereiten. Es soll nachts brennen, so will es Kottke, gleißend hell und weithin sichtbar. Selbst die Jungs oben in der ISS sollen mitkriegen, dass hier eine neue Epoche eingeläutet wird.

Nach dem Kameradentreffen in der Alten Eiche fährt Kottke nach Hause. Er parkt seinen Wrangler im Hof des kleinen Hauses gleich hinter dem Ortseingang, schaltet den Motor aus und geht durch die Dunkelheit auf die hintere Küchentür zu. Er schließt auf und tritt ein. Er greift hinten in seinen Hosenbund und legt seine Waffe auf den Küchentisch. Dann holt er ein Bier aus dem Kühlschrank und geht rüber ins Wohnzimmer, wo er im Halbdunkel einen Mann im Sessel sitzen sieht, der eine Waffe auf ihn richtet.

»Mach das Licht an und setz dich«, sagt Bosman.

35

Er war gegen fünfzehn Uhr in Berlin losgefahren, hatte sich durch den Berufsverkehr raus aus der Stadt gequält und die letzten zwanzig Kilometer kaum noch Gegenverkehr gehabt. Er parkte direkt vor Kottkes kleinem Haus am Ortseingang, stieg aus und schaute sich um. Keine Menschenseele zu sehen. Irgendwo kläffte ein Hund. Wind raschelte in den Linden, die hier die Straße säumten. Er fragte sich, hinter wie vielen Gardinen ihm wohl misstrauische Augenpaare folgten, ging durch die offene Hofeinfahrt hintenrum zum Haus und spähte durch das Fenster in eine kleine Küche. Die Hintertür daneben war verschlossen. Bosman trat einen Schritt zurück und musterte das Dach. Biberschwanzgedeckt. Er kletterte auf die Regentonne, zog sich an der wackeligen Rinne hoch und krabbelte auf allen vieren ein Stück das Dach hinauf, vom Giebel vor neugierigen Blicken von der Straße her geschützt. Er hebelte ein paar Ziegel aus der Lattung und stapelte sie in der Dachrinne. Mit seinem Schweizer Messer schnitt er die Folie der Dampfsperre auf und ließ sich durch das Loch auf den Dachboden gleiten. Er stand im Staub und schaute über eine rostige UKW-Funkantenne zu einer Tür. Sie war nicht verschlossen. Er ging die Stiegen runter und kam in einen engen Flur, von dem rechts das Schlafzimmer abging. Gegenüber das Bad.

Sein Blick glitt über den blauen Duschvorhang rüber zum Klo und dem Waschbecken daneben. Auf der speckigen Ablage stand ein Becher mit einer Zahnbürste, deren gelbliche Borsten sich schon nach außen bogen. Daneben lagen Kottkes Rasierzeug und ein Kamm voller Haare. Bosman holte eine Kunststofftüte aus seiner Jackentasche und packte den Kamm ein. In der Küche öffnete er den Kühlschrank, machte sich ein Bier auf und ging damit rüber in das Wohnzimmer, wo er den Sessel in Richtung Tür drehte. Er zog seine Glock und legte sie neben dem Bier auf dem Rauchtisch ab. Dann setzte er sich und wartete.

Stunden später, es war dunkel geworden und er war eingenickt, hörte er draußen einen schweren Motor blubbern. Scheinwerferlicht huschte durch das Fenster, dann war es wieder dunkel. Der Motor erstarb. Bosman hörte, wie das Schloss geöffnet wurde. Licht flammte im Flur auf. Er griff nach seiner Waffe und schob den Sicherungsbügel beiseite. Er hörte, wie Kottke den Kühlschrank öffnete, dann kam er rein und blieb verdutzt stehen, als er ihn sah.

»Mach das Licht an und setz dich«, sagt Bosman jetzt, die Waffe auf Kottkes Brust gerichtet.

Kottke erwidert nichts. Er schaut ihn durch die Dunkelheit an, hebt beide Hände, tastet langsam zum Kippschalter und legt ihn um. Das Deckenlicht flammt auf und blendet Bosman, obwohl er die Augen schon vorher zusammengekniffen hat.

»Na los, setz dich.«

Er deutet mit dem Lauf seiner Waffe auf den Sessel, der quer zu ihm steht. Kottke nimmt Platz, trinkt einen Schluck Bier und stellt die Flasche ab, als säße er hier mit seinem besten Kumpel. Dann schaut er Bosman an und sagt: »Wie bist du nach Hause gekommen?«

»Hättest du wohl nicht gedacht.«

»Nee.«

»Was habt ihr mir gespritzt?«

»Ketamin.«

Womit die Vollnarkose eingeleitet wird, denkt Bosman und sagt: »Ihr wolltet mich da nicht allen Ernstes ausschlachten?«

»Wie kommst du darauf?«

»Ich lag auf einem OP-Tisch.«

Kottke grinst. »Das hast du geträumt, mein Freund.«

»Nee«, sagt Bosman, »das habe ich ganz bestimmt nicht geträumt. Wo habt ihr die Geflüchteten hingebracht?«

»Wir haben sie laufen lassen.«

»Einfach so.«

»Ja.«

Kottke trinkt einen Schluck. »Jetzt kümmert sich vermutlich das deutsche Sozialsystem um sie.«

Bosman kann nicht glauben, wie abgefuckt der Typ ist. Sitzt hier mit seinem Bier in der Hand, als wäre nichts. »Seit wann hast du der Paracelsus-Klinik Organe geliefert?«

»Spielt doch jetzt keine Rolle mehr.«

»Für mich schon«, sagt Bosman. »Es ist jemand dafür gestorben, der mir sehr nahestand, verstehst du das?«

Kottke schweigt einen Moment, dann sagt er: »Sie war zu neugierig. Sie wollte nicht hören.«

Bosman starrt ihn an. Sein Puls fährt hoch. Schweiß sammelt sich in seinen Handflächen und rinnt die Plastikschale am Griff seiner Waffe runter. Sein rechter Zeigefinger wandert vom Käfig mit gekrümmter Kuppe zum Abzug.

Kottke sagt: »Aber ich habe sie nicht umgebracht, wenn du das glaubst.«

»Wer dann?«

Kottke zuckt mit den Schultern. »Ich weiß es nicht.«

Und Bosman feuert.

Holz splittert. Die Gläser im Büfett hinter Kottke explodieren scheppernd.

»Denk, was du willst«, sagt Kottke ungerührt, »aber die Wahrheit ist, ich habe die Frau nie gesehen.«

»Sie war hier.«

»Das mag sein. Mir wurde sie nicht vorgestellt.«

Du lügst!

Bosman bedauert, ihn nicht einfach abknallen zu können. Er steht auf und verlässt das Haus ohne ein weiteres Wort. Er kann nicht sicher sein, ob er Elaine getötet hat oder ob es sein Partner in Berlin, Shatira Ekrem, war. Darüber können allenfalls die DNA-Spuren des Täters Auskunft geben, wenn sie mit der DNA von Kottkes Haaren abgeglichen werden, die an dem Kamm kleben, den Bosman eingesteckt hat. Ohne richterlichen Bescheid, aber den wird Richter Schmitt im Zweifel nachliefern.

Es ist zwei Uhr morgens, als er endlich wieder zu Hause ist. Er fühlt sich vollkommen zerschlagen. Er spürt den Schweiß, der ihm unter dem T-Shirt den Rücken runterrinnt, sein Mund ist trocken, und seine Muskeln brennen – die Nachwirkungen des üblen Trips. Er ist unsicher: Hat er wirklich geträumt, dass er da auf dem OP-Tisch lag, voll auf Ketamin, oder war es andersrum? Er lag auf dem OP-Tisch, und dann kam das Ketamin zur Einleitung der Vollnarkose? Bosman spürt, wie Übelkeit in ihm aufsteigt und sich unerbittlich zum Magenpförtner hocharbeitet. Er versucht, gleichmäßig zu atmen. Im Bad zieht er das nasse T-Shirt aus und reibt sich mit einem Handtuch ab. Duschen will er nicht, um Britta nicht zu wecken, die nebenan schläft.

Als er vorsichtig neben ihr unter seine Decke schlüpft, dreht sie sich zu ihm um: »Wo warst du?«

»Arbeit«, sagt er matt.

»Um diese Uhrzeit?«

Die Stille drückt wie ein schwüler Sommernachmittag, seine Brust wird eng.

»Ich habe eine Frage an dich«, sagt Britta. »Und bitte lüg mich nicht an.«

Er ahnt, was kommt.

»Hattest du ein Verhältnis mit Elaine?«

Nach einer Weile sagt er: »Ja, damals im Kosovo.«

»Und dann nicht mehr?«

Bosman schweigt.

Britta nickt, sein Schweigen ein stummes Schuldbekenntnis. Sie schaut ihn an, und Bosman schafft es nicht, ihrem Blick standzuhalten, als sie fragt: »Hast du was mit ihrem Tod zu tun?«

»Wie kommst du darauf?«

»Weil du seitdem überhaupt nicht mehr da bist. Es ist, als kommst du gar nicht mehr vor. Du verschwindest tagelang, redest kein Wort mit mir. Kommst um zwei Uhr morgens nach Hause. Da stimmt doch was nicht. Du bist wie besessen.«

»Quatsch.«

»Nein, Frank, kein Quatsch, und das weißt du auch.«

Ja, denkt Bosman, *das weiß ich. Aber es ist nicht so, wie du glaubst. Ich lag nackt neben ihrer Leiche und werde als Sexualmörder hingehängt, wenn ich hier nicht verdammt aufpasse und schleunigst einen Täter präsentiere.*

Am nächsten Morgen schaut er als Erstes im Labor vorbei, wo heute Dr. Steinbach Dienst hat. Bosman kennt ihn schon seit Jahren. Steinbach war lange Dartmeister im Anker gewesen, räumte die Pokale ab, bis er eines Nachts betrunken vom Fahrrad fiel, als er von einer Chemikerparty mit Kollegen nach Hause fuhr und sich das rechte Schultergelenk ruinierte. Seitdem traf er nicht mehr ins Schwarze und zog sich vom Vereinssport zurück.

Bosman reicht ihm die Asservatentüte mit Kottkes Kamm und sagt: »Ich brauche die DNA.«

306

»Kein Problem, welcher Fall?«

»Elaine Szolnay, Bergmannstraße.«

»Da sitzt doch Weber drauf.«

»Deshalb würde ich es begrüßen, wenn er nichts hiervon erfährt.«

Steinbach schaut ihn einen Moment lang an und seufzt schließlich:»Komm morgen wieder.«

»Danke, hast einen gut bei mir.«

Er tritt aus dem Gebäude in die Morgensonne und schaut auf seine Uhr: 8:30. Da wird Shatira wohl gerade Hofgang haben. Er steigt in seinen Wagen und fährt los zum Knast in Moabit.

»Du bist am Arsch«, sagt er zu Shatira Ekrem.»Ich war gestern in Czernau. Kottke hat geplaudert.«

Sie sitzen im Besucherraum des Gefängnisses. Die Fenster sind vergittert, und in der Ecke neben dem Getränkeautomaten steht eine verdorrte Yuccapalme.

»Was hat er denn gesagt?«

»Dass er dir Organe geliefert hat. Und dass du Elaine umgebracht hast.«

»Hast du das schriftlich?«

Nein, denkt Bosman, *habe ich natürlich nicht. Werde ich auch nicht kriegen.* Kottke kann jederzeit behaupten, dass er das nie gesagt hat. Er hat nichts in der Hand. Dann schiebt er Ekrem ein DNA-Testset über den Tisch.»Jetzt hast du die einmalige Gelegenheit, deine Unschuld zu beweisen.«

Shatira lächelt und sagt:»So läuft das nicht, Bruder. Ihr müsst mir die Schuld nachweisen, nicht umgekehrt. Wir sind hier in einem Rechtsstaat.«

Wollen wir doch mal sehen, du Klugscheißer, denkt Bosman.

Wenig später trifft er Richter Dr. Carlo Schmitt zum Lunch bei einem kleinen Hipster-Franzosen um die Ecke vom Amtsgericht

Neukölln. Der Richter futtert Moules frites, begleitet von einem halben Fläschchen Elsässer Riesling.

Bosman hat keinen Hunger.

»Du solltest auch was essen«, sagt Schmitti und schleckt sich schmatzend den Muschelsaft von den Fingern. »Hast abgenommen in letzter Zeit. Was ist los?«

»Gut, dass du wieder ganz obenauf bist.«

Schmitti lacht, wischt sich mit der Serviette vornehm über die Lippen und trinkt einen Schluck Wein. »Macht keinen Sinn zurückzuschauen, Frank. Es geht immer nur in eine Richtung, nämlich vorwärts.«

»Deshalb bin ich hier.«

»Das dachte ich mir.«

»Ich brauche eine Speichelprobe von Shatira Ekrem für einen DNA-Abgleich mit den Täterspuren in der Bergmannstraße«, sagt Bosman.

»Das ist doch gar nicht dein Fall.«

»O doch, glaub mir, das ist es.«

»Ihr glaubt, Ekrem war das?«

»Er oder ein Hooligan aus Czernau, Roland Kottke.«

»Hmm ...«, macht Schmitti.

»Die DNA von Kottke hab ich schon besorgt«, sagt Bosman. »Da brauche ich noch einen vordatierten Bescheid.«

»Wie bitte?«

»Wo ist das Problem?«

»Ich kann doch nicht einfach ein amtliches Dokument vordatieren.«

Bosman schaut ihn überrascht an. »Wann hat dich so was jemals gestört?«

»Es sind andere Zeiten, Frank. Es weht ein neuer Wind. Wie es aussieht, kommt Ekrem aus der U-Haft.«

»Ach ja?«

»Er hat Anzeige gegen dich und Schuster erstattet, wegen Amtsmissbrauch und Verstoß gegen das Betäubungsmittelgesetz in besonders schwerem Fall zur Vortäuschung einer Straftat und Freiheitsberaubung. Er sagt, ihr habt ihm das Koks untergeschoben.«

»Klar, was soll er denn auch sonst sagen?«

Schmitti beugt sich vor. »Hör zu, wir beide wissen, dass er recht hat. Aber egal, solange die Ermittlungen gegen euch andauern, ist er zunächst einmal unschuldig, bis das Gegenteil bewiesen ist.«

»Okay, meinetwegen«, sagt Bosman. »Was ist mit der Genehmigung der Speichelproben?«

»Das muss ich erst noch abklären.«

»Was gibt es denn da abzuklären?«

Schmitti räuspert sich, wischt die Hände an der Serviette ab, leert sein Weinglas und sagt: »Seit Baumgarten Innensenator geworden ist, stehe ich hier unter besonderer Beobachtung, wenn du verstehst, was ich meine. Du kannst sicher sein, dass mir der geringste Formfehler medienwirksam um die Ohren gehauen wird, und weißt du auch, warum? Weil Baumgarten ein niederträchtiges, widerwärtiges, intrigantes und durch und durch rachsüchtiges Arschloch ist.«

Mit der Wahrheit hat diese Version wenig zu tun. Die Wahrheit ist vielmehr, dass Schmitti gestern einen Anruf von Dr. Laurenz bekommen hat, um zu beraten, wie man Shatira Ekrem am besten aus der U-Haft kriegt. Schmitti hatte den Anruf erwartet und sich schon ein paar Gedanken gemacht. Am Tag vorher war er nämlich bei einem Strategietreffen in Czernau gewesen, wo der Graf ihn gebeten hatte, die Sache dezent einzufädeln. Es läge in seinem Interesse, dass Ekrem rauskommt und die Ermittlungen gegen ihn nicht ganz so engagiert ausfallen.

Das Gespräch hatte am Rande der Tagung stattgefunden. Der Graf hatte geladen, um über das Parteiprogramm der ÖKP zu beraten. Eine gemischte Gruppe von sieben Leuten, die er zusammengestellt hatte. Als Erstes wurde beschlossen, das Wort *Deutschland* hinter den Parteinamen zu hängen: Ökologische Konservative Partei Deutschlands, ÖKPD. Es gab Leute, die sich daran störten, dass die Menschen dann vor allem KPD im Ohr behalten würden, aber das Bekenntnis zu Deutschland setzte sich schließlich durch. Dann wurde lebhaft über ein Grundsatzpapier debattiert. Man einigte sich auf ein paar Eckpunkte: raus aus dem Euro, Repatriierung der Flüchtlinge, Ausbau alternativer Energien, Strukturwandel der betroffenen Regionen im Osten, Bekenntnis zur NATO, aber Dialog mit Moskau, Aufhebung der Homo-Ehe, und was die Hochschulpolitik betraf: Abschaffung der Gender Studies.

Sie saßen in der Bibliothek des Schlosses, die Türen zum Garten standen offen, und die Nachmittagssonne schien über die Wipfel des Waldes herein.

Nur Kerle, keine Frauen.

»Nee, Leute, so läuft das nicht«, sagte auf einmal ein junger Typ mit Hipster-Cap und schlauen Augen, den der Graf als Bruno vorgestellt hatte. »Ihr macht den zweiten Schritt vor dem ersten. Erst braucht ihr eine Bewegung, eine Bürgerbewegung, die einen Nerv aufgreift und immer mehr Leute zieht, bis sich die Frage nach der Organisation stellt. Und dann gründet ihr die Partei, mit dem Willen des Volkes im Rücken.«

Beifälliges Gemurmel.

Der Junge hat recht, dachte Schmitti. Die Bewegung musste Tat werden. Sie brauchte einen Anlass, der die öffentliche Meinung bewegte, um sich klar zu positionieren: *Wir sind konservativ-national, demokratisch und ökologisch-nachhaltig.*

»Genau so«, sagte der Graf. »Damit ziehen wir unzufriedene Wähler der Altparteien an den Rändern ab, die sich ökologisch sehen, aber keine Lust auf den Liberalismus haben und noch nicht bereit sind, die AfD zu wählen. Wir positionieren uns genau in der Mitte und schlagen die Brücke zu unseren Zielen.«

Wieder beifälliges Gemurmel.

»Das heißt aber auch«, fuhr der Graf fort, »keine provokanten Aktionen, nichts, was den im Herzen staatstreuen Konservativen schrecken könnte, nichts *Extremes*.«

Ein Typ namens Karl Weißblatt, der aussah wie Foucault auf dem Sterbebett und sich als bedeutender Denker der Neuen Rechten genau wie der Graf auf Carl Schmitt und neuerdings auch auf Hölderlin bezog, schlug vor, Ereignisse zu identifizieren oder im Zweifel zu fabrizieren, die dazu geeignet waren, den Geburtsfunken der Bürgerbewegung zu schlagen. Keinem fiel jedoch etwas ein, das über die dröge Tagespolitik hinausging.

»Die Wut«, sagte Schmitti schließlich. »Es ist die Wut, die in den Leuten steckt. Die müssen wir bedienen. Diese irrsinnige Wut, die durch Fakten nicht zu entschärfen ist, weil sie wütend bleiben will, weil sie der einzige Weg aus der Ohnmacht ist. Ohnmacht angesichts der gesellschaftlichen Veränderungen, der Globalisierung und eines entfesselten Neoliberalismus, der eine Schneise der Verwüstung in dieses Land geschlagen hat, kalt und ohne Rücksicht. Ohnmacht angesichts der Wuchermieten kapitalistischer Geldhaie und der kriminellen Migrationsströme, die unser Land mit fremden Sitten fluten wie Gott die Erde mit dem großen Wasser, um die Sünder zu strafen. Und die Sünder, das sind wir, wenn wir nicht der heiligen Pflicht nachkommen, Schaden vom Vaterlande abzuwenden.«

Er hatte sich in Fahrt geredet, und nach einem kurzen Moment überraschter Stille klapperte der Beifall los.

»Sauber, gute Rede!«

»Danke, danke, Leute … danke …«

Einige standen applaudierend auf. Der Graf lächelte ihm zu. Es lief alles nach Plan.

An jenem Abend, nachdem der Graf seine Gäste gegen 22 Uhr mit einem Glas Champagner auf der Flügeltreppe zum Haupteingang des Schlosses verabschiedet hatte, kehrte er zufrieden zurück in seine Bibliothek, wo er kurz zusammenzuckte, als er Kottke sah, der vor dem Fenster stand. Der Graf reagierte verstimmt. Er hasste es, wenn sich jemand durch offene Terrassentüren in den Raum schlich. Das verhieß nie etwas Gutes.

»Was gibt es?«, fragte er barsch.

Kottke starrte ihn an. Es schien dem Grafen, als wäre der Mann betrunken, ein rötliches Glimmern in den Augen.

»Wir brauchen noch mal hunderttausend für die Flammenwerfer.«

»Was ...?«

»Flammenwerfer für das ganz große Feuer.«

»Was faseln Sie da? Sind Sie betrunken?«

»Wir müssen die Albaner bezahlen.«

»Das mag ja sein. Aber ich weiß nicht, ob wir das jetzt und hier besprechen sollten.«

»Unsere Finanzquelle ist erst mal versiegt«, sagte Kottke.

Wie der Graf dieses *Wir* hasste! Er legte sich doch nicht mit Stallknechten ins Bett. »Das ist mir nicht entgangen. Wo haben Sie die Geflüchteten eigentlich hingebracht?«

»Wir haben sie laufen lassen«, sagte Kottke. »Wo hätten wir denn hinsollen mit ihnen?«

Im Eilverfahren rief der Graf aus seiner an Erfahrungen reichen inneren Datenbank eine Risikoanalyse ab. »Wo haben Sie sie laufen lassen?«

»Hier in der Gegend.«

»Sind Sie wahnsinnig? Die irren hier traumatisiert herum?«

»Hey, wer sich von Afghanistan bis hierher durchschlägt, kommt auch in Sachsen zurecht.«

»Was ist, wenn sie Hilfe suchen, an die Haustüren klopfen?«

»Da, wo sie sind, klopfen sie nicht an Haustüren.«

Es kroch dem Grafen kalt den Rücken hoch. Hatte er sich hier ein Monster herangezogen? Einen Mann, der ohne Gnade und von sehr linearem Verstand war?

»Lassen Sie uns morgen darüber reden«, sagte er. »Ich bin müde. Es war ein langer Tag.«

»Und er wird noch länger.«

»Was wollen Sie?«

»Einsatz.«

Der Graf schaute ihn an. »Einsatz?«

Kottke ging etwas schwankend auf ihn zu. Er stank nach Bier und Schnaps, nach der Alten Eiche und den Proleten, die der Graf zutiefst verachtete. Aber er brauchte sie, um vorwärts zu kommen. Er brauchte die Unterstützung des Pöbels. Also musste er ihm etwas versprechen. Er versprach Macht. Der Pöbel tobte. Jetzt meuterte er. Der Pöbel war unberechenbar.

»Ich habe viel getan«, sagte Kottke. »Und jetzt bist du dran. Ich brauche die Flammenwerfer.«

Der Graf schluckte. Hitze ging von Kottke aus, rote Energie strahlte aus seinem Kriegerkörper. Dem hatte er wenig entgegenzusetzen, im Grunde nichts als die knisternde Pergamenthaut eines alten weißen Mannes.

»Ich werde mein Bestes tun.«

»Und wenn es nicht gut genug ist, dein Bestes?«

Der Graf sah ihn kühl an und sagte: »Das haben nicht Sie zu entscheiden.«

36

Der Tag, an dem Bosman sein ganzes bisheriges Leben um die Ohren fliegen wird, beginnt düster. Wolken bedecken die Sonne, und die Temperatur ist über Nacht gefallen. Der Trauerzug kommt aus der kleinen Backsteinkapelle. Vorneweg zwei Bestatter in schwarzem Anzug und mit Zylindern, die die Urne tragen. Dahinter Khaleds Frau und seine Tochter.

Dahinter niemand.

Bitter, bitter ...

Bosman steht hinter der Friedhofsmauer und schaut zu, wie die Urne herabgelassen wird. Die Bestatter verabschieden sich und gehen. Die beiden Frauen schauen noch einmal kurz auf das zugeschüttete Loch, und er kann erkennen, dass sie weinen. Er sieht es an den hochgezogenen Schultern und den gesenkten Köpfen.

Und ich bin schuld, denkt er. *Ich habe ihn in den Tod getrieben. Ich hätte ihn nicht öffentlich kreuzigen müssen.*

Er fühlt sich elend. Was will er hier? Warum ist er gekommen? Er weiß es selber nicht so genau. Will er Absolution? Von wem? Den beiden Frauen, denen er den Boden unter den Füßen weggerissen hat?

Betretene Mienen, als er ins Präsidium kommt. Nicht zum ersten Mal. Wo sind die frohen Gesichter der Vergangenheit? Was geht hier ab? Er hat seit einiger Zeit das Gefühl, dass er fremd wird in seinem Team, eine seltsame Distanz zu Schuster und neuerdings auch zu Nina. Er fragt sich, warum. Glauben sie ihm nicht mehr? Seit seiner Rückkehr aus Czernau ist die Temperatur noch mal um ein paar Grad gefallen, und auch Emrah wirkt nicht so, als freue er sich, ihn zu sehen.

»Setz dich«, sagt er knapp.

Bosman nimmt auf dem Besucherstuhl Platz, Schuster auf dem IKEA-Sofa in der Ecke.

»Was ist los?«, fragt Bosman.

»Heute schon mal Nachrichten gelesen?«

»Nee, warum?«

Emrah schaut zu Schuster rüber. »Ich nehme an, du auch nicht.«

Er sagt ihnen, sie sollen ihre Handys rausholen und *Spiegel Online* aufrufen, was sie auch tun. Bosman erstarrt: »LKA-Ermittler unter Mordverdacht«.

Was ...?!

Er liest, dass dem *Spiegel* ein Video vorliegt, auf dem LKA-Ermittler Frank B. beim Sex mit der Frau zu sehen ist, die letzte Woche ermordet wurde, Elaine Szolnay. *Spiegel Online* berichtet, dass auf dem Video auch zu sehen ist, wie der Ermittler neben der toten Frau in einem zerwühlten Bett aufwacht. Es schließen sich wilde Spekulationen über Tat und Motiv an, und Bosman sieht, wie sein Leben davonschwimmt. Ihm sausen die Ohren, Panik steigt auf.

Die Überwachungskamera in Elaines Apartment muss die ganze Zeit gelaufen sein ...

»Und?«, sagt Emrah. »Was hast du dazu zu sagen?«

»Ich hatte ein Verhältnis mit Elaine.«

»Das interessiert mich nicht. Ich will wissen, warum du auf dem Video neben ihrer Leiche liegst und mir nichts davon gesagt hast.«

Eben deswegen, denkt Bosman, *weil ich dann am Arsch bin.* Er erzählt, wie er aus Barcelona nach Hause kam und gleich zu Elaine fuhr, wo der Täter ihn ausgeknockt hat, um ihm den Mord in die Schuhe zu schieben. Emrah schaut zu Schuster rüber: »Und du hast es die ganze Zeit gewusst.«

»Ja.«

»Was glaubt ihr eigentlich, wer ihr seid? Das war ein Mord, den ihr mal eben so vertuscht?«

»Wir vertuschen gar nichts«, sagt Schuster. »Du hast es doch gehört, die wollen Frank fertigmachen.«

»Wer?«

»Kottke oder Ekrem, einer von beiden.«

Bosman steht auf.

»Wo willst du hin?«, fragt Emrah.

»Ich will wissen, wer dem *Spiegel* das Video zugespielt hat.«

»Das wirst du wohl anderen überlassen müssen. Du bist vorläufig vom Dienst suspendiert.«

»Das ist nicht dein Ernst.«

»Doch. Weber hat Mordermittlungen gegen dich aufgenommen.«

Das hallt einen Moment im Raum nach.

Fuck!

Weber wird als Erstes versuchen, an die Aufnahmen zu kommen. Wenn Bosman Glück hat und die *Spiegel*-Leute sie aus Gründen des Quellenschutzes nicht rausrücken wollen, dauert das ein paar Tage. Dann braucht Weber eine richterliche Anordnung. Aber wenn sie gleich kooperieren, ist er geliefert. Dann wird aus einer Pressemeldung ein Beweis, der ihn in den Knast bringt. Während er seine Waffe zieht, das Magazin rausschnappt, den Lauf prüft und sie vor

Emrah auf den Tisch legt, überlegt er, zu Thiel zu fahren und mit ihm zu reden. Er holt seinen Dienstausweis aus der Hosentasche, flippt ihn neben die Knarre, dreht sich um und geht.

Keiner hat ein Wort gesagt.

Dieses Mal lief der Deal andersrum. Dieses Mal bekam Benny was von dem Bullen. In der Vergangenheit war er es, der lieferte: Informationen aus dem besetzten Haus in der Kreutzer Straße, das seit zwölf Jahren einen erbitterten Krieg gegen das »Schweinesystem« führt. Doch dann wechselte der Bulle zur OK, der Abteilung für Organisierte Kriminalität, und ließ sich nur hin und wieder mal blicken und auf den neuesten Stand bringen. Umso überraschter war Benny, als er gestern einen Anruf von ihm bekam. Sie trafen sich vor einer Falafelbude am Boxi, und der Bulle sagte:»Pass auf, Benny. Ich schicke dir nachher ein Video, und ich möchte, dass du es auf deinem Blog postest.«

Benny runzelte die Stirn.

Auf meinem Blog?

»Warum machst du es nicht selber?«

»Weil ich nicht in Erscheinung treten will. Wenn die Kollegen dich vernehmen, sagst du, es wurde dir anonym zugespielt, okay?«

Als Benny das Material sichtete, blieb ihm die Spucke weg. Er spulte ein paarmal zurück, bevor er glauben konnte, was er da sah. Mann, das war Dynamit! Kurze Zeit später war sein Post online, das Video hochgeladen und für alle sichtbar – zumindest so lange, bis es gelöscht werden wird.

Heute Morgen erwachte er gegen neun Uhr, griff noch halb verpennt nach seinem Handy und checkte seinen Blog, wo die ersten empörten Kommentare über Nacht eingelaufen waren: *Alter, wie mega-krass!!!* Er konnte sehen, dass viele Teilnehmer seinen Post weitergeleitet hatten, er breitete sich wie ein Lauffeuer im Internet aus. Benny schlug die Decke zurück und schlurfte ins Bad. Als er dann eine halbe Stunde später seinen Kaffee aufbrühte, blinkten mehrere Benachrichtigungen auf seinem Handy. Er schob seinen Daumen auf die Sensortaste unten am iPhone, das Gerät erwachte, und er las die Breaking News auf *Spiegel Online.*

»Du traust dich ja was«, grinst Thiel, als Bosman in sein Büro kommt und sagt:»Ich bin nicht hier, um mir blöde Sprüche anzuhören.«

»Sondern?«

»Wo habt ihr das Video her?«

»Hör zu«, sagt Thiel.»Es tut mir echt leid, aber ich konnte das nicht verhindern. Das Ding war nicht zu stoppen, und wir sind nicht die Einzigen, die davon wissen.«

Hör auf zu labern, denkt Bosman. Klar ist *Spiegel Online* nicht die einzige News-Seite, die ihn als mutmaßlichen Mörder hinstellt. Er hat vorhin gleich bei *Bild* und anderen Medien nachgeschaut und festgestellt: Er ist *talk of the town.* Er fragt sich, ob Britta vielleicht in gerade diesem Moment eine Pause macht, sich einen Kaffee holt und mal kurz ihr Handy checkt. Oder Sophie in der Schule.

Horror!

Wie gedämpft und aus weiter Ferne dringt Thiels Stimme an sein Ohr.»Das Material ist auf einem Blog der Antifa aufgetaucht.«

Bosman schaut ihn an.»Was sagst du da?«

»Die haben einen Blog, *Alle-Bullen-sind-Schweine.* Die listen da alle eure Missetaten auf, und ein Cop, der tot neben seiner Geliebten aufwacht, das ist für die ein Coup.«

»Nicht nur für die.«

»Na ja ...«, sagt Thiel und zieht bedauernd die Augenbrauen hoch.

»Wer immer das war«, sagt Bosman,»der ihnen das Video zugespielt hat, will mir einen Mord anhängen. Warum hat er das nicht gleich an euch geleakt?«

»Vielleicht wollte er es breiter streuen.«

»Wer betreibt den Blog?«

»Ein Typ namens Benny Laumann. Er wohnt in dem besetzten Haus in der Kreutzer Straße und ist so was wie die Pressestimme der Antifa.«

Als Bosman aus dem Gebäude in die Sonne tritt, fängt sein Puls an zu rasen, Schweiß perlt ihm auf der Stirn. Verdammt, was ist das denn? Ein Schwächeanfall angesichts des Desasters? Nein, es ist ein Flashback mit den besten Grüßen aus Czernau. Die Lichter der Autos hinterlassen Streifen, die Straße dreht sich, Bosman krallt sich an einen Laternenpfosten. Er sieht sich von oben auf dem OP-Tisch liegen, ein Arzt beugt sich über ihn, das Gesicht hinter einer Maske verborgen ...

»Hallo? Ist Ihnen nicht gut?«

Bosman dreht den Kopf und schaut in die besorgten Augen einer älteren Dame mit einer kleinen Warze an der Nasenwurzel. Er kann das feine schwarze Haar erkennen, das oben rauswächst, und sagt:»Doch, alles gut.«

»Soll ich den Notarzt rufen?«

»Nein, danke, das ist wirklich nicht nötig. Geht schon wieder ... nur der Kreislauf.«

Sie schaut ihn zweifelnd an, und Bosman könnte heulen in seinem ganzen Elend.

Er spürt den Drang, ihr alles zu erzählen, und dann würde die Lady lächeln und sagen:»Es ist nur ein Traum, wach auf«, und er würde die Augen aufschlagen und ...

»Wie Sie meinen«, sagt sie. »Wo müssen Sie denn hin?«

»Nach Hause«, sagt Bosman matt. »Ich muss nach Hause.«

Als er zur Tür reinkommt, weiß er, dass er verloren hat. Es ist Nachmittag und verdächtig still. Sophie ist um diese Uhrzeit sonst eigentlich schon da. Britta nicht. Doch heute sitzt sie auf dem Sofa im Wohnzimmer, den Kopf in die Hände gestützt, die Augen rot geweint. Vor ihr auf dem Tisch liegt ihr Handy.

Bosman wird es kalt ums Herz.

»Ähm, bist du gar nicht bei der Arbeit?«

Britta schaut auf, und er sieht blanke Wut in ihren Augen. Sie sagt: »Ich habe mich krankgemeldet.«

»Ist dir nicht gut?«

»Du bist ein Schwein. Du hast eine halbe Stunde, um deine Sachen zu packen und zu verschwinden.«

Bosman schluckt. Was geht hier ab? Alles im Arsch?

»Hör zu«, sagt er, aber Britta unterbricht ihn.

»Ich will nichts hören, gar nichts, nie wieder, hast du das verstanden?«

»Das ist unfair.«

»Unfair?«

Sie springt auf. »Weißt du eigentlich, was du getan hast?«

»Die wollen mich fertigmachen.«

»Hör auf!«, schreit Britta. »Hier geht es schon lange nicht mehr um dich! Denk doch mal nur einen kleinen Moment an uns, an Sophie und an mich, ja, an mich, deine Frau! Kannst du dir vorstellen, wie die Kollegen mich morgen angucken, wie sie Sophie in der Schule angucken, wenn sie das da ...«, sie deutet auf ihr Smartphone, »... gelesen haben? Es widert mich an! Du widerst mich an. Na los, pack deine Sachen und verschwinde!«

»Glaubst du etwa, ich habe sie umgebracht?«

»Es ist mir scheißegal, ob du sie umgebracht hast oder nicht. Verschwinde, hau ab!«

Und etwas in ihm bricht wie dünnes Eis unter scharfen Schlittschuhkufen. Bosman erkennt die bittere Wahrheit, dass es vorbei ist. Dass er alles verspielt hat. Dass er eine leere Hülle ist, die wie ein Zombie durch die Gegend wankt.

In dieser Nacht schläft er im Hotel.

Er hat keine Lust, jemanden zu sehen und erklären zu müssen, dass er zu Hause rausgeflogen ist. Er will seine Ruhe haben. Er nimmt sich ein Zimmer in der Wielandstraße und lässt sich eine Flasche Bourbon und Eis kommen. Er setzt sich ans Fenster, schaut hinaus in die helle Nacht über Berlin und beginnt zu trinken.

37

Scheiße ...

Es riecht nach Scheiße, nach Fäulnis und Urin und toten Ratten. Es tropft von den gemauerten Wänden des Tunnels runter. Neben ihm fließt ein Jauchebach. Uwe muss aufpassen, dass er auf dem schmalen Fußsteig der Kanalisation nicht ausrutscht, alles voller Moos und Glitsch. Vor ihm geht Mauser. Der Kegel seiner Taschenlampe geistert die feuchten Wände entlang und tanzt auf dem Abwasser, das vor sich hin gurgelt wie ein Gebirgsbach voller verwesender Forellen.

Gestern Abend war das Briefing in der Alten Eiche.»Das Problem ist, in das Gebäude reinzukommen«, sagte Kottke.»Schätze, über der Erde ist das kaum möglich, da kommt kein Ninja durch.«

»Vielleicht einschließen lassen?«, schlug der blöde Ecki vor.

»Ja, Ecki«, antwortete Kottke.»Das ist natürlich immer eine Option. Nur dass die Wachen die Toiletten überprüfen und die Gänge videoüberwacht sind. Außerdem kriegst du die Brandsätze nicht rein, du musst deinen Rucksack draußen abgeben. Vergesst es. Es gibt nur einen Weg.«

Er schob das Woloweka-Wappen beiseite und breitete einen alten Bauplan auf dem Stammtisch aus. Die Köpfe rückten zusammen.

»Das Reichstagsgebäude.«

Ehrfurchtsvolles Murmeln. Die Karte war alt und vergilbt. Die Schrift eckig wie im Dritten Reich. Dann entdeckte Uwe oben einen verblichenen Stempel: 04/01/1933.

»Ähm ...«, sagte er, »ist das nicht schon ein bisschen veraltet?« Kottke schaute ihn an. »Ja, natürlich ist die Karte veraltet. Sie ist aus dem Jahr, das die Wende brachte. Natürlich sieht das Gebäude heute anders aus mit dieser geschmacklosen Glaskuppel obendrauf, aber die Fundamente, Kameraden, die haben dem Sturm der Zeiten unverändert getrotzt.«

Kottke erklärte, dass die Nazis Geheimgänge im Gebäude und einen Fluchtweg durch die Kanalisation angelegt hatten. Diesen Zugang müssten sie finden, dann hätten sie eine Chance reinzukommen.

»Hier«, sagte er und legte seinen Finger auf die Karte, »hier muss der Durchgang irgendwo sein, hier laufen die Versorgungsstränge zusammen, und da verläuft der Abwasserkanal.«

»Wie?«, sagte der blöde Ecki. »Sollen wir da etwa durch die Scheißhausleitungen durch?«

»Mann, Ecki ...«, sagte Mauser und trank einen Schluck Bier.

Am nächsten Morgen fuhren sie nach Berlin zur Feindaufklärung. Uwe, Kottke und Mauser. Auf dem Programm stand als Erstes eine Reichstagsführung, die Kottke online gebucht hatte, um sich zunächst mal einen Überblick über das Objekt zu verschaffen. Bevor sie die Treppen zum Heiligen Tempel des Deutschen Volkes hochstiegen, sagte Kottke zu Mauser: »Setz dir deine verdammte Mütze auf, sonst kriegen die Leute hier gleich die Krise.«

Murrend zog Mauser eine Pudelmütze aus der Beintasche seiner Cargo-Hose und ließ seine Glatze mit den Runen darauf unter der dünnen Wolle verschwinden. Uwe schaute sich um. Überall Touristen, jede Menge Schlitzaugen. An denen kam man ja heutzutage gar nicht mehr vorbei. Und Amis. Die meisten fett und in lächerlichen Dreiviertel-Hosen, als hätte das Geld nicht mehr gereicht. Und wo waren die Deutschen? Außer der Schulklasse, die krakeelend aus einem Reisebus stolperte, konnte er keine erkennen. Die eine Hälfte von Berlin war voll mit Touris, die andere mit Kanaken. Wie hatte es so weit kommen können? Kranke Hauptstadt.

Als sie dann reinkamen in den Reichstag, mussten sie ihre Rucksäcke scannen lassen und mit erhobenen Armen durch einen Detektor treten wie auf dem Flughafen. *Klar,* dachte Uwe, *so kriegen wir unsere Brandbomben sicher nicht durch.* Die Führung war scheißlangweilig. Sie kamen Flure entlang und schauten von oben runter in den Plenarsaal mit dem Riesenadler an der Stirnseite und den blauen Sesseln, in denen ein paar Volksvertreter rumhingen und auf ihren Handys daddelten, während ein Typ hinter dem Pult stand und eine Rede hielt, die offenbar niemanden interessierte.

»Da sieht man es mal wieder«, zischte Kottke ihnen zu, während der Guide irgendwas über die Konstruktion der Glaskuppel erläuterte. »So verarschen sie uns. Ihr kennt die Bilder aus dem Bundestag, die sie in den Systemmedien zeigen? Rappelvoll, immer was los. Und wie sieht's in Wirklichkeit aus? Da, schaut's euch an. Keiner kommt zur Arbeit, und niemand schert sich drum.«

»Faule Säcke«, sagte Mauser.

Nach der Führung gingen sie im Reichstagscafé erst mal ein Bier trinken und besprachen die Lage. Wie es aussah, hatte Kottke recht gehabt. Da kam kein Ninja rein, das ganze Gebäude war gesichert wie Fort Knox. Nein, sie mussten über den Tunnel gehen.

Kottke zahlte, und dann ging es zurück zu ihrem Wagen, wo sie sich Blaumänner überzogen und gelbe Helme aufsetzten. Mauser packte den Rucksack mit dem Equipment, dann marschierten sie durch den Tiergarten zum Denkmal für die im Nationalsozialismus ermordeten Sinti und Roma an der Scheidemannstraße, gegenüber vom Reichstag. Sah aus wie ein runder Teich in einem Vorgarten, dachte Uwe, schön Steinplatten drum herum, auch wenn hier die Namen von Konzentrationslagern eingraviert waren. Ein paar Spaziergänger blieben stehen und betrachteten die Gedenkstätte, manche machten Fotos mit ihren Handys.

Hinter dem Teich gingen sie zielstrebig auf einen Gully zu, holten Kottkes altes Campinggestänge und das rot-weiße Flatterband aus dem Rucksack und sperrten die Stelle ab. Mauser zerrte den schweren Gullydeckel mit einem Eisenhaken weg, und Kottke sagte:»Ihr geht genau nach Norden, immer entlang des Haupt-wasserkanals. Nach zweihundertfünfzig Metern solltet ihr unter dem Reichstagsgebäude sein. Das Ziel der Mission ist: Aufklärung möglicher Zugänge zum Objekt. Verstanden?«

»Sind wir blöd?«, sagte Mauser.

»Nicht, wenn ihr mir zuhört. Ihr werdet irgendwo da unten auf ein ziemlich neues und besonders gesichertes Absperrgitter stoßen. Das wird der Zugang zum Fluchtweg aus dem Gebäude sein. Wir müssen aufklären, wie es gesichert ist und wie es überwunden werden kann.«

»Klar«, sagte Uwe.

»Also los, Männer, enttäuscht mich nicht.«

Mauser schaltete seine Taschenlampe an und verschwand im Gully. Als Nächster stieg Uwe die rostigen Sprossen runter in die Berliner Unterwelt und dachte: *geile Aktion.*

Mittlerweile ist sie nicht mehr so geil.

Sie sind dem Hauptkanal Richtung Norden gefolgt, so wie Kottke es gesagt hat. Doch nun geht es nicht weiter. Das heißt, es geht schon weiter, aber in zwei verschiedene Richtungen.

Und jetzt?

»Schätze mal, nach rechts«, sagt Mauser und kratzt sich am Kinn.

Uwe fällt kein Argument für links ein, also sagt er:»Okay.«

Sie folgen dem rechten Arm noch ein paar Hundert Meter, als Mauser sagt:»Wir sind schon viel zu weit.«

»Wieso?«

»Wir sind mehr als zweihundertfünfzig Meter gelatscht.«

»Ja, weil es um die Ecke ging.«

»Eben, es ging um die Ecke.«

»Sei mal still.«

»Was?«

»Da ist was.«

»Was soll da sein?«

»Nun halt doch mal die Klappe!«

Mauser schweigt. Deutlich hören sie ein entferntes Rauschen.

»Klingt wie ein Wasserfall oder so was.«

Sie folgen dem Rauschen, das lauter wird und von den bemoosten Wänden widerhallt. Der Kegel von Mausers Taschenlampe verliert sich in einem Seitenkanal, den sie übersehen haben, so schmal ist er. Nicht viel mehr als schulterbreit.

»Da geh ich nicht rein«, sagt Uwe.

Mauser leuchtet in den Spalt.»Dahinter wird's wieder breiter.«

»Egal.«

Doch Mauser hat sich bereits hindurchgedrängt und ist auf der anderen Seite verschwunden, und alleine will Uwe hier auch nicht stehen bleiben. Also zwängt er sich durch den Spalt und kommt auf der anderen Seite in einem schmalen Kanal raus. Vor ihm planscht Mauser durch die Gülle, und wenn Uwe sich nicht täuscht, springen da Ratten durch den tanzenden Schein seiner Lampe, und dann strahlt dahinter glänzender Edelstahl auf, dicke Barren, die vertikal den Zugang versperren. Dazwischen rauscht das Abwasser durch. Mauser steht vor dem Gitter wie Thor vor dem Heiligen Gral und sagt:»Alter ...«

»Isses das?«

»Sieht so aus, oder?«

Sie gehen auf das Gitter zu, das seitlich fest im Mauerwerk verankert ist, solider Stahl. Uwe fasst die kalten Streben an und sagt: »Da brauchen wir 'nen Trennjäger, um die durchzukriegen.«

»Oder 'nen Flammenwerfer«, sagt Mauser, zieht sein Handy und schießt ein paar Fotos von dem Gitter.

Mission erfüllt.

Und jetzt nichts wie raus hier. Sie waten durch die Gülle zurück, zwängen sich durch den Spalt und folgen wieder dem Hauptkanal.

»Hey, schau mal«, sagt Uwe. »Da wird's heller.«

Tatsächlich scheint da Licht von oben runter. Mauser runzelt die Stirn. »Ob das unser Gully ist?«

»Keine Ahnung.«

Sie gehen auf den Lichtstrahl zu. Nach etwa zwanzig Metern stehen sie unter einem Rost, durch den Lichtstreifen in den Schacht fallen.

»Mist«, sagt Uwe, »unser Loch ist das nicht.«

»Nee.«

»Sollen wir zurück?«

»Scheiß drauf, ich hab keinen Bock mehr hier unten, ich will an die frische Luft.«

Mauser steigt die glitschigen Sprossen hoch und versucht das Gitter hochzustemmen, doch es bewegt sich keinen Millimeter.

»Fest?«, fragt Uwe von unten.

Statt einer Antwort steigt Mauser noch drei Stufen höher, stemmt sein Kreuz gegen den Rost und drückt. Das Gitter löst sich, als *whamm* ... ein Auto über sie hinwegrast.

Mauser zuckt zusammen.

»Fuck! Was ist das denn für eine Scheiße? Haben die den Gully mitten auf der Straße gebaut?«

Vorsichtig linst er raus.

Dann legt er beide Hände auf den Gullyrand, drückt sich hoch, zieht die Beine nach und ist weg.

Hoch oben über Uwe dräut der blaue Himmel, in dem ein paar fadenscheinige Schäfchenwolken schweben. Er rückt seinen Helm zurecht, greift nach der ersten Sprosse und klettert bis nach oben, als *whamm* … das nächste Auto kommt und hupend um den Gullydeckel kurvt, dann *whamm* … *whamm* … *whamm* … Uwe zieht den Kopf ein, der Wind fegt ihm um die Ohren, Dreck fliegt ihm in die Nase. Er wartet die Ampelphase ab und steckt den Kopf raus: Die Luft ist rein, die nächsten Autos stehen an der Kreuzung. Er wuchtet sich raus, schiebt den Gullydeckel wieder zurück und läuft rüber auf den Bürgersteig, wo Mauser schon auf sein Handy starrt.

»Alter«, sagt er, »wir sind hier völlig falsch. Das ist die Dorotheen-straße.«

»Scheiße, meinst du, wir waren gar nicht unter dem scheiß Reichstag?«

Mauser kratzt sich am Kopf. »Was weiß denn ich? Jedenfalls sind wir in die falsche Richtung gelaufen.«

Shatira Ekrem sitzt in seiner S-Klasse und ist unterwegs zum Dreamland, wo er Burim und den Architekten treffen will, als sein Handy summt und Laurenz sich über die Freisprechanlage meldet.

»Gute Neuigkeiten«, sagt er. »Der Jäger wird zum Gejagten.«

»Was liegt an?«

»Schau mal die Nachrichten. Die Polizei hat Mordermittlungen gegen Bosman aufgenommen. Er ist suspendiert.«

Shatira frohlockt. »Geschieht ihm recht. Und was ist jetzt mit der scheiß Drogengeschichte, die sie mir untergejubelt haben?«

»Die wird wahrscheinlich fallen gelassen.«

»Sehr gut«, sagt Shatira und sieht, dass seine Frau Amira versucht, ihn zu erreichen. »Ich muss jetzt Schluss machen, wir telefonieren später noch mal.«

Er drückt auf *Gespräch beenden* und nimmt Amiras Anruf an. »Was gibt's?«

Aurel ist mit dem Fahrrad gestürzt, großes Drama, Blut überall am Knie.

»Beruhige dich, Liebling«, sagt Shatira. »Kann er laufen?«

»Laufen?«

»Ja, kann er laufen?«

Er hört, wie Amira etwas zu seinem Jungen sagt. Dann kommt sie wieder ans Telefon.

»Ja«, sagt sie, »aber es tut weh.«

»Vieles im Leben tut weh, *Habibi*. Gib ihn mir mal.«

Er wartet, bis Aurel sich meldet, und sagt: »Pass auf, Junge, jetzt beruhige mal deine Mutter, okay?«

»Ja, Papa.«

»Hab dich lieb, Großer. Bis nachher.«

Dann ist das auch erledigt.

Shatira lehnt sich in die ledernen Polster zurück und denkt an das Meeting mit Kalle im Digital Dexter Studio, der ihm vorhin gezeigt hat, wie weit sie mit der Software sind. Das sah alles ziemlich gut aus, was Kalle ihm auf seinem Bildschirm demonstrierte. Virtual Porn, zusammengebaut aus den Daten realer Personen. »Ruckelt noch ein wenig, aber das wird schon«, sagte Kalle. Dann hockten sie sich in eine Lounge-Ecke, und Shatira rückte mit der Sprache raus: »Wer hat eigentlich die Rechte an der Technik?«

»Wir natürlich«, antwortete Kalle.

Das hatte Shatira erwartet und sagte: »Ich kaufe sie euch ab.«

Kalle lachte. »So viel Kohle hast du nicht.«

»Sicher?«

»Sehr sicher. Schau, was wir hier entwickeln, ist nicht für Porn. Das ist nur ein Nebenschauplatz. Hier geht es um Konferenzlösungen, um Implementationen im Film, um eine Generation von Fernsehgeräten, die richtig 3-D-fähig sein werden und so weiter.«

»Ich hatte die Idee«, sagte Shatira.

»Nein«, sagte Kalle. »Du bist mit einem Kundenwunsch an uns herangetreten, und wir erfüllen ihn dir.«

Ganz schön hartnäckig, der Kerl, dachte Shatira, aber er beließ es vorerst dabei. Warum sollte er jetzt schlechtes Wetter machen, die gute Laune zerstören, wenn es doch gerade prima läuft? Er hat einfach mal vorgetastet, und der Zeitpunkt wird kommen, die Wünsche erneut vorzutragen. Elegant wäre eine Beteiligung an der Firma, so wie sie es mit der Paracelsus-Klinik gemacht haben – aber das ist ein anderer Geschäftszweig, der momentan auf Eis liegt. Wie es scheint, kommen die Bullen da nicht weiter, und seit Dr. Khaled den Abgang gemacht hat, muss er Verrat nicht mehr fürchten.

Sehr gut.

Er parkt in der Kurfürstenstraße ein paar Schritte hinter dem Dreamland, dessen Scheiben wegen der Renovierung verhängt sind. Drinnen herrscht Geschäftigkeit. Der ganze alte Plunder ist rausgeflogen, ein paar Leute streichen, andere stellen Leichtbauwände auf. Es geht voran, Shatira ist zufrieden. Auch wenn Burim nicht lesen kann, seine Männer hier hat er im Griff. Er steht neben dem Bauleiter und gibt ihm Anweisungen, als Kottke mit zwei Leuten reinkommt. Shatiras gute Laune ändert sich schlagartig. Ferris hat sich aus dem Staub gemacht und ihm die Altlasten hinterlassen, Amateure wie diesen Nazi hier, der ihm schon seit Längerem in den Ohren hängt und ihn treffen will. Er kann ihn nicht bis zum Sankt-Nimmerleins-Tag vertrösten, also wendet er sich ihm zu und sagt: »Hallo, Kottke.«

Der schaut sich um und entgegnet: »Du renovierst?«

»Ja, von Zeit zu Zeit muss man mal streichen. Hör zu, ich hab viel zu tun, also was geht?«

Kottke sagt: »Ich brauche Flammenwerfer.«

»Was?«

»Mindestens zwölf Stück vom Typ M2-2.«

Shatira schaut ihn an: »Bruder, ich bin wohl kein Kriegsexperte, aber gibt es solche Dinger überhaupt noch?«

»Die Produktion wurde vor vierzig Jahren eingestellt, aber es gibt noch jede Menge davon, nicht nur in russischen Kasernen. Ich wette, bei euch im Kosovo liegen auch noch welche rum.«

»Und was willst du mit dem Zeug?«

»Illuminieren«, sagt Kottke.

38

Bosman schlägt die Augen auf. Ein grünes Notausgangsschild über dem Flureingang neben dem Kofferregal, *aha ... Hotel.* Noch liegen die Ereignisse des gestrigen Tages hinter einer dumpfen Nebelwand verborgen. Noch ist Schmerz die dominante Empfindung, im Magen und im Kopf. Das schweißnasse Laken klebt kalt am Rücken, in der Birne pocht es wie verrückt, die Sicht ist so verschwommen wie die Umrisse der fast leeren Jim-Beam-Flasche auf dem Nachttisch.

Alter, das war zu viel!

Mühsam wankt er ins Bad, und unterwegs fällt ihm alles wieder ein. Fast muss er lachen, so absurd kommt es ihm vor. *Mann, wach auf!* Aber er ist wach, kein Zweifel. Er steht in der Dusche und foltert sich mit eiskaltem Wasser. Wie hat das alles so passieren können? An welchem Abzweig ist er falsch abgebogen? Die Antwort liegt auf der Hand: Es war ein Fehler, sich auf eine neue Affäre einzulassen. Er hätte sich im Griff haben müssen. Er hätte das Verhältnis zu Elaine professionell führen müssen. Er hat sich das Desaster selbst zuzuschreiben. Als er an das Video denkt, würde er am liebsten im Strudel des Abflusses verschwinden. Wie soll er seiner Frau und Sophie jemals wieder in die Augen schauen können?

Und dann kommt die Wut in ihm hoch, glühend wie Lava und mit ihr der Wille zur Vernichtung. Wer auch immer das war, wer auch immer ihn fertigmachen will, wird teuer dafür bezahlen. Als er geduscht und voller Tatendrang zurück ins Hotelzimmer kommt, summt sein Handy auf dem Nachttisch. Es ist Emrah, der ihm mitteilt, dass er um 10 Uhr eine Vernehmung mit Weber hat.

Bosman lässt das Handy sinken.

Scheiße.

Weber ist ganz Business, aber es gelingt ihm schlecht, seinen schmierigen Triumph zu verbergen. Neben ihm sitzt eine Kollegin, die Bosman nicht kennt. Doch ein Blick in ihr Gesicht macht ihm unmissverständlich klar, dass er von ihr keine Gnade erwarten darf. Sie ist jung, hübsch und hat einen Mund, der wenig Spaß verspricht. Und der Umstand, dass hier ein Mann vor ihr sitzt, der mutmaßlich eine Frau geschändet und ermordet hat, ist nicht dazu angetan, die Muskeln in ihren Mundwinkeln zu entspannen.

Weber nimmt sich Zeit, der Sekundenzeiger der Bauhaus-Uhr hinter dem Schreibtisch hastet voran, durch die gekippten Fenster sickert Verkehrslärm rein, und Bosman kämpft gegen seinen übersäuerten Magen und das Pochen hinter der Stirn an, schwer gedämpft durch zwei Aspirin plus zwei Liter Wasser.

»Wir kennen das Video, das über einen dubiosen Antifa-Blog den Weg in die Öffentlichkeit gefunden hat«, sagt Weber, und sein runterhängendes Augenlid zuckt vor Freude auf.

Scheiße, denkt Bosman, *das ging schnell.* Dann sagt er gallig: »Ich hoffe, du hattest deinen Spaß.«

Die Beamtin schaut ihn kalt an. »Kollege Bosman, ich weiß nicht, ob Ihnen der Ernst der Lage bewusst ist.«

»Lass mal, Gabi«, sagt Weber. »Kollege Bosman wird schon wieder auf dem Teppich landen.«

»Leg los«, sagt Bosman, »ich habe nicht den ganzen Tag Zeit.«

»In welcher Beziehung standen Sie zu dem Opfer?«, fragt Gabi.

»Sind wir hier bei der SOKO?«

»Nein, denn dann könnten Sie nach Drehschluss nach Hause gehen.«

»Und was sollte mich daran hindern?«

Weber sagt:»In der ersten Vernehmung hast du mich belogen. Du warst am Tatort. Warum?«

»Warum ich am Tatort war oder warum ich dich belogen habe?«

»Beides.«

»Nun ja«, sagt Bosman,»ich war am Tatort, weil ich ein Verhältnis mit ihr hatte. Und warum ich dich belogen habe? Weil es dich einen Scheißdreck angeht.«

»Das sehe ich anders, ich führe hier Mordermittlungen.«

»Nein, du führst keine Mordermittlungen, du bist auf einem Kreuzzug, Weber. Und das hat schon damals den Kreuzrittern den Blick vernebelt, du kennst die Geschichte. Wenn du wissen willst, wer sie umgebracht hat, dann frag mal bei Shatira Ekrem nach. Oder bei seinem Komplizen Roland Kottke. Sie haben den Organhandel betrieben, wegen dem wir die Paracelsus-Klinik im Blick hatten. Elaine hat das rausgefunden, und deswegen musste sie sterben. Aber ich vermute mal, du hast überhaupt keine Ahnung, wovon ich hier rede, weil du nämlich eine miserable Arbeit machst. Und du ...«, sagt er zu Gabi,»du solltest mal daran arbeiten, deine Mundwinkel zu entspannen. Deinem Freund würde es gefallen.«

Gabi durchbohrt ihn mit ihren Blicken.»Mann, dass es Typen wie dich überhaupt noch gibt.«

»Kannst dich beruhigen«, sagt Bosman,»wir sterben allmählich aus.«

»Kam es zum Geschlechtsverkehr?«, fragt Weber.

»Das ist gemeinhin so üblich, wenn man ein Verhältnis hat.«

»Hast du am Tag, als der Mord geschah, mit ihr geschlafen?«

»Nein.«

»Und warum haben wir dann dein Sperma gefunden?«

Fuck, denkt Bosman, *ich bin am Arsch!*

Er weiß, was kommt. Er kann jeden einzelnen Schritt geradezu plastisch voraussehen. *Klack, klack, klack* ... rastet die Beweiskette ein. Er hat das selber Hunderte Male gemacht.

»Kollege Bosman«, sagt Gabi, »versetzen Sie sich mal in unsere Lage. Sie haben uns belogen. Wir haben Ihre Täterspuren, Sperma im Opfer, Ihre Fingerabdrücke an Möbeln im Schlafzimmer, in der Küche, im Bad ...«

»Das sind keine Täterspuren. Ich habe nie bestritten, Sex mit ihr gehabt zu haben.«

»Nein«, sagt Weber, und sein kaputtes Augenlid zuckt wie ein Schmetterling auf Speed, »das hast du nicht. Es mag alles so gewesen sein, wie du sagst ... aber wie erklärst du uns deine Fingerabdrücke an ihrem Hals?«

»Oder gehört das auch zu Ihren Spielen?«, grinst Gabi.

Das war's, denkt Bosman.

Sekunden verrinnen, dann fragt er Weber: »Hast du schon einen Haftbefehl?«

Weber nickt bekümmert und schiebt ihm das unterschriebene Dokument über den Tisch. Gabi steht auf und sagt: »Herr Bosman, ich verhafte Sie wegen des dringenden Tatverdachts, Elaine Szolnay getötet zu haben. Legen Sie bitte die Hände auf den Rücken.«

Weber lächelt sie verliebt an, und Bosman glaubt es nicht, als sie tatsächlich ihre Handschellen aus dem Gürtel hakt.

»Ihr habt sie doch nicht mehr alle.«

»Los, die Hände nach hinten.«

Bosman steht auf und dreht Gabi den Rücken zu. Sie will ihm den Stahl um die Gelenke klicken, als er den Kopf nach hinten wirft.

»Ahhrrrr ...«

Er hört es knacken und weiß, dass er ihr die Nase gebrochen hat. In der Vorwärtsbewegung packt er den Schreibtisch und schmeißt ihn Weber entgegen. Weber kippt hinterrücks von seinem Stuhl und verschwindet unter dem Tisch, als Gabi Bosman attackiert.

Er sieht Hass in ihren Augen, wird am Jochbein hart getroffen und schlägt zurück, eine Gerade punktgenau auf die Kinnspitze. Gabis Beine werden weich, sie sackt zusammen, und Bosman macht, dass er wegkommt.

Er fährt direkt zum Shurgat Self-Storage an der Stralauer Allee, wo er den Container aufschließt und ein neues Handy, eine Glock 19 und eine Schachtel Munition aus dem alten Bishop-Safe holt. Er zögert, als sein Blick auf die Schachtel mit den ganzen Drogen fällt, die er und Schuster beschlagnahmt haben, um damit Informanten zu ködern. Schließlich zieht er die Schachtel hervor und wühlt nach einer Packung mit Amphetamin-Kapseln. Möglich, dass er die bald gut brauchen kann.

Er schließt den Safe und geht.

Bosman kennt die Kreutzer Straße 42, ein heruntergekommener Altbau voll mit radikalen Linken, die den ganzen Staat am liebsten abfackeln würden. Kollegen werden oft von den Dächern mit Steinen beworfen und mit Stahlgeschossen aus Zwillen beschossen. Nachbarn, die sich beschweren, werden terrorisiert. Regelmäßig gehen Autos in Flammen auf, und regelmäßig führt die Spur in die Kreutzer Straße.

Er schaut an der Fassade hoch. Überall Graffiti, von den Balkonen hängen Transparente mit dem Anarchozeichen, Che Guevara und Sprüchen wie »Fight Sexism« oder »Smash Patriarchy«, »Unterstützung für das anarcha-queer-feministische Projekt« oder »Freiheit für Bongo Bongo«.

Bosman hat keine Ahnung, wer Bongo Bongo ist. Er weiß nur, dass der Eigentümer des Hauses, der so naiv war, mit den Leuten reden zu wollen, krankenhausreif geschlagen wurde und die Täter nie ermittelt wurden, obwohl sie in dem Haus wohnen, das allerdings Protektion von oberster Stelle genießt. In der Resolution DS/1699/V sichert die Bezirksverordnetenversammlung von

Kreuzberg-Friedrichshain auf Antrag der Grünen und der Linken der Kreutzer Straße die volle Unterstützung im Kampf gegen die Räumungsklage und die Übergriffe der Polizei zu. Das Haus, so heißt es in der Resolution, sei mit seinem solidarischen Kiezbezug ein einzigartiger Schutzraum und eine Anlaufstelle für diskriminationserfahrene Menschen und gar nicht mehr wegzudenken. Die Rede ist von einem »Biotop als Ausdruck linker Lebenskultur in einer lebendigen Demokratie«.

Geht's noch?

Bosman drückt auf das Klingelschild, das irgendwo in der Graffiti-Fassade an lockeren Kabeln hängt. Eine etwas heisere Frauenstimme meldet sich über die Gegensprechanlage: »Ja?«

»Ich bin ein Kumpel von Benny«, sagt Bosman. »Ist er da?«

Statt einer Antwort hört er ein leises Surren. Als er den Kopf hebt, sieht er die kleine Überwachungskamera, die oben im Türwinkel angebracht ist. Er lächelt rein. Mit seinem stoppeligen Dreitagebart, den Schatten unter den Augen, mit abgewetzter Lederjacke und in seinen alten Jeans sieht er offenbar eher wie ein Genosse als wie eine Bedrohung aus.

Die Tür klickt auf.

Er tritt in den Flur. Von irgendwoher hämmert Punkmusik durch das verwahrloste Treppenhaus. Bosman steigt die Stiegen hoch und kommt durch die offene Tür in eine Altbauwohnung, die aussieht, als wäre sie das letzte Mal 1956 renoviert worden, als die Russen in Budapest einmarschiert sind und der Nachschub von Farbe und Pinseln stockte. Eine junge Frau mit langen schwarzen Haaren und Tattoos auf dem rechten Arm und der Schulter steht an der Spüle in der Küche und füllt Wasser in einen Kocher. »Du willst zu Benny?«

»Ja.«

»Ein Stock höher, erste Tür links hinten vom Flur.«

»Danke.«

Er staunt ein wenig. Die junge Frau ist nett, keine Spur von Feindseligkeit. Okay, sie weiß nicht, dass er Bulle ist, aber trotzdem. Er dreht sich um und fährt zusammen: Sophie steht in der Tür.

Schwer zu sagen, wer den größeren Schreck kriegt. Sophie reißt den Mund auf, schlägt die rechte Hand auf die Lippen, geht ein, zwei Schritte rückwärts und haut ab.

»Hey, Sophie, warte!«

»Ich dachte, du wolltest zu Benny?«

Bosman stürzt aus der Küche. Was zum Teufel macht Sophie hier? Am frühen Nachmittag? Da ist doch Schule!

»Sophie, warte!«

Er hört ihre Schritte über sich trippeln, läuft schneller, dann knallt eine Tür zu. Er kommt japsend auf dem Treppenabsatz an und stolpert zur verschlossenen Tür. Der Kater steckt ihm noch gewaltig in den Knochen. Er packt das nicht mehr so weg wie früher. Er klopft: »Sophie, mach auf, bitte.«

Keine Antwort.

Er lauscht und hört leises Weinen, das ihm eine Brandschneise ins Herz fräst.

»Sophie ...!«

Stille, bis auf die bescheuerte Punkmusik, die ihm auf die Nerven geht. Und es geht ihm auf die Nerven, dass er hier nicht reinkommt.

»Sophie!«

Nichts.

Bosman macht zwei Schritte zurück, hebt das rechte Bein und tritt mit dem Absatz seiner Doc Martens gegen die Tür, knapp unterhalb des Schlosses. *Bang* – die Tür schlägt auf, Bosman kommt rein, Puls auf einhundertsechzig, viel zu viel, ihm wird ein wenig schwarz vor den Augen.

»Hey, Alter ... sag mal, hast du sie noch alle?«

Vor ihm hat sich ein Typ aufgebaut, der aussieht, als hätte er eine Motorradwerkstatt. Hinter ihm hockt Sophie mit angezogenen

Beinen auf einem Sofa, die Arme um die Knie geschlungen, in den Augen Tränen.

»Lass uns mal einen Moment alleine«, sagt Bosman zu dem Typen, doch der packt ihn am Arm.

»Verschwinde, du Arschloch, aber sofort.«

Bosman löst seinen Arm, Sophie sagt: »Ist okay, Benny ... ist mein Dad.«

»Was ...?«

»Sorry.«

Benny?, denkt Bosman. *DER Benny?*

Fuck!

»Das ist dein Alter?!«

»Ja, ist er«, sagt Bosman. »Und jetzt raus hier, bevor ich richtig sauer werde. Wir reden später.«

»Ich kenn dich doch!«

»Benny, bitte.«

Benny wirft Sophie einen Blick zu, der sagt: *Aber nur, weil du es bist,* und geht. Bosman schaut seine Stieftochter an. Sie hält seinen Blick, doch die Nähe, die sie immer verbunden hat, ist dahin. Ihre Augen sind eher Spiegel seiner Verzweiflung als Fenster zu ihrer Seele.

»Was willst du hier?«

Bosman zögert. Dann sagt er: »Ich nehme an, du hast Fragen.«

Sophie schüttelt den Kopf.

»Es tut mir leid. Es tut mir leid, was ich dir und deiner Mutter angetan habe. Aber es ist nicht so, wie du denkst.«

»Was denke ich denn?«

»Ich habe sie nicht umgebracht. Jemand will mir den Mord anhängen, um mich aus dem Spiel zu nehmen.«

»Du hast Mama betrogen.«

»Ja.«

Er überlegt, ob er sagen soll, dass ihm das auch leidtut. Aber dann kommt ihm das echt kitschig vor, und so richtig stimmt es ja auch nicht. Bei Dr. Lenau hat er gelernt, dass es nichts Schlechtes ist, zu seinen Gefühlen zu stehen. Schlecht ist allenfalls seine Kommunikation darüber, da hat er ganz klar versagt.

»Es ist widerlich«, sagt Sophie.

Stille sickert zwischen sie wie eine feuchte, kalte Nebelwand. Sophie wischt sich die Tränen aus dem Gesicht. Bosman muss gegen den Druck hinter seinen Augen ankämpfen. Jetzt bloß nicht heulen!

»Weißt du überhaupt, wer das Video ins Netz gestellt hat?«

»Nein«, sagt Sophie. »Und es ist mir auch scheißegal.«

Als er geht, zieht er leise die Tür hinter sich zu, doch sie schwingt wieder zurück, weil er das Schloss geschrottet hat. Also lässt er sie offen und läuft die Treppe runter. Unten steht Benny an die Wand gelehnt. Er schaut ihn feindselig an. »Ich fass es nicht. Du bist Sophies Vater?«

Bosman bleibt direkt vor ihm stehen. »Wo hast du das Video her?«

»Keine Ahnung«, sagt Benny mit seiner Du-kannst-mich-mal-Attitüde.

Bosman packt ihn am Kragen seiner schwarzen Motorradjacke, knallt ihn gegen die Wand und drückt ihm Zeige- und Mittelfinger in die Grube unter dem Kehlkopf.

Benny röchelt.

»Wo hast du das Video her?«

Benny versucht sich zu befreien, doch Bosman erhöht den Druck seiner Finger, und Benny gibt auf: »Es kam per Mail, anonym. Ich hab keine Ahnung, wer dahintersteckt, ich hab's nur gepostet.«

Bosman drückt seine Finger noch ein Stückchen tiefer. Tränen schießen Benny aus den Augen, er hustet und windet sich: »Ich schwör's dir, ich weiß es nicht!«

Weiß er es tatsächlich nicht?

Der Schmerz, den er ihm zufügt, ist beträchtlich. Bosman weiß, viel mehr geht nicht. Er nimmt seine Finger langsam zurück, Benny japst nach Luft.

»Wenn ich rausfinde, dass du lügst, mach ich dich fertig«, sagt Bosman. Er versucht, sich wieder zu beruhigen, während er sich fragt: *Bumst dieses Arschloch etwa meine Tochter?*

Ein unerträglicher Gedanke.

Als er auf sein Auto zukommt, sieht er eine Politesse, die ihm einen Strafzettel unter den Wischer klebt – genau das, was er jetzt braucht. Er holt tief Luft, um der armen Frau seinen ganzen Frust um die Ohren zu hauen, doch dann zerrt er nur den Zettel unter dem Wischer raus, steigt ein und fährt los. Weiß Britta, wo Sophie sich rumtreibt? Er überlegt, ihr eine SMS oder eine Mail zu schicken. Aber was soll er schreiben? Unsere Tochter – deine Tochter – driftet ab, weil ihr zu Hause alles wegbricht? Weil er fremdfickt und Schande über sie alle gebracht hat?

In dieser Nacht liegt Schuster neben Jeanette im Bett, die Hände hinter dem Kopf verschränkt, und schaut an die Zimmerdecke. Er denkt darüber nach, was für eine Wendung sein Leben in letzter Zeit genommen hat. Es fing mit Elaine an. Mit ihr kam die ganze Vergangenheit bitter in ihm hoch, die er überwunden glaubte. Er hatte ihr von Anfang an misstraut, schon damals im Kosovo, während Bosman ihr auf den Leim gegangen war. Er hat sich einlullen lassen von dieser Frau. Was jetzt passiert ist, hat er sich selbst zuzuschreiben. Ist dumm gelaufen, aber Schuster hatte keine andere Wahl. Er denkt an den Tag zurück, als er Ferris erschoss, nachdem der ihm bei Erol das Foto des Jungen auf seinem Handy gezeigt hatte. Die Botschaft war eindeutig: *Da, schau her. Ich weiß, wer er ist, wo er wohnt, und wenn du nicht kooperierst, wird er verschwinden.*

Schuster rief sofort bei Irina in Prizren an und erkundigte sich nach dem Jungen. Sie sagte ihm, dass er wohlauf sei. Besondere

Vorfälle habe es nicht gegeben. Doch, sagte er zu Irina, sie müsse ihn in Sicherheit bringen. Nur mit Mühe konnte er sie davon überzeugen, ihre Wohnung in der Stadt zu verlassen und mit dem Jungen dahin zurückzukehren, wo sie herkam, in den Dreck eines besseren Ziegenstalls in den Bergen Nordalbaniens. Doch dort waren sie immerhin sicher.

Jeanette sagt: »Siehst du ihn oft, deinen Jungen?«

»Nein.«

Das letzte Mal war er vor zwei Jahren da und stellte fest, dass Irina schwer abgebaut hatte. Sie sah mit Anfang sechzig aus wie eine uralte Frau, Spuren eines harten Lebens. Er fragt sich, wie lange sie sich noch um den Jungen kümmern kann. Geld ist kein Problem, er sorgt dafür, dass es ihnen gut geht, aber irgendwann wird er eine andere Lösung finden müssen.

»Warum holst du ihn nicht her?«

»Was?«

Der Gedanke ist ihm bislang noch nicht gekommen, so abwegig ist die Vorstellung. Er wäre völlig überfordert mit einem Zehnjährigen aus dem Kosovo, der hier erst mal vernünftig integriert werden müsste. Deutsch lernen, Schularbeiten mit ihm machen. Wann, bitte schön, soll er das denn alles hinkriegen? Er taugt nicht zum alleinerziehenden Vater, so viel ist jedenfalls klar, also muss er auch gar nicht lange darüber nachdenken.

»Aber wenn seine Oma irgendwann nicht mehr für ihn sorgen kann?«

»Noch ist alles in Ordnung.«

»Du schiebst das Problem nur vor dir her.«

»Nein, ich löse es, wenn es so weit ist.«

»Und wie?«

»Worauf willst du hinaus?«

»Lad ihn doch einfach mal in den Ferien ein. Wir machen was Schönes zusammen und schauen mal.«

»Schauen was?«, sagt Schuster misstrauisch.

»Wie's so läuft.«

Schuster sieht sie an. Das steuert hier ja wohl auf Familie zu. Was stellt sie sich vor? Mutter, Vater, Kind? Er kriegt leichte Panik und sagt: »Mal sehen.«

Die Wahrheit ist, dass er Angst davor hat, seinen Sohn in sein Leben zu lassen, dass er sich in seiner Gegenwart beklommen fühlt. Er kommt stark nach der Mutter, und es schmerzt Schuster jedes Mal, sie in seinem Gesicht zu erkennen. Was Marin, *der aus dem Meer Stammende*, von ihm denkt, weiß er nicht. Tamara wählte den Namen, weil sie sich am Meer in Kroatien geliebt hatten, wo Schuster für ein langes Wochenende ein Hotelzimmer gebucht hatte, um dem Alltag für einen Moment zu entfliehen.

»Keine Sorge, ich will hier nicht die Ersatzmutter spielen«, sagt Jeanette. »Ich denke nur, du schuldest deinem Sohn was, oder?«

»Was schulde ich ihm?«

»Dich.«

Sie schaut ihn an: »Ein Kind braucht einen starken Vater. Umso mehr, wenn es keine Mutter mehr hat.«

Schuster schluckt.

Er weiß, sie hat recht. Er hat sich damals seiner Verantwortung entledigt, aber was hätte er denn machen sollen? Mit einem Säugling unter dem Arm in Berlin aufschlagen?

»Es ist, wie es ist«, sagt Jeanette. »Macht keinen Sinn zurückzuschauen. Denk doch einfach mal drüber nach, wie du die Zukunft gestalten willst.«

39

»Da steckst du ganz schön in der Klemme«, sagt Harry zu Bosman, der letzte Nacht oben im Gästezimmer gepennt hat und jetzt in der Morgensonne auf der Terrasse in Kleinmachnow sitzt, wo sie frühstücken. Drinnen im Wohnzimmer telefoniert Helen mit ihrer Schwester, aber ihrer Gestik nach zu urteilen, läuft es nicht gut.

»Wer von beiden hat Elaine denn nun umgebracht?«, fragt Harry.

»Keine Ahnung, aber ich habe die DNA von Kottke. Vielleicht finden sich ja seine Spuren am Tatort.«

»Ich drück dir die Daumen.«

Helen kommt aus dem Wohnzimmer auf die Terrasse, lässt sich in einen Stuhl fallen, wirft ihr Handy auf den Tisch und sagt zu Bosman: »Was bist du nur für ein Hornochse.«

»Das wissen wir«, sagt Harry, »das ist nichts Neues. Was sagt sie?«

»Ich glaube, Britta hat die Nase tatsächlich voll.«

Bosman schweigt.

»Kann ich irgendwo sogar verstehen.«

»Sie haben ihn reingelegt, Schatz«, sagt Harry. »Das war nicht fair.«

»Wer sagt denn, dass das Leben fair ist?«

Bosman steht auf: »Kannst du mir deinen Wagen leihen?«

»Ungern«, sagt Harry. »Tickets zahlst du.«

Er zieht die Autoschlüssel aus der Hosentasche und wirft sie ihm zu. Bosman geht durch die Gartentür und dann in die Doppelgarage, wo Helens Mini neben dem dunkelgrünen Jaguar Daimler steht. Er steigt ein, öffnet das Garagentor mit der Fernbedienung und fährt los. Er ist seltsam klar im Kopf, aber er weiß, das ist der Schock. Noch weigert er sich, zur Kenntnis zu nehmen, was in den letzten vierundzwanzig Stunden passiert ist, dass er seinen Ruf, seinen Job und seine Familie verloren hat. Zwanzig Minuten später parkt er vor dem Kriminaltechnischen Institut und geht rein.

Der Pförtner schaut auf.

»Hallo, Werner«, sagt Bosman und nimmt seine Sonnenbrille ab, so als wäre nichts.

Werner zögert.

»Zehn Minuten.«

»Okay«, sagt Werner, »aber ich habe dich hier nicht gesehen.«

Dr. Steinbach hockt in seinem Büro und schreibt Berichte, als Bosman reinkommt. Er schaut ihn über den Rand seiner Lesebrille an und sagt: »Ich habe dich schon erwartet.«

»Ich hatte eine Menge um die Ohren.«

»Ich weiß.«

Steinbach lehnt sich in seinem Stuhl zurück. »Es gibt kein Match. Die DNA deines Verdächtigen wurde am Tatort nicht gefunden.«

Scheiße, denkt Bosman. Aber was heißt das? Dass Kottke unschuldig ist? Nein, es heißt lediglich, dass er entweder nicht selbst da war oder Handschuhe getragen und keine Spuren hinterlassen hat. Oder dass Shatira Ekrem es war.

»Danke«, sagt er.

Steinbach nimmt seine Brille ab und putzt sie mit einem karierten Taschentuch. »Was ist da los? Du suchst einen Mörder, und Weber sucht dich, weil er dich für einen hält?«

345

»Ich werde gelinkt.«

»Von Weber?«

»Er ist ein Arschloch.«

»Was hat er gegen dich?«

»Das ist eine alte Geschichte.«

Steinbach nickt und sagt:»Besser, du verschwindest jetzt wieder.«

»Ja, ich glaube auch. Und danke noch mal.«

Als er durch den Flur und durch das Foyer an Werner vorbei zurückgeht, fühlt er sich wie ein Hund, den das Herrchen an einem Laternenmast festgebunden und da vergessen hat.

Er ist raus.

Noch hallt das Echo seiner Reputation nach, noch rufen die Kollegen nicht gleich die Kavallerie, wenn er auftaucht, aber es ist nur eine Frage der Zeit. Er macht sich keine Illusionen über die Natur des Menschen. Sie haben ihn ausgestoßen, er ist keiner mehr von ihnen.

Als er zu Harry zurückfährt, sieht er an der Ecke einen unauffälligen Wagen parken, in dem ein Mann hinter dem Steuer sitzt. Bosman kann ihn noch kurz im Rückspiegel sehen, dann biegt er in Harrys Einfahrt ab und steuert den Jaguar in die Doppelgarage, die sich hinter ihm schließt, während das Licht angeht. Er geht durch den Hauswirtschaftsraum in die Küche und dann in das helle Wohnzimmer.

»Hallo?«

Keiner da? Vielleicht sind sie im Garten, die Terrassentür steht offen. Bosman geht in den ersten Stock ins Gästezimmer und packt seine paar Klamotten in die kleine Reisetasche, die Britta ihm vor ein paar Jahren geschenkt hat, als Harry reinkommt.

»Haust du ab?«

»Draußen vor deiner Tür sitzt ein Bulle in seinem Wagen. Ich glaube, er hat mich gesehen. Schätze mal, in etwa zwanzig Minuten kriegst du Besuch.«

»Wo willst du jetzt hin?«

»Besser, du weißt es nicht. Weber wird dich grillen.« Bosman zieht den Reißverschluss seiner Tasche zu und wirft sie sich über die Schulter. »Danke für alles. Man sieht sich.«

Er soll recht behalten. Bosman ist noch keine halbe Stunde weg, als drei Wannen mit Blaulicht vorfahren und die Bullen aussteigen. Der Boss stellt sich Harry als Hauptkommissar Weber vor, der Mann, vor dem sein Schwager ihn gewarnt hat. Doch Harry sieht der Sache gelassen und mit einer gewissen Vorfreude entgegen.

»Wenn Sie sich bitte die Schuhe ausziehen würden?«

Weber glotzt ihn ungläubig an. »Die Schuhe?«

»Ja, wir möchten den Schmutz von der Straße nicht im Haus.«

»Tut mir leid, wir haben eine Kleidervorschrift.«

»Und die besagt, dass Sie barfuß nicht Ihren Dienst verrichten dürfen?«

»So ungefähr.«

»Na schön, ich will mich gerne kooperativ zeigen, aber treten Sie dann doch bitte sorgfältig ab.«

Die Bullen schuffeln sich der Reihe nach auf der Kokosmatte die Schuhe ab und kommen etwas linkisch rein.

»Es freut mich ja, dass Sie so zahlreich erschienen sind«, sagt Harry, als sie ins Wohnzimmer kommen, »aber womit genau kann ich Ihnen denn jetzt dienen?«

»Sie können mir sagen, wo wir Ihren Schwager finden. Das erspart uns die Mühe, den ganzen Laden hier auf links zu drehen.«

»Sie meinen Frank?«

»Sie wissen, wen ich meine.«

»Den habe ich schon länger nicht mehr gesehen. Unsere Frauen haben ein schwieriges Verhältnis, sie sind Schwestern, wenn Sie verstehen, was ich meine«, sagt Harry. »So was färbt leider auch immer auf die Männer ab. Wenn ich Frank treffen will, muss ich das verteidigen, so als würde da Sippenhaft herrschen, dabei ist er nur mein Schwager. Und eines kann ich Ihnen sagen, ihm geht's nicht anders, also hüten Sie sich davor ...«

»Ja, ja«, unterbricht Weber genervt. »Wo ist er?«

»Keine Ahnung.«

Weber dreht sich zu den Männern um und sagt: »Also los.«

Sie schwärmen aus.

»Wieso glauben Sie, dass er hier sein könnte?«

»Weil er gesehen wurde, als er vor einer halben Stunde hier reingekommen ist.«

»Wie bitte? Das ist doch Quatsch. Ich bin doch selber erst seit einer halben Stunde zu Hause.«

Weber schaut ihn misstrauisch an. »Sie?«

»Ja, ich war einkaufen und hatte den Wagen genommen. Ich frage mich, wie Sie auf die Idee kommen, dass mein Schwager damit herumfährt. Wissen Sie, das ist ein Daimler Baujahr 1989, und der Letzte, den ich da ans Steuer lassen würde, ist Frank, so sehr ich ihn auch sonst schätze.«

»Er wurde erkannt.«

»Da hat aber einer Tomaten auf den Augen. Ich sag Ihnen mal was, ich produziere Filme, vielleicht kennen Sie den einen oder anderen. *Nighthawks* mit Bruce Russo? Großer Name in Hollywood, *Bigfoot*, sieben Staffeln?«

Weber schüttelt den Kopf.

»Egal«, sagt Harry. »Wenn ich eine Observationsszene habe, will ich doch nicht ankündigen, was passiert, das killt die Spannung. Da steht ein Bulle vor dem Haus, der Verdächtige kommt, der Bulle ruft Verstärkung, die rückt an, dann klingeln sie und fragen: ›Ist der Verdächtige hier?‹ Und dann ist er da. Da könnt ihr gleich zu Kim Jong gehen und ihn fragen, ob er eine Atombombe hat. Ihr seid zu langsam, Freunde, das ist euer Problem.«

Er sieht Webers kaputtes Augenlid zucken und hofft, dass es nicht runterfällt. »Also war er hier.«

Harry grinst. »Ja, aber das ist schon länger her.«

Als sein Handy klingelt, schaut er auf das Display und sagt zu Weber: »Sie entschuldigen.«

Dann geht er ein paar Schritte beiseite und ruft ins Telefon: »*Bruce, old cunt, how ya doing?*«

»*Fine, buddy*«, sagt Russo. »*Listen, I got great news.*«

Russo sitzt hinten neben Remi Ekrem im Range Rover, der rücksichtslos über die holprige Landstraße rast. Vorn lümmelt Luhan neben dem Fahrer. Sein geölter Dutt sitzt perfekt, die Gläser seiner Sonnenbrille sind grün. Wenn Russo durch die getönten Scheiben rausschaut, sieht auch alles grün aus. Seit drei Tagen schleppt Ekrem ihn kreuz und quer durchs Land, um ihm all die Orte zu zeigen, an denen er gewirkt hat oder die anderweitig von überragender nationaler Bedeutung sind. Gestern haben sie ein Heimatmuseum in einem Kaff besucht, das noch nicht mal gepflasterte Straßen hatte und wo Ekrem mit großem Tamtam empfangen wurde. Russo musste sich das stundenlange Palaver in einer Sprache anhören, die ihm so vertraut ist wie die Zungenküsse liebestrunkener Seepferdchen. Dann musste er kratzige Leinengewänder und anderes Zeug bestaunen, das angestaubt in den zwei Stuben des Bauernhauses herumgammelte, und Schwarz-Weiß-Fotos von grimmig dreinblickenden Freiheitskämpfern, die an der Wand hingen. Die Fotos, nicht die Freiheitskämpfer. Die hingen auf einem der Fotos an einem Laternenpfahl. Dann gab's Kaffee und Raki, ein Lichtblick immerhin, und dann ging's weiter.

Jetzt steht er auf einem Berggipfel und schaut runter in ein Tal, in dem eine kleine Stadt liegt. Es ist heiß, die Sonne knallt ihm auf den Kopf, und Schweiß tropft ihm von der Stirn. Er will eigentlich nur eins: ein kaltes Bier. Doch Ekrem ist nicht zu bremsen.

»Gilan«, sagt er und deutet auf die Stadt, »war schon damals ein wichtiger Knotenpunkt. Von hier oben kannst du gut erkennen, wie die Straßen aus Norden, Osten, Süden und Westen sich dort treffen. Über Gilan liefen wichtige Nachschubwege, deswegen hatten die Serben die Stadt besetzt.«

Sie waren damals aus ihrem Rückzugsgebiet in Albanien in ihren Jeeps mit den aufmontierten Maschinengewehren und den Lkw mit den Truppen quer durch Nordmazedonien gerumpelt, erzählt Ekrem, um hinter Kumanovo entlang der Überlandstraße durch die Bergtäler in den Kosovo vorzustoßen. In Kumanovo, wo später dann die Waffenstillstandsverhandlungen zur Beendigung des Kriegs stattfanden, stießen sie auf eine von Thacis Einheiten und vereinten ihre Kräfte. Es wurde entschieden, die serbischen Truppen bei Gilan in die Zange zu nehmen. Thaci sollte mit seinen Leuten von Osten kommen, Ekrem von Süden.

»Das Problem war«, sagt Ekrem, »dass die Serben sich eingegraben hatten. Rings um die Stadt hatten sie an strategischen Punkten Artillerie und mobile Einheiten stationiert. Wir kamen zwei Tage lang nicht voran, jeder vergrub sich in seinen Stellungen. Wir hatten damals einen Scharfschützen im Bataillon, einen jungen Deutschen, hervorragender Mann. Von da drüben«, er deutet auf eine Bergwand, »hatte uns eine Mörserstellung unter Feuer genommen. Der Deutsche hat sie neutralisiert, mit einem Schuss über tausendzweihundert Meter.«

»Was macht ein *fucking kraut* im Kosovo-Krieg?«

»Wir hatten die Amerikaner auf unserer Seite, von Anfang an. Aber sie wollten natürlich keine Bodentruppen schicken, also schickten sie *private contractors.* Kottke war einer von ihnen.«

Klar, denkt Russo, *das machen sie immer so. Für die Drecksarbeit holen sie sich private Söldner ran und können dann immer sagen, dass sie nichts damit zu tun hatten.*

»Du musst verstehen«, sagt Ekrem, »dass wir in einer asymmetrischen Lage waren. Wir hatten den Serben mit ihrer hochgerüsteten Armee wenig entgegenzusetzen. Also habe ich gesagt, wir müssten dafür sorgen, dass die Amerikaner sich mehr engagieren, die Europäer konnten wir ja eh vergessen. Am 23. Mai 1997, schreib das auf, war ich dann mit Thaci in Genf, wo wir Madeleine Albright getroffen haben, um das weitere Vorgehen zu besprechen. Wir wollten, dass sie bombardieren, aber sie hielt nichts davon.«

»Soweit ich mich erinnere, haben wir bombardiert«, sagt Russo.

»Ja, aber erst, als die Serben den Friedensvertrag von Rambouillet nicht unterzeichnen wollten. Und weißt du was?«

Ekrem schaut ihn an, und ein Lächeln umspielt seine Lippen, während er sich an die heroischen Zeiten erinnert: »Wir wollten eigentlich auch nicht. Es war ein Kompromiss, den wir nicht akzeptieren konnten, aber Albright hat dann Druck gemacht und gesagt: ›Das ist es, hopp oder top.‹«

»Und dann?«

»Wir haben unterzeichnet und die Serben nicht. Daraufhin haben wir sie angegriffen, überall. Polizeistationen, Armeestellungen, Dörfer, und die Serben haben natürlich brutal zurückgeschlagen. Aber wir hatten die Bilder und die Schlagzeilen und konnten uns als Opfer inszenieren, und dann habt ihr bombardiert.«

»*That's a scene*«, sagt Russo.

»Was?«

»Die Friedensverhandlungen, die Hinterzimmergespräche, dein skrupelloser Plan.«

»Wieso war mein Plan skrupellos?«

»Weil die Serben eure Dörfer angezündet haben. Du hast deine eigenen Leute über die Klippe springen lassen, weil du wusstest, dass sie sich rächen würden.«

»Jeder Krieg verlangt Opfer«, sagt Ekrem, »und das strategische Ziel haben wir erreicht, unsere Freiheit.«

Nach der Geschichtsstunde steigen sie wieder in den Range Rover und fahren zurück nach Prizren, wo Russo sich ins Arbeitszimmer setzt und anfängt zu schreiben. Rambouillet, hat Ekrem ihm erzählt, ist ein Schloss bei Paris, vier wuchtige Türme mit Spitzdächern und dazwischen französischer Barock. Russo sieht glänzende Parkettböden vor seinem geistigen Auge und Spiegelsäle, wo die internationale Diplomatie versucht, einen Friedenskompromiss zu verhandeln, der von Anfang an zum Scheitern verurteilt ist.

INT. SPIEGELSAAL RAMBOUILLET – DAY
Ekrem und Thaci betreten den prunkvollen Saal, wo die Delegierten schon um einen großen Tisch herumsitzen und in Papieren blättern. Ratko Marković, der Verhandlungsführer der Serben, schaut auf, Hass in seinen Augen ...

Nein.

Russo streicht *Hass in seinen Augen*. Das ist zu platt und *out of character*. Marković ist Politiker, der spielt sein Blatt raffinierter. Russo schreibt manisch weiter, und als er gegen Mitternacht in die Küche kommt, um sich noch eine Flasche von dem leckeren Merlot zu holen, sitzt Mona im Halbdunkel am Tisch und raucht. Russo schreckt ein wenig zusammen. Seit er sie mit Luhan erwischt hat, ist die Luft zwischen ihnen mehr als frostig.

»Ich langweile mich«, sagt Mona.

»Dann geh schlafen oder lies ein Buch.«

»Das langweilt mich auch.«

»Dann hau ab hier und nimm dein Leben in die Hand. Geh feiern, hab 'ne schöne Zeit, die kommt nicht wieder. Ganz ehrlich, warum gibst du dich überhaupt mit Remi ab? Okay, er hat Kohle und Einfluss, und du magst vielleicht hoffen, dass er bald einen Herzinfarkt kriegt, das ist nicht so unwahrscheinlich, und dass du dann fett abstaubst.«

Sie grinst ihn an.

Russo grinst zurück und geht zum Weinkühler. Er holt den Rotwein raus und entkorkt ihn. »Aber du weißt schon, Tote leben oft länger, als man denkt, während du deine Jugend verschwendest. Das ist ein schlechter Deal. Man ist nur einmal jung, frag mich.« »Wenn du willst, rede ich mit ihm«, sagt Mona.

»Worüber?«

»Du willst doch weg hier.«

Russo schaut sie an.

»Ich weiß, dass du Remi damit in den Ohren liegst, nach Berlin zu fliegen, um diesen Produzenten zu treffen. Er hat mir davon erzählt. Aber um ehrlich zu sein, glaube ich, dass er dich dann nie wieder sehen wird. Er glaubt das im Übrigen auch.«

»*So what?*«

»Ich könnte ihn vielleicht umstimmen.«

Russo schenkt sich ein Glas ein. »Warum willst du mir helfen?«

Mona lächelt. »Damit ich dich hier nicht mehr sehen muss.«

Als er mit seiner Pulle Wein wieder am Schreibtisch Platz nimmt, kann er sich nicht mehr so richtig konzentrieren. Wenn Mona den alten Sack tatsächlich davon überzeugen könnte, ihn nach Berlin zu schicken, sind alle Optionen wieder offen. Er wäre frei, und was spricht eigentlich dagegen, das Projekt dann weiter voranzubringen? Vielleicht bietet sich ihm hier eine unverhoffte Chance, zurück ins Business zu kommen und es den ganzen Arschlöchern zu zeigen, die ihn so schmählich fallen gelassen haben.

Time to work on my comeback!

»Ich habe so das Gefühl, dass die Show immer mehr mein Baby wird«, sagt er am nächsten Morgen beim Frühstück zu Ekrem. »Was hältst du davon, wenn ich die Hauptrolle spiele?«

»Mich?«

»*Yes. Look* … Wer kennt dich besser als ich? Wir arbeiten zusammen, ich kriege so langsam ein Feeling für die Geschichte, für das Land und natürlich auch für dich, *man*. Wer soll dich da spielen, wenn nicht ich?«

»Ich war damals ein gut aussehender junger Mann.«

»Ich auch«, sagt Russo.

»Na und? Das ist zwanzig Jahre her. Schau doch mal in den Spiegel.«

»Hast du Daniel Craig in den Bond-Filmen gesehen? Oder Brad Pitt in *Troja*? Meinst du, die sehen so aus, wenn du sie bei Starbucks triffst? Nein, Remi, die arbeiten an der Rolle, nehmen ab, bauen Muskeln auf, und wenn das nicht reicht, wird in der Postproduktion dran gearbeitet. In *The Irishman* spielt Robert De Niro den alten *und* den jungen Frank Sheeran, da liegen dreißig Jahre zwischen, aber siehst du das? Nein, Bobby sieht dreißig Jahre jünger aus.«

Ekrem schaut ihn skeptisch an.

»Lass es dir durch den Kopf gehen«, sagt Russo. »Noch sind wir nicht beim Casting, aber es ist immer gut, den Schauspieler vor Augen zu haben.«

Dann ziehen sie sich mit einer Kanne Kaffee ins Arbeitszimmer zurück. Russo klappt das Notebook auf und liest Ekrem vor, was er gestern Nacht geschrieben hat. Ekrem hat die Hände über seiner Tonne gefaltet und die Augen geschlossen. Von Zeit zu Zeit nickt er zustimmend. Dann sagt er: »Es war kein Spiegelsaal.«

»*What?*«

»In Rambouillet. Das war kein Spiegelsaal. Klar, da hingen Spiegel an der Wand in fetten goldenen Rahmen, Ölschinken und Teppiche, Parkettboden, aber es war kein Spiegelsaal.«

»*Fuck it*«, sagt Russo.

»Es ist mir nur wichtig, dass alles stimmt, verstehst du?«

Sie arbeiten konzentriert weiter, und nach der Mittagspause sagt Russo: »Es gibt da noch ein paar Fragen zu deiner Rolle in dieser Geschichte mit dem Organhandel.«

»Fake News«, sagt Ekrem.

»Fake News?«

»Wir haben keine Kriegsgefangenen getötet, um ihre Organe zu verkaufen.«

»Hmm …«, macht Russo, »da haben die Bullen mir beim Briefing aber was anderes erzählt.«

»Das ist alles Propaganda, um mich zu diskreditieren, alles unbewiesene Behauptungen. Es gibt gewisse Kräfte, die ein Interesse daran haben, mich hinter Gitter zu bringen, das sage ich dir. Nachdem das Buch von Carla del Ponte rauskam, hat Dick Marty mit seiner Untersuchungskommission hier nichts gefunden, gar nichts. Sie wollten es nicht wahrhaben und haben dann diese Sonderermittlerin geschickt, Elaine Szolnay, die unbedingt Karriere machen wollte. Sie war total frustriert, als sie erkennen musste, dass sie Gespenstern hinterherlief, und hat angefangen, schmutzig zu spielen.«

»Okay«, sagt Russo. »*That's new.*«

»Für dich.«

»Und Ibramovics?«

»Der weiß ganz genau, was sie hören wollte.«

»Er wurde doch all die Jahre gesucht.«

»Ja, aber weißt du auch, warum? Nicht wegen der Kriegsge-schichten, sondern weil er hier in der Luca-Klinik transplantiert hat. Aber das waren keine Organe von Gefangenen, das waren alles Freiwillige, arme Leute, Zigeuner und so. Sie haben zweitausend Euro dafür gekriegt und konnten danach wieder nach Hause.«

»Aber wenn das alles legal war, wieso stand er dann zwanzig Jahre auf den Fahndungslisten?«

»Soweit ich weiß, sind damals Leute an den Folgen der Operation gestorben. Das ist natürlich bitter, aber hey, nicht jeder, der ins Krankenhaus geht, kommt auch lebend wieder raus.«

»*That's right*«, sagt Russo und muss an seinen Onkel José in Tijuana denken. Aber der hatte Lungenkrebs, was ja wohl was anderes ist.

Ekrem steht auf und drückt sein Kreuz durch, während er Russo anschaut. »Weißt du, warum diese Elaine und ihre beiden Bulldoggen damals gefeuert wurden? Nicht etwa, weil jemand die Ermittlungen blockiert hatte, sondern weil sie Zeugen bestochen haben. Sie wollte den Erfolg um jeden Preis und war sich für nichts zu schade. Eine toxische Frau, das sage ich dir. Sie hat jeden manipuliert.«

40

Am Ende flog ihnen alles um die Ohren.

Elaine war erst seit Kurzem da und machte gleich mächtig Druck. Sie demütigte Ekrem öffentlich, als sie mit einem Medientross bei ihm aufschlug und ihn in seinem eigenen Haus mit den Vorwürfen konfrontierte. Bosman war schwer beeindruckt, die UN-Verwaltung in Prizren nicht. Der Krieg war längst vorbei, es hatte sich ein Status quo eingepegelt, mit dem alle leben konnten, und keiner hatte wirklich ein Interesse daran, die alten Geschichten wieder aufzuwärmen. Es war viel von Stabilität und Versöhnung die Rede in einem desolaten Staat. Da konnte niemand einen Unruhestifter brauchen, der die alten Wunden wieder aufriss. Doch das interessierte Elaine nicht. Sie kannte den Dick-Marty-Bericht, der die Gräuel auflistete. Bosman nicht. Er kannte nur die Gerüchte. Elaine folgte Martys Spuren, aber die Ermittlungsakten waren lückenhaft, Zeugenaussagen verschwunden. Es gab Videos von den Vernehmungen, doch die Zeugen verstrickten sich in Widersprüche, manche widerriefen ihre Aussage, andere waren tot. Das Gesamtbild aber war stimmig: Ekrem hatte in Albanien mehrere Lager unterhalten, in denen nicht nur Kriegsgefangene saßen, sondern auch Verräter oder solche, die man dafür hielt, unter ihnen Journalisten und Anwälte. Mehrere Zeugen hatten von Folter und

Vergewaltigungen gesprochen und davon, dass einige der Gefangenen gut behandelt wurden, ordentlich zu essen kriegten, nach einer medizinischen Untersuchung verlegt wurden und nie wieder auftauchten. Die Indizien waren eindeutig, Beweise gab es nicht. Noch nicht.

Es war ein sonniger Sonntagnachmittag, und Bosman hatte vorgeschlagen, zur Festung hochzulaufen, von wo aus man einen herrlichen Blick über die Altstadt von Prizren hatte. Sie saßen auf dem mittelalterlichen Burgwall, ließen die Beine baumeln und aßen Sandwiches.

»Wo kommst du eigentlich her?«, fragte er.

»Aus Den Haag.«

»Nein, das meine ich nicht. Ich meine deine Familie. Szolnay ist doch kein deutscher Name, das ist ungarisch, oder?«

»Ja, mein Großvater ist nach dem Krieg ausgewandert. Er war Bäcker und brachte den Scerbó nach Bremerhaven.«

Sie lachte, und Bosman mochte es, wie die weißen Zähne zwischen ihren Lippen aufblitzten. »Das ist ein geschichtetes Mürbeteiggebäck mit Walnuss und Aprikosenmarmelade, eine ungarische Spezialität.«

»Wieso ausgerechnet Bremerhaven?«

»Opa wollte nach Amerika und hatte gehört, dass die Schiffe von da ablegten, die Auswandererschiffe. Doch dann lernte er meine Oma kennen, und das war's dann mit Amerika. Stattdessen machte er eine Konditorei am Theaterplatz auf, und das Geschäft lief so gut, dass er zehn Jahre später drei Filialen hatte.«

»Bist du in Bremerhaven groß geworden?«

»Nein, in Celle. Und du?«

»Originalberliner«, sagte Bosman. »Schillerkiez direkt am Tempelhofer Feld. Warum bist du nach Den Haag gegangen?«

»Weil ich keine Scheidungsanwältin werden wollte.«

»Touché«, sagte Bosman und grinste.

Ein kühler Wind hatte sich vom Tal her aufgemacht und wehte durch Elaines Haare. Sie wischte sich den Mund mit der Serviette ab, knüllte sie zusammen und fragte:»Und warum bist du hier?« Tja, das hatte er sich in letzter Zeit auch öfter gefragt. Er hatte nicht das Gefühl, staatstragend tätig zu sein. Sollte er je die Illusion gehabt haben, Gutes zu bewirken, so sah er sich enttäuscht. Denn hier stellte sich die Frage, was das Gute war. Die Wirklichkeit war komplexer, als sie sich in den Vorbereitungsseminaren in Lübeck dargestellt hatte, wo er und die anderen Kollegen den Eindruck vermittelt bekamen, so etwas wie eine Elite zu sein, die Speerspitze der Entwicklungsarbeit in einem *failed state*. Wir kommen und zeigen euch, wie's geht. Was das hieß, war keinem klar. Nicht, dass ihnen die Schwierigkeiten vorenthalten wurden, aber dass sie Statisten in einem Spiel waren, dessen Regeln andere bestimmten, sagte ihnen niemand. Die polizeilichen Durchgriffsrechte änderten nichts an der Tatsache, dass sie sich mit Leuten arrangieren mussten, die eigentlich in den Knast gehörten, und die, die sie einsperrten, waren kleine Fische. An die Bosse, die das große Rad drehten, kamen sie nicht ran. Und jetzt saß diese junge Frau neben ihm auf der Mauer, die entschlossen schien, keine Rücksicht darauf zu nehmen. Das konnte man mutig finden – oder blauäugig oder dumm.

Ein paar Tage nach ihrem Ausflug hoch zur Burg landete die E-Mail in Elaines Postfach, die alles verändern sollte. Ein ehemaliger Weggefährte Ekrems war bereit, gegen ihn auszusagen. Am nächsten Morgen fuhren Bosman und Elaine mit einem Dolmetscher los in die Berge nach Bajram Curr, wo sie den Wirt im Café Alban nach Skender fragten. Umständlich beschrieb er ihnen den Weg. Dann stiegen sie wieder in den weißen Range Rover und verließen die Stadt in nördlicher Richtung. Nach etwa zehn Kilometern überquerten sie das ausgewaschene Flussbett der Valbona auf der Brücke, die der Wirt erwähnt hatte, und fuhren die Serpentinen in östlicher Richtung hoch in die Berge. Hier und da lagen einsame Höfe verstreut in den Almen, die Wolken hingen tief über den Berggipfeln, das Licht war grau und unbestimmt. Hinter Hoshang fanden sie den Blutturm, wo die Männer auf der Flucht vor der Blutrache untergekommen und manchmal jahrelang eingesperrt waren, während die komplizierten Verhandlungen zwischen den verfeindeten Familien liefen, wie der Dolmetscher ihnen erklärte, damals, als der Kanun hier Gesetz gewesen war, bevor die Kommunisten unter Enver Hoxha an die Macht kamen. Mit ihm hatte sich alles geändert. Es waren nach den Worten des Dolmetschers finstere Zeiten, und Bosman fragte sich, ob es hier in der Abgeschiedenheit der albanischen Berge jemals helle Zeiten gegeben hatte.

Etwa vier Kilometer hinter dem Blutturm endete die Schotterpiste, und sie mussten den Wagen stehen lassen. Sie folgten dem Gebirgspfad eine weitere halbe Stunde lang, als die Wolken aufrissen und ein heller Lichtkegel, scharf begrenzt wie ein Theaterscheinwerfer, das zerklüftete Tal der Gashit unter ihnen erleuchtete. Etwa fünfhundert Meter westlich sahen sie das rot gedeckte Dach einer kleinen Kapelle, die wie eine Trutzburg auf einem Felsvorsprung thronte.

»Das muss es sein«, sagte Elaine.

Sie beschleunigten ihre Schritte und gelangten über den gewundenen Pfad hoch zum hölzernen Portal der Kirche. Weit und breit war niemand zu sehen, und ihre Rufe blieben ohne Antwort.

»Wer kommt auf die Idee, hier eine Kirche zu bauen?«, wunderte Bosman sich.

»Keine Ahnung«, sagte Elaine, »sieht aus wie eine Einsiedelei.«

Sie drückte die schwere gusseiserne Klinke runter. Die Tür war nicht verschlossen. Sie kamen in die kleine Kapelle. Zwielicht fiel durch die schmutzigen Scheiben auf verwaschene Fresken, die den Leidensweg Jesu zeigten. Ein schlichtes Holzkreuz auf dem Altar.

Keine Spur von Skender. Hinter dem Altar fanden sie eine niedrige Tür, die in die Sakristei führte, wo ein Feldbett stand, ein Gaskocher, ein Regal mit liturgischen Paraphernalien und Weihrauchgefäßen, ein wackeliger Tisch mit einem Stuhl. In einer Ecke ein Sack mit Mehl, Reis, ein Kanister Öl, zwei verschrumpelte Kürbisse. Auf dem Tisch lag eine aufgeschlagene Bibel, in der Elaine kurz blätterte. Skender, so schien es, hatte den Weg zu Gott gefunden, nach einem Leben voller Krieg und Gewalt.

Als sie die Kapelle wieder verließen und nach hinten in den Gemüsegarten gingen, sah Bosman die Bienenstöcke etwa hundert Meter weiter oben im Hang stehen. Es lag eine bleierne Schwere in der kalten Bergluft, die Bienen tanzten über den Kästen, und dann sah Bosman, dass es keine Bienen waren, sondern Fliegen, und er wusste, sie waren zu spät gekommen. Sie fanden die Leiche hinter den Bienenkästen. Skender lag auf dem Rücken, die stumpfen Augen geöffnet, Fliegen im Gesicht und auf den Einschusslöchern in seiner Brust, wo sie ihre Eier in frisch geronnenem Blut ablegten.

Elaine schaute ihn an, Ekel und Bestürzung im Gesicht.

»Scheiße.«

Der Dolmetscher wandte sich ab, und Bosman spürte, wie sein Magen sich hob.

Skenders Tod lastete schwer auf ihnen. Nachforschungen im Café Alban brachten keinerlei Hinweise auf die Täter, doch es war klar, wer dahintersteckte: Ekrem. Wer wusste außer dem Wirt noch davon, dass Skender bereit war, ihn zu verraten? Bosman war sich sicher, dass sie einen Maulwurf in ihrer unmittelbaren Umgebung hatten, entweder bei der Polizei oder im UN-Quartier. Einmal mehr verstand er, dass er hier niemandem vertrauen konnte. Sie waren auf sich alleine gestellt.

Die nächsten Tage verliefen ereignislos. Eine seltsame Stille hatte sich über die Stadt gelegt, und Bosman fing an zu trinken. Erst war es nur der bernsteinfarben schimmernde Gute-Nacht-Whiskey in dem großen Tumbler. Er funkelte im gelben Licht der Stehlampe in einem Haus, das aussah wie eine vergammelte Schuhschachtel an einer Bushaltestelle im Winter. Irgendwann wurde aus dem Glas Whiskey eine halbe Flasche. Er sparte sich den Gang ins Schlafzimmer, zog die Wolldecke hoch und pennte auf dem Sofa ein. Er fragte sich, was Skenders Augen alles gesehen haben mochten, über die die Fliegen gekrochen waren. Er konnte sich denken, warum er den Weg in die Einsamkeit gewählt hatte und dem Ruf Gottes gefolgt war. Das verzweifelte Flehen um Gnade war der einzig mögliche Weg, den diejenigen noch beschreiten konnten, die zu schwer gesündigt hatten. Bosman wunderte sich, mit welcher Inbrunst die Menschen sich an eine Erzählung klammerten, die sie selbst erfunden hatten, um mit ihrer Schuld klarzukommen. Etwas Göttliches konnte er nicht darin erkennen, Metaphysik war ihm fremd, und Elaine ging ihm nicht aus dem Kopf. Wenn er die Augen schloss, sah er sie vor sich. Seine Anrufe zu Hause wurden dagegen seltener. Wenn er Britta auf dem Bildschirm seines Laptops anschaute, während ihrer Skype-Gespräche, war sie ihm fremd. Ihre Alltagsprobleme interessierten ihn nicht. Sie wirkten fast surreal angesichts dessen, was er hier täglich erlebte. Schuster sah er selten, der war mit seinen eigenen Ermittlungen beschäftigt. Er hatte Tamara kennengelernt, eine Krankenschwester, ganz nach Schuster-Art bei einer lokalen Hochzeit, auf die er aus welchen Gründen auch immer eingeladen war. Sie arbeitete in der Luca-Klinik und vertraute Schuster an, dass dort während des Krieges und auch später noch illegale Transplantationen stattgefunden hatten.

»Sie haben ihre Gefangenen ausgesiebt«, sagte Schuster zu Bosman und Elaine. »Die, deren Organe passten. Sie haben sie in Albanien geschlachtet und die Organe in die Luca-Klinik geflogen, wo sie transplantiert wurden.«

Sie saßen im Café Paris und rauchten, vor ihnen auf dem Tischchen die leeren Espressotassen und ein voller Aschenbecher. Hier qualmten alle, der ganze Laden war voller Rauch, gemischt mit dem Duft frisch gerösteten Kaffees.

Welch eine Ironie des Schicksals, dachte Bosman. Die Luca-Klinik war das mit Abstand am besten ausgestattete Krankenhaus im ganzen Land. Ausgestattet von den Deutschen als Beitrag zur Gesundheitsversorgung. Ausgestattet mit modernster Technologie und kompetenten Ärzten. Ein Vorzeigeprojekt.

Die Ermittlungen in der Klinik führten sie zu Dr. Ibramovics, einem Weggefährten von Ekrem. Doch als sie ihn festnehmen wollten, war er ausgeflogen. Sie waren zu spät, wieder mal. Es zog sich wie ein roter Faden durch all ihre Bemühungen, die Kriegsverbrechen aufzuklären. Trotz strengster Geheimhaltung gab es immer wieder undichte Stellen, und wann immer ein Erfolg greifbar schien, kamen sie zu spät.

Es war frustrierend.

41

Eines Tages im Oktober, als das Wetter umschlug und es kalt und nass wurde, kehrten Bosman und Schuster mit wehenden Wimpeln an den Flaggenmasten des Range Rovers und der Begleitfahrzeuge zurück in die Kaserne. Sie waren gegen den Marihuana-Anbau ausgerückt, der außer Kontrolle war, wieder mal. Die Bauern bauten in den Tälern so viel Gras an, dass sie gar nicht wussten, wohin damit. Sie verbarrikadierten sich, als die Polizei ihren Besuch ankündigte. Es kam zu Feuergefechten und zwei Toten, bevor die Rebellen die Waffen streckten. In den Häusern, den Scheunen, den leeren Wassertanks und eigentlich überall fanden sie Säcke mit Gras, bereit, den reichen Norden zu schwemmen. Achtunddreißig Haftbefehle wurden vollstreckt, und Bosman fragte sich, wie viele der Typen tatsächlich verurteilt werden würden. Nach dem Einsatz fuhren sie durch die offene Schranke in die mit NATO-Draht und Wachtürmen gesicherte KFOR-Kaserne, als Bosman sagte: »Was läuft denn da eigentlich mit Tamara? Ich meine, ist es was Ernstes?«

»Sie wird bedroht«, wich Schuster aus.

»Seit wann?«

»Vor drei Tagen hat ein Typ bei ihr angerufen und ihr damit gedroht, Salzsäure ins Gesicht zu kriegen, wenn sie vor Gericht aussagt, dass Ibramovics illegal in der Luca-Klinik transplantiert hat.«

»Scheiße.«

Schuster schwieg. Er sah grimmig aus, und Bosman wusste: Ja, es war was Ernstes.

»Du kannst dir vorstellen, was das für eine Frau heißt.«

»Macht sie einen Rückzieher?«

»Nein.«

»Sollen wir ihr eine konspirative Wohnung besorgen?«

»Und sie hört auf zu arbeiten, geht nicht mehr raus, taucht irgendwo unter?«

Bosman schwieg einen Moment. Das war natürlich keine Lösung. Er wusste, was die Zeugen riskierten, und fragte sich, ob er damit leben könnte, seine Frau oder Elaine in so einer Gefahr zu sehen.

Er bezweifelte es.

»Sag ihr, es lohnt sich nicht. Ihre Aussage ist nicht kriegsentscheidend. Sag ihr, sie soll sie offiziell zurückziehen, sie hat uns ohnehin schon viel geholfen. Wir wissen ja jetzt, was gelaufen ist.«

»Du kennst sie nicht«, sagte Schuster. »Sie will, dass die Dinge sich in diesem Land verändern.«

»Hat sie keine Angst?«

»Natürlich hat sie Angst. Solange wir da sind, hat sie immerhin einen gewissen Schutz, aber ich will nicht wissen, was passiert, wenn wir irgendwann nicht mehr da sind.«

»Das ist noch eine Weile hin.«

»Ja«, sagte Schuster und schaute sorgenvoll aus dem Fenster.

Ein paar Tage später war Bosman mit Elaine zum Lunch unten am Fluss verabredet. Der Herbst kündigte sich an, das Laub verfärbte sich, und der Wind strich die ersten verwelkten Blätter über die Trottoirs. Die Menschen zogen ihre Mäntel am Kragen zusammen und drehten die Gesichter in die Sonne, um die letzten warmen Strahlen des Jahres zu genießen. Bosman betrachtete Elaine, als sie aus dem kleinen Lokal kamen. Sie trug eine rote Wollmütze, unter der ihr blondes Haar hervorlugte und über die Schulterklappen ihres Trenchcoats fiel.

»Was machst du heute Abend?«, fragte er.

»Keine Ahnung. Ich muss noch ein paar Calls erledigen, dann ab ins Bett.«

»Lust auf Kino? Im Astral läuft Sonny Wu.«

»Wer ist Sonny Wu?«

»Der unbestreitbar größte Karatekämpfer der Siebzigerjahre.«

Elaine schaute ihn ungläubig an. »Du willst mich in einen Karatefilm schleppen?«

»Nein, drei«, sagte Bosman grinsend und hob drei Finger. »Das Sonny-Wu-Triple-Feature. *Der Skorpion, Die Rückkehr des Skorpions* und *Die Rache des Skorpions.*«

Als sie das Kino betraten, regnete es, und als sie nach der Hälfte von *Die Rückkehr des Skorpions* wieder rauskamen, regnete es noch immer. Sie flüchteten sich in eine kleine Bar gegenüber, wo sie dicht aneinandergedrängt zwischen den Leuten im Tabakrauch standen und Bier tranken, und Elaine sagte: »Ich wusste gar nicht, dass du auf Trash stehst.«

»Es gibt vieles, was du nicht weißt.«

»So, so«, sagte Elaine. »Mach mich neugierig.«

Und Bosman packte die alten Kamellen aus. Wie er zwischen den ganzen Jungs aus den Clans im Schillerkiez groß wurde. Wie er mit Erol die Karre eines Dealers geknackt und zu Schrott gefahren hatte und dann anfing, selber zu dealen, um den Schaden wiedergutzumachen. Hier übertrieb er ein wenig. In Wahrheit hatten sie nur die Beifahrertür geschrottet, sonst hätte er bis zu seinem Lebensende zahlen können. Bosman erzählte, dass seine Großmutter außer sich gewesen war, als die ganze Geschichte aufflog.

»Und deine Eltern?«

»Ich bin bei meiner Oma aufgewachsen«, sagte Bosman. »Sie hat sich um mich gekümmert.«

Er schwieg einen Moment und ergänzte dann: »Ohne sie wäre ich im Dreck gelandet.«

Sie hatte ihm den Arsch gerettet, als er wegen Drogenhandels angeklagt war. Sie hatte den Jugendrichter bekniet und ihm gesagt, dass er eine zweite Chance verdient habe.

»Erol hatte keine Großmutter, die ihn raushauen konnte«, sagte Bosman. »Sondern eine Großmutter, die den ganzen Tag zu Hause hockte und ihrem Mann die Pantoffeln wärmte.«

Erol bekam zwei Jahre, eins davon auf Bewährung, und war vorbestraft. Bosman kriegte zwölf Tagessätze Sozialarbeit und keine Vorstrafe. Als er aus dem Gerichtssaal kam, stellte seine Großmutter ihn vor die Wahl: Entweder er zog sein Leben gerade und machte ein vernünftiges Abi, oder er flog raus und konnte sein Leben in die Gosse treten. Bosman wusste, es war ihr Ernst.

»Also hast du das Abi gemacht«, sagte Elaine.

»Ja, ich hab Abi gemacht. Als Erster in meiner Familie.«

Elaine lächelte. »Bist du stolz drauf?«

»Keine Ahnung, ist schon lange her.«

Als er sie später nach Hause brachte, regnete es immer noch, und sie wurden klatschnass. Sie standen vor der dunklen Eingangstür von Elaines Wohnblock und zögerten einen Moment.

»Wir sehen uns«, sagte Elaine, küsste ihn auf die Wange und verschwand im Hausflur. Bosman blieb noch einen Moment lang stehen und lauschte dem Klatschen der Tropfen in den Pfützen vor dem Haus. Dann drehte er sich um und ging.

Als Elaine in ihre karge Zweiraumwohnung kam, durchnässt und frierend, bereute sie ein wenig, Bosman nicht noch hochgebeten zu haben. Es wäre schöner gewesen zu zweit, aber auch eine

Entscheidung, die sie noch nicht treffen mochte. Sie dachte an seine Großmutter und dass sie auch gerne so eine gehabt hätte, eine, die sich kümmerte und warmherzig war. Aber Oma Ruth war ein Nazi, ihr ganzes Leben lang. Sie vertrat bis zu ihrem Tod die Auffassung, dass die Juden verschlagen seien. Elaine fragte sich, wie ihr Opa sich in so eine Frau hatte verlieben können, oder hatte er es nur zu spät gemerkt?

Während sie sich auszog und unter die heiße Dusche stellte, wunderte sie sich, dass sie Bosman von ihren Eltern erzählt hatte. Davon, dass ihre Mutter sie und ihren Vater früh sitzen gelassen hatte.

Bosman hatte geschwiegen. Er war ein guter Zuhörer, und sie erzählte ihm, dass Kiki, die neue Frau, die Dad schon wenig später kennenlernte, alles tat, um ihr zu verstehen zu geben, dass sie unerwünscht sei. Und wie ihr Vater sie nicht in Schutz nahm, sondern sich auf die Seite der Schlampe schlug, die ihr verbot, Freundinnen zu empfangen und die Küchenmaschine zu benutzen, wenn sie backen wollte. Im Nachhinein ärgerte es sie ein wenig, dass sie so viel preisgegeben hatte. Die alten Geschichten gingen niemanden etwas an. Aber sie hatte in dem Moment das Gefühl gehabt, ihm vertrauen zu können, warum, konnte sie selbst nicht genau sagen. Es war schwer, Männern zu vertrauen.

Als sie am nächsten Morgen ins UN-Gebäude kam, traf sie Vanderbeg im Flur. Er winkte ihr zu und sagte: »Morgen, Elaine. Komm doch gleich mal in mein Büro, es gibt gute Nachrichten. Ich habe mit Sejdu telefoniert.«

Fatmir Sejdu war ein nüchterner Mann mit angenehmen Gesichtszügen und kurzen grauen Haaren, und er war der Präsident der Republik. Er empfing sie in seinem repräsentativen Büro mit den Fahnen des Kosovo und der EU hinter dem wuchtigen Schreibtisch. Vanderbeg hatte das Treffen arrangiert, denn er wusste, dass es zwischen Sejdu und Premierminister Hashim Thaci nicht gut lief. Er nannte Sejdu einen »aufrechten Demokraten«, auf den sie setzen sollten, zumal ihm die »Schlange«, so Thacis Kampfname, schwer im Nacken saß. Auf dem Weg in die Unabhängigkeit hatte Sejdu stets für Gewaltlosigkeit geworben, wie sein Vorgänger Ibrahim Rugova, der Gandhi des Kosovo. Nur hatte Thaci damit nichts am Hut. Er gehörte mit Ekrem und anderen ehemaligen UCK-Kommandeuren zu den Leuten, die das Land unter sich aufteilten und keinerlei Interesse an rechtsstaatlichen Normen hatten. Für sie war der Staat nichts als Beute, und die Frage war, wer sich durchsetzen würde.

Elaine nahm mit Bosman in der Sitzecke Platz, wo ihnen Tee und Gebäck gereicht wurden. Sie hatten während der Fahrt von Prizren hierher private Themen gemieden und auch den gemeinsam verbrachten Abend weitgehend ausgespart. Nicht, dass er nicht schön gewesen wäre, ganz im Gegenteil. Und das konnte zum Problem werden. Elaine schaute kurz zu Bosman rüber, der selbstsicher und lässig in seinem Stuhl saß, ein entspanntes Lächeln auf den Lippen, und wandte sich dann an Sejdu.

»Herr Präsident, zunächst einmal möchte ich mich ganz herzlich bei Ihnen bedanken, dass Sie uns so schnell empfangen konnten«, sagte sie und lächelte ihr Lächeln, von dem sie wusste, dass sie damit immer ein bisschen wie Lauren Bacall aussah. Sie hatte keine Probleme damit, ihre Waffen einzusetzen, auch wenn sie übelst analogen Klischees entsprachen. Es gab Männer, die brauchten das. Männer wie Sejdu, die noch nicht im postheroischen Zeitalter angekommen waren. Er lächelte zurück und sagte: »Wir sind doch Freunde. Erzählen Sie, wie kommen Sie voran?«

»Schleppend«, antwortete Elaine und erzählte von den Widerständen, denen sie bei den Ermittlungen begegneten. Sejdu legte die Fingerspitzen aneinander und setzte eine bedauernde Miene auf. »Die Leute sind es leid. Sie wollen nicht an ihre eigene Schuld erinnert werden.«

»Das wollten wir 1945 auch nicht.«

Sejdu lachte. Dann sagte er:»Wissen Sie, wir haben viel erreicht, mit Ihrer Hilfe. Wir sind auf einem guten Weg, aber alles hat seine Zeit. Ich unterstütze die Aufarbeitung von Kriegsverbrechen, aber es ergibt keinen Sinn, die Menschen zu überfordern. Man muss sie allmählich an die unbequemen Wahrheiten heranführen.«

»Nächstes Jahr sind Wahlen«, sagte Elaine.

Mehr sagte sie nicht. Sie wusste, dass Thaci an Sejdus Stuhl sägte und er Munition gegen ihn gut gebrauchen konnte, um einen Sieg der PDK zu verhindern. Sejdu wusste das auch.

»Sie kennen die Anschuldigungen gegen Ekrem und die Debrenica-Gruppe, zu der auch Thaci selbst gehört«, sagte Elaine.

»Selbstverständlich. Aber soweit ich weiß, ist es bislang bei Anschuldigungen geblieben.«

»Deswegen bin ich hier.«

Sie erzählte von Skender, den sie tot hinter seinen Bienenstöcken gefunden hatten. Zwar könne sie nicht beweisen, dass Ekrem dahintersteckte, sagte Elaine, aber es falle doch schwer, etwas anderes zu glauben. Und alleine der Umstand, dass Ekrem scheinbar zu so drastischen Mitteln griff, um Zeugen mundtot zu machen, bestätige sie in ihrem Verdacht, dass die gegen ihn erhobenen Vorwürfe stimmten. Und es gebe weitere Zeugen, die in Gefahr waren, unter anderem eine Krankenschwester an der Luca-Klinik, Tamara Beski, die bedroht wurde. Sejdu hörte sich das alles an, nickte manchmal zustimmend, legte seine Stirn in dunkle Falten und sagte schließlich mit einem Blick auf seine Uhr: »Danke, dass Sie gekommen sind, um mich so ausführlich ins Bild zu setzen. Ich muss jetzt leider los, ich habe um 14 Uhr einen Termin.«

Und?, dachte Elaine. *Das ist alles?* Sie waren einmal quer durch den Kosovo gegurkt, um nach einer halben Stunde Small Talk wieder nach Hause zu fahren?

»Natürlich«, sagte sie, während sie sich erhob und zu Bosman rüberschaute, der leicht mit den Achseln zuckte.

Sejdu ging zu seinem Schreibtisch, holte seinen Montblanc aus der Brusttasche seines dunkelblauen Jacketts und schrieb eine Telefonnummer auf einen Zettel, den er Elaine gab. »Rufen Sie Din Mekuli an. Der kann Ihnen vielleicht weiterhelfen.«

Elaine rief Din Mekuli an.

Sie trafen ihn eine Stunde später in seiner kleinen Kanzlei an der Xhavit Haziri. Ein schmächtiger Kettenraucher mit ungesunder bleicher Hautfarbe, dunklen Tränensäcken unter den Augen und gelben Fingerspitzen. Er saß im Gegenlicht der Herbstsonne, die milchig durch die grauen Gardinen sickerte, hinter seinem wackeligen Schreibtisch, der mit Aktenstapeln vollgeladen war. Er hörte sich an, was Elaine zu sagen hatte. Dann steckte er sich eine neue Kippe an und nahm einen tiefen Zug, der ihr allein schon vom Zusehen schmerzende Spasmen durch die Lunge schickte. Mekuli atmete aus, hüstelte ein wenig, beugte sich vor, um die Asche abzustreifen, und sagte dann: »Der Präsident hat recht. Ich könnte Ihnen helfen und hätte es vor ein paar Jahren wohl auch getan, aber wissen Sie, ich habe genug gesehen, um zu verstehen, dass es sich nicht lohnt.«

»Was lohnt sich nicht?«, fragte Elaine.

»Der Verrat. Der Preis ist zu hoch.«

Elaine musste an Skender denken und konnte es dem Mann nicht verübeln, als Bosman sagte: »Das verstehe ich. Wir verlangen nicht, dass Sie gegen Ekrem aussagen und Ihr Leben und Ihre Existenz gefährden. Wir sind nie hier gewesen, okay?«

Mekuli dachte eine Weile nach, und Elaine glaubte es nicht. Wie konnte Bosman ihm einfach so über ihren Kopf hinweg versichern, dass er nicht aussagen musste und dieses Treffen nie stattgefunden hatte? Sie brauchten Zeugen, die bereit dazu waren, und wenn sie es nicht waren, dann musste man an ihnen arbeiten, verdammt nochmal! Ihr Unglauben mutierte zu Zorn, als sie mitkriegte, wie Bosman ihr mit der allergrößten Selbstverständlichkeit die Zügel aus der Hand nahm. Er hatte Mekulis Aufmerksamkeit, nicht sie.

»Alles, was wir wissen wollen, ist die Wahrheit«, sagte er ein wenig theatralisch. »Deswegen sind wir hier.«

Mekuli lächelte das Lächeln der großen Melancholiker, die Augen tief in dunklen Schatten, und sagte: »Nein, deswegen sind Sie nicht hier. Sie sind hier, um Karriere zu machen. Einen Kriegsverbrecher in Den Haag anzuklagen, ist eine große Sache, das geht durch die Medien. Nur, wissen Sie, Sie sind nach ein paar Monaten wieder weg, ich aber bleibe hier.«

Das stimmte.

»Was immer Ihnen widerfahren ist«, sagte Bosman schließlich, »sitzt Ihnen bleischwer im Nacken. Und ich sage Ihnen eins, das werden Sie nie wieder los, wenn es keine Gerechtigkeit gibt. Also lassen Sie uns darüber reden, wie wir Ihnen dazu verhelfen können, Gerechtigkeit zu erfahren und gleichzeitig Ihr Leben zu schützen. Ich bin absolut sicher, wir finden eine Lösung.«

Und so war es auch.

Mekuli erzählte, wie er damals verhaftet worden war, weil er angeblich gemeinsame Sache mit den Serben machte. Nach zwei Wochen in einer überfüllten Zelle der Polizeistation wurde er nach Albanien verschleppt und dort in einem Lager bei Kukës interniert, wo er wochenlang verhört wurde, bis man ihn eines Nachts mit drei anderen Gefangenen, alles serbische POWs, auf einen Lkw verlud.

»Wer ist *man*?«, wollte Elaine wissen. Sie wollte Namen, und Mekuli gab ihr einen: Ferris. Ekrems rechte Hand. Er war zuständig für die Lager. Er hatte die Listen.

»Wo haben sie euch hingebracht?«, fragte Bosman. Mekuli schwieg einen Moment lang, steckte sich eine neue Zigarette an und sagte mit zitternden Fingern: »Zum Gelben Haus.«

Auf dem Rückweg nach Prizren fuhr Elaine Bosman an: »Wie konntest du ihm vollkommene Anonymität versprechen?«

»Ich habe gemerkt, dass er sonst nicht reden würde.«

»Ach ja? Und woran hast du das gemerkt? Ist seine linke Augenbraue nach unten gegangen oder der rechte Mundwinkel nach oben?«

»Nein. Er hatte seine Bedingungen genannt.«

»Was für Bedingungen?«

»Er hat gesagt, der Preis sei zu hoch. Er war erkennbar nicht geneigt, den zu zahlen.«

»Du hast es mich ja noch nicht mal versuchen lassen.«

»Nein, weil du ihn dann in die Defensive gedrängt hättest. Er hätte dichtgemacht, und wir hätten gar nichts erfahren.«

Elaine ärgerte sich. Vermutlich hatte der arrogante Klugscheißer sogar recht. Sie wusste, dass sie mit ihrer konfrontativen Energie manchmal Mauern einriss, sie aber manchmal auch erst errichtete. Vielleicht konnte man Mekuli später noch dazu bewegen auszusagen. Immerhin wussten sie jetzt, was er auszusagen hätte, und das war Gold. Das Haus, so hatte Mekuli erzählt, lag nördlich von Bajram Curr im Valbonatal. Das war ganz in der Nähe von Skenders Einsiedelei, auf der anderen Seite des Berges. Zufall? Sie mochten nicht daran glauben.

Am nächsten Morgen stand sie bei Vanderbeg im Büro und sagte: »Wir müssen uns das Gelbe Haus noch mal ansehen.«

Vanderbeg schaute sie an. »Elaine, das sind alles Gerüchte. Dick Marty war da, er hat nichts gefunden.«

»Weil er nicht sorgfältig gesucht hat. Wir haben einen Zeugen, der dort interniert war. Den sie an einem Fleischerhaken nackt in einer Halle aufgehängt hatten, mit Elektroden an den Fußsohlen. Er hat gesehen, wie Gefangene exekutiert wurden, immer wenn ein Helikopter kam. Mit einem Arzt an Bord, der die Organe entnommen hat.«

»Ibramovics?«

Sie zögerte kurz, dann sagte sie:»Ja.«

Was nicht stimmte.

Sie hatten Tamaras Aussage, die Ibramovics belastete, aber sie hatten nichts, was ihn mit dem Gelben Haus direkt in Verbindung bringen konnte. Mekuli hatte ihn nicht identifizieren können, als Elaine ihm Fotos zeigte, aber sie musste Vanderbeg ködern. Sie brauchte seine Unterstützung. Eine gründliche Durchsuchung des Hauses erforderte ein Team, spezialisiert auf Tatortspuren. Doch die verfügbaren Ressourcen waren knapp, es brauchte Einfluss, sie kurzfristig zu mobilisieren.

Ein paar Tage später war es so weit. Vanderbeg hatte sich mächtig ins Zeug gelegt, und sie fuhren los. Vor ihnen türmten sich die gewaltigen Berge wie ein düsterer Schutzwall auf, als sie in westliche Richtung abbogen, den Kosovo verließen und sich die Serpentinen emporarbeiteten, hinter ihnen zwei weitere Fahrzeuge mit dem forensischen Team und den Hunden. Nach sechs Stunden fuhren sie ins Valbonatal ein und bogen nach einer weiteren halben Stunde rechts ab in einen Feldweg, der zu zwei Gehöften führte, die sich, von der Talstraße aus unsichtbar, in die kargen Berghänge schmiegten. Beide waren weiß, doch dann stellten sie fest, dass die Fassade des unteren Gebäudes übertüncht worden war – sie hatten das Gelbe Haus gefunden und brachten schließlich dreiundzwanzig verweste Leichen zutage.

Bosman und Elaine gingen zusammen mit dem Dolmetscher rauf zu dem Gehöft, das oberhalb des Gelben Hauses lag, und fragten die Bewohner, was sie damals gesehen hatten. Sie stießen auf verstockte Gesichter und eine Mauer des Schweigens. Dann zeigten sie ihnen Fotos von Ekrem, Ferris und Ibramovics, doch die Einheimischen schüttelten nur die Köpfe.

Es war aussichtslos.

Die Zeit verging, und es wurde Bosman immer klarer, dass die nordeuropäischen Standards hier nicht zum Erfolg führen würden. Man musste sich an die Umgebung anpassen, um etwas zu erreichen. Hatte nicht schon Darwin gesagt, dass das der natürliche Gang der Dinge war? Also sagte er eines Abends zu Elaine, als sie zum Essen ausgingen: »Wir geben ihnen Geld.«

Elaine schaute ihn überrascht an. »Wem geben wir Geld?«

»Den Leuten, die über dem Gelben Haus wohnen.«

»Du willst sie bestechen?«

Bosman schwieg einen Moment, dann sagte er: »Ich kann die verwesten Leichen nicht vergessen.«

Er drehte sich zum Kellner um und bestellte einen Whiskey. *Vor dem Essen, sozusagen als Aperitif.*

»Wir wissen, dass das Ekrem war. Er und Ferris und Ibramovics. Wir wissen alles. Wir kennen die Wahrheit. Wir brauchen nur jemanden, der sie bezeugt.«

Elaine dachte einen Moment lang nach. Dann sagte sie: »Wie viel willst du ihnen bieten?«

»So viel, dass sie nicht Nein sagen können.«

Es dauerte eine Weile, bis Elaine das Geld von der UN-Verwaltung loseisen konnte. Es war keine kleine Summe und konnte nicht unter *Spesen* verbucht werden, eher unter *spekulatives Investment*, falls es so eine Rubrik in der Bürokratie gab. Einen Tag nachdem sie grünes Licht erhalten hatten, fuhren sie los. Es war kalt und nieselte. Die Wolken hingen tief und verdeckten die Berggipfel. Das Gelbe Haus unter ihnen versank im Nebel. Ein Hund schlug an, Bosman klopfte an die Tür. Nach einer Weile wurde geöffnet. Ein dürrer junger Mann schaute ihn misstrauisch an. Was wollten sie hier schon wieder? Es gab nichts zu erzählen.

»Vielleicht doch«, sagte Bosman, und der Dolmetscher übersetzte, dass sie ihm ein Geschäft vorschlagen wollten. Der junge Mann rief seinen Vater, der wissen wollte, worum es ging.

Nach einigem Palaver mit dem Dolmetscher wurden sie hereingebeten. In der Küche loderte ein Feuer im Herd und spendete wohlige Wärme, die nackte Glühbirne über dem Tisch nur spärliches Licht. Bosman fing an, über den Krieg und die Gräuel zu reden, die geschehen waren. Dann sprach er von Gerechtigkeit und sagte, was er von ihnen wollte. Der Alte erwiderte, dass er nichts damit zu tun haben wolle und dass er nicht lügen würde, um Ekrem vor Gericht zu belasten. Er sprach in vielen gehetzten Sätzen, die der Dolmetscher nur teilweise übersetzen konnte, so schnell ereiferte sich der Alte, während der Junge nur stumm daneben saß. Was in seinem Kopf passierte, blieb hinter seinen Augen verborgen. Bosman hob den kleinen Aktenkoffer auf den Tisch und ließ die Scharniere aufschnappen. Er sah die Gier in den Augen des Alten, als sie über die gebündelten Banknoten glitten.

»Hunderttausend Euro«, sagte Bosman.

So viel war es ihnen wert.

Doch die Nachbarn im Gelben Haus wurden misstrauisch. Sie fragten sich, wo der plötzliche Wohlstand da oben im Berg herrührte, und es dauerte nicht lange, bis der Alte bei Elaine anrief. Er hatte Angst. Bewaffnete Männer hätten sich nach ihm erkundigt. Sofort stieg Bosman zusammen mit Schuster und einem Kommando in den UN-Chopper, doch als sie ankamen, war es zu spät. Die Verräter waren im Schlaf überrascht worden, ohne jede Chance, und es war seine Schuld. Er hätte wissen müssen, dass sie nicht hunderttausend Euro kassierten, um die Geldbündel zu Hause im flackernden Kerzenlicht zu betrachten. Es musste auffallen. Er hätte darauf drängen sollen, sie in den Zeugenschutz zu nehmen, ihnen irgendwo in Südalbanien ein Haus und ein Stück Land zu besorgen. Es war unverantwortlich gewesen.

»Komm«, sagte Elaine, »es war nicht nur dein Fehler. Wir alle haben Fehler gemacht. Wir alle haben die Lage falsch eingeschätzt.«

Ja, dachte Bosman, *weil wir selbstgefällig und korrupt geworden sind. Weil wir gelogen und uns tatsächlich eingebildet haben, dass Ekrem in der Falle sitzt.* Elaine hatte fieberhaft an der Anklageschrift gearbeitet, und eine Woche nachdem diese beim Gericht zur Prüfung vorgelegt worden war, hatte man ihnen einen Pfeiler der Anklage zerbombt, eine ganze Familie ausradiert.

Danach war nichts mehr so wie vorher. Sie sahen sich noch ein paarmal, aber die Magie war verschwunden. Die gemeinsame Schuld und die Scham stand zwischen ihnen wie eine bösartige Schwiegermutter. Die Ermittlungen fielen in sich zusammen. Überall liefen sie gegen Mauern. Vanderbeg zog sich zurück, und als herauskam, dass die Familie das Geld von den EU-Strafverfolgern erhalten hatte, aus Gründen, über die man nicht lange spekulieren musste, waren sie erledigt. Sie bekamen ihr Rückflugticket in die Hand gedrückt und konnten froh sein, dass es keine strafrechtlichen Konsequenzen gab, weil letztlich niemand Interesse daran hatte, dass so etwas an die Öffentlichkeit kam.

42

Als er aufwacht, sickert graues Morgenlicht unten durch die klapprige Jalousie in das Zimmer. Bosman schließt die Augen wieder und denkt darüber nach, wie er den Tag angehen soll. Er weiß es nicht. Schließlich steht er auf und geht in die Küche, wo Erol ihm einen Schlüssel auf dem Tisch liegen gelassen hat. Der gute Erol, der Kumpel aus der Jugendzeit, der es vom Drogendealer zum Streetworker und respektierten Grillbesitzer geschafft hat – aus eigener Kraft. Erst neulich sind etliche Artikel über ihn erschienen, in denen seine Jugendarbeit mit den Ghetto-Kids gerühmt wurde, und ruckzuck waren die sozialen Medien voll des Lobes. Innensenator Baumgarten twitterte, Erol sei ein Vorbild für alle Migranten, ein Beispiel für gelungene Integration. Richter Carlo Schmitt twitterte, hier werde ein ehemaliger Krimineller zum Vorbild gemacht, und stellte die Frage, wohin das noch führen sollte. Aus der rechten Ecke kamen Schmähschriften und Hassbeiträge. Manche wünschten ihm den Tod.

Bosman wusste, dass er bei Erol unterkommen konnte, wollte ihn aber nicht in Schwierigkeiten bringen. Doch Erol wollte nichts davon wissen. »Mi casa es su casa«, hatte er grinsend gesagt und eine Liege in dem kleinen Zimmer aufgeklappt, das er als Rumpelkammer nutzte. Bosman störte das überhaupt nicht.

Gestern Abend hockten sie im Wohnzimmer. Im Hintergrund lief die Glotze. Erol rollte einen Joint, und sie überlegten, wie Bosman aus der Klemme wieder herauskommen könnte. Ihnen fiel nicht besonders viel ein. Jetzt setzt Bosman einen Kaffee auf. Er fühlt sich total zerschlagen, eine tiefe Erschöpfung lähmt ihn. Er kann keinen klaren Gedanken fassen. Er geht zurück in seine Rumpelkammer, wo er in seiner Tasche nach den Amphetamin-Kapseln wühlt, die er zusammen mit der Glock aus dem alten Bishop-Safe geholt hat. Er klaubt eine rosa Pille raus, auf die ein doppeltes Dreieck eingestanzt ist, wirft sie ein und spült sie mit einem Glas Wasser runter. Es dauert nicht lange, bis er die Energie spürt, die auf ihn einströmt wie die Flut nach langer Ebbe. Er hat ein leichtes Kribbeln zwischen den Augenbrauen, und sein Verstand wird klargezogen.

Der Tag kann beginnen.

Als Erstes braucht er Cash. Er hat nur noch einen zerknitterten Fünfer in der Tasche, und der wird ihn nicht weit tragen. Der Bargeldvorrat in ihrem Safe ist auf ein paar lose Scheine zusammengeschmolzen. Also sucht er nach einem Geldautomaten und findet schließlich einen, der im Eingang eines unsanierten Altbaus eingebaut wurde, sodass nur noch der halbe Türflügel zur Verfügung steht. Bosman steckt seine Karte in den Schlitz, tippt die PIN ein und muss fast kotzen. *Ihr Konto wurde gesperrt. Wenden Sie sich bitte an Ihre Bank.*

Die Visakarte genauso.

Fuck!

Fuck Weber!

Wütend tritt er gegen das Gerät. Wie kann der Typ ihm so schnell den Hahn abdrehen? Welchen Richter hat er bestochen? Er ruft Schuster an, erwischt aber nur die Mailbox. Unschlüssig schaut er sich um, dann versucht er es bei Harry, der sagt, er könne kurz rumkommen, er ist im Büro. Bosman läuft zu Fuß durch den Görli zur Schlesischen Straße, wo die Harry-Schumann-Filmproduktion residiert. Tosca am Empfang lächelt ihm freundlich zu, und für einen Moment fühlt es sich so an, als sei alles okay. Als würde er nicht wegen Mordes gesucht werden, aber vielleicht wissen sie das hier noch nicht. Tosca geht voraus und öffnet die Flügeltür zum Konferenzraum.

Bosman glaubt es nicht: Da sitzt Russo mit Harry an dem großen Tisch, auf dem Kekse und Softdrinks stehen.

»Hey, Frank ... komm rein«, sagt Harry aufgeräumt. »Ihr kennt euch ja.«

»*Hey, man*«, sagt Russo. »*Long time no see, how ya doing?*«

»Alles fein. Es freut mich, dich wohlauf zu sehen.«

»*Yeah, I'm good, you know. I had a bit of a bumpy ride, but nothing to throw the old cowboy off the horse.*«

»Wir arbeiten an einem Projekt zusammen«, sagt Harry, »ich hatte dir mal davon erzählt. Ich war skeptisch, das muss ich zugeben, aber Russo hat mich wirklich überrascht, das Material hat Potenzial.«

»*Thanks, man.*«

»Ihr setzt hier einem Kriegsverbrecher ein Denkmal?«

»Fake News«, sagt Russo. »Nichts als Verleumdungen.«

»Ach ja?«

»Ich glaube auch, dass man mit solchen Anschuldigungen vorsichtig sein muss«, sagt Harry. »Ich denke, wir werden für die Show einen Historiker hinzuziehen, um akkurat zu bleiben.«

Du alter Opportunist, denkt Bosman. Aber was ist auch von jemandem zu erwarten, der sich für nichts zu schade ist? Der ein fragwürdiges Buch optioniert, weil er glaubt, damit Geld verdienen zu können?

Und jetzt Ekrem!

»*Don't worry, Frank*«, sagt Russo. »Ich rede jeden Tag mit dem Mann. Wir arbeiten zusammen, ich kenne ihn wie meine zweite Haut, und ich sage dir, das ist Bullshit.«

»Weißt du was, Russo, es ist mir scheißegal, was du mir sagst. Da gibt es noch eine ganz andere Sache, die mich interessiert. Die drei Millionen, du weißt schon, die sind nie bei uns angekommen.«

»Hmm ... Das ist schlecht«, sagt Russo.

Harry schaut ihn überrascht an. »Was für drei Millionen?«

»Die er bei der Drogenübergabe in Durrës abgezockt hat.«

»*No shit* ...«, sagt Harry.

»*Hey, guys ... you got it all wrong!* Ich habe kein Geld, Elaine hat es.«

»Ja, klar«, sagt Bosman. »Für wie blöde hältst du mich eigentlich?«

»Und für wie blöde hältst du mich? Wenn damals alles nach Plan gelaufen wäre, hättest du mich als Erstes gefragt, wo die Kohle ist. Und was hätte ich dann gesagt? Du hättest Ekrems Abbuchung nachverfolgt, um rauszukriegen, auf was für ein Konto er überwiesen hat, und spätestens dann wäre ich am Arsch gewesen, wenn es meins gewesen wäre.«

Er schaut in die Runde: »*Am I right here?*«

»Da hat er recht«, sagt Harry, und Bosman ärgert sich über die ganze Klugscheißerei.

»Quatsch, du wärst längst über alle Berge gewesen. Elaine wäre aufgeschmissen gewesen, denn sie hatte einen Job, wo sie jeden Tag aufgekreuzt ist.«

»Keine Ahnung, was sie geplant hat«, sagt Russo. »Mir jedenfalls hatte sie den Zettel mit der neuen Kontonummer gegeben, am Abend bevor es losging.«

»Am Abend bevor es losging, bist du mit einer Nutte unterwegs gewesen, die dich ausgenommen hat.«

»Vorher«, sagt Russo. »Ich hatte doch keine Ahnung, dass das ihr *scam* war. Ich dachte, das wäre so abgesprochen, aus irgendwelchen ermittlungstaktischen Gründen. Konnte ich doch nicht ahnen, dass ihr einen faulen Apfel im Team hattet.«

Als Russo gegangen ist, sagt Harry zu Bosman: »Glaubst du ihm?«

»Nein.«

Es ist zu einfach, einer Toten die Schuld zuzuschieben. Es spricht mindestens ebenso viel dafür, dass er selber auf dem Schotter sitzt. Und wenn er auf dem Schotter sitzt, könnten sich Bosmans Finanzprobleme schlagartig in Luft auflösen, überlegt er. Im Augenblick aber muss er sich mit kleineren Brötchen zufriedengeben und sagt zu Harry: »Kannst du mir Geld leihen?«

»Wie viel brauchst du?«

»Erst mal ein paar Hundert, mein Konto ist gesperrt.«

»Hast du deinen Dispokredit überzogen?«

»Nein, Weber legt die Daumenschrauben an.«

»Er glaubt tatsächlich, dass du Elaine umgebracht hast?«

»Ich weiß nicht, was er glaubt. Ich weiß nur, was er glauben will.«

»Und ich glaube nicht, dass Ekrem oder dieser Nazi sie umgebracht haben«, sagt Harry.

Bosman schaut ihn überrascht an. »Wer sonst?«

»Was haben sie davon?«

»Sie haben eine Zeugin aus dem Weg geräumt und mir die Sache in die Schuhe geschoben!«

»Eine Menge Logistik, oder? Und dass sie keine Spuren hinterlassen, das Video auch noch finden, es mitnehmen und ... Warum haben sie es eigentlich nicht gleich veröffentlicht?«

Darauf hat er keine Antwort.

»Vielleicht bist du jemandem zu nahe gekommen, und ich rede hier nicht von Ekrem oder diesem Kottke. Die ganze Sache ergibt keinen Sinn, Frank. Elaine hätte dich jederzeit anrufen können, um dir zu erzählen, was sie da im Bunker rausgefunden hatte.«

»Das hat sie auch versucht, aber ich bin nicht rangegangen.«

Weil ich eine gute Zeit mit Britta in Barcelona hatte, denkt er, aber das ist lange her. Jetzt hat er beide verloren, seine Frau und Elaine.

»Also«, sagt Harry. »Kottke konnte nicht davon ausgehen, dass Elaine in der Zeit zwischen ihrer Abfahrt aus dem Kaff und ihrem Tod in Berlin niemandem davon erzählen würde. Das ist unrealistisch, *bad storytelling*. Ich würde den Autor wieder nach Hause schicken, um mit einer besseren Lösung wiederzukommen. Vermutlich hat sie Schuster angerufen, als sie dich nicht erreichen konnte.«

»Das ist kein scheiß Film, Harry, das ist die Wirklichkeit.«

»Eben. So schnell wie im Film wird da nicht getötet. Selbst Mafiazeugen rennen manchmal jahrelang herum, kriegen tote Katzen vor die Haustür gelegt und mitternächtliche Anrufe, die wenigsten werden gleich umgebracht.«

Bosman denkt an Skender und das Familienmassaker und dass es in beiden Fällen weder tote Katzen noch mitternächtliche Anrufe gegeben hat.

»Es wäre riskant für sie gewesen, Elaine zu töten«, sagt Harry, »genauso, wie es zu riskant für sie war, dich zu töten, mit den ganzen Polizei-Ermittlungen in Czernau, die zu erwarten gewesen wären. Da hätten deine Kollegen den Bunker sicherlich gefunden, also musste er ohnehin evakuiert werden. Deshalb haben sie Elaine auch laufen lassen. Sie wussten, dass sie damit davonkommen würden, und so war es dann ja auch. Ihr habt das Teil doch durchsucht und nichts gefunden.«

Die Worte hängen einen Moment in der Luft.

»So würde ich die Geschichte erzählen«, sagt Harry. »Jetzt haben wir ein Geheimnis, nämlich die Frage, worum es dann gegangen ist, wenn nicht um diese Organgeschichte im Bunker.«

Bosman ahnt es.

»Um Geld. Um drei Millionen.«

»So ist es.«

»Unter der Voraussetzung, dass Elaine es tatsächlich abgezweigt hat. Wenn Russo auf der Kohle sitzt, dann fällt deine ganze scheiß Geschichte in sich zusammen.«

Harry grinst und sagt:»Aber dann wäre es immer noch eine gute Geschichte, oder?«

Russo kommt zurück in sein Hotel am Ku'damm. Das Gespräch mit Harry ist gut gelaufen, er schien echtes Interesse zu haben. Okay, er ist vielleicht nicht völlig aus dem Häuschen gewesen, aber er hat das Potenzial gesehen. Über Summen und Einreichtermine bei Filmförderungen wollte er noch nicht reden. Sie einigten sich darauf, dass Russo den Piloten und eine Outline der Staffel schreiben soll. Damit wird Harry dann shoppen gehen. Das sieht alles gar nicht schlecht aus. Nur dass der Bulle da aufgekreuzt ist, das war nicht geplant. Ganz im Gegenteil wollte er ihm aus dem Weg gehen, denn es war klar, dass sonst die Frage nach den Millionen aufkommen würde. Und so war es dann ja auch.

Fuck that!

Morgen Abend wird er wieder in Prizren sein. Da können sie ihn mal. Verwundert stellt Russo fest, dass er gerne zurückkehrt. In Prizren hat er keine Bullen am Arsch, keine amerikanischen Anwälte, und er muss sich um nichts kümmern. Der Kühlschrank ist immer voll, da kann man es schlechter treffen. Er kommt in sein Hotelzimmer und steckt die Karte in den Schlitz neben der Tür. Gedämpftes Licht geht an. Er dreht sich um, geht in den Raum und zuckt zusammen. Ein Mann sitzt im Halbdunkel in dem Sessel gegenüber vom Bett.

»*Fuck, man, are you crazy? You scared the shit out of me!*«

Schuster grinst:»*That's the idea.*«

Bosman kann nicht schlafen. Er wirft sich auf der knarzenden Liege in der Rumpelkammer hin und her. Der hässliche Verdacht nagt an ihm. Hat Elaine sie alle verarscht? Jetzt, wenn er drüber nachdenkt, erinnert er sich daran, dass sie ihm verändert vorkam, als sie unangekündigt in seinem Büro saß, die Beine übereinandergeschlagen mit diesem Lauren-Bacall-Look, der ihn von Beginn an so angemacht hatte. Sie war unterkühlt und auf Distanz bedacht gewesen, und sie kam ihm härter vor als damals. Die Linien um ihren Mund waren tiefer, die Lippen schmaler geworden. Aber hey, sie hatten sich zehn Jahre lang nicht mehr gesehen, und er war auch nicht mehr der Ken von damals.

Kann es sein, dass sie tatsächlich wegen der drei Millionen umgebracht wurde? Harrys messerscharfe Ausführungen klingen ihm kalt in den Ohren, aber sind sie nicht vielleicht ein bisschen zu messerscharf? Wer wusste damals von dem Drogendeal in Durrës? Eine ganze Menge Leute. Eine solche Operation ist aufwendig, teuer und personalintensiv und steht unter besonderer Beobachtung. Die entscheidende Frage ist: Wer konnte Russo dazu bewegen, eine falsche Kontonummer anzugeben? Klar, er selber, Elaine, Schuster oder sonst jemand, der von der Sache wusste. Nichts deutet in besonderem Maße auf Elaine hin. Mit diesem Gedanken findet er schließlich in einen unruhigen Schlaf. Am nächsten Morgen ruft er gleich bei Stefan Szolnay in Celle an.

Der steht in Unterhose und Hemd vor dem Spiegel im Schlafzimmer und bindet sich eine rote Krawatte um, als Kiki aus der Küche rüberbrüllt: »Stefan, dein Handy!«

Genervt dreht er sich zur offenen Tür und ruft: »Was ist mit meinem Handy?«

»Das bimmelt.«

»Ja, verdammt nochmal, dann lass es bimmeln. Wer ist es denn?«

»Unbekannte Nummer.«

Wichser, denkt Szolnay. Sicherlich wieder einer seiner aufdringlichen Kunden, die irgendwelche bescheuerten Nachfragen zu der Versicherungspolice haben, die er ihnen aufgeschwatzt hat. Rufen an, wann es ihnen passt. Keinerlei Respekt vor der Privatsphäre.

»Es bimmelt schon wieder.«

»Was?«

»Dein Handy!«

»Mann, ich komme.«

Ärgerlich stolpert er in Hemd und Unterhose rüber in die Küche, wo sein Handy auf dem Tisch liegt, summt und tanzt. Er drückt auf den grünen Knopf und bellt: »Ja?!«

»Hallo, Frank Bosman hier, vom LKA Berlin. Ich habe mit Ihrer Tochter ...«

»Ich weiß, wer Sie sind«, schneidet Szolnay ihm das Wort ab. »Was wollen Sie?«

»Rausfinden, wer Elaine umgebracht hat.«

»Hören Sie, es gibt genug Leute, die glauben, dass Sie das waren.«

»Es gibt auch eine Menge Leute, die glauben, dass die Welt eine Scheibe ist und Gott sie in sieben Tagen erschaffen hat«, erwidert Bosman.

Szolnay schaut zur Tür rüber und ruft: »Hey, Kiki ... der Typ hier, ein Berliner Bulle ... er sagt, dass er rausfinden will, wer Elaine umgebracht hat.«

»Sag, er soll sich zum Teufel scheren!«

»Da hören Sie es«, sagt Szolnay in sein Handy. »Scheren Sie sich zum Teufel.«

»Haben Sie geerbt?«

»Wie bitte ...?«

»Als Ihre Tochter gestorben ist, was gab es da zu erben?«

»Wollen Sie mich verarschen?«

»Nein, ich will wissen, ob drei Millionen vererbt wurden.«

»Sagen Sie, redet ihr nicht miteinander?«

»Was, ähm ... wer?«

»Sie und Ihre Kollegen.«

»Doch, natürlich.«

»Also, dann fragen Sie da doch nach«, sagt Szolnay und knallt das Handy auf den Tisch. Kiki kommt in die Küche. Sie trägt einen Morgenmantel und ist schon geschminkt. »Wer war das?«

»Der Bulle, mit dem Elaine zusammengearbeitet hat. Er hat doch tatsächlich gefragt, ob wir geerbt haben, kannst du dir das vorstellen?«

»Vielleicht weiß er es wirklich nicht. Warum hätte er sonst anrufen sollen?«

»Vielleicht.«

»Ich habe gleich gewusst, dass da was faul war. Es war ein Fehler, das ganze Geld gleich zu überweisen, das habe ich dir damals schon gesagt.«

Szolnay stöhnt auf. »Nicht schon wieder.«

»Die Papiere waren gefälscht, das konnte jeder Idiot sehen.«

»Ich habe das Geld nicht gleich überwiesen, ich wollte einen Anwalt nehmen.«

»Und warum hast du es nicht getan?«

»Weil die Rechtslage nun mal eindeutig war, da kann man nichts machen, sie hatte das Geld gestohlen«, sagt Szolnay und denkt: *Weil ich keine Wahl hatte.*

Sie treffen sich im Görli am Pamukkale-Brunnen, setzen sich auf die Stufen, und Bosman fragt Schuster: »Was gibt's Neues?«

»Nicht viel. Emrah ist total angepisst wegen der Ermittlungen gegen dich. Nina ist noch immer an Ekrem und der Paracelsus-Klinik dran, aber da hat der Wind sich gedreht. Sie schießen zurück und haben Klage wegen Rufschädigung gegen uns eingereicht. Die wollen ein paar Millionen Kompensation.«

»Scheiße.«

Bosman schweigt einen Moment, dann sagt er: »Ich habe heute Morgen Elaines Vater angerufen, weil ich wissen wollte, ob sie das Geld damals abgezweigt hat. Er hätte ja erben müssen, also musste er Bescheid wissen. Er wurde fuchsteufelswild. Wie es scheint, hatte er Besuch von uns.«

»Ja«, sagt Schuster. »Von mir.«

Ein Moment Stille.

Bosman hat es geahnt. Wer sonst sollte es gewesen sein? Aber es versetzt ihm doch einen Stich ins Herz. »Warum weiß ich nichts davon?«

»Weil du, was Elaine betrifft, immer ein blindes Auge hattest. Ich hatte von Anfang an den Verdacht, dass sie die Kohle abgezockt hat.«

»Was hast du gemacht?«

»Ich bin nach ihrem Tod zu Szolnay gefahren und habe ihm erklärt, dass Elaine das Geld unterschlagen hat und dem deutschen Steuerzahler zurückzahlen muss.«

»Und der deutsche Steuerzahler warst du.«

»Ja.«

»Er hat einfach so überwiesen?«

»Na ja, ich hab ihm ein paar Papiere mitgebracht, und er hat mir die Geschichte abgekauft, aber seine Frau wurde misstrauisch. Nach ein paar Tagen rief er an und sagte, er hätte sich die ganze Sache noch mal überlegt und würde sie nun seinem Anwalt übergeben.«

»Und dann?«

»Bin ich hingefahren und habe noch mal mit ihm geredet.«

Bosman sieht von weiteren Nachfragen ab. Er kann sich vorstellen, wie Schuster mit Szolnay geredet hat.

»Du sitzt jetzt auf drei Millionen?«

»Auf eins Komma fünf. Russo hat die andere Hälfte.«

Bosman schweigt einen Moment. Ihm ist schwindelig, er stützt seinen Kopf in die Hände, Oberkörper vorgebeugt, Ellbogen auf den Knien.

»Hey, Frank, alles okay?«

»Ja ...«

Nichts ist okay.

Er hat das Gefühl, dass er den Mann, der neben ihm sitzt, nicht kennt. Schuster hat hinter seinem Rücken konspiriert, genauso wie Elaine und Russo. Sie haben ihn alle verarscht. Was ist er nur für ein Idiot gewesen. Er öffnet den Mund, schließt ihn wieder und öffnet ihn erneut, um die Frage zu stellen, die ihm in den Eingeweiden brennt wie halb verdautes Chicken Vindaloo: »Hast du sie umgebracht?«

Schuster schaut ihn an und sagt: »Nein.«

43

Ein paar Tage vorher saß Kottke mit Mauser und Uwe und dem harten Kern der Truppe am Stammtisch in der Alten Eiche und trank Bier. Ein gewisser Frust hatte sich breitgemacht. Der Anschlag auf den Reichstag entpuppte sich als längerfristiges Projekt. Sie hatten die Kanalisation unter dem Gebäude erforscht, die Sicherheitsvorkehrungen und Routinen des BKA ausgespäht, aber es blieb dabei, sie kamen nicht rein. Sie mussten Leute im Haus gewinnen, Verräter. Das dauerte.

Einstweilen galt es, den Kampf anderweitig fortzuführen. Kottke schaute die Kameraden der Reihe nach an und sagte:»Kennt ihr *Die Turner-Tagebücher?*« Ohne eine Antwort abzuwarten, weil er natürlich wusste, dass niemand von den Trotteln hier was von dem Buch und seinem genialen Schöpfer gehört hatte, fuhr er fort:»Da steht alles drin.« Er erklärte ihnen den Kampf gegen das System, der auf dem Prinzip des führerlosen Widerstandes beruhte.

»Das Ziel«, erläuterte Kottke,»ist die Eskalation des Rassenkrieges durch autark arbeitende mobile Untergrundzellen. Wir schaffen ein Klima der Angst und provozieren Reaktionen des Staates, die ihn am Ende zersetzen werden.«

Wow, dachte Uwe. *Cool.*

»In dem Buch bringt die Organisation sich in den Besitz von Atomwaffen und zettelt einen Vernichtungskrieg gegen das System an. Am Ende sind alle nicht-weißen Rassen eliminiert, und die Organisation baut auf den Trümmern neue und reine Enklaven auf.«

Krass, dachte Uwe.

»Die Zeit«, sagte Kottke, »fordert uns zum Handeln auf. Setzen wir fort, was Böhnhardt, Mundlos, Zschäpe und andere Kameraden begonnen haben.«

Beifälliges Murmeln.

Auch Uwe klopfte zustimmend mit den Knöcheln auf den Tisch, obwohl er sich nicht ganz sicher war, was Kottke damit meinte. Wollte er jetzt etwa überall in Deutschland Ausländer abknallen?

»Ihr seid dabei?«

»Jawoll!«

Biergläser trafen sich klirrend in der Mitte über dem Tisch.

»Auf Woloweka!«

»Woloweka!«

Und runter mit dem kühlen Gerstensaft. Uwe spürte, wie sich Tränen hinter seinen Augen stauten und die Kohlensäure ihm den Magen zerriss, aber er setzte nicht früher ab als Kottke, der anschließend einen Artikel aus dem *Tagesspiegel* auf sein Handy lud, mit einem Foto von Erol und der grünen Bezirksbürgermeisterin von Kreuzberg-Friedrichshain in Berlin.

»Das ist unser erstes Ziel. Der Kanake der Stunde, das Lieblingsprojekt von denen da oben. Das nehmen wir ihnen weg und sagen ihnen damit, dass nicht mehr sie darüber bestimmen, wie es hier bei uns in Deutschland laufen soll, sondern wir.«

»Jawoll!«

Und hoch die Gläser.

»Wir jagen sie, bis sie zusammenbrechen.«

»Wir jagen sie!«

Und hoch die Gläser.

»Wir bringen sie zur Strecke, einen nach dem anderen, bis sie merken, dass sie erledigt sind.«

»Wir bringen sie zur Strecke!«

Und hoch die Gläser.

Als Uwe Stunden später nach Hause kam, war er breit wie eine Natter. Er kotzte erst mal in Holgis Klo, traf daneben, wankte in sein Bett und fiel in einen komatösen Schlaf. Am nächsten Tag holte Mauser ihn gegen 10 Uhr ab, als er gerade sein Katerbier öffnete. Er hatte völlig vergessen, dass sie zur Objektausspähung verabredet waren.

»Mach hin«, sagte Mauser zu ihm, »Kottke sitzt draußen. Der wartet nicht gerne.«

Fünf Minuten später fuhren sie los, und zwei Stunden später waren sie da. Sie quälten sich durch den dichten Verkehr die Sonnenallee hoch, bis das Navi sie endlich ans Ziel brachte. Sie stiegen aus und betraten den Adana Grill, wo Mauser und Uwe einen Döner bestellten und Kottke Falafel.

»Warum nimmst du keinen Döner?«, fragte Mauser. »Der ist gut.«

»So eine Hammelscheiße fress ich nicht«, sagte Kottke, und Uwe betrachtete etwas unsicher das leckere tropfende Sandwich in seiner Hand.

Scheiß drauf, dachte er und biss herzhaft rein.

Sie schauten sich in dem Laden um. Keine Videoüberwachung, das war schon mal gut. Der Sprengsatz ließ sich prima in einer Sporttasche unter einem der Tische deponieren. Auch gut. Kottke entwarf den Plan: Uwe sollte das Fluchtauto fahren, er kannte sich aus in den Straßen von Berlin. Kottke und Mauser würden reingehen, einen Döner oder Falafel futtern, einen Tee trinken, die Tasche unter den Nachbartisch schieben, zahlen und gehen. Wenn sie draußen wären, würde Kottke den Zünder drücken. *Kawumm!*

Und in dem ganzen Durcheinander würden sie in die Karre steigen, die zweite Reihe stand, und nach Hause fahren.

So einfach.

Sie experimentierten ein bisschen in dem zerschossenen Schuppen auf dem Truppenübungsplatz, bis ihnen die Sprengkraft der Rohrbombe ausreichend erschien. Kottke unterrichtete sie im Bau des Bluetooth-Zünders.

Drei Tage später ist es dann so weit.

Bosman sitzt in seiner Kammer auf dem Bett. Seit Stunden. Er fühlt sich vollkommen leer, kann keinen klaren Gedanken fassen. Hat Schuster Elaine umgebracht? Wegen des Geldes? *Nein, das ist unmöglich*, denkt er und daran, wie Schuster Ferris erschossen hat, mitten am Tag in einem Restaurant. Was war da passiert? Was hatte Ferris ihm auf dem Handy gezeigt? Er kann sich auf all das keinen Reim machen.

Dann wandern seine Gedanken zu Britta und Sophie, und er merkt, wie es ihm den Hals zuschnürt. Ausgerechnet der Freund seiner Tochter hat ihn hochgehen lassen. Ist das Zufall oder Teil eines sinisteren Plans, ihn zu vernichten? Er wird langsam verrückt, steht auf, schaufelt sich kaltes Wasser ins Gesicht, streicht die Haare zurück und merkt auf einmal, wie hungrig er ist. Er beschließt, in den Adana Grill zu gehen, wo er hinten in der Küche was Warmes zu essen kriegen wird.

Er geht die Sonnenallee entlang auf den Grill zu, als zwei Typen aus dem Laden kommen und auf einen Toyota Wrangler zusteuern, der in der zweiten Reihe hält und den Verkehr blockiert, Warnblinkleuchte an. Bosmans Bullshit-Radar steht auf Dunkelrot, als er auch schon den hellen Blitz sieht, der hinter den Fenstern des Grills aufzuckt, dann hört er den Knall …

BANG!, fliegen ihm die Scheiben um die Ohren, und die Splitter regnen klirrend wie Neuschnee zu Boden. Die beiden Typen steigen in den Wrangler, der davonjagt. Chaos, hysterisches Gebrüll aus dem Grill. Als er reinstürzt, sieht er überall orangene Flammen züngeln, überall Zerstörung, Scherben, Trümmer und Rauch. Ein junger Mann mit einem roten Bart und bleicher Haut hat bereits einen Feuerlöscher in der Hand, Verletzte liegen rum, überall Blut. Bosman sieht Erols Turnschuhe hinter dem Tresen hervorlugen.

Nein ...!

Bosman packt ihn an den Schultern, dreht ihn um.

Erol lebt.

Er schaut ihn verwirrt an, Blut läuft ihm aus einer Kopfwunde über das Ohr, unter seinem rechten Auge steckt ein Glassplitter im Jochbein. Bosman zieht ihn raus. »Erol, schau mich an, schau mich an, komm schon, du alter Drecksack, schau mich an!«

Erols Augen flattern, sein Puls ist flach.

»Komm, bleib wach, bleib bei mir. Hörst du, du bleibst hier, bleib wach, du alter Hund, komm ...«

Erols Augen rollen nach hinten, seine Muskeln erschlaffen in Bosmans Armen, und er hört die Sirenen, die rasch näher kommen.

Er steht unter den Bäumen am Landwehrkanal und schaut zum Urban-Krankenhaus rüber, in das Erol und die anderen Verletzten vor ein paar Stunden reingerollt wurden. Ein ADAC-Hubschrauber landete oben auf der Plattform, überall Blaulicht. Der Anschlag ist Thema in allen Nachrichten, die er auf seinem Handy mitverfolgt. Die Sonne geht unter, er schaut auf seine Uhr. Es ist über sechs Stunden her, dass Erol eingeliefert wurde. Er geht über den Rasen auf den Haupteingang zu und schiebt sich seinen Ehering, den er bei seinem Rauswurf abgenommen und in die Tasche gesteckt hatte, wieder auf den Finger.

Als er sich unten im Foyer an der Rezeption nach Erol erkundigt, kriegt er eine Abfuhr. Die Polizei hat eine Besuchersperre verhängt.

»Ja«, sagt Bosman, »ich verstehe, gut, aber, ähm ... Können Sie mir vielleicht seine Zimmernummer geben, damit ich ihm Blumen schicken kann?«

Er hält seine Hand mit dem Ehering hoch. Die Schwester lächelt, tippt auf ihrem Keyboard und sagt: »Station 3.B. Fragen Sie bei Schwester Yasemin nach.« Sie schreibt ihm eine Nummer auf und reicht ihm den Zettel.

Er geht durch das Foyer zum Fahrstuhl, fährt hoch auf die Station und kommt durch eine Glastür in einen langen Gang, von dem die Zimmer abgehen. Ein paar Patienten schlurfen in Bademänteln und mit ihren Infusionsständern über die Gänge. Eine Schwester kommt aus einem Zimmer, eine junge Türkin, die aussieht, als würde sie in ihrer Freizeit kickboxen.

»Entschuldigung«, sagt Bosman, »ich suche Schwester Yasmin.«

»Yas-e-min«, sagt sie. »Was gibt's?«

»Ich möchte gerne meinen Mann sehen, Erol Ilderim«, sagt Bosman.

Yasemin schaut ihn forschend an und erwidert dann: »Er hat eine schwere Gehirnerschütterung und jede Menge Schrammen, aber der Verdacht auf innere Blutungen hat sich nicht bestätigt. Zimmer dreiundzwanzig, hinten rechts. Aber machen Sie es kurz, er ist noch ziemlich fertig.«

»Danke.«

Erol liegt am Fenster.

Er hängt am Tropf, ein Monitor überwacht seine Vitalfunktionen. Seine beiden Bettgenossen glotzen mit Stöpseln im Ohr auf ihre iPads. Erol hat einen Kopfverband und ein Pflaster auf dem rechten Jochbein.

»Alter, Mann, hau ab, deine Kollegen kreuzen jeden Moment hier auf«, sagt er schwach, als er Bosman sieht.

Der kommt an sein Bett: »Wie geht's dir?«

»Ich lebe.«

»Ja, du hast echt Schwein gehabt.«

»So schlimm?«

»Es gibt zwei Tote und mindestens ein Dutzend Verletzte. Manche hat's übel erwischt.«

»Scheiße«, sagt Erol.

»Hast du gesehen, wer das war?«

»Vor ein paar Tagen waren drei Typen da und haben was gegessen. Die kamen nicht von hier, die waren übertrieben übel drauf, das waren Glatzen. Zwei von ihnen waren heute wieder da, als die Bombe hochging, der Boss und der Riesenaffe, der mit den Tattoos am Hals.«

Bosman stockt der Atem. »Wie sahen sie sonst noch aus?«

Wie Mauser und Kottke. Das wird ihm klar, als Erol eine brauchbare Personenbeschreibung abgibt. Er zeigt ihm Fotos auf seinem Handy.

Erol nickt.

»Ich frage mich nur, warum sie ausgerechnet deinen Laden angegriffen haben«, sagt Bosman und steckt sein Handy wieder ein.

»Vielleicht, weil ich zum Vorzeigetürken geworden bin?«, antwortet Erol. Bosman denkt an den Nationalsozialistischen Untergrund und ahnt, was sich da in Czernau zusammenbraut. Auf dem Monitor neben dem Bett oszilliert Erols Herzschlag. Bosman betrachtet ihn, gleichmäßige Sinuskurven. Ein schwaches Lächeln auf Erols Lippen: »Scheiß Nazis.«

Ja, scheiß Nazis, denkt Bosman.

Am nächsten Tag mietet er ein Auto und fährt nach Czernau.

Als Uwe nach dem Anschlag auf den Grill wieder nach Hause kam, verspürte er keinen Triumph, sondern eine dumpfe Leere, die auf jedes High folgt, und das hatten sie ja gehabt.

Holgi lag quer auf dem Sofa, als er reinkam. Seine Plauze hing ein bisschen aus dem gestreiften Bademantel raus, und er glotzte fern.

Fette Meldung, Sprengstoffanschlag in Berlin-Neukölln, zwei Tote, dreizehn Verletzte, zum Teil schwer. Dramatische Szenen. Sanitäter, die die Opfer am Tropf in die RTWs brachten, ein Helikopter landete, schreiende Frauen, weinende Männer, das ganze Programm.

»Alter«, sagte Holgi, »schau dir das an, ich fasse es nicht. Was sind das für kranke Schweine?«

Uwe schwieg.

Holgi hatte recht. *Eine Bombe in einem Lokal, das ist voll IS!*

Die Detonation war lauter, als er gedacht hatte, die Druckwelle brutal. Scheiben flogen raus, der Wrangler schüttelte sich einmal wie ein schlafendes Reptil, und dann stürzten die ersten Gäste raus, panisch, außer sich, viele blutend. Die Schreie, es waren die hysterischen Schreie, die in ihm nachhallten, die nichts Menschliches mehr an sich hatten, blanker Horror.

Als er am nächsten Morgen mit einer dicken Birne aufwacht, steigen ihm Tränen in die Augen, und er kann nichts dagegen tun. Er kann sich aber auch nicht daran erinnern, wann er das letzte Mal geheult hat. Zu Hause als Kind gab's dafür noch mal 'ne Schelle obendrauf, also gewöhnte man sich das schnell ab. Selbst als Jeanette ihn verließ, konnte er nicht heulen. Er konnte nur Sachen durch die Gegend werfen, sie verfluchen und eine Schlägerei mit dem blöden Ecki vom Zaun brechen, bis Kottke einschritt. Jetzt aber schüttelt es ihn, seine Tränen vermischen sich mit Rotz, und ihm ist übel, als es an der Tür klingelt.

Wer ist das denn?

Holgi?

Doch dann fällt ihm ein, dass Holgi gar nicht da ist. Er ist heute Morgen zu seinem Dealer nach Dresden gefahren. Also steht er auf und tapst zur Tür, als es erneut bimmelt.

»Ja, verdammt nochmal.«

Er nimmt sich vor, dem ungeduldigen Sack einen ordentlichen Einlauf zu verpassen, eine gute Gelegenheit, den Druck abzubauen, statt hier rumzuflennen wie ein Waschweib. Er öffnet die Tür und will schon loslegen, als er sich eines Besseren besinnt: Bosman steht vor ihm. Der lässt ihn gar nicht erst zu Wort kommen, stößt ihn vor die Brust, sodass er rückwärts ins Wohnzimmer stolpert.

»Hey, was geht? Was soll der Scheiß?«

Bosman wirft ihn auf das Sofa und lehnt sich über ihn. Uwe kann die pulsierenden Adern an seinem Hals erkennen, während er ihn anstarrt und sagt: »Warst du dabei?«

»Was? Wo dabei?«

Bosman packt ihn am Kragen, zieht ihn hoch und knallt ihn mit dem Rücken gegen die Wand. »Ich frage ein letztes Mal. Warst du gestern in Berlin dabei?«

Uwe japst nach Luft. »Mann, ich habe nur die Karre gefahren!«

»Nur die Karre gefahren? Ihr habt zwei Menschen getötet und dreizehn verletzt, manche davon so schwer, dass sie ihr Leben in die Tonne treten können, ihr verdammten Arschlöcher! Das war ein Terroranschlag! Ist dir das klar?«

Uwe wischt sich mit dem Ärmel über das Gesicht und schweigt.

»Du duschst jetzt, ziehst dir was Anständiges an, und dann fahren wir beide los.«

»Wohin?«

»Nach Berlin.«

»Und was soll ich da?«

»Dich stellen und gegen deine Kumpane aussagen. Das ist deine einzige Chance, einigermaßen unbeschadet aus dem Schlamassel rauszukommen.«

Uwe schluckt.

In diesem Moment klingelt es an der Haustür. Bosman schaut ihn an. »Post?«

»Keine Ahnung.«

»Mach auf.«

Uwe zögert. Es klingelt erneut.

398

»Na los, mach schon.«

Uwe geht zur Tür.

Bosman setzt sich aufs Sofa. Er zieht seine Glock, legt sie unter das Kissen neben sich und lehnt sich zurück. Er hört barsche Stimmen, dann poltern Kottke und Mauser rein, hinter ihnen Uwe im Türrahmen. Mauser hat einen Baseballschläger in der Hand, Kottke sagt: »Hallo, Bulle. Beweg deinen Arsch, wir machen eine kleine Spritztour.«

»Ich habe eine andere Idee«, sagt Bosman. »Ihr hockt euch mal schön auf den Boden und macht die Hände hinter den Rücken.«

Kottke schaut zu Mauser und sagt: »Höre ich nicht richtig?«

Mauser grinst und schwingt seinen Schläger lässig auf die Schulter.

»Pass auf«, sagt Kottke zu Bosman, »wir wollen hier drinnen keine Schweinerei machen. Also lass uns rausgehen und da die Sache klären.«

»Ich glaube nicht, dass ihr noch die Gelegenheit habt, hier lebend wieder rauszukommen.«

»Wer sollte uns daran hindern?«

»Ich.«

Kottke dreht sich zu Uwe um, der hinter ihm steht. »Hast du das gehört? Er will uns daran hindern, lebend aus deinem Haus wieder rauszukommen. Was sagst du dazu?«

»Ähm ...«, macht Uwe.

Kottke greift mit rechts beiläufig an seine linke Seite unter der Jacke, während er zu Bosman rumschwingt, die Waffe zieht und auf ihn richtet. Doch Bosman ist schneller, hat seine Glock unter dem Kissen hervorgezogen und schießt. Kottke bricht getroffen zusammen. Bosman schwenkt seine Waffe nach rechts und feuert auf Mauser, der mit seinem Schläger ausholt, um ihn am Kopf zu treffen. Mauser geht zu Boden, Kottke robbt auf seine Knarre zu. Bosman steht vom Sofa auf, geht rüber und kickt sie mit dem Fuß weg. Kottkes Bewegungen erschlaffen, dann liegt er da, den rechten Arm auf dem Boden ausgestreckt.

Die Stille nach den Schüssen ist erdrückend.

Bosman starrt auf die beiden Leichen, die in einer zäh rinnenden Blutlache liegen. Seine Hand mit der Waffe zittert, als er das Magazin rausschnappt und mit den Patronen auffüllt, die er lose in der Jackentasche hat.

Uwe ist fassungslos. »Bist du bescheuert? Mann, Alter, ich stand *hinter* ihm! Du hättest *mich* treffen können!«

»Na und?«, sagt Bosman.

»Ich glaub's nicht, Mann. Und jetzt?«

Sie schleppen die Toten raus und werfen sie hinten auf den Wrangler. Dann schrubben sie den Fußboden und fahren los zur polnischen Grenze, weit weg vom Ort des Geschehens, um die Identifikation der Leichen zu erschweren, sollten sie je wieder auftauchen. Uwe fährt in Kottkes Wrangler vorneweg, Bosman in seinem Wagen hinterher. Sie biegen von der Landstraße auf einen unbefestigten Weg ab und erreichen die Oder. An einer Sandbucht am Flussufer halten sie an. Es ist still, bewölkt und menschenleer. Eine gottverlassene Gegend, weit und breit niemand zu sehen.

Bosman befestigt den Wagenheber des Wrangler an Kottkes Oberschenkel, Mauser binden sie an die Felge des Ersatzreifens.

»Und wie kriegen wir die jetzt ins Wasser?«, fragt Uwe.

Bosman deutet auf eine Boje in der Mitte des Flusses.

»Du schwimmst mit dem Seil rüber zur Tonne.«

»Was?«

»Die Dinger haben oben ein Auge, mit dem sie zum Transport hochgezogen werden, da fädelst du das Seil durch und schwimmst zurück. Wir befestigen es an den Körpern und hinten am Wagen. So können wie sie bis mitten ins Fahrwasser ziehen. Da findet sie keiner.«

»Ich kann nicht schwimmen.«

»Wie, du kannst nicht schwimmen?«

»Bist du taub? *Ich kann nicht schwimmen!*«

Also muss Bosman selber ran. Er zieht sich aus, nimmt das Seil, das sie hinten bei der Outdoor-Ausrüstung im Wrangler gefunden haben, und krault damit zur Tonne, wo die Strömung stärker ist, als er dachte. Außerdem ist es arschkalt. Er klammert sich oben an dem Auge fest und fummelt ewig rum, bis er das Seilende endlich durchbekommen hat. Dann lässt er sich wieder ins Wasser fallen und schwimmt zurück. Sie binden als Erstes Kottke an den Knöcheln fest, weil er leichter ist als Mauser und sie erst mal schauen wollen, ob das alles so klappt. Uwe startet den Wrangler, legt einen Gang ein und fährt vorsichtig an. Bosman schaut Kottke hinterher, der langsam ins Wasser gezogen wird und dann verschwindet. Er zählt die Meter des laufenden Seiles. Nach etwa zehn Metern ruft er: »Stopp!«

Uwe hält an und steigt aus. Er steht neben Bosman und starrt rüber zur Tonne. »Und wie kriegen wir das Seil jetzt von ihm ab?«

Fuck …

Daran hat Bosman auch gerade gedacht. Er sucht fieberhaft nach einer Lösung, die nicht die naheliegende ist, kommt aber immer wieder darauf zurück. Es hilft alles nichts. Er holt ein Kampfmesser aus Kottkes Toolbox, klemmt es sich wie Rambo zwischen die Zähne und schwimmt rüber zur Boje. Er glaubt nicht, dass das Wasser hier tiefer ist als zwei Meter, holt Luft und taucht am Seil entlang hinunter zu Kottke, der in der trüben Brühe allmählich sichtbar wird und ihn aus toten Augen anschaut, die Lippen zu einem grotesken Grinsen geöffnet. Bosman zieht das Seilende an seinen Füßen straff und will das Messer ansetzen, als ihm die Puste ausgeht. Es kostet ihn vier Tauchgänge, bis er das beschissene Seil endlich durchhat und sie das Ende an Mausers Leiche festbinden können. Dann die gleiche Tortur noch mal. Am Ende ist er fix und fertig. Uwe schüttelt ihm anerkennend eine Zigarette aus der Packung.

»Guter Job.«

Sie rauchen einen Moment, dann sagt Bosman: »Nimm die Karre, fahr rüber nach Polen und vertick sie da. Die Kohle kannst du behalten.«

Uwe schaut ihn an und sagt: »Wir sind quitt?«

»Ja, wir sind quitt«, antwortet Bosman, schnipst die Kippe weg, steigt in seinen Wagen und fährt zurück nach Berlin.

44

Seit Dad weg ist, ist alles scheiße.

Mama heult den ganzen Tag und schämt sich, zur Arbeit zu gehen, wegen der Mordermittlungen und dem Video, das einige ihrer Kollegen wohl gesehen haben. Sophie kann sich das lebhaft vorstellen, die verständnisvollen Blicke der ganzen Spießer, hinter denen Häme schimmert, Mitleid und Abscheu.

Ihre Freundinnen sind da verständnisvoller.

»Hey«, sagte Hannah gestern zu ihr und legte ihr den Arm um die Schulter, als sie auf dem Schulhof mit Jenny und Carla zusammenstanden und ein paar Jungs feixend rüberglotzten, die Smartphones in den Händen hielten. »Mach dir nichts draus, das sind Idioten.«

Sophie schwänzte den Rest der Schule und ging direkt in die Kreutzer Straße zu Benny, und da ist sie heute Morgen immer noch.

Gestern Abend hat sie ihrer Mutter getextet, dass sie bei Hannah schläft, während des Plenums, das Maßnahmen für die kommende Antifaschisten-Demo beriet, um gegen den Terroranschlag auf Erols Grill zu protestieren. Erst war nicht klar, ob sie an der Versammlung teilnehmen durfte, weil sie nicht im Haus wohnt, aber Benny sagte nur: »Sie gehört zu mir.« Damit war die Sache beendet. Es fühlte sich gut an in Zeiten, in denen sie gerade gar keine Ahnung hat, wohin sie gehört.

Die Demo war eine ziemlich große Sache. Der Terroranschlag wurde in den Medien als feige und rassistisch gewertet, auch wenn kein Bekennerschreiben kursierte, die Polizei noch weitgehend im Dunkeln tappte und Richter Dr. Carlo Schmitt, das reaktionäre Arschloch, auf seinem Twitterkanal von »Auseinandersetzungen im Clan-Milieu« schwafelte, »die hier auf deutschem Boden« blutig ausgefochten werden. Das Plenum war sich einig, diese Fake News zu widerlegen, Benny sollte die Kampagne starten. Manche schlugen vor, das Auto des Richters abzufackeln.

Nach dem Plenum quatschten sie noch ein bisschen, schimpften auf den Feind, und nach und nach zog jeder sich in sein Zimmer zurück. So auch Benny und Sophie. Ihr wurde ein wenig mulmig, als sie erkannte, dass sie gar keinen Plan hatte, was die Nacht betraf. Benny hatte in seinem Zimmer nur eine schmale Matratze auf dem Fußboden liegen. Noch hatten sie nicht miteinander geschlafen, aber der Umstand, dass sie zu ihm gekommen war und über Nacht bleiben wollte, musste für Benny ein deutliches Signal sein, so viel war ihr klar.

Bennys Zimmer roch ein wenig muffig, Klamotten lagen auf dem Boden herum, andere hingen in einem offenen Kleiderschrank. Auf seinem Schreibtisch stand ein Laptop, mit dem er seinen Blog fütterte. Ein Rennrad lehnte neben einem Bundeswehrrucksack an der Wand. Benny zündete eine Kerze an, und Sophie wusste: *Okay, das ist der romantische Teil.* Er legte ihr seinen Arm um die Schulter und schwafelte etwas vage von der Revolution und seinem Hass auf das System. Sie verstand, das war alles nur Vorspiel. Wann würde er den Move machen? Nach einer gefühlten halben Stunde, in der ihre Erregung schon wieder abgeflaut war, beugte er sich zu ihr rüber und küsste sie, während er seine Hand unter ihr T-Shirt schob.

Der Sex war dann okay.

Benny gab sich Mühe, und sie versuchte sich fallen zu lassen, aber es gelang ihr nicht. Zu viele Gedanken schossen ihr durch den Kopf. Nach knapp zehn Minuten war es vorbei.

Jetzt liegt sie in dem zerwühlten Bettzeug in der Morgensonne und textet auf ihrem Handy mit Hannah, die im Klassenraum sitzt, wo sie auch sein sollte.

»Du hast im Kreutzi gepennt? Wie übertrieben krass ist das denn?!«

»War sehr cool.«

»Hast du ... Nein, du hast nicht, sag, du hast nicht ...«

»Doch, ich habe.«

»Wie war's?«

»Mega!«

»Nein ...!!! Wie geil!«

In diesem Moment kommt Benny zurück ins Zimmer. Er hat unten in der Küche Kaffee gemacht und Brötchen geholt.

»Er ist soooo süß«, textet Sophie. »Er bringt uns gerade Kaffee und Brötchen ans Bett.«

Benny stellt das Tablett auf dem Boden ab, zieht sich wieder aus und kuschelt sich zu Sophie unter die warme Decke.

»*See u later*«, textet Sophie und legt ihr Handy zur Seite.

Sie frühstücken mit dem Tablett auf den Knien, und Benny sagt: »Ich gebe dir nachher einen Stapel Flugzettel mit für deine Schule. Wir müssen morgen alle ein Zeichen gegen rechts setzen, wir dürfen denen nicht die Oberhoheit in den Medien überlassen. Wir sollten die Schlagzeilen kriegen und nicht sie.«

»Absolut«, sagt Sophie.

»Und das werden wir. Wir werden gezielt auf die Läden und die Bullen gehen. Die Stadt wird brennen, das sag ich dir.«

»Ich dachte, wir wollen friedlich protestieren. Warum müssen Läden und Autos abgefackelt werden?«

»Na ja«, sagt Benny, »eigentlich will das keiner, aber es hat sich eine Menge angestaut, und wenn die Bullen provozieren, schlagen wir zurück. Die stehen doch für dieses Schweinesystem, das sind alles Rassisten. Denk an Frankfurt, die Übergriffe in Leipzig, an Mohi Gabundi.«

Sophie denkt nicht an Mohi Gabundi, sondern an ihren Dad und ob er ein Rassist ist. Nein, das ist er ganz entschieden nicht. Sicher, wenn man sich seine Sprüche anhört, könnte man schon manchmal auf die Idee kommen, aber sie weiß, da übertreibt er nur.

»Mein Vater ist kein Rassist«, sagt sie.

»Natürlich ist er ein Rassist und nicht nur das.«

»Was meinst du damit?«

Benny schaut sie an, angelt nach seinem Tabak, der neben der Matratze auf dem Boden liegt, und sagt: »Er ist ein beschissener Mörder. Er hat eine Frau getötet.«

»Hat er nicht!«

»Komm, Baby, wach auf. Schau der Wahrheit ins Gesicht.«

Er leckt über das Blättchen, rollt die Kippe zusammen, und Sophie findet ihn in diesem Moment einfach nur zum Kotzen, so voll wie der Typ von sich selber ist.

»Klar«, sagt sie. »Du kennst die Wahrheit.«

»So ist es.«

Sophie steht auf, und Benny fragt: »Wo willst du hin?«

»Nach Hause«, sagt Sophie und steigt in ihre Jeans, die auf dem Boden liegt.

»Sehen wir uns morgen?«

»Mal schauen.«

Sie streift ihren Pullover über, zieht ihn unten glatt, und Benny sagt: »Komm, reg dich ab. Es tut mir leid, dass dein Alter so ein Arschloch ist, aber wenn es dich beruhigt, meiner ist auch nicht viel besser.«

»Mein Vater hat niemanden ermordet.«

»Das scheinen seine Kollegen aber anders zu sehen.«

»Jemand will ihn fertigmachen.«

»Dafür wird's einen Grund geben.«

»Was weißt denn du?«

»Ich weiß zum Beispiel, wo das Video herkommt.«

Sophie starrt ihn an. »Was ...?!«

»Ja«, sagt Benny zufrieden und feuert seine Kippe an. »Soll ich dir mal was sagen: Ich habe es bekommen. Und zwar, halt dich fest, von einem Bullen, den ich ganz gut kenne. Wie es aussieht, hat dein Alter da nicht nur Freunde.«

Sophie ist entsetzt. Der Boden unter ihr schwankt wie die Planken eines Schiffes vor Kap Hoorn.

»Du miese Drecksau!«

»Nein, Sophie, nicht ich bin hier die Drecksau. Ich habe lediglich dafür gesorgt, dass der Bullenstall mal ein bisschen ausgemistet wird.«

Es herrscht Krieg.

Schon von Weitem sieht Bosman die Rauchsäulen über dem Heinrichplatz aufsteigen. Überall heulen Sirenen, Blaulicht, gesperrte Straßen. Über ihm kreisen zwei Helikopter. Vor ihm springt eine Hundertschaft aus den parkenden Wannen. Links und rechts Leute, manche friedlich, manche aufgeputscht. Irgendwo plärrt eine Parole aus einem Lautsprecher, dann wummert Techno los. Die Ersten fangen an zu tanzen, in der Straße vor ihm gehen Schaufenster zu Bruch. Ein Greifkommando hetzt vorbei und pflügt brutal durch die Menge, der letzte Mann trägt ein Handy auf einem Stativ, um alles zu dokumentieren. Weiter hinten lodert ein Feuer auf.

Und auch in Bosman brennt es.

Sophie ist vorhin bei ihm gewesen, hatte geklingelt und ihn von Erols Sofa geholt, wo er schon den ganzen Tag lag und Löcher in die

Luft starrte. Er war aufgestanden und vorsichtig zur Tür gegangen. Sie stand vor ihm, ziemlich aufgelöst. Er schaute sie überrascht an: »Wie kommst du denn her?«

»Ich war bei Erol im Krankenhaus. Er hat mir gesagt, dass du bei ihm wohnst.«

»Wie geht's ihm?«

»Er kriegt lauter Blumen und Heiratsanträge.«

»Vielleicht sollte ich mich auch mal in die Luft sprengen lassen.«

»Papa ...«

Für einen kurzen Moment funkelte die alte Vertrautheit zwischen ihnen auf, nur um dann zu verglimmen wie ein Komet nach Eintritt in die Erdatmosphäre.

»Willst du, ähm ... Magst du vielleicht kurz reinkommen?«, fragte Bosman unsicher und trat ein Stückchen zur Seite.

Sophie zögerte. »Nein, lass mal.« Sie biss sich auf die Lippen und sagte: »Ich weiß, woher Benny das Video hat.«

Bosman starrte sie an. »Hat er es dir erzählt?«

»Ja.«

Sophie zögerte, schaute auf den Boden: »Er hat's von einem Bullen.«

»Was ...?«

Bosman glaubte sich verhört zu haben. Unter ihm tat sich ein Abgrund auf. »Was für ein Bulle?«

»Weiß ich nicht.«

»Wo ist er?«

»Benny?«

»Ja.«

»Auf der Demo. Im Schwarzen Block.«

Jetzt kämpft Bosman sich zum Heinrichplatz vor. Auf der einen Seite eine wütende, schwarz gekleidete Aggro-Rotte, auf der anderen die Bullen, Mann an Mann hinter ihren Schutzschilden wie die Römer im Teutoburger Wald. Sie lassen Bierflaschen,

Feuerwerkskörper und Schmähungen an sich abprallen, während der Wasserwerfer sich in Stellung bringt und der Einsatzleiter über sein Megafon die Räumung des Platzes ankündigt. Dann rücken sie vor, Schritt für Schritt. Die ersten Pflastersteine hageln runter, ein Beamter sackt zusammen, die Lücke wird sofort geschlossen. Die Stimmung ist am Kippen.

Bosman sieht Benny vorne in der ersten Reihe des Schwarzen Blocks. Er erkennt ihn sofort, trotz seiner Vermummung. Er arbeitet sich in einem Bogen von hinten zu dem Pulk vor, der sich schrittweise unter wütenden Protesten in die Mariannenstraße zurückzieht. Er packt Benny an der Schulter und zerrt ihn aus dem Block auf den Bürgersteig.

»Wer hat dir das Video gegeben?«

Benny glotzt wie ein Alien. »Was ...? Bist du bescheuert oder was? Hier ist Demo, Mann, verpiss dich!«

»Die Revolution kann warten«, sagt Bosman. »Es gibt Wichtigeres.«

Er zerrt Benny am Arm zu einer Hauswand: »Sag mir, wer dir das Video gegeben hat, dann kannst du hier weiterspielen.«

»Hat Sophie gequatscht?«

»Wer war der Bulle?«

»Hau ab!«

Bosman holt sein Handy raus, wischt ein Foto von sich und Schuster auf den Screen und hält ihn Benny hin. »Der hier?«

»Lass mich in Ruhe!«

Benny will sich losreißen, doch Bosman knallt ihn gegen die Wand, sie stehen Nasenspitze an Nasenspitze: »Entweder wir klären das hier, oder ich schleppe dich ins Präsidium, und du kannst sicher sein, ich bin nicht der Einzige, der sich dafür interessiert.«

Benny starrt trotzig zurück, versucht sich gewaltsam zu befreien, doch Bosman reißt sein Knie hoch und rammt es ihm mit voller Wucht zwischen die Beine. Er lässt sich nicht länger verarschen. Er wird den Kerl hier zum Reden bringen, koste es, was es wolle. Hier geht es um sein Leben, seine Freiheit, seine Zukunft. Benny sackt japsend zusammen, Bosman reißt ihn wieder hoch, hält ihm sein Handy vor die Augen.

»Der hier?!«

Er schreit es raus, Benny nickt benommen. Bosman wird schlagartig kotzübel. In seinen Ohren saust ein Feuersturm. Um ihn herum das Chaos, flüchtende Menschen und Einsatzkräfte, die mit dem Wasserwerfer vorrücken und die Straße leer fegen. Er stützt sich an die Wand und schließt einen Moment lang die Augen.

Fuck ... Fuck ... Fuck!

Er hat es schon eine Weile geahnt. Alles deutete auf Schuster hin, aber er war noch nicht bereit gewesen, das zu akzeptieren. Als er die Augen wieder öffnet, ist Benny verschwunden. Feuerwerkskörper zischen durch die Luft, und er sieht die Kollegen, verpackt wie die Jedi-Ritter, die mit Schlagstöcken gegen die Randalierer vorgehen.

Er dreht sich um, läuft die Mariannenstraße hoch, bis er den Brandherd hinter sich gelassen hat, und wandert ziellos durch die Stadt. Er kauft sich ein Bier in einem Späti, setzt sich neben die jungen Leute auf die Modersohnbrücke und trinkt, während er über die Gleise bis zum Fernsehturm am Alex schaut und dann nach links Richtung Kreuzberg, wo die Straßenkämpfe noch immer toben. Irgendwann steht er auf und geht zurück zu Erols Wohnung. Unterwegs kauft er sich noch ein Sixpack Bier, das er eins nach dem anderen leer trinkt, in der Hoffnung, vor der Wahrheit in den Schlaf flüchten zu können. Doch stattdessen muss er dreimal aufstehen und pissen und ist am nächsten Morgen zerschlagen und kaputt, als er Schuster anruft. Es meldet sich nur die automatische Ansage: »Dieser Anschluss ist vorübergehend nicht erreichbar.«

Bosman trinkt einen Espresso und geht los.

Nach einer halben Stunde steht er bei Schuster vor der Tür und klingelt. Keiner macht auf. Er tritt ein paar Schritte zurück und schaut die verwitterte Fünfzigerjahre-Fassade hoch zu den Fenstern, in denen sich aber nur die vorüberziehenden Wolken spiegeln. Er klingelt bei irgendeinem Nachbarn, die Tür summt auf. Er geht im Treppenhaus hoch in den zweiten Stock. Vor Schusters Tür bleibt er stehen und klingelt erneut.

Nichts.

Er holt sein Schlüsselbesteck aus der Tasche und führt es behutsam in das Schloss ein, bis es aufklickt. Dämmerlicht im Flur. Es ist still hier drinnen. Er zieht die Tür hinter sich zu. Bosman spürt die Leere und weiß, dass niemand da ist. Das Wohnzimmer ist aufgeräumt. Im Bad findet er Kosmetik für die Lady auf dem Glasregal über dem Waschbecken, im Schrank hängen neben Schusters Sachen ein paar Blusen, Kleider, Unterwäsche. Wie es aussieht, lebt er hier mit einer Frau zusammen. Doch als Bosman den Kühlschrank in der Küche öffnet und sieht, dass er geputzt und leer ist, weiß er: Schuster ist ausgeflogen.

Und er weiß auch, wo er ihn suchen muss.

45

Schuster steht auf dem Hof des kleinen Bauernhauses und schaut über die Hochweide zu den schroffen Berggipfeln, auf deren Nordostseite die ersten Schneefelder schimmern. Die Luft ist kalt und klar, Tau glänzt auf den Gräsern, und er fühlt sich frei. Das erste Mal seit ... was ... zehn Jahren? Seine Lunge weitet sich, sein Körper streckt sich, und Glück strömt in ihn hinein. Er schließt die Augen, will es halten.

Die letzten Wochen waren hart, aber jetzt steht er kurz vor dem Ziel. Vorgestern war er mit Jeanette in Priština angekommen, hatte einen Wagen am Flughafen gemietet und war mit ihr nach Westen in die Berge gefahren, wo Irina sich mit dem Jungen versteckt hielt. Unterwegs erzählte er ihr, wie er Ferris erschossen hatte, um zu verhindern, dass der dem Jungen Leid antat. Er erzählte ihr die ganze Geschichte, von seinem Kosovo-Einsatz damals mit Bosman und Elaine bis zur Jagd auf Ekrem und dem Organhandel im Bunker. Jeanette war beeindruckt.

Von Elaines Tod sagte er nichts.

Er sagte ihr nicht, wie Elaine ihn angerufen hatte, als sie damals aus Czernau zurückkam. Wie sie sich in ihrem Apartment trafen und sie ihm berichtete, was sie am Bunker gesehen hatte. Wie er, als er eine halbe Stunde später wieder ging, den Grafen anrief, um die

412

Nummer von Kottke zu bekommen. Wie er dann Kottke anrief und Elaine dem Tod auslieferte. Es war ihm nicht leichtgefallen, trotz allem, und manchmal kam das schlechte Gewissen in ihm hoch. Doch er bereute es nicht. Er hatte nur die Gerechtigkeit wiederhergestellt, Auge um Auge, Zahn um Zahn.

Als er mit Jeanette in dem kleinen Bergdorf ankam und Irina am Herdfeuer des armseligen Bauernhauses begrüßte, fand er eine verbitterte alte Frau vor, die ihr Schicksal beklagte. Der Junge war noch stiller als sonst, Schuster ratlos. Er hatte Jeanette nicht hierher in den hintersten Winkel Europas geschleppt, damit sie sich mit einer zeternden Alten und einem verschüchterten Kind abquälen musste.

»Es ist nur für ein paar Tage«, sagte er gestern zu ihr im Bett, als der Wind kalt durch die Ritzen des Fensters pfiff. »Sobald ich die Kohle von Russo habe, sind wir weg hier.«

»Weiß der Junge, dass wir zusammen nach Argentinien gehen?«

»Nein, noch nicht.«

Sie schwiegen einen Moment. Dann sagte Schuster: »Es ist mir klar, was ich von dir verlange.«

Jeanette lächelte ihn an: »Alles wird gut.«

Und es fühlte sich auch gut an. Mit drei Millionen in der Tasche war er frei. Mit einer Frau an der Seite, die ihn liebte und bereit war, das Risiko einer Familie mit ihm einzugehen, war er glücklich. Jeanette war die erste Frau seit zehn Jahren, auf die er sich einlassen konnte. Und wo hatte er sie kennengelernt? In einem Swingerclub. Es war verrückt. Schuster lächelte. Er würde noch mal ganz neu durchstarten, die Vergangenheit hinter sich lassen, ein neues Leben beginnen.

Später, als Jeanette schlief und er ihre gleichmäßigen Atemzüge hörte, wurde er unruhig. Draußen schlug der Hund an, knurrte und scharrte an seiner Kette. Schuster stand auf und ging barfuß über die schiefen Holzdielen zu dem niedrigen Fenster und schaute raus:

Der Hund hatte sich wieder beruhigt. Nichts Verdächtiges zu sehen. Er sah zu Jeanette rüber, die sich im Schlaf gedreht hatte, die Decke bis zum Kopf hochgezogen. Schuster jedoch schwitzte. Und er hatte Durst. Als er über die Schwelle in die Küche trat, musste er den Kopf einziehen, um nicht gegen den rissigen Balken zu stoßen. Er hebelte sich mit der knarrenden Handpumpe kaltes Wasser in einen Blechbecher. Hinter ihm knisterten die letzten Holzscheite in dem Herd mit den gusseisernen Platten, auf denen gekocht wurde. Er spürte eine wohlige Wärme im Rücken, trank das Wasser und schaute durch das Fenster raus in die helle Nacht. Der Mond war fast weiß, die Schatten der Berge schwarz, und er dachte an Bosman und was er ihm angetan hatte.

Die Flügelspitzen des easyJet-Airbus zittern in den vorbeifetzenden Wolken. Der Pilot fährt die Bremsklappen aus, und Bosman kann durch sein Fenster sehen, wie sie nach und nach aus dem Flügel hervorkriechen, wie die Zähne eines Sauriers, und sich brutal in den Wind stellen. Ein leichtes Rucken geht durch das Flugzeug, und die Triebwerke heulen auf, als der Gegenschub die hundertzwanzig Tonnen abbremst und sie schließlich auf der Landepiste des Adem Jashari International Airport in Priština aufsetzen.

Der Jet rollt aus.

Bosman sieht den Tower, das Abfertigungsgebäude, alles neu. Er war seit zehn Jahren nicht mehr hier und hatte sich geschworen, auch niemals zurückzukommen. Aber was sollte er tun? »Du musst immer der Spur des Geldes folgen«, hatte sein Ausbilder beim LKA, Götz Bauer, ihm gesagt. »Das führt dich ans Ziel.« Also folgt er der Spur des Geldes.

Das Geld hat Russo.

Und Russo wird ihn zu Schuster führen.

Er mietet am Airport einen Polo, wirft seinen schweren Alukoffer hinten rein und fährt los. Er kennt die Strecke, so oft, wie er sie zurückgelegt hat. Es gibt neue Kreisel und Straßen, doch noch immer sind sie von Müll gesäumt wie damals. Straßensperren gibt es nicht mehr. Je näher er Prizren kommt, desto nervöser wird er. Die ehemalige KFOR-Kaserne des deutschen Kontingents an der verstopften Einfallstraße hat sich nicht verändert – abgesehen davon, dass sie jetzt leer steht und aus dem versprochenen Innovationspark wohl nichts wurde. In der Stadt dann eine Menge Einbahnstraßen, die gab's früher nicht. Er sucht sich ein einfaches Hotelzimmer am Fluss, haut sich aufs Bett, reißt ein Bier auf und kommt erst mal an.

Dann fallen ihm die Augen zu.

Es ist später Nachmittag, als er aufwacht, weil der Muezzin losjault und alle anderen nacheinander einstimmen. Das Fenster steht offen, kühle Spätsommerluft strömt rein, und im ersten Moment weiß er nicht, wo er ist. Doch dann fällt es ihm wieder ein. Er steht auf und öffnet seinen Koffer. Der Reihe nach holt er sechs isolierte Thermosocken raus, die verstreut zwischen den Klamotten liegen und in denen die Einzelteile der Glock eingewickelt sind, die er jetzt zusammensetzt. Den Käfig um den Abzug hat er abgesägt, um bei einer Röntgenaufnahme des Koffers nicht den charakteristischen Griff einer Pistole zu verraten.

Jetzt ist er *ready to go.*

Am nächsten Morgen macht er sich nach dem Frühstück auf den Weg durch das serbische Viertel zu Ekrems Villa. Er verläuft sich ein paarmal in den engen Gassen. Es hat sich einiges getan seit damals, doch dann findet er das Haus. Er geht vorne an dem schmiedeeisernen Tor vorbei, wo sie mit Elaine und Schuster standen, in einer anderen Zeit, um Ekrem mit den Vorwürfen zu konfrontieren. Es ist immer noch dasselbe Tor, aber die Kamera ist neu.

Er geht um den Block herum von hinten auf das Haus zu, stoppt aber vor einer Mauer, weil es am Hang gebaut ist. Er schaut sich um und sieht das Dach eines mehrstöckigen Gebäudes gegenüber. Die Eingangstür steht offen, von innen kommen Stimmen. Bosman wartet, bis sie verschwunden sind und Türen zuschlagen. Dann betritt er das Gebäude und steigt die Stufen hoch bis zum Dachausstieg. Er öffnet die klapprige Holztür und tritt auf das Flachdach, wo Wasserspeicher stehen und Wäsche im Wind flattert. Der Wetterbericht hat den letzten Sommertag des Jahres angekündigt. Es ist erst zehn Uhr morgens, aber die Sonne brennt schon heiß in einem azurblauen Himmel. Er schaut über die Dächer und geht bis zur ungesicherten Kante. Schräg gegenüber liegt Ekrems Anwesen. Kleine Lichtreflexe tanzen auf den Wellen im Pool. Der Himmel ist klar und blau, und die Frau, die jetzt aus dem Haus kommt und um den Pool herumgeht, ist schlank und schön.

Bosman holt ein Fernglas aus dem Rucksack und schaut zum Haus rüber. Die Frau lässt den schneeweißen Bademantel über ihre Schultern gleiten, unter dem sie einen knappen Bikini trägt. Sie beugt sich vor, um ihren Drink abzustellen, bevor sie sich auf die Liege legt.

Bosman stellt das Glas schärfer.

Russo hat die letzten Nächte durchgearbeitet wie im Rausch, hat darüber sogar das Trinken vergessen. Er ist fix und fertig, aber glücklich. Er hat den Piloten zu Ende geschrieben: *The Bear Hunter.*

Fade in: Die Show eröffnet mit einer Szene in den Bergen, in der Ekrem den Bären tötet und sein Vater ihn zum Mann erklärt. Diese erste Szene ist die Schlüsselszene, hier wird nichts weniger als die Geburt der Nation inszeniert, die Initiation des Helden, der den Serben das Vaterland entreißen wird. Russo ist stolz darauf, wie geschickt er den Subtext eingewoben hat, und hofft, dass ein Bauer wie Ekrem das auch zu würdigen weiß. Er hat ihn seit Tagen nicht mehr gesehen. Entweder haben sie gerade gegenläufige Rhythmen, oder er ist unterwegs.

Als er morgens um zehn ungewaschen und ungekämmt im Bademantel am Kühlschrank steht und einen Champagner öffnet, um sich für seine Arbeit zu belohnen, fällt ihm auf, dass sich das ganze Haus leer anfühlt. Selbst Luhan scheint nicht da zu sein. Seltsam.

Es ist fast still, nur der entfernte Verkehrslärm ist zu hören, der durch die offene Gartenfront hereinsickert. Russo tritt mit seiner Champagnerflöte und der Flasche raus auf die Terrasse und schaut über den türkis schimmernden Pool auf die andere Seite, wo Mona in einem knappen Bikini in ihrem Lounge Chair liegt und sich sonnt. Sie hat ihre Sonnenbrille mit den kreisrunden Gläsern auf der Nase, und neben ihr steht ein kühler Drink auf den warmen Granitplatten, der wie ein Martini aussieht.

»Hey«, ruft er rüber. »Ich bin fertig!«

Er hebt sein Glas.

»Schön«, sagt Mona. »Warum bist du überhaupt noch hier? Will dich keiner da, wo du herkommst?«

Russo sinnt einen Moment darüber nach. Dann trinkt er einen Schluck und sagt: »Ich fürchte, damit hast du recht. Und du? Warum bist du noch hier?«

»Wir sprachen doch schon darüber.«

Russo lächelt und hebt sein Glas erneut. »Viel Erfolg.«

»Dir auch«, sagt Mona und hebt ihren Martini.

»Wo ist Remi?«

»Er schläft.«

»Was? Ich habe ihn seit Tagen nicht gesehen.«

»Er schläft ja auch seit Tagen.«

»Was ist passiert?«

Mona saugt an ihrem pinken Strohhalm. »Hat wieder seine Depressionen.«

»*Oh, shit*«, sagt Russo. »Er hat gesagt, dass er die scheiß Pillen nicht mehr braucht, und sie dann abgesetzt. Das war wohl ein Fehler.«

»Ja.«

»*Well*«, sagt Russo und kratzt sich am Ohr. »Ich hau mich dann mal hin.«

»Tu das«, sagt Mona. »Und Glückwunsch.«

»Wofür?«

»Na, du hast doch dein Buch fertig.«

»Ach so, *yeah, that's right.*«

»Und bist du zufrieden?«

»*Yeah,* ich glaube schon.«

Er erzählt ihr von der Eröffnungsszene mit dem Bären.

»Bären?«, sagt Mona. »Die sind doch hier schon seit hundert Jahren ausgestorben.«

»Ich weiß«, sagt Russo, »aber darum geht es nicht. Hier geht es nicht um die Wirklichkeit, sondern den Mythos. Das ist es, was die Menschen brauchen. Und das gebe ich ihnen.«

Mona denkt einen Moment nach, dann sagt sie: »Du bist auf Netflix.«

»*What?*«

»Ich habe dich gesehen, Mr. Bigfoot Borboni, *not bad.*«

Sie lächelt.

»Nun ja«, sagt Russo geschmeichelt. Geht hier am Ende was? *Denk nicht mal dran …*

»Ich habe mal eine Weile gemodelt«, sagt Mona, »aber eigentlich zieht es mich zur Schauspielerei, verstehst du?«

»Das verstehe ich nur zu gut«, sagt Russo und gießt sich großzügig Champagner nach, der über den Rand des Glases sprudelt und ihm auf das Handgelenk perlt. »Es ist ein wunderbarer Beruf.«

»Wie bist du dazu gekommen?«

»*Listen*«, sagt Russo. »Ich stehe hier auf dieser Seite des Pools, und du liegst auf der anderen. Was hältst du davon, wenn ich rüber-komme und wir ein wenig plaudern?«

Er geht auf die andere Seite, zieht eine Liege ran und setzt sich Mona schräg gegenüber. »Was willst du wissen?«

»Erzähl mir, wie werde ich am besten Schauspielerin?«

»*Look*«, sagt Russo, »es ist wie beim Boxen. Du brauchst gute Nehmerqualitäten, du brauchst den unbedingten Willen zum Siegen, du braust *determination*. Die Technik kommt später. Das kann jeder lernen, aber du brauchst den Funken, *that little something*, das den Unterschied macht.«

»Die Persönlichkeit.«

»Ja, so in etwa. Du musst es in dir haben.«

Mona lächelt ihn an, senkt die Augenlider ein wenig: »Und, was meinst du? Hab ich's in mir?«

»Auf jeden Fall«, sagt Russo, blinzelt mit seinen geröteten Augen an Mona vorbei in die Sonne und sieht im Gegenlicht, wie ein Mann über den Rasen auf sie zukommt.

Fuck me ...!

Bosman nimmt seine Brille ab, schaut auf Russo und Mona runter und sagt: »Zieh dir was an, wir machen einen Ausflug.«

»Was für ein Ausflug? Wie kommst du überhaupt hier rein?«

»Über die Mauer. Und jetzt los, beweg deinen Arsch, bevor ich sauer werde.«

Mona fragt Russo: »Wer ist der Typ?«

»Der Bulle, der deinen Mann hochnehmen wollte.«

Mona mustert ihn. »Und der traut sich hier rein?«

Bosman grinst und sagt: »Ich bin gleich wieder weg.«

Es dauert aber noch mal zehn Minuten, bis Russo sich angezogen hat, und als sie gerade das Haus verlassen wollen und die Tür öffnen, kommt ihnen Luhan entgegen, der ein paar Einkaufstüten trägt und verblüfft auf der Schwelle stehen bleibt, als er Bosman sieht. »Wir kennen uns doch!«

»Ja«, sagt Bosman, »spielt im Augenblick aber keine Rolle. Ich habe was mit Russo zu besprechen.«

Luhan kommt rein, kickt die Tür hinter sich zu, setzt die Tüten ab, spreizt die Beine und verschränkt die Arme vor der Brust, sodass Bosman den Griff seiner Waffe sehen kann, der aus dem Hosenbund rauslugt.

»Luhan«, sagt Russo, »ich glaube, es ist keine gute Idee, wenn ich Remi erzähle, wie du seine Frau in seinem Arbeitszimmer auf dem Schreibtisch vögelst. Also tu uns den Gefallen und tritt beiseite, okay?«

Wut flackert in Luhans Augen auf, und seine Schultern spannen sich, als Mona, die hinter ihnen in die Diele gekommen ist, sagt: »Lass sie gehen.«

Als sie draußen sind, sagt Bosman zu Russo: »Sperren die dich da ein, oder kannst du dich frei bewegen?«

»Wir sind Partner.«

»Also kannst du das Haus verlassen?«

»Wie hätte ich sonst nach Berlin kommen können? Nein, im Ernst, Remi und ich sind cool.«

»Gut. Hat Schuster sich schon bei dir gemeldet?«

»Nee, wieso?«

»Er wird sich melden. Um es kurz zu machen, ich will, dass du ein Meeting mit ihm vereinbarst und mir Bescheid sagst.«

»Er ist auch hier?«

»Er will an deine Kohle.«

»Und du?«

»Ich will Schuster.«

Russo bleibt stehen und schaut ihn an. »*What the fuck is going on?*«

Am nächsten Tag ruft Russo bei Bosman an und sagt: »Schuster hat sich gemeldet. Er will mich in einem Café unten am Fluss treffen.«

Das Meeting dauert nicht lange.

Bosman hockt in seinem Wagen, den er gegenüber vom Café Paris geparkt hat, und schaut rüber. Nach nicht mal fünf Minuten steht Schuster auf und tritt aus dem Schatten der Markise in die Sonne, die Augen hinter seiner dunkelgrünen Ray-Ban verborgen. Er kommt das Trottoir ein Stück entlang und steigt dann in seinen Wagen.

Russo ruft an: »*Fuck, man, that guy is gonna shoot me!*«

»Was hat er gesagt?«

»Dass er mich abknallen wird, wenn ich ihm die anderthalb Millionen nicht überweise.«

»Dann würde ich wohl lieber zahlen«, sagt Bosman und legt auf.

Er folgt Schuster aus der Stadt. Je weiter sie Richtung Nordwesten über karges Land fahren, desto schwieriger wird es für ihn, unentdeckt zu bleiben. Er hat zwar einen unauffälligen Polo, aber wenn der die ganze Zeit in Schusters Rückspiegel auftaucht, kann er auch gleich neben ihm herfahren. Er versucht, mindestens zwei Autos Sichtpuffer zwischen sich und Schuster zu haben. Nur was tun, wenn hier kaum noch Autos fahren, die Straßen schmal sind, vor ihnen die Berge? Zweimal glaubt er, ihn verloren zu haben, doch dann sieht er die Staubwolke und schraubt sich höher hinauf, hinter Schuster her, der ihn immer tiefer in eine düstere Welt führt, wo das Verderben lauert.

So kommt es ihm zumindest vor.

Schuster schaut in den Rückspiegel. Er ist sicher, dass der Polo ihm folgt. Zweimal hat er versucht, ihn abzuschütteln, aber jetzt ist er wieder da. Er denkt an Jeanette, die auf ihn wartet, und an den Jungen. Er biegt bei Ponoshec nach Westen ab und fährt auf die albanischen Berge zu, statt geradeaus weiter nach Hause zu fahren, zurück zu seiner Familie. Erst muss er diese Sache hier zu Ende bringen. Er weiß, Bosman hat nichts mehr zu verlieren. Er hat ihm alles genommen, und das macht ihn zu einer tickenden Bombe. Aber er hat es nicht besser verdient, er nicht und Elaine auch nicht.

Zwei Stunden später fährt er den Fluss entlang und zieht den Wagen um eine scharfe Kurve, in der ihm ein Lkw entgegenkommt und knapp an ihm vorbeischießt. Ein paar Kilometer weiter biegt er in einen Feldweg ein, der sich die Bergflanke emporwindet. Nach etwa zehn Minuten passiert er einen Hof, in dem die Hunde loskläffen, weiter oben endet der Weg vor einem verlassenen Gehöft. Die Scheiben sind eingeschlagen oder blind, ein Fensterladen knarrt im Wind, der durch das Tal pfeift, das Dach des Stalls ist eingestürzt. Schnee auf den Gipfeln, die sich wie eine Arena ringsherum erheben. Die Sonne bricht durch die Wolken. Schuster steigt aus, zündet sich eine Zigarette an und lehnt sich an seinen Wagen.

Als Schuster Bajram Curr in nördlicher Richtung verlässt und nach ein paar Kilometern links in das Valbonatal einbiegt, weiß Bosman, dass er ihn erkannt hat, und er weiß, wohin die Reise geht. Er folgt ihm den Feldweg hoch am Gelben Haus vorbei und hält vor dem halb verfallenen Gehöft der Familie, die er dem Tod ausgeliefert hatte. Er steigt aus und schaut zu Schuster rüber, der rauchend an seinem Wagen lehnt und sagt: »Hier hat alles angefangen.«

»Lange her.«

Schuster zuckt mit den Schultern. »Manche Sünden vergibt der Herrgott nie.«

»Und du bist der Herrgott?«

»Nein, sein Werkzeug.«

Er schnipst seine Kippe weg. Bosman merkt, wie sein Puls schneller wird.

»Warum hast du sie umgebracht? Und mich als Mörder hinge-hängt? Wegen des scheiß Geldes?«

»Nein«, sagt Schuster. »Nicht wegen des scheiß Geldes. Und ich habe sie auch nicht umgebracht.«

»Wer dann?«

»Kottke.«

»Aha, und warum in Berlin?«

»Nachdem Elaine zurück war und mir erzählte, dass sie die Flüchtlinge im Bunker gesehen hatte, da habe ich ihn angerufen.«

Bosman glaubt es nicht.

»Das ist nicht dein Ernst. Du hast die ganze Zeit gewusst, was da abgeht?«

»Ich habe Kottke klargemacht, dass das ein Ende haben muss. Dass er die Flüchtlinge laufen lassen muss.«

Super, denkt Bosman, und sein Magen zieht sich zusammen, als es ihm dämmert: »Du hast Elaine ans Messer geliefert.«

Schuster zuckt mit den Schultern und sagt: »So wie ihr es mit Tamara getan habt.«

»Was ...?«

»Ihr habt damals ganz schön in der Scheiße gesteckt, du und Elaine, als rauskam, dass ihr die Zeugen bestochen hattet. Und obwohl ihr wusstet, dass Ekrem sie abgeschlachtet hatte, die ganze Familie, habt ihr euch auf einen Deal mit ihm eingelassen, weil ihr noch gehofft habt, irgendwie aus der Geschichte rauszukommen.«

Bosman starrt ihn an.

Ja, sie hatten damals noch gehofft, verhindern zu können, dass die Bestechung öffentlich wurde. Leider war es Ekrem, der die Geschichte kontrollierte, denn er war der Einzige außer ihnen, der Bescheid wusste. Im Gegenzug für sein Stillschweigen wollte er die Ermittlungen gegen Dr. Ibramovics an der Luca-Klinik wegen illegaler Organtransplantationen beendet sehen. Und er wollte wissen, wer der Hauptbelastungszeuge war.

»Ihr habt sie ausgeliefert«, sagt Schuster. »Ihr habt Tamara ausgeliefert, obwohl sie ihr Leben für euch riskiert hat.«

»Hör auf, keiner konnte wissen, was geschehen würde.«

»Was?«

Schuster macht ein paar Schritte auf ihn zu. »Sie hatte Todesdrohungen erhalten! Und das wusstet ihr.«

»Das waren nur Drohungen, und in den allermeisten Fällen blieb es auch dabei.«

»In diesem Fall nicht«, sagt Schuster. »Ihr habt mich zum Witwer gemacht, auch wenn wir noch nicht verheiratet waren. Und meinen Sohn zum Waisen. Ihr habt euch nie dafür entschuldigt. Es war euch scheißegal.«

Bosman schweigt.

Er blickt zu Boden.

Dann sagt er: »Das ist zehn Jahre her. Zehn verdammte Jahre! Und jetzt kommst du damit an?«

»Ich hatte irgendwann gedacht, ich könnte es vergessen«, sagt Schuster bitter, »und mich damit trösten, dass keiner damit rechnen konnte, dass sie Tamara tatsächlich umbringen würden. Meist blieb es ja bei Drohungen, wie du gesagt hast. Aber als Elaine dann wieder aufgetaucht ist, kalt und großkotzig wie damals, du ihr wieder um die Füße gekrochen bist wie ein Lakai und mir irgendwann klar wurde, dass sie Ekrems Millionen abgezockt hatte, die aufrechte Kämpferin für Menschenrechte, da dachte ich mir: *Es reicht. Jetzt ist Zahltag.*«

Ein kalter Wind fällt von den Bergflanken ins Tal und zerrt an Bosmans Haaren. Er fröstelt.

Und jetzt?

Was soll er tun? Schuster verhaften oder die Knarre ziehen und ihn erschießen? Es drauf ankommen lassen, wer schneller ist? Ein Shootout in den albanischen Bergen? Was für ein Klischee. Er schaut ihn an, den Mann, von dem er die ganze Zeit dachte, er sei sein bester Freund und Partner. Es schnürt ihm den Hals zusammen.

»Das war's?«

»Ja«, sagt Schuster, »das war's. Hier trennen sich unsere Wege.«

»Nein«, sagt Bosman. »Unsere Wege haben sich schon vor langer Zeit getrennt.«

Er steigt in seinen Wagen und fährt los.

Als er in Prizren ankommt, kauft er sich in dem Kiosk unten an der Straße eine Flasche Johnnie Walker Black Label, geht in sein Hotelzimmer und schenkt sich einen Fingerbreit ein. Dann setzt er sich auf sein Bett, zieht sein Handy, wählt *Aufnahme* und drückt *Play*:

»Hier hat alles angefangen.«

»Das ist aber lange her.«

»Manche Sünden vergibt der Herrgott nie.«

»Und du bist der Herrgott?«

»Nein, sein Werkzeug.«

46

»Was hast du jetzt vor?«, fragt Harry.

»Keine Ahnung«, sagt Bosman. »Ich glaube, ich brauche mal 'ne Pause.«

Sie sitzen im Rio Grande direkt an der Spree, und er schaut über das Wasser, wo ein paar Typen in Kajaks vorbeipaddeln. Harry schlürft die Muscheln aus, die seine Linguini al Mare zieren. »Mein Lieber, das ist eine ziemlich gute Geschichte, die du mir hier erzählt hast.«

Nein, denkt Bosman, *das ist keine Geschichte, das ist bittere Wirklichkeit.*

Nach seiner Rückkehr war er als Erstes zu Dr. Laurenz in die Kanzlei am Ku'damm gefahren und hatte gesagt: »Ich brauche einen Anwalt.« Er hatte ihm alles über den Mord erklärt und den Handymitschnitt vorgelegt. Dann hatte er sich der Polizei gestellt und drei Tage lang in U-Haft verbracht, drei Tage, in denen nichts geschah. Er bekam keinen Besuch. Nicht mal Weber tauchte auf, um ihn zu vernehmen. Emrah tauchte nicht auf, Nina nicht, niemand. Die Zeit verging, und es fühlte sich an wie ein langer, kalter Nebel ohne rechten Anfang und ohne Ende. Er schlief fast permanent. Er war müde und kaputt und vollkommen ausgelaugt. Er konnte keinen klaren Gedanken fassen und rührte das Essen, das man ihm brachte, kaum an. Am Ende des dritten Tages kam Laurenz und sagte: »Sie können gehen. Sie sind frei.«

Was auch immer Freiheit bedeutete. Er musste an »Me and Bobby McGee« denken, den Song von Janis Joplin, in dem sie singt: *Freedom is just another word for nothing left to lose.* Wenn er das für bare Münze nahm, war er tatsächlich frei.

Er hat so ziemlich alles verloren.

Harry wischt sich die Lippen mit der weißen Leinenserviette ab. »Wie geht es denn jetzt mit dieser Organgeschichte weiter?«

»Gar nicht. Kottke ist tot, die Geflüchteten sind frei, und die Paracelsus-Klinik verklagt uns wegen Rufschädigung.«

»Ja, so sind sie«, sagt Harry. »Statt ihre Fehler zuzugeben, schießen sie zurück. Und was ist mit Shatira Ekrem?«

»Seit Dr. Khaled tot ist, hat die Anklage keinen Belastungszeugen mehr. Wir können ihm nichts nachweisen. Vermutlich hält er eine Weile die Füße still oder verkauft seine Organe an andere Kliniken, keine Ahnung.«

Bosman schaut erneut über das Wasser, und mit einem Mal kommt ihm alles sinnlos vor. Sein Kampf gegen das Verbrechen – hoffnungslos. Die Täter kommen und gehen, er bleibt.

»Ich habe gestern mit Russo telefoniert«, sagt Harry. »Stell dir vor, Remi Ekrem hatte einen Herzinfarkt. Er liegt im Krankenhaus.«

»Hoffentlich tragen sie ihn mit den Füßen zuerst da raus.«

»Ja, das wäre auch gar nicht so schlecht für uns, dann müssen wir keine Rücksicht mehr auf ihn nehmen. Dann ruft er nicht mehr alle zwei Tage an und sagt uns, wie wir ihn in dieser und jener Szene inszenieren sollen. Meine anfänglichen Befürchtungen fangen an, sich zu bestätigen. Du weißt, was ich dir über Biopics erzählt habe.«

»Und wer finanziert deine Serie, wenn er stirbt?«

»Russo sagt, dass Remis zukünftige Witwe großes Interesse an einer Fortsetzung des Projekts hat.«

»Ach, sieh mal einer an.«

»Am Ende stecken die beiden noch unter einer Decke.«

Harry lacht.

Bosman schiebt seinen Teller mit Spaghetti von sich weg. Er hat ihn kaum angerührt. Dann trinkt er einen Schluck Weißwein und fragt:»Hast du was von Britta gehört?«

»Helen war gestern bei ihr. Es geht ihr nicht gut.«

»Meinst du, ich sollte sie mal anrufen oder so?«

»Ich glaube, das ist im Moment keine gute Idee.«

Bosman spürt, wie sich ihm der Brustkorb ein Stückchen zusammenzieht. Soll es das wirklich gewesen sein? Gibt es keinen Weg zurück? Wenn er ehrlich ist, muss er sich eingestehen, dass die Lage schon vor dem ganzen Desaster ziemlich verfahren war und die Liste der Versäumnisse lang. Er wünschte, noch einmal neu anfangen zu können, aber Britta ist kein Router, den man mit einem Reset wieder in den Auslieferungszustand zurücksetzen kann.

Genauso wenig wie sein bisheriges Leben.

Das ist vorbei, und Bosman hat keine Ahnung, wie er sich in seinem neuen Leben einrichten soll. Er hat noch nicht einmal eine Vorstellung davon, wie dieses neue Leben aussehen könnte. Er steht auf und sagt:»Danke für das Essen. Man sieht sich.«

»Mach's gut, alter Junge«, erwidert Harry und grinst. »Oder wie die Psychedelic Cowboys singen: *Happy trails and keep those headlights on.*«

Bosman lächelt.

Dann dreht er sich um und geht.

DIE TOKIO-TRILOGIE
VON DAVID PEACE

»David Peace hat ein Epos geschrieben über ein halbes Jahrhundert japanischer (und amerikanischer) Geschichte. Bohrt immer wieder in die Finsternis von Tokio. Und in ein Rätsel, das bis heute nicht gelöst ist.« WELT AM SONNTAG

»David Peace besetzt im Genre der Kriminalliteratur einen einzigartigen Außenposten. Er schafft Texturen, Satzstrukturen, Wiederholungen, die etwas Hypnotisches haben, im Kopf nicht nur Sinn, sondern auch Klang erzeugen.« FRANKFURTER RUNDSCHAU

Leseproben unter heyne-hardcore.de

»Franz Dobler schreibt wie einst Raymond Chandler – hart, präzise, zärtlich und poetisch.« *stern*

Dobler schreibt den Noir-Sound der Gegenwart. Seine Trilogie um den Ermittler Robert Fallner wurde mehrfach mit dem Deutschen Krimi Preis ausgezeichnet.